ŒUVRES

DU COMTE

DE TRESSAN.

AMADIS. — I. ﹙1 - 2﹚

Z

DE L'IMPRIMERIE DE FIRMIN DIDOT,

IMPRIMEUR DU ROI ET DE L'INSTITUT, RUE JACOB, N° 24.

OEUVRES

DU COMTE

DE TRESSAN,

PRÉCÉDÉES

D'UNE NOTICE SUR SA VIE ET SES OUVRAGES,

Par M. CAMPENON,

DE L'ACADÉMIE FRANÇAISE.

ÉDITION REVUE, CORRIGÉE, ET ACCOMPAGNÉE DE NOTES;

ORNÉE DE GRAVURES D'APRÈS LES DESSINS DE M. COLIN.

TOME I.

PARIS,

NEPVEU, PASSAGE DES PANORAMAS, N° 26;

AIMÉ-ANDRÉ, QUAI DES AUGUSTINS, N° 59.

M DCCC XXIII.

AVERTISSEMENT.

SUR CETTE NOUVELLE ÉDITION.

CETTE édition nouvelle des OEuvres du comte de
Tressan, annoncée d'abord en douze volumes, n'en
a que dix; et cependant elle est plus complète que
celles qui ont paru jusqu'à ce jour. Elle offre de plus
que l'édition de 1787, l'éloge de Fontenelle, qui est le
dernier ouvrage de l'auteur, quelques pièces inédites,
les discours ou extraits des discours prononcés dans
l'Académie française pour la réception de M. de Tressan
et pour celle de son successeur, le roman de Robert-le-
Brave, un assez grand nombre de notes, des arguments
pour chaque chant du Roland furieux, et une table
détaillée des matières contenues dans ce poëme. Le roman de Robert-le-Brave, qui a été imprimé il y a en-
viron vingt-cinq ans, comme un ouvrage posthume de
M. de Tressan, n'est pas de lui, mais de l'abbé de
Tressan son fils; et il est facile d'y reconnaître une autre main que celle de l'auteur des extraits des romans
de chevalerie. Toutefois, comme ce petit roman est
plein d'intérêt, qu'il se rapproche par le sujet de ceux
que M. de Tressan aimait à traiter, nous avons pensé
que le lecteur verrait avec plaisir l'ouvrage du fils réuni

Amadis de Gaule. I.

aux œuvres du père. Placé à la suite du petit Jehan de
Saintré et de Gérard de Nevers, il ne paraîtra pas indigne de cet honneur; et ensemble ces trois ouvrages
forment sans contredit un des volumes les plus agréables de la collection.

Les œuvres de M. de Tressan sont distribuées comme
il suit dans les dix volumes de notre édition.

PREMIER VOLUME.

Notice sur M. de Tressan et sur ses ouvrages par
M. Campenon.

Amadis de Gaule, livre I et II.

DEUXIÈME VOLUME.

Amadis de Gaule, livre III, IV et V.

TROISIÈME VOLUME.

Tristan de Léonais. — Artus de Bretagne. — Flores
et Blanche-Fleur. — Cléomades et Claremonde. — Roman de la Rose. — Pierre de Provence. — La Fleur des
Batailles.

QUATRIÈME VOLUME.

Guérin de Montglave. — Huon de Bordeaux. — Don
Ursino le Navarin. — Roland l'Amoureux.

CINQUIÈME VOLUME.

Roland Furieux, chant I à XVII.

SIXIÈME VOLUME.

Roland Furieux, chant XVIII à XXXII.

SEPTIÈME VOLUME.

Roland Furieux, chant XXXIII à XLVI.

HUITIÈME VOLUME.

Le petit Jehan de Saintré. — Gérard de Nevers. — Regner Lodbrog. — Robert.

NEUVIÈME VOLUME.

Zélie ou l'Ingénue. — Réflexions sommaires sur l'esprit.

DIXIÈME VOLUME.

Œuvres diverses.

Au Roi.

Sire,

Votre Majesté, en daignant me permettre de placer en tête des Ouvrages du Comte de Cressan, mon père, le nom de son auguste Bienfaiteur, honore sa mémoire, et cette insigne faveur devient pour son Fils une récompense bien flatteuse de ses services.

Amadis de Gaule. I.   a

Héritier des sentiments d'attachement de mes ancêtres pour leurs augustes Souverains, j'y ajouterai celui de la plus vive reconnaissance, et du plus profond respect,

Avec lequel je suis,

Sire,

De Votre Majesté,

Le très Humble, très Respectueux et Fidèle Sujet,

Le Colonel Cte de Treffan,

Colonel de Cavalerie en retraite.

SUR M. DE TRESSAN,

ET

SUR SES OUVRAGES.

Il manque un trait au bel éloge que Cicéron a fait des lettres. L'orateur romain pouvait ajouter que les hommes nés pour en connaître le charme, mais à qui des devoirs impérieux en ont interdit la culture, les retrouvent à la fin de leur carrière avec tout ce qu'elles ont d'aimable et d'attrayant. Elles s'emparent doucement de leurs dernières journées ; elles les préservent de l'ennui, ce poison des esprits désabusés ; on peut même dire qu'elles prolongent leurs jours, puisqu'elles entretiennent en eux cette sensibilité que l'on perd en vieillissant.

Mais si le seul amour des lettres répand de l'intérêt sur l'hiver de notre vie, combien plus heureux encore sont les vieillards qui les cultivent, et que la jeunesse de leur imagination semble venger du

a.

temps et des années! Tel fut le *vieux berger* de la duchesse du Maine, ce Saint-Aulaire qui faisait des vers pleins de grace à quatre-vingt dix ans.

Éloignez ces cyprès, approchez-moi ces roses, a dit M. de Tressan, dans une petite pièce de vers sur la vallée de Montmorency. Voilà précisément ce que les lettres ont fait pour lui, jusqu'à l'âge de soixante-dix-huit ans.

Il joignit le goût des lettres à l'étude des sciences physiques et des sciences exactes. Les unes et les autres gagneront toujours à cette alliance; elles ont des rapports sensibles, des liens communs, des besoins mutuels. M. de Tressan ne fut ni profond géomètre, ni savant naturaliste; mais on reconnaît sans peine, dans plusieurs passages de ses écrits, un esprit exercé de bonne heure par des études sérieuses.

Le comte de Tressan naquit au Mans, le 5 octobre 1705, dans la maison de l'évêque de cette ville, qui était son grand oncle. D'abord élève du collége de la Flèche, il ne tarda pas à passer à celui de Louis-le-Grand, d'où il sortit à l'âge de treize ans, pour devenir compagnon d'enfance et d'études du jeune roi Louis XV. Plusieurs de ses parents avaient à la cour une existence brillante; la duchesse de Ventadour, gouvernante de ce prince, était sa tante. Presque toute sa famille figurait dans la société intime du régent.

Parmi les jeunes seigneurs admis à partager l'éducation et les amusements du jeune roi, Louis Élisa-

beth de la Vergne, comte de Tressan, fut un de ceux
pour lesquels il prit le plus de goût et d'affection;
une circonstance aussi favorable à sa fortune recevait
un nouveau prix de ses dispositions personnelles, qui
le rendaient tout-à-fait propre à en tirer parti. Aimable, spirituel, animé du desir de plaire, il joignait
à une instruction peu commune à son âge, la vivacité
d'imagination sans laquelle l'instruction est trop souvent stérile; les arts, les lettres et les sciences
avaient pour lui un égal attrait; le beau en tout
genre le frappait vivement; les agréments de la figure
et la grace des manières, dont un mérite si précoce
aurait pu se passer, en formaient comme la parure.

Ce fut avec cette réunion d'avantages naturels et
acquis, que le jeune de Tressan parut, sous les aus-
pices de ses oncles, dans la société brillante du
Palais-Royal, à laquelle s'étaient réunis les restes
de celle du Temple. Là, il vit jaillir les dernières
étincelles de l'abbé de Chaulieu; là, il entendit Fontenelle parler des grands hommes du grand siècle,
avec la plupart desquels il avait eu des relations;
là, Voltaire s'offrit à ses avides regards, à côté de
Massillon et de Montesquieu; et, dans une sphère
moins élevée, le président Hénault à côté de Moncrif,
gentil Bernard à côté du physicien Nollet.

Les entretiens d'hommes de mérites si divers ne
contribuèrent pas peu au développement des heureuses dispositions qu'il avait reçues de la nature.
Elles furent remarquées et encouragées par plusieurs
d'entre eux, qui se réunissaient quelquefois à souper

dans la maison de mademoiselle de Tressan, sa tante. Jaloux de leur suffrage, il recueillait leurs paroles avec une attention qu'on n'eût pas attendue de son âge; il provoquait et suivait leurs conseils, et trouvait en eux des juges, aussi éclairés qu'indulgents, de ses premiers essais. Son émulation était soutenue et sagement dirigée par son oncle, l'abbé de Tressan, successivement archevêque de Nantes et de Rouen, et grand aumônier du régent, qui avait pour ce prélat une affection particulière, affection dont le jeune neveu se ressentit de bonne heure, et dans plus d'une circonstance. Ses études n'avaient point d'objet particulier et exclusif. Elles embrassaient la littérature, l'histoire, les mathématiques, la physique, la philosophie, le droit public et l'art militaire. Une rare facilité lui permettait de parcourir ce cercle de connaissances. Mais plus son esprit était actif, ambitieux, appliqué, plus il avait besoin de délassements; il en trouvait dans la poésie et dans la lecture des romans. Cette partie de ses occupations, ou plutôt de ses plaisirs, n'était pas celle pour laquelle il montrait le moins d'ardeur, et il est même présumable que sa vocation se révélait déja par la préférence marquée qu'il donnait à ces sortes de lectures.

Entré d'abord dans le régiment du roi, le jeune de Tressan passa dans celui du régent, pour y commander une compagnie, et reçut un brevet de mestre-de-camp, en octobre 1723.

Le duc d'Orléans, auquel il devait cette faveur, mourut l'année suivante. La perte d'un tel protecteur fut vivement sentie de toute sa famille. Ce malheur fut toutefois adouci par l'amitié que lui témoigna le nouveau duc d'Orléans. M. de Tressan l'accompagna à Strasbourg, où ce prince allait épouser, au nom du roi, la vertueuse Marie Leczinska, fille de Stanislas. Ce fut à cette occasion que le jeune de Tressan vit, pour la première fois, le souverain détrôné, au souvenir duquel sa mémoire devait être un jour honorablement liée.

A son retour, il figura dans toutes les fêtes d'une cour vive et animée; et, sans négliger son service militaire, il se fit remarquer parmi les habitués des plus aimables sociétés de Paris. Il paraît que celle de Pantin éclipsait alors toutes les autres. Elle se tenait dans une vaste maison, louée à frais communs et disposée pour tous les genres de plaisirs, auxquels peuvent s'associer les lettres et les beaux-arts. Danse, lectures, comédie, concerts, banquets, rien n'y était oublié. Nulle part la conversation n'offrait autant de charmes, parceque nulle part on ne rencontrait un aussi piquant mélange d'hommes diversement distingués et de femmes aimables. Le comte de Tressan contribua de son mieux aux agréments de cette réunion. Il était admis aussi dans les soirées de la reine; enfin les relations qu'il avait entretenues déja, chez son oncle, avec les premiers écrivains et les plus illustres savants, continuèrent, et devinrent plus étroites encore chez madame de Tencin. Sa réputation d'homme aimable, instruit et spirituel, lui valait chaque jour de nouvelles jouissances, lorsque M. de Chauvelin,

ministre des affaires étrangères, le jugeant, d'après
ces qualités mêmes, propre aux négociations diploma-
tiques, voulut le faire débuter dans cette carrière, et
s'entendit avec son oncle pour l'envoyer en Italie. Il
partit avec M. de Bissy, ambassadeur à Parme, et
reçut l'accueil le plus distingué à la cour de Turin,
où plusieurs de ses ancêtres, éloignés de la France
par les troubles de la ligue, avaient exercé d'importantes charges et laissé d'honorables souvenirs. Traité
avec la même distinction à Parme et à Modène, il
arriva à Rome après avoir parcouru les principales
villes d'Italie.

Il fut accueilli dans cette capitale du monde chrétien, par plusieurs cardinaux amis de son oncle;
l'ambassadeur de France le présenta au pape, qui vit
avec plaisir, et reçut même assez souvent en audience
particulière, le neveu de l'évêque du Mans et de l'archevêque de Rouen, avec lesquels il avait contracté
des liaisons, durant le séjour qu'il avait fait en France
en qualité de nonce.

Parmi les hommes célèbres que Rome offrit aux
regards de M. de Tressan, celui dont il rechercha
l'entretien avec le plus d'empressement, fut le célèbre
cardinal Alberoni, environné dans son exil d'un éclat
qui donna beaucoup de prix aux témoignages d'intérêt que reçut de lui le jeune et curieux voyageur.

Cette curiosité le conduisait chaque jour à la bibliothèque du Vatican, où des aliments de son goût s'offraient de toutes parts à son imagination. Il remarqua
particulièrement une riche collection de manuscrits

en langue romance, parmi lesquels se trouvaient beaucoup de romans de chevalerie. Ce furent ceux qu'il lut avec l'intérêt le plus vif, et cette lecture laissa dans son esprit des traces qui ne s'effacèrent jamais. Telle fut sans doute l'origine des productions agréables sur lesquelles se fonde aujourd'hui toute sa renommée.

De tristes nouvelles vinrent empoisonner les agréments de son séjour à Rome. Il eut à pleurer presque à-la-fois sa mère, et un oncle qui avait bien des droits à sa reconnaissance. La perte de l'archevêque de Rouen n'était pas seulement un coup funeste pour son cœur, c'en était aussi un pour sa fortune. Le grand crédit de ce prélat eût encore été augmenté par sa promotion à la dignité de cardinal, que lui destinait le pape.

Ce fut le Saint-Père qui apprit à M. de Tressan que telle avait été son intention. Sa Sainteté ajouta que, si lui-même se sentait appelé à l'état ecclésiastique, il n'était pas impossible qu'il parvînt un jour à cette dignité. Le chapeau de cardinal en perspective ne tenta pas beaucoup M. de Tressan; il remercia le Saint-Père, et s'en tint à l'état militaire qui lui convenait beaucoup mieux.

Sa santé était alors fort délabrée : les malheurs domestiques qu'il venait d'essuyer l'avaient singulièrement abattu; il partit malade de Rome, et arriva à Paris dans un état de faiblesse et de langueur qui se prolongea quelque temps et inquiéta un moment ses amis. A peine convalescent, il se sentit ranimé en apprenant que la guerre éclatait contre l'empereur. Il fit la campagne, en qualité d'aide-de-camp du duc de Noailles; mais il eut peu d'occasions de se distinguer. La campagne suivante lui fut plus favorable; le courage et le talent qu'il montra dans plusieurs circonstances, attirèrent sur lui les regards des maréchaux de Berwick, de Noailles et de Belle-Isle. Il se signala particulièrement au siège de Philisbourg, et fut blessé à la tranchée, le jour même où le maréchal de Berwick y perdit la vie. M. de Belle-Isle lui donna des marques flatteuses de confiance, dans la savante et laborieuse campagne de 1735. A la paix, il fut nommé brigadier et enseigne de la compagnie écossaise des gardes-du-corps.

Ainsi attaché à la cour, M. de Tressan devint un des membres les plus assidus de la société intime de la reine, où l'on ne l'appelait que *le mouton des saintes*. Les ressources d'un esprit aussi aimable ne furent pas inutiles aux amusements de cette société; il y manquait toujours quelque chose quand M. de Tressan n'y figurait point. Pour le punir de son absence, les *saintes* exigeaient de lui un cantique, la traduction d'un psaume, ou quelque autre pièce de poésie chrétienne. Les morceaux qu'il composa de cette manière ne sont pas ce qu'il y a de mieux dans le recueil de ses vers; si c'était pour lui une pénitence de les faire, ce pourrait aujourd'hui en être une de les lire. Pendant ses voyages, il ne laissait jamais passer un jour de courrier, sans écrire à quelque membre de la société; quelquefois même il s'adressait directement à la reine. Ce fut de cette princesse qu'il reçut le surnom de *petit train*, qui lui resta toute sa vie. Comment va le moral ? lui demandait-elle un jour. — Madame, il va son *petit train.* Ce mot, ainsi placé dans une réponse qu'il eut occasion de renouveler plusieurs fois, fit beaucoup rire la reine qui le retint, et ne voulut pas qu'il fût perdu.

Elle aimait à plaisanter avec M. de Tressan, et, comme elle disait elle-même, *à confesser le plus aimable des vauriens.* Souvent, pour obtenir l'absolution, il avait besoin de l'acheter par des pièces de vers, dont plusieurs étaient des cantiques pour Saint-Cyr. Sa réfutation de l'*Homme-machine*, de La Mettrie, et du livre de l'*Esprit*, n'aurait même été entreprise, si l'on en croit Helvétius, que dans la vue de plaire à cette princesse. Mais pourquoi ne ferait-on pas honneur de cette réfutation à son antipathie, souvent exprimée dans ses autres écrits, pour des doctrines qui blessaient également sa raison et son cœur?

M. de Tressan ne se maria qu'assez tard; il fut d'abord question de lui faire épouser sa cousine, mademoiselle de La Mothe-Houdancourt. Une grande fortune et des titres brillants étaient attachés à cette union; le roi fit même connaître qu'il la verrait avec plaisir. Mais les vues de M. de Tressan s'étaient portées sur une autre personne : il avait, il est vrai, perdu l'espoir de l'obtenir; cependant l'inclination existait toujours. Ne pouvant être l'époux de celle qu'il aimait, il se promit, tant qu'elle vivrait, de ne pas se marier. Elle mourut; alors seulement il se crut libre, et il eut le bonheur de s'unir à une compagne digne de son affection, et qui ne cessa jamais de la mériter.

Quand la mort de l'empereur Charles VI vint donner à l'Europe le signal d'une nouvelle guerre, le comte de Tressan s'empressa de courir au poste qui lui fut assigné. Il servit en Flandre, avec sa valeur ordinaire, et fut promu, en mai 1744, au grade de maréchal-de-camp. Il se fit beaucoup d'honneur par sa brillante conduite à la bataille de Fontenoi. Il se trouvait de service auprès de la personne du roi dans cette mémorable journée, et avait à remplir la double fonction de lieutenant des gardes et d'aide-de-camp. Dès quatre heures du matin, il entra, en uniforme neuf, dans la chambre de ce prince qui achevait de se botter: « Vous voilà bien paré, lui dit Louis XV. « Sire, répondit-il, je compte bien que c'est aujour- « d'hui un jour de fête pour Votre Majesté, comme « pour la nation, et que ce sera le plus beau de ma « vie. » Il fut en effet un des officiers qui contribuè- rent le plus, après les maréchaux de Saxe et de Ri- chelieu, à donner à cette journée le caractère d'une fête. Chargé, pendant le combat, de missions très périlleuses, il les remplit avec autant de sang-froid que d'intelligence. On le vit passer et repasser plu- sieurs fois sous le feu de la colonne anglaise, avant que la maison du roi marchât contre elle. Quand ce mouvement décisif fut ordonné, il fit des efforts extraordinaires pour en déterminer le succès. Ce succès fut quelque temps incertain; les rangs de la maison du roi, trois fois repoussée, s'éclaircissaient d'une manière effrayante. *Mes amis, il faut sauter!* s'écria M. de Tressan; et tous les officiers répétèrent ce cri. Graces à cette hardie résolution, la colonne fut à l'instant enfoncée par les gardes du corps, tandis qu'elle l'était d'un autre côté par les grenadiers à cheval et les carabiniers.

L'intrépide Tressan, blessé au bras et à la cuisse, revint auprès du roi, du moment qu'il ne vit plus ailleurs de dangers à braver. « Vous m'avez bien servi, « mon cher Tressan; que ferai-je pour vous? — Sire, « je demande à Votre Majesté de servir toute ma vie « en ligne, selon mon grade. — Je vous reconnais « bien là, reprit le monarque, je vous le promets. »

A aucune époque de ce règne, la France n'avait brillé au-dehors d'un éclat aussi imposant. Gênes, après avoir long-temps hésité, s'était déclarée pour nous; et le maréchal de Maillebois, nommé au commandement de l'armée d'Italie, avait obtenu d'importants avantages sur les troupes sardes et autrichiennes. M. de Tressan qui avait suivi les opérations de l'armée de Flandre, à la prise de Tournai, de Bruges, d'Oudenarde et de Gand, reçut ordre de passer en Italie, pour y seconder les dispositions de ce maréchal. Il était sur le point de partir, lorsque, la cour de France ayant résolu d'envoyer une armée au secours du prince Édouard qui faisait des prodiges de valeur en Écosse, le maréchal de Richelieu, désigné pour la conduite de cette expédition, le chargea de commander l'avant-garde.

En prenant congé de Louis XV, M. de Tressan reçut de ce prince la promesse d'être fait lieutenant-général au débarquement : mais l'expédition n'eut pas lieu, et il ne fut élevé à ce grade que deux ans plus tard. Resté à Boulogne après le départ du maréchal de Richelieu, il commanda l'armée d'observation sur la côte, et pourvut à la sûreté du Calésis et du Boulonais, où il fit construire un fort qui porta son nom. Il entretenait, de son camp, une correspondance active et suivie avec les maréchaux de Lowendal, de Noailles, et de Maillebois, et avec la plupart des officiers supérieurs de l'armée. En même temps, il accueillait, avec les plus grands égards, les Anglais de distinction faits prisonniers, et les malheureux partisans du prince Édouard complètement battu à Culloden; il entrait en relations d'amitié avec plusieurs savants d'Angleterre, et travaillait à un ouvrage assez étendu sur les phénomènes de l'électricité. Cet ouvrage qui ne fut publié qu'à sa mort, lui valut alors les éloges de Condorcet ; mais, dès l'année 1750, les travaux de M. de Tressan, qui étaient connus de plusieurs membres de l'Académie des Sciences, lui avaient fait obtenir le titre d'associé-libre de cette académie.

Sa vie était ainsi partagée entre ses devoirs militaires et l'étude, lorsque le maréchal de Belle-Isle, qui commandait dans les Trois-Évèchés, lui confia le commandement du pays de Toul et d'une partie de la Lorraine française. Personne n'était plus propre que lui à faire perdre aux Lorrains le souvenir de leurs anciens maîtres. Le vertueux Stanislas, qui l'avait connu dans l'intime société de sa fille, ne tarda pas à l'attirer auprès de lui, et le nomma grand-maréchal de sa maison. Ainsi rapproché du trône et jaloux de seconder les intentions du monarque, M. de Tressan fit toujours de son crédit un usage honorable.

On sait que cette petite cour de Lunéville et de Commercy offrait une réunion assez rare de personnes distinguées par l'éclat de la naissance et les agréments de l'esprit. C'est là que figuraient au premier rang madame la marquise de Boufflers, le chevalier de Boufflers son fils, Saint-Lambert, le prince de Beauvau, madame de Lénoncourt, madame du Châtelet, et, pendant quelque temps, Voltaire. M. de Tressan était loin d'être déplacé dans cette société élégante et polie. Ses saillies et ses bons mots en faisaient même un des principaux agréments. C'est lui qui, rencontrant M. de Boufflers sur un grand chemin, lui dit : *Je suis charmé, M. le chevalier, de vous trouver enfin chez vous.*

Stanislas accordait une protection éclairée au commerce, à l'agriculture et aux arts ; il encourageait tous les genres de talents ; il élevait des monuments utiles dans sa capitale et dans la province, et les peuples bénissaient la douceur de son règne. Ce fut à la sollicitation de M. de Tressan qu'il établit à Nancy une Académie, où bientôt les savants

de tous les pays se firent honneur d'entrer, et à laquelle
la Lorraine eut la gloire de fournir un assez grand
nombre de noms célèbres et de talents recommanda-
bles. M. de Tressan prononça le discours d'ouverture
de cette société : il ne négligea rien pour diriger
les esprits vers les études les plus avantageuses au
pays. On le vit lui-même lever des plans pour rec-
tifier les cartes de la Lorraine, visiter les mines et
gravir les montagnes pour recueillir les productions
naturelles les plus remarquables.

Cependant le maréchal de Belle-Isle, qui avait
conçu une haute idée de son zèle et de ses talents
militaires, ne laissait échapper aucune occasion de
l'employer. Il le chargea d'exercer les nombreuses
garnisons de cette frontière ; et M. de Tressan, qui
mérita toujours sa confiance, s'attacha surtout à perfectionner la discipline de l'infanterie. Peu de temps
après, il marcha à la tête de quelques troupes d'élite
contre Mandrin, qui menaçait de ravager la province,
intimida ce bandit par la promptitude de ses mesures,
et le força de se jeter sur les terres de Savoie où il
fut enfin arrêté.

La guerre ayant éclaté de nouveau entre l'Angleterre et la France, le comte de Tressan, malgré ses
services, ne fut point compris dans les promotions
qui eurent lieu. Plusieurs favoris de madame de Pom-
padour lui furent préférés ; mais il obtint, comme
dédommagement, la survivance du commandement
de la Lorraine française, avec une gratification an-
nuelle. Toutes les places de la Lorraine où il com-

mandait ressemblaient à des camps de réserve, où les
troupes nouvellement recrutées se disciplinaient, et
où les régiments que la guerre avait maltraités venaient se réorganiser et se refaire : en un mot, pendant tout le cours des hostilités, M. de Tressan mit
tout en œuvre pour réparer les pertes qu'éprouvaient
ses compatriotes et leur procurer des succès.

Toujours ardent pour l'étude, il continuait en même
temps sa correspondance avec les savants les plus distingués de l'Europe. Il fut nommé membre des sociétés royales de Londres et d'Édimbourg ; il reçut le
diplome d'associé de l'Académie de Berlin, et ce fut
le roi de Prusse lui-même qui le lui adressa. Bientôt
après, ce monarque, ayant appris les dégoûts qu'il
avait éprouvés à la cour de France, et desirant l'attirer auprès de sa personne, lui fit proposer par
Maupertuis le même grade et le même traitement
qu'il avait en France. Il répondit avec dignité au
grand Frédéric : « Sire, Votre Majesté me console
« de mes malheurs ; mais, dussent-ils encore s'accroî-
« tre, je suis Français, et je me dois au roi mon maître
« et à ma patrie: vous ne m'honoreriez plus de votre
« estime, si je cessais de leur être fidèle. »

Attaché sincèrement à son roi, le comte de Tressan
fut toujours loin de lui imputer ses disgraces. Il trouvait un dédommagement bien précieux dans l'amitié
de Stanislas, lorsqu'une odieuse calomnie vint troubler la tranquillité dont il jouissait. Il avait prononcé,
à l'Académie de Nancy, un discours sur les progrès
des sciences. Le père Menoux, jésuite très accrédité

Amadis de Gaule. I.   *b*

à la cour de Lunéville, l'accusa, dans une lettre à la reine, d'avoir professé dans ce discours des doctrines pernicieuses. Stanislas, qui en avait entendu la lecture, n'y avait rien remarqué de répréhensible : mais, la reine ayant déclaré, en lui faisant passer cette lettre, que, si M. de Tressan était coupable, elle ne le reverrait de sa vie, Stanislas le fit appeler sur-le-champ. « Mon ami, lui dit-il, ma fille est indignée « contre vous : il faut vous justifier, ou vous rétrac- « ter. » « Sire, répondit M. de Tressan, je ne de- « mande pas à Votre Majesté d'où part la calomnie ; « je saurai la confondre ; mais, s'il faut me rétracter, « il ne m'en coûtera pas d'imiter Fénélon. » Aussitôt, il envoya une copie de son manuscrit à la Sorbonne et une autre à l'évêque de Toul. Il obtint des deux côtés une approbation authentique, et la bienveillance que lui témoignèrent ses illustres amis, détruisit bientôt l'impression douloureuse dont son cœur trop prompt à s'alarmer n'avait pu se défendre.

Il essuya de nouvelles tracasseries, quand la comédie *des Philosophes* parut. Plusieurs écrivains célèbres y étaient l'objet d'une satire outrageante. Jean-Jacques Rousseau y était représenté *marchant à quatre pattes.* D'Alembert, irrité contre l'auteur, écrivit à M. de Tressan pour le faire exclure de l'académie de Nancy. Jean-Jacques, plus débonnaire et surtout plus adroit, pria M. de Tressan d'intercéder pour le coupable, et l'auteur de la comédie *des Philosophes* obtint son pardon. Quoique M. de Tressan eût penché d'abord pour l'exclusion, D'Alembert lui sut mauvais gré de l'issue de cette affaire, et lui en témoigna pendant long-temps son ressentiment.

A la mort de M. de Bombelles, gouverneur de Bitche, M. de Tressan se transporta dans cette place, pour y prendre possession du commandement. Des occupations importantes et multipliées lui firent bientôt oublier les tracasseries académiques de Nancy. Rapproché du théâtre de la guerre, il s'attachait à entretenir des relations d'amitié avec tous les petits princes voisins, et il remplissait, avec son zèle et son habileté ordinaires, les missions délicates qui lui étaient confiées, lorsqu'en 1764, il perdit, sous le ministère de M. de Choiseul, le traitement de lieutenant - général en activité dont il jouissait. Réduit alors à des revenus trop modiques pour suffire à la représentation dispendieuse à laquelle l'obligeait son commandement, il obtint de Louis XV la dispense de résider, et se retira à la cour de Lunéville où il resta jusqu'à la mort de Stanislas.

Peut-être est-ce le plus grand éloge que l'on puisse faire de M. de Tressan que de dire qu'il fut l'ami du roi de Lorraine, de ce prince dont il n'est guère possible de parler sans paraître composer un panégyrique.

Cet excellent prince était plein d'égards pour le mérite et savait le récompenser. Instruit par l'infortune à n'apprécier qu'à leur juste valeur les grandeurs humaines, il sentait le prix inestimable de l'amitié, et le faisait sentir à ceux qu'il aimait. Il s'affranchissait, dans ses relations avec eux, de tout cet embarrassant appareil de la majesté. Il les allait voir, s'entretenait

b.

de leurs affaires, se mêlait à leurs plaisirs, à leurs peines; en un mot, il y avait entre eux et lui une sorte d'échange d'attentions où l'étiquette des cours s'effaçait, sans que la dignité du monarque en souffrît.

C'est un sentiment bien doux que celui qu'on éprouve en songeant à tant de vertus réunies. Simple dans ses goûts, dans ses mœurs, toujours égal, toujours serein, Stanislas ne sépara jamais la franchise dans les paroles de la droiture dans les actions. Attentif à tout ce qui pouvait être proposé d'avantageux à la Lorraine, il accueillait avec reconnaissance les idées utiles qui lui étaient suggérées. Ce n'était pas des complaisants, c'était des amis qu'il lui fallait. Il était surtout prodigue de ses bontés envers M. de Tressan : il s'étudiait à le consoler de ses peines, tantôt recourant, pour le distraire, aux plus ingénieux artifices de la conversation, tantôt lui écrivant des lettres où se peignaient la bienveillance aimable et la douce simplicité de son cœur. *Où est Tressan ?* avait-il coutume de dire, en terminant ses occupations. Il passait avec lui des journées entières, le mettait de moitié dans ses études, dans ses délassements; et, le stimulant par sa gaîté, se plaisait à faire jaillir d'un esprit aimable les mots heureux et les piquantes saillies. Lorsque M. de Tressan était tourmenté par la goutte, le prince se faisait transporter près de lui. « Plains-toi, lui disait-il; gronde, crie, « jure à ton aise; ne te contrains pas, cela te sou- « lagera, » et le malade ne se le faisait pas répéter.

Cette généreuse amitié faisait le bonheur de M. de Tressan. Stanislas, sa famille, ses livres, son cabinet d'histoire naturelle, les agréments d'un séjour enchanteur, l'avaient guéri de toute ambition. Mais il n'avait pas eu le temps d'oublier combien est fragile la félicité humaine; il en avait fait, il devait en faire encore la douloureuse épreuve. Le dauphin, qui lui avait toujours témoigné le plus tendre intérêt, mourut à la fin de 1765, à la fleur de l'âge. Cette mort remplit la France de deuil; elle coûtait encore chaque jour de nouveaux regrets à M. de Tressan, lorsque, deux mois après, le plus affreux accident vint lui enlever Stanislas lui-même. Elles furent bien amères les larmes qu'il versa sur l'irréparable perte de cet auguste bienfaiteur. C'était là un de ces coups dont l'impression ne s'efface jamais. Il n'hésita point à rassembler les débris de sa fortune; et, avec une pension que le duc de la Vauguyon lui fit obtenir, il se retira dans une petite maison de campagne à Nogent-l'Artault. Là, ses plaisirs se bornèrent à faire l'éducation de ses fils, à se livrer en liberté à l'étude et à cultiver quelques fleurs.

Il y avait, dans son voisinage, une ferme qui avait appartenu au bon La Fontaine, et que les petites nièces de l'immortel fabuliste possédaient encore. C'était là leur unique bien; la modicité de leur revenu les forçait de vivre en pension dans un couvent du bourg. Le comte de Tressan se plaisait à visiter leur petit domaine, et à leur procurer tous les agréments qui dépendaient de lui. Plusieurs fables du bon-homme

avaient été composées dans cette habitation : pouvait-
elle être sans attraits pour lui ?

Quelques savants distingués vinrent le consoler
dans sa retraite. Pressé par eux d'aller se fixer à Paris, il ne se rendit à leurs instances que lorsque l'é-
ducation de ses enfants fut achevée. Il ne tarda point
à regretter les plaisirs de la campagne ; mais, comme
ceux de la capitale avaient bien aussi leur prix, il
imagina, pour tout concilier, de s'établir à Franconville, dans la vallée de Montmorency. Son goût pour
les lettres semblait s'accroître avec le nombre des années ; il ne révéla, il ne connut peut-être lui-même
toutes les ressources de son imagination, qu'à l'âge
où cette faculté s'affaiblit ou s'éteint communément
chez les autres hommes.

En 1780, il fut reçu à l'académie française, à la place
de Condillac ; il était alors dans sa soixante-quinzième
année. Heureux d'avoir enfin obtenu un honneur qu'il
avait si long-temps ambitionné, il assista aux séances de
ce corps avec la même assiduité que s'il avait résidé à
Paris. Cependant, comme ces courses fréquentes de-
venaient à-la-fois dispendieuses pour sa modique
fortune et fatigantes pour son âge, il prit de nouveau
un logement dans la capitale. L'enjouement et la vivacité de son esprit ne l'avaient point encore abandonné dans le monde ; mais, quand il était seul, le
souvenir des pertes et des injustices qu'il avait éprou-
vées lui devenait amer. Il venait d'y avoir une promotion de maréchaux de France, dans laquelle il ne
se trouvait pas compris, quoiqu'on lui eût permis

d'en concevoir l'espérance ; un ami lui en ayant témoigné ses regrets : « Ma carrière, lui répond-il,
« avait commencé d'une manière bien brillante ; elle
« est finie aujourd'hui. J'ai négligé la fortune ; mais
« j'ai servi avec honneur. Encore si mes enfants
« étaient placés, j'attendrais la mort en paix !.....
« qu'ils soient du moins instruits par mes malheurs,
« qu'ils soient vertueux, qu'ils se rendent utiles, ils
« trouveront un père dans le meilleur des rois. »

Quelque peu favorisé qu'il fût de la fortune, il
n'épargna rien pour bien établir ses enfants. Ses équipages, ses chevaux, son cabinet d'histoire naturelle,
ses livres même, il sacrifia tout pour eux.

Il paraît que, vers la fin de sa vie, une profonde
tristesse s'était emparée de son esprit. On en trouve
quelques traces dans l'éloge de Fontenelle, son dernier ouvrage, et surtout dans la préface qui le pré-
cède. « Le respect et la reconnaissance, dit-il, me
« pressent d'élever un moment sur mes bras l'urne
« de Fontenelle, tandis que je vois préparer la mienne. »
En effet, il touchait au moment d'aller rejoindre cet
ancien ami de sa jeunesse.

Un jour qu'il revenait de faire une visite à la duchesse d'Orléans, à Saint-Leu, sa voiture versa par
la faute d'un cocher ivre ; il crut d'abord que cette
chute n'aurait pas de suites et négligea de se faire
saigner ; mais bientôt le mal devint incurable, il le
sentit, et se résigna. Ses derniers moments furent
employés à consoler sa famille, et à implorer pour elle
les bontés du roi. Il mourut à l'âge de 78 ans, le 31

octobre 1783, laissant trois fils, dont l'aîné ne lui
survécut que six mois, et une fille mariée à M. le
marquis de Meaupou, laquelle existe encore aujour-
d'hui, ainsi que son frère M. le comte de Tressan,
colonel en retraite, dernier rejeton de la branche de
la Vergne-Tressan.

La destinée de M. de Tressan, comme écrivain, fut
d'être jugé sévèrement par les gens de lettres et lu
avec avidité par les gens du monde. Il paraît n'avoir
guère mis à la composition de ses ouvrages, que le
temps nécessaire pour les écrire; aussi, croit-on quelquefois, en le lisant, assister à la causerie vive et en-
jouée d'un vieillard aimable, mais un peu conteur.
Le caractère distinctif de son talent est une abondante
facilité qui l'entraîne. Cette heureuse faculté de l'esprit, que l'usage du monde entretient, me semble
devoir être réservée pour la conversation, où l'abandon
est presque toujours un mérite; mais il y a quelque
différence entre un livre et une conversation; et,
quelque facilité, quelque grace qu'on ait à parler,
l'habitude d'écrire comme on parle ne peut guères
être considérée comme une qualité du style, où elle
jette nécessairement un peu de négligence et de dif-
fusion. On dirait que M. de Tressan cède toujours à
un besoin d'aller vîte, qui ne lui laisse ni la patience,
ni la volonté de revenir sur son premier jet. Mais
cette rapidité de composition s'explique et se justifie,
en quelque sorte, par la nécessité où se trouvait l'auteur, de livrer à une époque déterminée son travail
à la *Bibliothèque des romans*, recueil périodique

qui avait alors beaucoup de vogue, et qui la devait, en partie, aux travaux de M. de Tressan : il faut dire aussi que presque tous ses romans ont été composés au milieu des plus vives douleurs de la goutte, et dans les nuits d'insomnie que lui causait cette affreuse maladie.

Quoi qu'il en soit, La Harpe, juge aussi éclairé que rigoureux en pareille matière, en rendant compte de l'*Amadis de Gaule*, ingénieusement rajeuni par M. de Tressan, n'hésite point à reconnaître que *la narration en est facile et gaie*, et que *tout y respire cette galanterie aimable qui n'est mêlée d'aucune fadeur, et cette décence d'expression qui donne une grace nouvelle aux images de la volupté.*

Un autre genre de mérite se fait sentir dans la traduction du *Roland furieux* : c'est la variété de tours et de mouvements qui anime les récits du traducteur. Ce mérite a suffi pour assurer à sa version une prééminence sur les autres, qui me semble n'avoir pas été contestée, du moins par les lecteurs que le plaisir de lire l'Arioste dans sa langue n'a pas rendus trop exigeants. Ce n'est pas qu'il n'y ait à reprendre dans ce long travail (1). Mais qui

_____

(1) Les personnes qui liront le *Roland furieux* dans cette nouvelle édition, trouveront sans doute ce reproche un peu exagéré. Il est bon de leur apprendre que la traduction de M. de Tressan, telle qu'elle paraît ici, a été revue et corrigée d'un bout à l'autre, et avec une attention toute particulière,

pourrait se flatter de reproduire, d'une manière irré-
prochable, dans notre langue, cette verve d'imagination, cette richesse de coloris, cette fécondité de détails, cette heureuse folie dans les écarts, cet art non
moins heureux de saisir et de renouer sans effort
tant de fils confondus et brouillés à dessein, enfin
cette grace si originale, ces charmes si divers, si in-
définissables qui font et feront toujours de l'Arioste
un poëte à part et un génie privilégié?

Il ne faut exiger d'un écrivain que les qualités qui
lui sont propres : M. de Tressan fut servi dans cette
longue entreprise par cette aimable facilité qui le ca-
ractérisait, et qui ôte à son travail tout air de con-
trainte et de gêne. Sa traduction, très préférable à
celles qui l'ont précédée, peut être comparée à ces
portraits où se fait sentir la touche d'un amateur
exercé, où l'on desirerait sans doute plus de correction dans le dessin, plus de fidélité dans les traits,
mais, où du moins se font reconnaître aisément l'ensemble et la physionomie du modèle.

On retrouvera de nouveaux motifs d'éloge et de
blâme dans ses autres ouvrages. *Le petit Jehan de
Saintré*, *Gérard de Nevers*, *Huon de Bordeaux*,
Artus de Bretagne, etc., etc., ont obtenu, dès leur
apparition, un succès qui se soutient encore aujourd'hui. Peu de romans ont eu un aussi grand

---

par M. Pannelier, ancien professeur, également versé dans la
connaissance de notre langue et de celle de l'Arioste, et de
tout point fort supérieur à un pareil travail.

nombre de lecteurs. Excepté le petit roman d'*Ur-sino*, M. de Tressan n'est l'inventeur d'aucun de ses sujets. Il ne s'est jamais donné ni pour un interprète très scrupuleux, ni pour un abréviateur bien méthodique. Mais il a su s'approprier tout ce qu'il imite, par l'heureuse hardiesse avec laquelle il dispose à son gré de l'ensemble, et replace les faits et les incidents dans un ordre plus convenable ; tantôt élaguant les détails privés d'intérêt, tantôt développant ce qui n'est qu'indiqué, et, soit qu'il retranche, soit qu'il ajoute, saisissant toujours, avec un tact aussi sûr que rapide, ce qui a besoin d'être réduit, ce qui mérite d'être développé pour captiver l'attention et flatter le goût du lecteur.

Il excelle surtout dans l'art de rajeunir les récits de nos vieilles chroniques ; les extraits qu'on en doit à sa plume rapide et féconde joignent au mérite d'attacher les lecteurs superficiels par une fable toujours intéressante, le mérite plus solide de retracer un tableau fidèle des mœurs du temps, qu'il serait aussi difficile que fastidieux d'aller consulter dans le vieux langage des récits originaux.

M. de Tressan a laissé beaucoup de vers. Il en fit de très bonne heure ; il en a fait toute sa vie. Ses premières petites pièces composées avant l'âge de vingt ans, et adressées à Voltaire, lui valurent quelques-unes de ces réponses pleines de grace et de louanges, dont il était si prodigue et qui lui coûtaient si peu. Parvenu à la vieillesse, il recueillit, avec une exactitude poussée trop loin peut-être, les poésies éparses qui avaient fait l'amusement de sa vie. Lui-même convient que ses pièces fugitives *n'ont d'autre mérite que d'avoir été faites à propos*, et que les sociétés pour lesquelles il les a composées ont déja presque entièrement disparu. Aussi, la plupart de ces petites pièces de circonstance sont-elles accompagnées d'une explication qui est souvent aussi longue que le texte. Si les plaisanteries, les allusions qu'elles contiennent avaient déja besoin, du vivant de l'auteur, d'un commentaire qui les expliquât, on sent qu'elles doivent perdre beaucoup de leur prix aux yeux des lecteurs d'aujourd'hui.

Ces poésies de société qui, dans le dernier siècle, formaient une partie brillante de notre littérature légère, ont besoin d'une mesure d'esprit, de goût et de talent, toute particulière, pour survivre aux circonstances qui les ont fait naître. L'art de bien dire même les petites choses est assez peu commun pour avoir été remarqué dans tous les temps. Il ne fut réservé qu'à un petit nombre d'écrivains de donner à ces badinages fugitifs une valeur assez réelle pour les faire goûter hors du cercle auquel ils étaient destinés, et long-temps après l'occasion qui en avait fourni le motif, et qui devait en rehausser le mérite. Il faut le dire; ce genre de talent ne me paraît pas devoir être compté parmi les brillants avantages dont la nature avait doué M. de Tressan. En énonçant un jugement aussi sévère, on est heureux du moins de n'avoir qu'à répéter un aveu de l'auteur lui-même, qui ne craint pas de prévenir que, parmi ses poésies, il s'en trouve *très peu qui soient dignes d'être mises sous les yeux du public*. Cette sincérité de la part d'un poëte est un mérite à tout âge ; et il serait injuste, en le lisant, de le punir de sa franchise par un excès de rigueur. On pourra même remarquer, dans ses romans, plusieurs petites pièces et quelques chansons qui ne manquent ni de grace ni de facilité.

Le meilleur morceau de tout ce qu'il a publié est un fruit de sa vieillesse : ce sont des vers faits à l'âge de 77 ans. M. de Tressan était alors retiré à Franconville, dans la vallée de Montmorency. Il habitait une campagne charmante, où il s'occupait à cultiver ses fleurs, à tailler ses espaliers, à faire mûrir ses melons, mêlant à ces amusements champêtres tous les autres amusements que peuvent procurer les lettres. Dans ces loisirs d'une vieillesse assez épicurienne, il avait, pour aide de ses travaux de jardinage, une jeune paysanne de 12 à 13 ans. Il paraît que les graces naissantes et la gentillesse de cette enfant firent une assez vive impression sur l'esprit du vieillard. Elle inspira plusieurs fois sa muse, mais jamais avec autant de bonheur que dans les vers qu'on va lire, et que je me reprocherais de ne pas citer, ne fût-ce que comme une expiation volontaire de la facilité avec laquelle je viens de me ranger à son avis, lorsqu'il se condamnait lui-même.

SUR MON HERMITAGE DE FRANCONVILLE.

Vallon délicieux, ô mon cher Franconville!
Ta culture, tes fruits, ton air pur, ta fraîcheur,
Raniment ma vieillesse et consolent mon cœur;
Que rien ne trouble plus la paix de cet asyle,
  Où je trouve enfin le bonheur!

  Tranquille en cette solitude,
  Je passe de paisibles nuits;
Je reprends le matin une facile étude,
Le parfum de mes fleurs chasse au loin les ennuis;
  Je vois le soir de vrais amis,
  Et m'endors sans inquiétude.

  Souvent conduite par les ris,
  De fleurs nouvellement écloses
La petite Fanchon orne mes cheveux gris,
Et me laisse cueillir sur ses lèvres de roses
Un baiser innocent, tel que ceux que Cypris
  Reçoit pour les rendre à son fils.

  Que tu me plais, heureuse enfance!...
  Ni le desir, ni même la pudeur,
  N'impriment encor la rougeur
Sur ce front de douze ans où règne l'innocence.
  Fanchon met toute sa décence
  A marcher les pieds en dehors,
  A ne point déranger son corps,
  Quand elle fait la révérence....
  Cependant, déja Fanchon pense....
  Par mille petits soins charmants,
Elle nous prouve à tous qu'elle a le don de plaire,
Qu'elle en a le desir, qu'elle voudrait tout faire,
  Pour être utile à tous moments.

Va, Fanchon, embellis sans cesse ;
Attends près de moi tes quinze ans :
Je respecterai ta jeunesse ;
Il sied trop mal à la vieillesse
De faner les fleurs du printemps.
Je verrai tes jeux innocents,
Tes graces et ta gentillesse ;
Et, veillant sur tes goûts naissants,
S'il te naît un sixième sens,
Tu le devras à la tendresse
Du plus joli de tes amants.

Les vers les plus piquants de M. de Tressan ne font point partie du recueil qu'il a publié. On lui attribua généralement, dans sa jeunesse et parmi les sociétés même où il passait sa vie, un assez bon nombre d'épigrammes pleines de sel et d'âcreté. On le crut l'auteur de plusieurs couplets très mordants, qui coururent sous le voile de l'anonyme. Il y en eut contre le cardinal de Bernis, le duc de Nivernais, madame de Luxembourg, M. de la Trémouille, et plusieurs autres personnages marquants. Ces petites méchancetés, beaucoup mieux tournées que tous les madrigaux qui portent son nom, attaquaient des personnes avec qui il entretenait des relations habituelles, ce qui aurait dû le mettre à l'abri du soupçon, et ce qui ne l'en sauva cependant pas. Si le silence qu'il a gardé contre ces imputations ne suffit point pour l'en justifier, on n'en doit pas non plus déduire la preuve qu'il fût réellement coupable. Ce qu'il y a de certain, c'est que la politesse de son

langage et la bienveillance affectueuse de ses manières formaient un parfait contraste avec le genre de
torts qu'on lui reprochait; ce qui faisait dire plai-
samment au chevalier de Boufflers *qu'il ressemblait
à une guêpe qui se noie dans du miel.*

Les écrits en prose, publiés par M. de Tressan,
ont été réunis après sa mort; et cette collection, plusieurs fois réimprimée, a eu beaucoup de succès;
nous dirons, si l'on veut, beaucoup de débit. C'est
le privilège des ouvrages populaires, des ouvrages
qui charment à-la-fois toutes les conditions et tous
les âges; c'est particulièrement celui des romans et
des contes qui retracent les prouesses de la chevalerie et les enchantements des Génies et des Fées.
Ils émerveillent les crédules esprits de l'enfance; ils
agitent la mobile imagination de la jeunesse; et la
vieillesse elle-même redemande à leurs récits men-
songers les illusions que lui ont ravies de tristes
réalités.

Les romans de mœurs qui, sans contredit, occu-
pent le premier rang parmi les productions du genre,
nous laissent dans le monde où nous vivons; c'est à
notre époque même qu'ils nous placent; c'est de nos
intérêts qu'ils nous entretiennent, de nos contem-
porains qu'ils nous environnent. Affligeans comme
l'expérience, ils ne sont guère plus utiles, et notre
malignité seule trouve son compte à leurs fictions
trop véridiques. Les romans de chevalerie, au contraire, nous transportent dans un monde tout fan-
tastique, puisque la vertu seule y règne, ou du moins

y triomphe; puisque la lâche félonie ne s'y montre jamais que pour être terrassée par la loyauté valeureuse; puisque l'innocence ou la faiblesse opprimée y trouve toujours, à point nommé, son vengeur. Les passions généreuses dont tous ces fiers paladins sont enflammés, entrent, pour quelques instants du moins, dans nos ames qu'elles échauffent, qu'elles épurent, qu'elles élèvent au-dessus d'elles-mêmes : tant d'autres peintures semblent avoir pris à tâche de les refroidir, de les ravaler et de les corrompre! Les romans de chevalerie ont fait de Don Quichotte un fou, mais un fou rempli d'honneur, de délicatesse et de probité. Je craindrais que tous ces autres romans, qui ont la prétention de nous faire éviter les pièges de la société, en nous montrant comment on les dresse, et comment on y tombe, ne formassent encore plus de fripons qu'ils ne corrigent de dupes.

Ce n'est pas, du reste, à cette influence morale que se borne le mérite des compositions romanesques dont la chevalerie est le sujet. Personne n'ignore qu'à des évènements d'un ordre merveilleux et impossible, elles joignent les mœurs fidèlement retracées d'une société qui a réellement existé, et qu'ainsi elles unissent pour nous, aux charmes de la fable, l'utilité de l'histoire. Quelle époque plus favorable pour reproduire aux yeux du public, sous une forme élégante, les mœurs véritables, les croyances superstitieuses et les fictions héroïques ou naïves de notre moyen âge, que celle où la littérature française, moins importunée du joug des règles que de l'éclat des chefs-d'œuvre

Amadis de Gaule. I.   C

qui les consacrent, croit éprouver le besoin de rétro-
grader vers ces siècles mystérieux, pour en recevoir
des inspirations qu'elle désespère de trouver dans les
traditions épuisées de l'antiquité historique ou fabu-
leuse! Loin de nous, l'intention de seconder les progrès du *romantisme*; mais s'il était, comme on dit
dans le jargon nouveau, une des *nécessités* du siècle,
que gagnerions-nous à nous y opposer? et quel reproche pourrait-on nous faire, si, ne pouvant arrêter
ses audacieux efforts, nous tentions du moins de les
diriger, en offrant, comme source et même comme
modèle, aux jeunes écrivains de cette école, les ouvrages d'un auteur qui du moins sut respecter les lois
de la raison, du langage et du goût?

CAMPENON.

DISCOURS

DE M. LE COMTE DE TRESSAN,

PRONONCÉ A L'ACADÉMIE FRANÇAISE, LE 25 JANVIER 1781, LORSQU'IL FUT REÇU A LA PLACE DE M. L'ABBÉ DE CONDILLAC.

MESSIEURS,

Le service de mon maître m'imposa le devoir, pendant mes belles années, de m'occuper des travaux et des leçons d'Uranie. Admis dans son temple depuis trente ans, j'y jouissais du bonheur d'écouter ses plus dignes interprètes : vous achevez, messieurs, d'honorer et d'embellir mes vieux jours, en me recevant dans celui de toutes les muses; c'est un nouvel honneur pour moi d'y être admis le même jour que l'auteur, si justement applaudi, d'*Hypermnestre*, de *la Veuve du Malabar*, et d'un grand nombre d'ouvrages couronnés par vos mains et par la voix publique. Mon cœur s'émeut à l'aspect de ce nouveau lycée; tout m'y rappelle la mémoire chère et sacrée de ceux qui

c.

protégèrent mon enfance, et qui se plurent toujours à m'éclairer.

Sage Fontenelle, aimable Bussy-Rabutin (1),
Hénault, Maupertuis, Mairan, la Condamine, vous
dont le nom vivra toujours dans le cœur de vos
dignes confrères, c'est à vos leçons, c'est à votre
amitié que je dois en partie ce nouvel honneur
que je reçois aujourd'hui, et je vous compterai
toujours au nombre de mes bienfaiteurs.

Que ne dois-je pas aussi au grand homme que
nous avons perdu! Combien de fois, dans mon
adolescence, M. de Voltaire ne quitta-t-il pas cette
lyre et cette trompette éclatante qui déja l'immor-
talisaient, pour placer ma jeune et faible main
sur une flûte champêtre, ou pour lui apprendre
à se servir de la plume d'Hamilton!

Pardonnez, messieurs, au vieillard que vous
faites asseoir près de vous, d'oser vous parler de
ses premières années. Mon exemple peut être
utile à ceux qui commencent leur carrière avec
des dons supérieurs aux talents qu'on m'avait
soupçonnés. Puisse cet exemple encourager mes
jeunes compatriotes à mériter que deux illustres
compagnies couronnent un jour leurs cheveux
blancs!

Les plus puissants secours leur sont offerts :
les sciences ne sont plus voilées par ces nuages

---

(1) Évêque de Luçon.

qui servaient l'orgueil des anciens philosophes; les belles-lettres sont éclairées par les plus heureux travaux, et embellies par un goût épuré. Toutes les portes du temple des muses sont ouvertes, et leurs bienfaits se répandent sur ceux qui savent les recueillir.

C'est par vous, messieurs, qu'elles ont perdu leur ancienne sévérité, et que, sans être moins honorées, elles sont devenues plus utiles. La géométrie transcendante, la muse de l'histoire, permettent quelquefois aux graces de conduire la plume de ce successeur de Newton, qui nous a rendu l'esprit et la narration sublime de Tacite. Souvent aussi lorsqu'un nouveau Pline soulève les voiles dont la nature s'enveloppe, elle se pare des fleurs qu'une main sûre sait si bien lui choisir.

Tout favorise aujourd'hui l'émulation de ceux qui veulent acquérir des connaissances ou perfectionner leurs talents. De grands hommes en ont simplifié les moyens : des théories lumineuses facilitent les progrès des sciences et des beaux-arts; des méthodes sûres leur apprennent à connaître ces théories dans leurs détails les plus intimes, à les bien saisir, à se les approprier.

Le célèbre académicien, auquel j'ai l'honneur de succéder, essaya d'assurer et de diriger la marche de l'esprit humain, en aplanissant la route qu'il doit suivre pour s'élever à la contemplation de la vérité.

Je n'entreprendrai point, messieurs, d'analyser
les ouvrages profonds de M. l'abbé de Condillac;
je ne peux au plus que les indiquer.

Ce digne émule de Locke était doué de tout ce
qui caractérise un grand observateur. Laborieux,
patient, sachant captiver son génie, il s'était convaincu de bonne heure que toute idée isolée,
quelque brillante qu'elle soit, ne porte que le
trouble et l'erreur dans l'entendement, lorsqu'elle
n'est pas liée à l'ordre d'un grand nombre de vé-
rités relatives. Cette liaison intime des idées, leur
analogie, leur correspondance mutuelle fut la
base inébranlable sur laquelle il appuya ses spéculations métaphysiques ; jamais il ne se servit
d'un mot sans en avoir défini le véritable sens.

Son premier *Traité sur les Connaissances humaines* devait commencer nécessairement par
une recherche sur l'origine des langues; c'est après
le langage d'action que la nature accorde à presque tous les êtres sensibles, qu'il démontre que
les premiers accents de la voix se sont joints aux
signes imitatifs pour en augmenter l'expression,
et qu'ils se sont modulés et multipliés avec les
besoins des hommes; c'est ensuite de ces mêmes
besoins qu'il fait naître successivement les arts et
métiers, et les nouveaux mots qui les représentent
et qui les expliquent.

La méthode analytique que M. l'abbé de Condillac s'était formée lui fit découvrir facilement
le peu de solidité de plusieurs différents systèmes.

Ce fut en portant la clarté dans leur chaos, qu'il prouva que leurs auteurs n'avaient travaillé qu'au hasard, et que leurs édifices étaient bâtis sur les mêmes fondements que l'astrologie judiciaire, la divination, la magie, erreurs populaires enfantées par la superstition, l'avide curiosité, l'intérêt personnel, et par l'amour du merveilleux. C'est avec les fortes armes du raisonnement qu'il combattit la méthaphysique de Descartes, de Spinosa et de Leïbnitz, et qu'il démontra qu'aucune analogie éclairée ne les avait conduits.

Ce fut dans le *Traité des Sensations* que M. l'abbé de Condillac porta le dernier coup au système des idées innées, trop long-temps enseigné dans l'école.

Ne pourrait-on pas comparer les grandes dé couvertes méthaphysiques à celles de quelques îles éparses en des mers inconnues?... Un navigateur audacieux aperçoit au loin une de ces îles; il la place sur la carte; elle y reste long-temps inconnue, on néglige de la retrouver. Un second navigateur, plus heureux, aborde dans cette île, la parcourt, en observe l'intérieur. Un troisième est assez puissant pour s'en emparer, et pour élever un monument dans son centre. Le dernier qui s'approprie cette île est un cultivateur laborieux qui la défriche. C'est ainsi que le célèbre axiome d'Aristote qui dit : *Que nous ne recevons d'idées que par les sens,* fut inutile, ignoré même pendant une longue suite de siècles, dans les arnales de la philosophie. Le sage Locke s'empara de cette idée et l'agrandit; la plume de l'éloquent auteur de l'Histoire naturelle la mit en action dans les jardins d'Éden; M. l'abbé de Condillac s'en servit pour animer par degrés sa statue.

A l'exemple de Socrate, le philosophe français savait faire naître ses propres idées dans l'esprit de ceux qui l'écoutaient; souvent on croyait produire, lorsqu'on n'était qu'entraîné par l'ordre et la progression lumineuse de ses propositions.

Un génie utile à l'état (1), et si cher à cette compagnie, sut apprécier le talent supérieur qu'avait M. l'abbé de Condillac pour former un grand prince; il le proposa pour l'éducation de l'Infant, duc de Parme.

On voit dans les seize volumes qui traitent du cours de cette éducation, quelle est la méthode simple que le savant instituteur employa.

Dans les quatre premiers, il apprend au jeune prince à se bien connaître lui-même, à se servir du plus simple de tous les moyens pour acquérir de nouvelles idées, les considérer dans tout leur jour, les apprécier, les fortifier l'une par l'autre, les ranger dans un ordre philosophique, et en tirer des résultats nécessaires.

C'est après l'avoir ainsi préparé, qu'il lui fait jeter la vue sur toute la suite des siècles; il lui découvre l'origine des sociétés, l'enfance des na-

---

(1) M. le duc de Nivernais.

tions, leurs progrès, leurs premières opinions, les arts qu'elles ont inventés par degrés, l'élévation de leur puissance, leur politique, leurs fautes, leur décadence.   •

Ce grand ouvrage est un traité continuel de philosophie-pratique pour un souverain : le récit des faits y paraît toujours subordonné à l'explication des causes. Ce n'était point un prince érudit que M. l'abbé de Condillac voulait former; c'était un père, c'était un maître éclairé sur tous les devoirs respectifs ou généraux de la société, qu'il voulait donner à ses sujets.

Le *Traité de Logique* qu'il publia peu de temps avant sa mort paraît, au premier coup-d'œil, supposer beaucoup de connaissances antérieures dans ses lecteurs ; cependant, en saisissant bien ses principes, en s'assujettissant à suivre la marche de ses propositions, on arrive sans effort à toutes les conclusions de cet ouvrage, et l'esprit jouit alors de ce calme agréable et trop peu connu, que produit en nous la présence de la vérité.

C'est dans les mains de l'amitié (1) que M. l'abbé de Condillac a déposé son dernier ouvrage. L'auteur y considère les défauts de presque toutes les langues vulgaires, comme un obstacle aux progrès de l'entendement; la seule langue de l'Algèbre lui paraît parfaite. « Ses signes, dit-il, sont

_____

(1) M. de Keralio.

« précis; ils naissent d'une analyse simple; leur
« analogie est toujours complète. »

Cette langue, en effet, pourrait suffire à sa statue, tant que son cœur et son imagination ne
seraient pas encore animés : mais quelle espèce
de société pourrait-elle former entre des êtres
plus sensibles? et ne détruirait-elle pas tous les
charmes de celle dont nous jouissons?

Admirons les esprits transcendants qui s'occu-
pent de ces hautes spéculations; elles perfection-
nent le grand art de raisonner : mais ce qui est
géométriquement vrai n'est pas toujours possible;
et la société générale d'ailleurs n'a-t-elle pas des
intérèts bien directs à ne pas tout accorder à cet
art? Pourquoi se priverait-elle de jouir et d'apprécier, d'après un sentiment intérieur, ces effets
agréables produits en nous par l'éloquence et par
l'harmonie? Pourquoi se servirait-elle d'une langue qui consternerait les graces, qui glacerait le
génie national? Eh! que pourrait-elle ajouter
pour la lumière, la précision et la beauté des
images, au Théâtre d'éducation et aux Annales de
la vertu qu'une nouvelle Muse (1) nous fait admirer? Chaque langue a son caractère particulier;
c'est au goût, c'est au sentiment à l'enrichir, en
la rendant plus étendue et plus expressive. Les
langues diverses s'appauvriront toujours dans la
décadence des empires, et cette décadence en-

---

(1) Madame la comtesse de Genlis.

traîne nécessairement celle des lettres et des beaux-
arts : mais combien ne gagnent-elles pas dans des
siècles éclairés et dans les royaumes florissants!

Ceux des Valois qui travaillèrent à restaurer
les lettres eussent-ils osé croire que la langue
de Ronsard pût devenir assez riche, assez harmonieuse, sous les Bourbons, pour approcher de
celle du cygne de Mantoue? et cependant les dons
et les travaux de Palès n'ont rien perdu de leurs
charmes sur les lyres enchanteresses du chantre
des Saisons et de notre Virgile français.

C'est par vos heureux travaux, messieurs, que
notre langue acquiert sans cesse de nouvelles richesses, et le grand Armand avait prévu vos succès, lorsqu'il fonda cette Académie, l'une des plus
anciennes de l'Europe.

Les muses commençaient à peine alors à rejeter le clinquant et les vieux atours dont le faux
goût les avait surchargées; dès qu'elles se parèrent
des guirlandes immortelles qui leur furent offertes
par Malherbe et l'aîné des Corneilles, Richelieu
saisit ce moment de leur élever un temple des
mêmes mains qui tenaient les rênes de l'état. La
politique profonde de ce ministre lui faisait craindre que le feu noir et caché de la ligue ne jetât
encore quelques étincelles; ce fut en éclairant les
esprits, en les attachant aux lettres, aux specta-
cles, aux beaux-arts, qu'il réussit à les distraire
des idées qui pouvaient leur rappeler un reste de
division et de férocité; ce fut ainsi qu'il parvint

à leur faire aimer le calme heureux dont jouit un paisible et bon citoyen. Plus, en effet, messieurs, un état est tranquille dans son intérieur, plus il est éclairé, et plus il est respectable à ses voisins.

L'un des plus illustres conservateurs des lois, le chancelier Séguier, s'occupa de soutenir les progrès naissants de cette compagnie, lorsqu'elle perdit son fondateur. Son nom consacré dans vos fastes, messieurs, y reparaît toujours avec la même gloire.

Le grand roi, dont le règne égala celui d'Auguste, et dont les vertus et la majesté furent supérieures à celles de cet empereur; Louis, frappé du pouvoir que les travaux de cette compagnie commençaient à prendre sur les esprits, voulut être alors votre seul protecteur, et transmit cet exemple à ses successeurs.

Pourrions-nous, messieurs, nous rappeler, sans en être vivement émus, les marques honorables que nos rois nous ont données sans cesse de leurs bontés? Si parmi les Romains les regards des sénateurs vertueux furent la récompense d'un citoyen utile, quel effet ceux du souverain ne doivent-ils pas faire sur des Français toujours passionnés pour leurs rois!

Hélas! nous n'avons vu que l'aurore d'un beau jour; le ciel n'a fait que nous montrer un dauphin, dont il avait éclairé l'esprit et formé le cœur! Déja les trois premières académies de cette capitale s'étonnaient de l'entendre parler avec tant de supériorité la langue qui leur est particulière ; elles le voyaient s'occuper de leurs travaux. Quel juste espoir ne donna-t-il pas à la France ! Quelle source éternelle de larmes pour ses anciens serviteurs ! Ah ! messieurs, je ne sens que trop en ce moment où la perte la plus cruelle vient de consterner toute l'Europe, qu'il est des douleurs que le temps ne peut calmer ! Hâtons-nous de porter nos regards sur le commencement du règne de notre auguste maître.

Admirons la jeunesse, l'esprit et la beauté assises près de lui sur le plus beau trône de l'univers ; elles appellent les beaux-arts, elles tempèrent la majesté du souverain pouvoir ; elles rendent heureux le digne successeur de Charles V, de Louis XII et de Henri IV. Français ! lorsque ce prince, conduit comme le fils d'Ulysse, se plaît à suivre les principes de ces bienfaiteurs de la France ; lorsqu'en sacrifiant une partie de sa splendeur extérieure, il en acquiert une immortelle dans les fastes de la nation ; lorsqu'il est persuadé que la vraie gloire consiste moins à faire des conquêtes qu'à conserver l'honneur de sa couronne, la liberté du commerce, celle des nations, sans faire sentir le poids de la guerre à des sujets fidèles ; ah ! prouvons-lui du moins que de vrais Français se sacrifieront toujours pour son service, et que son autel est élevé déja dans leurs cœurs.

J'ai toujours cru, messieurs, m'unir à vos travaux, en m'occupant à retracer tout ce qui tient aux lois, aux mœurs, aux usages de l'ancienne chevalerie.

Toujours animé pour la gloire de mon roi et pour celle de la noblesse française, lorsque les armes sont devenues trop pesantes pour des mains qui les portaient depuis soixante ans, je me suis proposé de mettre en action tout ce qui peut rappeler à nos jeunes guerriers l'ancien esprit de leurs pères; j'ai tâché de peindre avec force cette ardeur héroïque, qui ne laisse voir que des lauriers sur le front hérissé d'une phalange ennemie, ou sur une brèche embrasée, cet honneur épuré qui n'interprète ni n'excuse aucun acte faible ou coupable, cette inébranlable fidélité pour le souverain auquel on doit sa vie, et pour celle qui peut en assurer le bonheur.

Eh! quel plus noble et plus doux espoir, en effet, peut animer un chevalier français, que celui de paraître aux yeux de son souverain après une action brillante, d'être compté dans le nombre de ceux qui se rendent utiles à l'état, soit par leurs services, soit par leurs connaissances, et de voir les vertus et la beauté applaudir à ses succès! Qu'il se rappelle sans cesse ce passage de Tacite, si honorable pour les anciens Francs : *Les mœurs font plus chez eux*, dit cet historien philosophe, *que les plus fortes lois chez les autres nations.*

Mes vœux les plus ardents et les plus tendres sont aujourd'hui remplis, messieurs : oui , les Guesclin, les Bayard renaîtront parmi nous; nos jeunes paladins français n'ont point dégénéré de ceux qui furent chantés par la voix harmonieuse du poëte ferrarais. Ils ont volé sous les ordres d'un nouveau Renaud; ils ont étonné le Nouveau Monde par leur audace; ils sont revenus porter aux pieds de Louis des palmes qui furent inconnues aux Grecs, aux Romains, et que les fleuves de l'ancien continent ne voient point croître sur leurs bords. Ils volent une seconde fois; ils portent la bannière des lis vers ces rives éloignées... Heureux.... heureux le père qui reçoit des mains de son fils un rameau de ces nouvelles palmes, si dignes d'être entrelacées avec les lauriers de Mahon et de Fontenoi !

RÉPONSE

DE M. L'ABBÉ DELILLE,

DIRECTEUR DE L'ACADÉMIE FRANÇAISE,

AU DISCOURS DE M. LE COMTE DE TRESSAN.

MONSIEUR,

Le tribut d'éloges que vous avez payé à la mémoire de M. l'abbé de Condillac me dispenserait de rien ajouter à ce que vous en avez dit, si mon devoir et mon inclination ne m'avertissaient également de jeter aussi quelques fleurs sur son tombeau. Vous ne regrettez qu'un homme de lettres, et je regrette un confrère.

M. l'abbé de Condillac orna d'un style noble, clair et précis, différents objets de la métaphysique, cette science à-la-fois si vaste et si bornée; si vaste par son objet, si bornée par les limites prescrites à la raison. Placée entre les mystères augustes de la religion et les mystères impénétrables de la nature, entre ce qu'il est ordonné de croire et ce qu'il est impossible de connaître, elle peut creuser dans ce champ si étroit, mais elle ne peut l'élargir.

Abandonnés par leur religion à toute la liberté de leurs rêveries philosophiques, les anciens, si admirables d'ailleurs en morale et en politique, ne nous ont guère transmis, dans leur métaphysique, que des absurdités, qui, pour l'honneur de la raison, devraient être dans un profond oubli; mais qu'un respect curieux pour tout ce qu'a pensé l'antiquité a condamné à rester immortelles.

Et cependant telle est la destinée des anciens, que, dans presque tous les arts, presque toutes les sciences, les modernes se sont appuyés sur eux : ils n'ont pas achevé tous les édifices des arts, mais ils ont posé les fondements de tous ; et le système de Locke n'est, comme on le sait, qu'un développement très neuf d'un axiome très ancien, que rien n'existe dans la pensée qui n'ait passé par les sens. C'est ce même axiome que M. l'abbé de Condillac a développé d'une manière encore plus lumineuse, en reprenant, où Locke les avait laissées, des idées dont il semblait avoir méconnu la fécondité, comme on voit dans les mines un ouvrier habile revenir sur les traces des premiers travaux, et saisir une veine abandonnée.

Tel est l'objet du beau *Traité des Connaissances humaines,* qui plaça tout d'un coup M. l'abbé de Condillac au rang des philosophes les plus distingués. Je ne m'étendrai pas sur ses autres ou-

vrages, que vous avez si bien appréciés; je ne
me laisserai pas même séduire par cet ingénieux
Traité des Sensations, dont il dut l'heureuse idée
à une femme, et qui réunit à l'intérêt de la vérité le charme de la fiction. Mais je ne puis ne
pas m'arrêter avec plaisir sur le moment où
M. l'abbé de Condillac fut appelé sur un théâtre
plus digne de ses vertus et de ses lumières, par
le choix qu'on fit de lui pour être l'instituteur de
l'infant de Parme. On a vu des philosophes célèbres refuser des propositions semblables avec
des conditions plus honorables encore et plus
flatteuses, et défendre, contre la promesse de la
plus haute fortune et des plus grands honneurs,
leur repos honorable et leur douce médiocrité.

L'abbé de Condillac n'avait pas les mêmes raisons de refus. Il s'agissait d'un enfant du sang de
France, et le philosophe, en acceptant, fut encore citoyen. Eh! qui convenait mieux à cette
place, que celui qui avait étudié si profondément
l'esprit humain? Mais il ne s'agissait plus de ces
brillantes hypothèses, de cette statue animée par
une ingénieuse fiction; il s'agissait de former un
enfant royal; il fallait épier, saisir au moment de
leur naissance chacune de ces pensées d'où devait
dépendre un jour le sort d'un état, les diriger,
les épurer, et, pour achever cette grande créa-
tion, allumer dans cette ame un feu vraiment céleste, l'amour du bien public.

Lorsqu'on a dit d'un écrivain : Il fut grand orateur, grand poëte, grand philosophe, le public entend dire encore avec plaisir : Il fut simple et bon. Tel fut M. l'abbé de Condillac. Pour le regretter autant qu'il mérite de l'être, il ne suffit pas d'avoir lu ses ouvrages; il faut avoir connu ses amis, ou l'avoir connu lui-même. Il fut pleuré... Qu'ajouterai-je à ce mot?

Le public vous voit avec plaisir, monsieur, prendre ici la place de cet illustre académicien. Votre nom et votre rang ajoutent un nouveau lustre à vos talents, et vos talents rendaient votre nom et votre rang inutiles.

Aux dons de la nature, vous avez ajouté ce goût exquis, perfectionné par le commerce des sociétés les plus brillantes, dont vous-même avez été l'ornement. On sait combien les agréments de votre esprit ont embelli cette célèbre cour du feu roi de Pologne, composée des hommes et des femmes les plus distingués par la naissance, les graces, le génie, et qu'Auguste, maître du monde, eût enviée à Stanislas détrôné.

Depuis long-temps vous vivez dans une retraite philosophique, où les lettres font votre bonheur et votre gloire. Il semble qu'elles veulent vous payer aujourd'hui les heures que, dans vos plus belles années, vous avez dérobées pour elles aux plaisirs de la jeunesse et au tumulte des cours. Permettez-moi seulement de remarquer une chose très nouvelle, dans ce partage que vous leur avez fait de votre vie. Dans votre jeunesse, vous

d.

vous êtes occupé de choses sérieuses, et de savants mémoires sur quelques objets de la physique vous ont mérité l'adoption de l'académie des Sciences. Dans un âge plus avancé, vous vous êtes livré aux brillantes féeries des romans et aux enchantements de la poésie. Digne rival des Chaulieu, des La Fare, de ce Saint-Aulaire qui composa à quatre-vingts ans quelques vers qui l'ont immortalisé (car dans le plus petit genre la perfection immortalise), successeur de ces hommes aimables dans la célèbre société du temple, vous avez hérité d'eux, non-seulement leurs graces et leur urbanité, mais encore l'art heureux de tromper comme eux les ennuis de l'âge par les prestiges dont vous entoure votre génie aimable et facile. Le talent le plus jeune vous envierait la fécondité de votre plume élégante; et ce que vous appelez votre vieillesse, car ce mot semble ne devoir jamais être fait pour vous, ressemble à ces beaux jours d'hiver si brillants, mais si rares, dont la plus belle saison serait jalouse.

Peut-être tous ceux qui ne cultivent les lettres que comme un moyen de bonheur devraient-ils vous imiter; peut-être faudrait-il que nos études, au lieu de suivre l'impression et le caractère de l'âge, luttassent contre son impulsion; que, comme vous, monsieur, on opposât des méditations sérieuses et profondes à la bouillante effervescence et aux dangereuses erreurs de la jeunesse; que, comme vous, on égayât des fleurs de la littérature la plus aimable, ce déclin de l'âge, où la raison chagrine ternit et décolore nos idées, et que, par ce moyen, on retînt, du moins le plus long-temps qu'il serait possible, les douces illusions qui s'envolent. Mais pour cela, monsieur, il faudrait et ce fond de raison qui vous a distingué de si bonne heure, et cette tournure d'imagination toujours jeune, toujours fraîche, qui, n'en déplaise à tous les romans possibles, est la véritable fée, la véritable enchanteresse. C'est par elle que vous avez rajeuni nos anciens contes de chevalerie; ils ont acquis plus de goût et d'élégance, et n'ont presque rien perdu de leur antique naïveté.

On dit que nos anciens paladins, revenus de leurs expéditions valeureuses, dans l'oisiveté de leurs châteaux, se faisaient conter les exploits des braves les plus célèbres. Vous avez mieux fait encore, monsieur; dans la paix de votre retraite, vous avez célébré vous-même les exploits de ces anciens héros de notre chevalerie, à laquelle vous appartenez par votre naissance. C'est par ce même attrait sans doute que vous avez traduit le charmant poëme de l'Arioste, archives immortelles de ces nobles extravagances de la bravoure chevaleresque, qui, depuis corrigée par le ridicule et réduite à son juste degré, est devenue le véritable caractère de la valeur française. Au reste, monsieur, cet esprit de chevalerie, que nous croyons si moderne, peut-être remonte-t-il plus haut qu'on

ne pense. Il me semble que la Grèce eut aussi et
ses paladins et ses troubadours. Hercule, Pyri-
thoüs, Thésée, allaient aussi cherchant les aventures, exterminant les monstres, offrant leurs
bras et leurs vœux à la beauté, et Homère allait
chantant ses vers de ville en ville. Enfin, rien ne
ressemble plus à l'héroïsme d'Homère que l'héroïsme du Tasse; car votre Arioste, monsieur, a
chanté sur un autre ton, ou, pour mieux dire,
sur d'autres tons : en effet, il les a tous.

Vous savez que, lorsque son poëme parut, quelqu'un lui demanda où il avait pris toutes ces fo-
lies. Vous, monsieur, qui l'avez reproduit dans
notre langue, vous lui avez plus d'une fois demandé où il avait pris ce génie si souple et si facile, qui parcourt sans disparates les tons les plus
opposés; qui, par un genre de plaisanterie nouveau, ne relève les objets que pour mieux les
abaisser; de l'expression sublime descend subite-
ment, mais sans secousse, à l'expression familière,
pour causer au lecteur, tout-à-coup désabusé, la
plus agréable surprise; se joue du sublime, du pa-
thétique, de son sujet, de son lecteur; commence
mille illusions qu'il détruit aussitôt; fait succéder
le rire aux larmes, cache la gaîté sous le sérieux,
et la raison sous la folie, espèce de tromperie
ingénieuse et nouvelle, ajoutée aux mensonges
riants de la poésie.

Il semble que le peu d'importance qu'il paraît
attacher à toutes ces imaginations aurait dû dés-

armer la critique; cependant, à ce poète si peu
sérieux, même quand il paraît l'ètre le plus, elle
a très sérieusement reproché le désordre de son
plan. Vous savez mieux que personne, monsieur,
combien ce désordre est piquant, combien il a
fallu d'art pour rompre et relier tous ces fils, pour
faire démêler au lecteur cette trame, comme il le
dit lui-même, d'évènements entrelacés les uns
dans les autres, pour l'arrèter au moment le plus
intéressant, sans le rebuter; et, ce qui est le
comble de l'adresse, entretenir toujours une curiosité toujours trompée.

Vous vous rappelez la fameuse querelle des anciens et des modernes. Connaissez-vous un auteur qui eût pu mettre un plus grand poids dans
la balance? Les modernes, qu'on opposait aux
anciens, devaient aux anciens mêmes une partie
de leur force. L'Arioste seul, vraiment original,
pouvait lutter contre eux avec ses propres armes;
et ces armes, comme celles de ses héros, étaient
enchantées.

Laissons à l'Italie cet éternel procès de la prééminence du Tasse et de l'Arioste, qui amuse la
vanité nationale; leurs genres sont trop différents
pour être comparés. Admirons la beauté noble,
régulière et majestueuse de la poésie du Tasse;
adorons les caprices charmants, le désordre aimable et l'irrégularité piquante de la muse de
l'Arioste. Une seule chose les rapproche; c'est le
plaisir avec lequel on les lit même dans les tra-

ductions les plus faibles, où pourtant l'Arioste avait, quoique sous la même plume, perdu beaucoup plus que le Tasse ; car quel style parmi les modernes égale celui de l'Arioste ? Vous l'avez vengé, monsieur, de l'infidélité de ses premiers traducteurs, et je vous dirais volontiers, en style de chevalerie : Vous avez redressé les torts de vos prédécesseurs.

Cependant je vous crois déja trop de dévouement à la gloire de l'Académie, pour exiger que j'établisse votre supériorité aux dépens d'un homme estimable, dont le nom est sur sa liste. L'ouvrage de M. Mirabaud se lit avec intérêt ; et, pour tout dire en un mot, il a traduit un roman, vous avez traduit un poëme.

Quelle obligation n'avons-nous donc pas, monsieur, à votre vie retirée et paisible, puisqu'elle nous a valu des ouvrages aussi aimables ! Combien vous devez la chérir vous-même, puisqu'elle a tant contribué à votre gloire ! Cependant, monsieur, je ne puis m'empêcher de faire contre elle quelques vœux, non en faveur d'un monde souvent frivole, qui ne vous offrirait aucun dédommagement des vrais plaisirs que vous auriez perdus, mais en faveur de l'Académie qui vous adopte ; vous voyez qu'on s'y occupe de tout ce que vous aimez. Quittez donc quelquefois votre asyle pour elle, et vous croirez ne l'avoir pas quitté.

....

EXTRAIT

DU DISCOURS DE RÉCEPTION

DE M. BAILLY

A L'ACADÉMIE FRANÇAISE,

A LA PLACE DE M. LE COMTE DE TRESSAN;

PRONONCÉ LE 26 FÉVRIER 1784.

MESSIEURS,

Lorsque vous daignez remplir le vœu que j'avais formé depuis long-temps, le vœu que j'ai réitéré avec une constance proportionnée à son objet, j'ai une trop haute idée du corps respectable où je suis admis, pour attribuer à sa seule indulgence la grace qui doit émaner de sa justice. Je suis loin cependant d'écouter une présomption qui n'est pas dans mon caractère; mais, pénétré de l'honneur que vous me faites, je pense que votre choix m'en a déclaré digne; je pense surtout qu'il me donnera des forces pour soutenir le titre que vous m'accordez. Il est dans notre nature de s'enflammer par d'illustres exemples.

En prenant place parmi vous, messieurs, on se trouve au milieu des hommes les plus éclairés et des écrivains les plus célèbres. Eh! qui ne serait pas saisi d'enthousiasme comme de respect, en entrant dans cet asyle des talents et du génie, dans ce sanctuaire des lettres, où vit à jamais la mémoire de vos augustes prédécesseurs, les auteurs des premiers chefs-d'œuvre, les fondateurs de la solide gloire de la nation? Sans doute leurs ombres se plaisent dans ces murs, témoins de leurs succès; leur influence y est communiquée de race en race. Vous en êtes les dépositaires, vous, messieurs, les héritiers et les enfants de leur génie, et vous agrandissez les hommes, en dispensant les titres de cette noble famille.

Dans la longue succession de ces écrivains qui ont honoré leur patrie, le deuil a souvent affligé les lettres, et ces voûtes ont retenti de vos regrets. Vous déplorez aujourd'hui deux pertes que vous faites à-la-fois; l'une de M. D'Alembert, dont vous venez d'entendre célébrer dignement la mémoire; l'autre, de M. de Tressan, que j'ai l'honneur de remplacer. Présenté et admis dans sa vieillesse, il a peu joui de l'honneur de siéger parmi vous, messieurs. C'est presque au bord du tombeau que vous l'avez couronné, et on pourrait dire que c'est le chant du cygne qui vous l'a fait reconnaître. La guerre, les cours et différents emplois avaient successivement occupé la plus grande partie de sa vie. Son bonheur fut de vivre dans ces cours mêmes, avec ce qu'elles offraient et de plus instruit et de plus aimable; d'abord à la cour de Versailles, ensuite à celle de Lunéville, auprès d'un prince éclairé, d'un prince ami des hommes et bienfaiteur de son peuple.

M. de Tressan, presque contemporain de Voltaire, et témoin de la longue vieillesse de Fontenelle, eut l'avantage d'être lié avec ces deux hommes célèbres. Il s'honorait d'avoir été leur disciple, et on peut croire que l'auteur des Mondes n'aurait pas désavoué l'écrivain de l'Amadis.

Dans cette société, où Voltaire montrait un génie si vaste et Fontenelle un esprit si facile, M. de Tressan ressentit l'influence de l'exemple. Il fit avec le même succès, tantôt des vers pleins d'esprit et de grace, tantôt des discours élégants dans les différentes académies qui l'ont adopté; enfin des morceaux de philosophie pour l'instruction de ses enfants; et lorsque leur éducation fut achevée, ayant reçu de leur amour et du sien une nouvelle vie, il porta tout ce qui lui restait d'existence dans l'étude et dans la culture des lettres.

Un ouvrage périodique, commencé, il y a quelques années, et dont il a fait en partie la fortune, l'engagea à entreprendre les extraits de quelques-uns de nos anciens romans. Il tenta de les rajeunir, sans leur rien ôter des graces de leur naïveté; et cette entreprise fut heureuse, car la nature l'avait fait ingénieux et fin; mais elle lui avait donné cette naïveté précieuse qui sert de voile à la finesse, et qui la rend plus piquante. Il usa même d'une supercherie dont il doit être loué, en présentant, pour un extrait rajeuni, un roman tout neuf, où il eut l'art de tromper et le bonheur de plaire. La première partie de ce roman eut un succès prodigieux. Il s'agissait d'un enfant élevé dans une caverne par une ourse : le fait est peut-être hors de la vraisemblance; mais il faut bien qu'on y croie, puisqu'il intéresse. Tel est l'art de l'écrivain! il crée à volonté les faits, il les pare des couleurs de son imagination, il les rend vrais par la vérité des détails; ces détails sont ce que nous connaissons le mieux, et ce qui nous touche davantage; on juge comme l'auteur le veut, quand on est ému, et il force la croyance par la sensibilité.

Ce don de la nature, le talent d'écrire, est aussi rare qu'il est précieux. Un philosophe, un observateur des mœurs et des opinions des hommes, peut avoir médité, beaucoup pensé et beaucoup écrit, sans avoir un style ou du moins un style qui lui appartienne. Il en est des styles comme des hommes : beaucoup d'individus, et peu de caractères, c'est l'histoire de la société; beaucoup d'écrivains, et peu d'écrivains originaux, c'est l'histoire de la littérature. Combien d'auteurs, associant et bigarrant les styles, redisent les phrases de nos bons écrivains, comme les modernes com-

posent en latin avec les expressions de Cicéron
et de Térence!

Nous naissons tous pour l'imitation ; nous
commençons tous par elle. Ce qui distingue l'écrivain né avec un vrai talent, c'est qu'il finit par
n'avoir d'autre maître que son génie, et d'autre
modèle que la nature : au lieu que l'écrivain sans
caractère, n'ayant que des copies sous les yeux,
imitant tout, étant tout, hors lui-même, ne réunit jamais dans ses écrits cette propriété constante
du style qui est la marque de l'originalité, et
cette vérité de couleur qui est l'expression de
l'ame. Toutes nos compositions ne doivent être
que le tableau de notre ame : elle s'y peint, quels
que soient les sujets ; elle y porte, ou sa gran-
deur, ou ses faiblesses ; et malheur à l'écrivain
de qui on n'assignera pas le caractère sur ses ouvrages !

M. de Tressan, quoiqu'il ait écrit tard, quoiqu'il n'ait fait, peut-être, que se laisser entrevoir,
a montré un talent naturel et un style qui avait
un caractère. Ce caractère précieux aux gens de
goût, et surtout à des Français, était la grace.

La grace, fille de la nature et compagne de la
vérité, réside dans le style, quand il est ingénu
et sans effort ; elle fuit la recherche et l'exagéra-
tion. Ce qui est élevé doit être présenté sous une
expression simple ; ce qui est ingénieux doit paraître échapper à la naïveté. La grace semble l'at-
tribut des vertus les plus touchantes, l'innocence,

la candeur, la sincérité; et il ne faut pas s'étonner si elle a tant de droits pour nous plaire; il ne faut pas s'étonner si elle s'éloigne de nous, à mesure que nous nous éloignons de ces vertus des premiers temps.

Le style gaulois a de la grace, parcequ'il est naïf; et il tient cette naïveté de la simplicité des mœurs antiques. M. de Tressan les étudia dans nos vieux romans, qui en sont les dépositaires. Il sentit que son talent était de peindre ces mœurs; son style en reçut l'empreinte, et il transporta dans notre langue perfectionnée le ton naïf et la grace naturelle du langage gaulois. Nous ne pouvons peindre que ce que nous sommes capables de sentir et d'aimer. On voit, par la traduction de la charmante histoire de Saintré, et par celle de l'Amadis, que les inclinations de M. de Tressan l'auraient porté vers les mœurs chevaleresques des anciens temps de notre monarchie, temps illustrés par l'héroïsme de la valeur et de l'amour; la gloire et la beauté en étaient les idoles. Ce furent celles de M. de Tressan, et il les chanta comme Anacréon, qui, couronné de myrte et chargé d'années, chantait l'amour en sacrifiant aux graces; avec cette différence que le vieillard français, malade et tourmenté de la goutte, a déployé les premiers et les derniers efforts de son talent au milieu de ces souffrances. C'est dans ces moments de douleur, et presque sans sortir de son lit, qu'il a entrepris la traduc-

tion de l'Arioste, achevée en moins de dix mois.
Le desir d'obtenir vos suffrages, messieurs, a excité ses efforts; et si la célérité et la facilité du
travail ont laissé des défauts dans cet ouvrage, il
faut admirer le vieillard qui conservait tant de
force et d'ardeur, et de qui le talent maîtrisait
l'âge et la maladie. La gaîté française avait alors
le même effet que le stoïcisme : le mal n'attei-
gnait pas l'esprit de M. de Tressan; sa tête restait
libre, et son imagination était riante. Il peignait
les hauts faits d'armes, comme un Français qui
sent qu'il est né pour s'y distinguer : il peignait
l'amour, comme un homme qui se plaît à s'en
souvenir.

Mais l'amour dont il nous traça la peinture
tenait encore aux mœurs antiques ; c'était l'amour
associé à la gloire, ennobli par elle, et réunissant
les deux cultes, de l'honneur et de la beauté.
Cette aimable galanterie eut les beaux jours de
son règne dans le siècle dernier, dont M. de
Tressan respira encore l'influence ; et, dans ses
entretiens, comme dans ses écrits, il joignit les
moyens de plaire des cours de Louis XIV et de
Stanislas, aux agréments d'un esprit formé par
les leçons de Voltaire et de Fontenelle.

M. de Tressan n'avait pas entendu Fontenelle
sans prendre du goût pour les sciences. Il les
avait cultivées ; et long-temps avant d'être admis
parmi vous, messieurs, il avait été reçu à l'académie des Sciences. C'est donc un de mes anciens

confrères dont j'ai l'honneur de vous entretenir;
et la séance où nous sommes, où j'ai le bonheur
d'assister pour la première fois, offre une circonstance très remarquable. M. D'Alembert et M. de
Tressan que vous regrettez étaient tous deux de
l'académie des Sciences; j'ai l'avantage d'appartenir à cette compagnie, et celui d'être reçu dans
la vôtre par un de mes confrères, aujourd'hui
votre digne organe.

EXTRAIT

DE LA RÉPONSE

DE M. LE MARQUIS DE CONDORCET,

DIRECTEUR DE L'ACADÉMIE FRANÇAISE,

AU DISCOURS DE M. BAILLY.

MONSIEUR,

M. le comte de Tressan unissait les sciences et les lettres : il eut le courage de les cultiver au milieu de toutes les illusions de la jeunesse, de l'agitation de la cour, de la dissipation du monde, du tourbillon des plaisirs. Tandis qu'il immortalisait dans ses vers les charmes de l'actrice célèbre à qui les ennemis d'un grand homme ont osé attribuer une partie du succès de Zaïre, il écrivait à Voltaire, à Fontenelle, à Haller, à Bonnet, aux Bernouilli, au vainqueur de Molwitz, au philosophe qui a chanté les saisons; il méditait les ouvrages des savants, il jetait sur la nature un regard observateur. Chaque jour, quelques heures enlevées au plaisir étaient consacrées à l'étude, et il en a reçu la récompense; les lettres ont été la consolation de sa vieillesse.

Dans un âge où les hommes les plus actifs commencent à éprouver le besoin du repos, il devint un de nos écrivains les plus féconds et les plus infatigables. Il publia ces contes, où des tableaux voluptueux n'alarment jamais la décence; où une plaisanterie fine et légère répand la gaîté au milieu des combats éternels et des longs amours de nos paladins. Le naturel des sentiments et des images fait oublier le merveilleux des aventures. Rajeunis par lui, nos anciens romanciers ont de l'esprit et même de la vérité; leur imagination vagabonde n'est plus que riante et folâtre. Enfin l'Arioste lui-même n'a perdu entre les mains de M. de Tressan, que ce qu'un grand poëte est condamné à perdre dans une traduction en prose.

La vieillesse est peut-être l'âge de la vie, auquel ces ingénieuses bagatelles conviennent le mieux, et où l'on peut s'y livrer avec moins de scrupule et plus de succès. C'est lorsqu'on est désabusé de tout, qu'on a le droit de parler de tout en badinant. C'est alors qu'une longue expérience a pu enseigner l'art de cacher la raison sous un voile qui l'embellisse, et permette à des yeux trop délicats d'en soutenir la lumière; c'est alors qu'indulgent sur les erreurs de l'humanité, on peut les peindre sans humeur et les corriger sans fiel.

On n'a plus la force de suivre la vérité qui se dérobe à notre faiblesse; les traits profonds qui peignent les passions échappent à une ame qui n'en conserve plus que des souvenirs presque effacés. La réalité n'offre à la vieillesse que des regrets : c'est dans un monde idéal qu'elle doit chercher à exister. La jeunesse poursuit trop souvent avec ardeur des chimères sérieuses que son imagination réalise : pourquoi n'excuserions-nous pas la vieillesse, lorsqu'elle s'amuse avec des contes, et qu'elle cherche à jouir un moment de leurs douces et passagères illusions?

M. le comte de Tressan était depuis long-temps associé libre de l'académie des Sciences; et ces deux compagnies ont toujours vu naître avec plaisir l'occasion de resserrer par de nouveaux liens cette union utile à toutes deux.

AMADIS
DE GAULE.

AVERTISSEMENT

DE LA PREMIÈRE ÉDITION, IN-12.

L'INDULGENCE avec laquelle on a reçu quelques extraits de nos anciens romans de chevalerie, que j'ai donnés dans la Bibliothèque des romans, m'avait fait entreprendre celui d'Amadis de Gaule. J'avoue qu'entraîné par l'invention, l'abondance et la variété des tableaux répandus dans ce célèbre roman, il m'en aurait trop coûté pour en supprimer bien des traits et des aventures que les lecteurs auraient regrettés; j'en étais à peine à la moitié de l'ouvrage, lorsque je m'aperçus que je faisais plutôt une traduction libre, que le simple extrait que je m'étais proposé.

C'est avec bien du regret que je me trouve forcé de faire imprimer séparément un faible ouvrage, qui par son étendue ne pouvait plus entrer dans la Bibliothèque des romans, et qui s'écarte peut-être quelquefois des lois sages et sévères auxquelles ses rédacteurs se sont assujettis. La jeunesse trouve dans cet immense recueil, devenu de jour en jour plus utile, une instruction agréable propre à former ses mœurs en éclairant son esprit; l'homme instruit y trouve de même une critique judicieuse, des anecdotes très recherchées qu'il pouvait ignorer, des faits, des dates précises qu'il remet sous ses yeux, et un esprit philosophique qui lui fait apprécier le goût national de différents siècles, et les moyens dont nos anciens romanciers se sont servis pour allier l'histoire avec la fable.

La traduction libre de l'Amadis de Gaule, telle que je la donne aujourd'hui, paraît dans le même format que la Bibliothèque des romans; et si je peux espérer qu'elle soit reçue avec la même indulgence que mes premiers extraits, j'aurai peut-être le courage de suivre l'histoire immense des nombreux successeurs que les auteurs espagnols ont donnés aux trois braves et aimables fils de Périon, roi de Gaule, et de la continuer par extraits, selon le premier dessein qui m'avait fait commencer celui de l'Amadis de Gaule.

Ceux des lecteurs qui connaissent l'original de ce roman m'excuseront peut-être de ne m'être pas assujetti à le suivre dans tous ses détails, d'en avoir retranché quelques-uns, et même d'en avoir quelquefois suppléé de nouveaux.

Plusieurs aventures de ce roman sont écrites avec des expressions supportables à peine dans la langue latine; il est même étonnant que des cours aussi polies que l'étaient celles de François Ier et de Henri II n'eussent pas déjà banni des ouvrages d'agrément, des expressions grossières, des images maussades et révoltantes, dont la sécheresse ou le mauvais ton n'ont dû plaire en aucun temps.

J'ai conservé fidèlement la charpente et la marche de ce roman plein d'invention, de noblesse et de sentiment; je n'ai ajouté dans la narration que ce que j'ai cru nécessaire pour mieux lier les évènements; j'ai tâché de conserver aux héros de ce roman leur vrai caractère, et (s'il est permis de se servir de cette expression) de leur conserver aussi leur physionomie et le costume de leur temps.

J'ai cru devoir mettre un peu plus de vraisemblance dans le récit de plusieurs actions de guerre. Je n'ai pu rien ajouter aux traits sublimes ou charmants qui caractérisent les actes, les principes et l'amour du tendre et fidèle Amadis; et j'espère que les Graces ne feront que sourire, et ne rougiront jamais en lisant les aventures de son aimable frère Galaor, telles que j'ai cru qu'il m'était permis de les conter.

DISCOURS
PRÉLIMINAIRE.

Nous devons à mademoiselle de Lubert, qui mérita dès sa plus tendre jeunesse le surnom de *Muse* et de *Grace*, que M. de Fontenelle et la société éclairée lui donnèrent, le premier extrait que nous ayons d'une partie des anciens et nombreux romans connus sous le nom des *Amadis*.

Il était impossible qu'il n'échappât bien des aventures et bien des traits au jeune et modeste auteur de ce premier extrait : nous avons espéré qu'il nous serait permis de les rappeler, et que nous pouvions ne rien soustraire de cet ouvrage qui fit les délices de la charmante et vertueuse reine de Navarre, sœur de François 1er.

L'extrait de mademoiselle de Lubert, très agréable et très digne de son succès, étant fort abrégé, nous croyons qu'un travail plus étendu sur le même objet peut être utile pour faire connaître un ouvrage, qui, dans le seizième siècle, influa beaucoup sur les mœurs de deux grandes nations, qui fit les délices des cours éclairées de François Ier et des Valois ses successeurs, et dont les éditions complètes sont devenues très rares.

Nicolas D'Herberay, sieur des Essarts, qui servit avec distinction dans les premières charges de l'artillerie sous François Ier et Henri II, fut le premier qui traduisit les Amadis du castillan dans notre langue, selon la superbe édition en quatre gros volumes in-folio, de la bibliothèque du roi. On voit qu'il fit paraître la traduction du premier livre d'Amadis de Gaule en 1540; qu'il le dédia, et ceux qu'il fit successivement imprimer, à François Ier; et qu'après la mort de ce prince, arrivée en 1547, il dédia ceux qu'il traduisit encore à Henri II, à l'aimable et surprenante Diane de Poitiers, duchesse de Valentinois, et au connétable de Montmorency.

La plus grande incertitude nous paraît régner encore sur le nom du véritable auteur du premier roman des Amadis. Mademoiselle de Lubert, dans sa préface, rapporte plusieurs opinions différentes sans se décider. Quelques savants attribuent la première invention de ce roman à Vasco de Lobeira, portugais; mais nous croyons qu'ils lui font trop d'honneur. Ce que l'on trouve de plus certain, c'est que les Amadis furent augmen-

tés et rédigés par Garcias Ordognez de Montalvo,
auteur castillan, qui les fit imprimer dans sa lan-
que, en 1547 (1), et qui dit avoir travaillé d'a-
près des éditions antérieures qu'on peut présumer
devoir être de la fin du quinzième siècle, sous
les règnes de Ferdinand et d'Isabelle, qui protégèrent et cultivèrent les lettres dans leur cour
que la conquête du royaume de Grenade avait
rendue également éclairée et brillante; les débris
des sciences et des lettres grecques ayant passé
dans la cour des Zégris et des Abencérages, avant
que d'être reçus dans celle des descendants et des
successeurs de Pélage.

Dans un prologue du sixième livre des Amadis,
écrit en espagnol, et imprimé en 1526, l'auteur
castillan dit qu'il a traduit ce sixième livre de l'i-
talien; il suppose que Féralite, disciple de Pé-
trarque, trouva ce manuscrit en langue grecque
dans la bibliothèque de l'amant de Laure, et que
ce Féralite le traduisit dans sa langue maternelle.

Un autre auteur espagnol, traducteur du qua-

---

(1) La première édition de l'ouvrage de Montalvo est de
1525 et non de 1547 : ainsi c'est à tort que M. de Tressan
affirme plus loin que D'Herberay, qui fit paraître le premier
livre des Amadis en 1540, n'avait pu le connaître. Voyez GIN-
GUENÉ, Histoire littéraire d'Italie, t. V, p. 63.   P.

trième livre, répand encore sur cet ouvrage plus de merveilleux que le traducteur du sixième ; il prétend l'avoir traduit d'un manuscrit grec trouvé sous une tombe, dans un hermitage près de Constantinople.

Nous sommes sûrs que Nicolas D'Herberay ne s'est point servi du travail de Montalvo, puisque l'édition du premier livre, qu'il dédia à François Ier, est de 1540 (1) ; mais D'Herberay nous apprend lui-même que c'est d'après des manuscrits en langue castillanne qu'il traduisit ; et cette langue n'était malheureusement que trop familière alors à la cour de France par le séjour de François Ier à Madrid, et par les voyages que sa belle et savante sœur, la duchesse d'Alençon, et les grands seigneurs français y avaient faits.

Quoiqu'il soit donc prouvé que c'est du castillan que D'Herberay fit sa traduction, il ne l'est pas de même que tous les livres qui composent les Amadis aient été écrits originairement en cette langue.

Plusieurs des romans du quinzième siècle servent à prouver à ceux qui connaissent la littérature française depuis son berceau, que lorsque le goût des romans renaquit en France dans ce

_____

(1) Voyez la note précédente.   P.

siècle d'ignorance, les romanciers de ce temps recueillirent avec soin tout ce qui pouvait être resté de ceux du douzième et du treizième siècles. Rusticien de Puise, auteur de presque tous les romans de la Table ronde, Guillaume de Loris, Christian de Troyes, le héraut d'armes Adenez, Rutebœuf et plusieurs autres, laissèrent des fragments dont les romanciers du quinzième et du seizième siècles se servirent sans goût, sans invention, et qu'ils déshonorèrent par les fables grossières, la superstition et l'ignorance qui règnent dans tout ce qu'ils joignirent à ces fragments, pour leur donner plus de consistance et de longueur. L'homme de goût qui voudra se donner la peine d'examiner attentivement la plus grande partie des romans, depuis l'époque de ceux de la Table ronde qui sont restés presque intacts, remarquera que le commencement de tous ces romans montre beaucoup plus d'invention, de goût, de noblesse et de vraisemblance, que leur fin presque toujours insoutenable à lire, et qu'il est impossible que ces romans puissent être de la même main.

Nous avouons que nous ne pouvons nous empêcher de présumer que les Amadis ont éprouvé le même sort ; l'Amadis de Gaule nous paraît être bien supérieur à ceux qui le suivent, et voici sur quoi nous fondons nos conjectures.

Nicolas D'Herberay nous apprend lui-même qu'il se souvient d'avoir vu des manuscrits de l'Amadis de Gaule écrits en langue picarde, et que peut-être ce sont ces mêmes manuscrits dont les Espagnols se sont emparés, pour les traduire dans leur langue, et les continuer en les accommodant au goût de leur nation.

Cette première idée de D'Herberay pouvait acquérir bien de la force et des degrés de probabilité, s'il l'eût approfondie par des rapprochements bien faciles et bien naturels à faire.

L'espèce de langage que D'Herberay désigne par le nom de langue picarde paraît ne s'être jamais altéré dans la Picardie; celui qu'on y parle encore aujourd'hui n'est point un patois, toujours sujet à perdre ou à s'enrichir. Quiconque aura la connaissance des anciens manuscrits qui nous restent écrits en ancienne langue romance, reconnaîtra sans peine que l'idiome du paysan picard, depuis Abbeville, Péronne, Saint-Quentin, Sailly, jusqu'à Genlis, Noyon et Chaulny, est absolument le même que celui dans lequel les mémoires du sire de Joinville sont écrits; il y reconnaîtra la même acception dans tous les mots d'un usage commun, et la même orthographe que dans les manuscrits qui nous restent des moralités et des lais, tençons et fabliaux, que M. de Barbasan nous a restitués. J'ose dire plus encore, oui, j'ose assurer que le premier magister d'un village picard, qui sera doué de quelque intelligence, lira tout aussi facilement, entendra peut-être mieux nos plus anciens manuscrits en langue romance, que ceux qui, sans avoir lu le catéchisme picard et bégayé ce langage dans leur enfance, ont fait depuis une étude suivie de ces anciens écrits.

Quelque singulier qu'il soit que la langue romance du douzième et du treizième siècles se soit conservée intacte en Picardie, le fait n'en est pas moins vrai, et tous les gens éclairés de cette province m'accorderont cette assertion.

C'est donc d'après cette observation, que je présume que les Espagnols ont pu commencer par n'être que les traducteurs de l'Amadis de Gaule, le seul de cette nombreuse race que je prétende et que j'aime à revendiquer sur eux. Il est bien simple que les manuscrits picards, selon l'expression de D'Herberay, soient tombés entre leurs mains; Philippe-le-Bon et Charles-le-Téméraire portèrent assez souvent leurs armes victorieuses dans la Picardie, pour que ces manuscrits se soient trouvés dans la bibliothèque de Marie de Bourbon.

Si l'on rapproche l'Amadis de Gaule et surtout

les quatre premiers livres, des romans de Lancelot du Lac et de Tristan de Léonais, l'homme de
goût reconnaîtra leur analogie ; il trouvera la
même vraisemblance respectée, le même ton de
noblesse et de galanterie, qui caractérisent les ingénieux romans qu'écrivit en latin Rusticien de
Puise, dans le commencement du douzième siècle,
et qui furent traduits en langue romance vers la
fin du même siècle sous Philippe Auguste.

Il faut l'avouer, Amadis, Galaor et Florestan,
ces trois braves et aimables fils de Périon, roi de
Gaule, ne paraissaient point occupés, dans ces
quatre premiers livres, de la conversion des mécréants; ce n'est que dans l'histoire de leurs successeurs qu'on commence à voir le zèle cruel et
trop intéressé de Simon de Montfort, le même
qui fit lever la hache sanglante des destructeurs
des caciques et des incas.

Je dis plus, on trouve un rapport de faits con-
temporains dans les romans de Rusticien de Puise
et dans les quatre premiers livres d'Amadis, tels
que celui du combat d'Amadis contre Abyes, roi
d'Irlande, et celui de la victoire de Tristan sur
le morhoult d'Irlande.

On ne trouvera point dans le commencement
de l'Amadis de Gaule la superstition, les miracles
et les anachronismes absurdes et révoltants qu'on

voit dans la longue suite de cet ouvrage; le costume dans les mœurs, dans les armes, dans les
parures, dans les lois de la chevalerie, et dans la
manière de combattre, est fidèle surtout dans les
trois premiers livres; et l'on n'y trouve pas de ville
assiégée à coups de canon, ni l'aile d'une armée
à moitié détruite à coups de coulevrines, d'ar-
quebuse et de mousqueterie, comme on le trouve
dans les livres suivants. Cette différence extrême
entre le premier roman et la suite nombreuse
de ceux qui sont compris sous le titre des Amadis, n'avait point échappé à l'ingénieux et spirituel Cervantes : on voit toute celle qu'il met entre
l'Amadis de Gaule et ses successeurs, dans la revue qu'il fait de la bibliothèque de don Quichotte;
l'Amadis de Gaule est conservé par le sévère
curé qui livre sans regret Esplandian à la gouvernante, pour servir de base au bûcher prêt à
brûler ceux qui lui succèdent.

Tout me porte donc à présumer que nous devons l'Amadis de Gaule à l'un de nos romanciers
de la fin du règne de Louis-le-Jeune ou de celui
de Philippe-Auguste, et que ce roman fut écrit
dans le temps où la langue romance commença
d'être assez formée, assez riche, assez polie, pour
que les auteurs pussent s'en servir dans les ouvrages de pur agrément. L'éloquent saint Bernard,

la tendre Héloïse, ni son malheureux amant, n'osèrent encore écrire en cette nouvelle langue sous Louis-le-Jeune ; elle dut sa formation aux bons auteurs qui honorèrent le berceau de la littérature française, comme aux cours brillantes et éclairées de Philippe-Auguste et des rois d'Angleterre.

L'alliance étroite qui nous unit aujourd'hui avec l'Espagne était encore bien loin d'exister lorsque les Amadis parurent ; une rivalité cruelle entre deux nations également braves, généreuses et spirituelles, était alors portée jusqu'à la haine. Est-il donc vraisemblable que les Espagnols eussent été choisir leur principal héros parmi les princes du sang de France ? n'en faut-il pas conclure au contraire que ce n'est qu'étant forcés par la première traduction qu'ils ont faite en castillan de l'Amadis de Gaule écrit en langue romance, qu'ils ont conservé ce nom, qui me paraît être encore une raison de plus pour nous assurer la propriété de la première invention de ce beau roman (1).

---

(1) La Harpe (Cours de Littérature, t. XIV, p. 279) trouve très plausibles les raisons sur lesquelles M. de Tressan fonde son opinion que les Amadis, quoique traduits par D'Herberay sur des manuscrits castillans, ont été originairement empruntés

Je n'ose m'en fier absolument à ma mémoire; je suis intimement convaincu d'avoir vu ces manuscrits, prétendus picards, écrits en ancienne langue romance, dans la bibliothèque du Vatican; c'est-à-dire, dans la partie de cette bibliothèque formée de celle que la célèbre reine Christine avait rassemblée, et dans laquelle presque tous nos meilleurs et nos plus anciens romanciers français sont compris.

Plusieurs passages des trois premiers livres d'Amadis de Gaule viennent à l'appui de notre opinion; le savant Louis des Mazures, secrétaire du célèbre cardinal de Lorraine, remercie des Essarts, dans la pièce de vers qu'il lui adresse, d'avoir repris sur les Espagnols la partie des Amadis due à nos anciens romanciers français (1).

_____

d'ouvrages français du douzième siècle. Ginguené (Hist. litt. d'Italie, t. V) est d'un autre avis. Si les Amadis ne sont pas d'origine française, le premier auteur étranger, quel qu'il soit, ayant à peindre des modèles de courage, de loyauté, de constance en amour, ou de galanterie, a choisi ses principaux personnages dans notre nation, et ce fait n'est pas moins honorable pour nous. Voir, au surplus, sur cette question, une lettre inédite de M. de Tressan, et une note de M. Raynouard, qui sont à la suite de ce discours préliminaire.   P.

(1)   Tous nobles cœurs qui desirez savoir
           Ce qui vous fait gloire et honneur ensuivre,

f.

Nous le répétons encore, nous en appelons au goût juste et éclairé, au costume national; et j'espère que l'examen exact, et la comparaison entre le commencement des Amadis et leur suite, fortifiera les raisons que nous rapportons d'ailleurs, et sur lesquelles nous fondons notre opinion.

Depuis la première édition de cet ouvrage, M. de Couronne, secrétaire perpétuel de l'académie des Sciences et Belles-Lettres de Rouen, de laquelle nous avons l'honneur d'être associé, ce savant, aussi cher à la société par les agréments de son esprit, que célèbre dans la république des lettres par une érudition aussi choisie qu'elle est étendue, nous a fait observer que quelques auteurs ont attribué les Amadis à la plume d'une dame portugaise, et d'autres à celle de don Pedro, infant de Portugal, fils de Jean Ier.

Nous nous croyons obligés de rapporter cette observation, quoique M. de Couronne ne lui

---

Et vous amants qui voulez lire, et voir
Les passions telles qu'amour vous livre,
Vous trouverez l'un et l'autre en ce livre,
Que détenait l'espagnole arrogance;
Mais à la fin, la francaise élégance
Nous l'a rendu; et, en le rendant, fit
Que, l lisant dans sa langue de France,
Vous y prendrez et plaisir et profit.

donne point une autorité qui serait d'un grand
poids, s'il favorisait l'une ou l'autre opinion. Il
termine même cette observation par montrer quelque plaisir à se rendre à l'opinion qui restitue au
berceau de la littérature française les trois premiers livres de l'Amadis de Gaule, que les Castillans nous avaient enlevés.

LETTRE
DE M. DE TRESSAN
A M. L'ABBÉ DESAUNAY,

PREMIER BIBLIOTHÉCAIRE DU ROI.

Route de Pontoise à Franconville, le 28 mars 1778.

Lᴀ lettre dont vous m'avez honoré, monsieur, m'a pénétré de plaisir et de reconnaissance; elle m'est et me sera très utile pour le discours préliminaire des Amadis. Il n'y a point de prologue du traducteur D'Herberay à la tête de ses premiers livres des Amadis, dans la belle édition que vous avez eu la bonté de me prêter; il n'y a qu'une épître dédicatoire au commencement du troisième livre, adressée à François Ier, et une épître au connétable de Montmorency.

Cette belle édition est antérieure, étant de 1540, à celle de Montalvo qui n'est que de 1547 (1); mais

_____

(1) Voir la note, page LXXV. P.

par ce que vous me faites l'honneur de m'écrire, je vois clairement que D'Herberay et Montalvo n'ont rien pris l'un de l'autre, et que tous les deux ont travaillé d'après les éditions castillannes faites sous le règne de Ferdinand et d'Isabelle. Mais j'avoue que j'avais peine à rejeter l'opinion qui m'a séduit sur l'antiquité de ce roman. Je trouve dans les cinq premiers livres de cet ouvrage, dont l'Amadis de Gaule est le héros dominant, une analogie frappante avec les grands romans de la Table ronde du douzième siècle ; même marche, même goût, même invention, même costume : de plus, ces cinq premiers livres ont une infinité de traits marqués qui se rapportent aux romans d'Artus, de Tristan, du Saint-Gréal et de Giron-le-Courtois.

Nous devons tant au règne de Louis-le-Gros ! et nous ne devons pas moins à celui de Henri Ier son digne émule. Lorsque ce brave et habile Henri eut fait la conquête de la Normandie sur Robert Cliton, il tint très souvent sa cour à Rouen ; il y accueillit les gens éclairés, sa cour fut très somptueuse, jamais la chevalerie n'a été si brillante et si honorée que sous le règne de ces deux rois. L'on commença également à parler et à écrire la langue romance dans les deux cours, et les romanciers attachés à l'une ou à l'autre cour cherchèrent à faire briller les chevaliers français ou anglais, selon ce qu'ils croyaient devoir écrire pour plaire à leur maître. Je trouve encore un rapprochement favorable à mon opinion dans l'Amadis de Gaule. Lisvard, roi de la Grande-Bretagne a deux filles : Oriane épouse Amadis de Gaule, héritier de la Petite-Bretagne; Léonor sa sœur épouse l'empereur de Rome, et l'histoire nous apprend que Henri Ier avait deux filles dont il maria l'une, nommée Mathilde, à Mathieu V, empereur, et la seconde à Conan, duc de la Petite-Bretagne.

Les Espagnols ont pu feindre avoir traduit les Amadis de l'italien, pour nous en enlever la gloire; cette nation jalouse aimant mieux dire en avoir l'obligation à l'Italie qu'à la France qu'elle détestait. En disant France, j'y comprends la cour de Henri et de ses successeurs; cette cour adopta si bien la langue romance, que tous les anciens actes de Rimer et de la tour de Londres sont écrits en cette langue; d'ailleurs, nous ne connaissons guère dans le renouvellement des belles-lettres d'auteur italien plus ancien que le Dante, qui n'est que du commencement du quatorzième siècle, et nous avions eu deux cents ans avant lui Rusticien de Puise, 150 avant, le charmant auteur Guillaume de Loris et beaucoup d'autres.

La ressource des Espagnols pour déguiser les faits et nous ôter la gloire de l'invention d'Amadis de Gaule va jusqu'à lui donner une origine grecque: mais tout homme qui aura lu les romans grecs, ne reconnaîtra point dans nos anciens romanciers ni ces agréables fables milésiennes, ni le goût, ni l'espèce de fables des romans grecs.

Cependant, monsieur, il faut être juste : je cède de tout mon cœur la suite des Amadis aux Espagnols, même depuis le sixième livre où commence à briller Esplandian fils d'Amadis de Gaule : mais je revendique plus vivement que jamais pour être bien à nous, les cinq premiers livres. Nos anciens romanciers évitaient de parler de la fin de leurs héros, et la vraie fin du roman d'Amadis de Gaule est son enchantement et son sommeil dans ce beau palais d'Apollidon, qui est en vérité bien supérieur à l'extravagante gloire de *niquée*, invention que je trouve très espagnole.

J'ai de plus remarqué que notre bon Amadis de Gaule est bien amoureux, bien courtois, bien brave : mais, quoique la croisade abominable de Simon de Montfort à laquelle Amadis de Gaule pouvait bien être antérieur de dix ou vingt ans, quoique l'inquisition plus abominable encore soit de la fin du règne de Louis-le-Jeune, notre bon Amadis, il faut l'avouer, est un très médiocre convertisseur; il n'en est pas de même du très fervent espagnol Esplandian, il convertit bravement les mécréants à grands coups de sabre, et paraît avoir bien du plaisir, quand ils se montrent rebelles, à les envoyer rôtir et les faire précéder en enfer les Mexicains et les malheureux Atabalipa et Guatimozin.

J'en reviens toujours à ces manuscrits en langue picarde que D'Herberay a dit quelque part avoir vus et qui jusqu'ici nous sont inconnus, mais qui, certainement, n'ont été nommés picards que parcequ'étant jadis écrits en vieille langue romance, ils se sont trouvés être du même idiome dont se sert encore le paysan picard, et j'ose dire du moins que le rapprochement est beaucoup plus vraisemblable et plus fondé que la fiction d'avoir trouvé les manuscrits originaux sous une tombe dans un hermitage près de Constantinople.

Je me mets à vos genoux, monsieur, et vous crie merci de mon long plaidoyer en faveur d'Amadis de Gaule que je trouve être très gaulois. Le ton naïf, les sentiments honnêtes, l'amour pur et qui n'est ni licencieux ni sophiste dans ce charmant ouvrage, m'animent si fort à le publier, sous la forme d'une traduction libre qui me permet d'élaguer le superflu, que j'en suis déja presque à la fin du premier livre.

Dès que ma santé me le permettra, j'aurai l'honneur de vous aller voir; gardez ma chétive lettre avec la première, car j'en aurai peut-être besoin. L'abbé de Bussy, évêque de Luçon, qui m'a presque élevé, m'a toujours dit : Mon enfant, il faut avoir toute honte bue vis-à-vis des gens supérieurs. Il faut penser tout haut avec eux et écrire comme l'on pense :

j'en abuse trop avec vous, monsieur, mais comment me serais-je défendu de cet attrait enchanteur qui m'attire si rarement, et qui, près de vous, dès la première vue m'inspirait une si douce confiance.

J'ai l'honneur d'être avec un bien respectueux et bien véritable attachement,

Monsieur,

Votre très humble, et très
obéissant serviteur,

TRESSAN,
Lieutenant-général.

SUR LA QUESTION

DE SAVOIR

SI LE ROMAN D'AMADIS DE GAULE EST D'ORIGINE FRANÇAISE.

(Note qui nous a été communiquée par M. RAYNOUARD, secrétaire perpétuel de l'Académie française.)

M. le comte de Tressan a présenté divers motifs en faveur de l'opinion qui accorde à la littérature française l'honneur d'avoir produit le roman original d'Amadis.

Ces motifs sont :

1° Que dans les anciens romans français, auxquels on a fait des suites, les premières parties sont ordinairement supérieures aux dernières, et que cette circonstance se retrouve dans les Amadis.

Une telle considération est loin de prouver l'origine française de l'Amadis. Dans toutes les littératures, un ouvrage, et surtout un roman, est toujours mieux conçu et exécuté par l'auteur, qui a eu le mérite de l'invention, que par les écrivains qui entreprennent de le continuer.

2° Que Nicolas D'Herberay, traducteur de l'Amadis espagnol, a assuré avoir vu des manuscrits de l'Amadis de Gaule écrits en langue picarde.

Cette assertion n'est vraisemblablement qu'un artifice du traducteur, puisqu'il ne désigne ni l'époque, ni le lieu où il prétend avoir vu le manuscrit picard ; d'ailleurs D'Herberay parle du picard, comme d'un idiome écrit qui aurait offert des différences assez remarquables et assez tranchantes pour être distingué de l'ancienne langue française.

Il est à remarquer qu'à l'époque où D'Herberay publia sa traduction (1540), dédiée à François Ier, il existait entre la nation française et la nation espagnole, une animosité telle que la traduction d'un ouvrage espagnol, dédiée au roi de France, eût peut-être blessé et le prince et l'opinion publique.

C'est sans doute ce qui inspira à D'Herberay l'artifice dont il se servit; et certes, s'il avait eu alors des preuves certaines de l'existence d'un Amadis français antérieur au castillan, il eût été inexcusable de ne pas les fournir.

3° Un autre motif est fondé sur le rapport qu'on peut trouver entre plusieurs détails du commencement de l'Amadis de Gaule, et les romans de Lancelot du Lac et de Tristan de Léonais.

Cette circonstance ne prouve pas l'origine française; c'est plutôt un auteur étranger qu'un auteur national qui copie les ouvrages déjà existants.

M. de Tressan présume que ce fut sous le règne de Louis-le-Jeune ou de Philippe-Auguste, qu'un auteur français composa l'Amadis en langue romance.

On peut réfuter M. de Tressan par un fait incontestable; c'est que, dans les monuments de l'ancienne littérature française, et avant la publication de l'Amadis espagnol, on ne trouve en France aucune indication, aucun vestige des Amadis.

Les troubadours et les trouvères ont souvent eu occasion de parler des romans existants, que tout jongleur devait connaître pour exercer son état avec succès; ni les uns ni les autres n'ont cité les Amadis.

Dans aucune bibliothèque publique on n'a possédé de manuscrits d'Amadis français ; et, s'il en avait existé, ces manuscrits n'auraient pas échappé aux recherches de M. de Sainte-Palaye, ni à celles de M. de Tressan lui-même.

Il est vrai qu'il déclare qu'il se souvient d'avoir vu *ces manuscrits* (prétendus picards) écrits en ancienne langue romance, dans la bibliothèque du Vatican ; et dans la partie de cette bibliothèque qui avait appartenu à la reine Christine.

L'erreur de M. de Tressan à ce sujet est matériellement démontrée par le catalogue imprimé des manuscrits de la reine Christine, qui font partie de la bibliothèque du Vatican. Ce catalogue qui se trouve dans le recueil de Montfaucon (*Bibliotheca*, bibliot. ms., etc.) indique beaucoup d'anciens romans français, mais celui d'Amadis n'est pas nommé.

En reconnaissant que l'Amadis n'est pas d'origine française, sera-t-il permis d'examiner les droits que l'Espagne et le Portugal font valoir pour revendiquer l'honneur de l'avoir produit ?

L'Espagne prétend que l'Amadis a été composé par un Espagnol, et il est vrai qu'il a été imprimé vers 1730, sous le nom de l'auteur espagnol.

Parmi les savants étrangers qui, en examinant la question sous le rapport de l'origine française, ont émis leur opinion sur les Amadis, on peut citer Eichorn et Bouterweek ; ils accordent à l'Espagne l'honneur de cette production ; le dernier déclare que le caractère de l'ouvrage lui a paru plus espagnol que français.

Mais depuis long-temps, on a cru, et même en Espagne, que l'auteur castillan avait puisé son ouvrage dans un roman composé en portugais par Vasco de

Lobeira, écrivain distingué, qui vécut sous le roi Denis, dans le treizième siècle.

On a prétendu que l'original portugais existait manuscrit dans la bibliothèque du duc d'Aveiro, brûlée lors du tremblement de terre de 1755.

On a souvent parlé d'un sonnet d'Antonio Ferreira, célèbre poëte portugais, né en 1528. Comme ce sonnet donne des détails sur la composition même de l'ouvrage de Vasco de Lobeira, il serait bien extraordinaire que cet ouvrage n'eût pas existé en portugais, lorsque le poëte en faisait, d'une manière spéciale, le sujet de ses chants. Voici la traduction de ce sonnet :

« Vasco de Lobeira, ô vous que distingue une noble « naissance et un bon caractère, vous avez raconté avec « grace l'histoire d'Amadis l'Amoureux, et vous n'en « avez rien omis.

« Le sujet vous a plu ; vous serez désormais célèbre et « réputé bon parmi les hommes qui vous lisent à pré- « sent, et ceux qui vous liront à l'avenir.

« Mais pourquoi avez-vous présenté la belle Brio- « range (1) éprise de celui dont elle n'est pas aimée ? « Changez cette partie de l'ouvrage, et que cette belle « soit heureuse.

« Car je suis trop attendri, quand je suis témoin de « l'infortune de cette amante ; sa beauté touchante, sa « bonté m'intéressent, et je regrette que son cœur « n'obtienne pas un juste retour. »

---

(1) Briolanie, dans l'Amadis de M. de Tressan.

AMADIS
DE GAULE.

LIVRE PREMIER.

Vers la fin du cinquième siècle, et peu de temps
après qu'une partie des anciens Celtes, connus
sous le nom de Bretons, eurent été forcés d'abandonner la grande île d'Albion, de traverser la
mer, et de s'établir à main armée dans la partie
des Gaules nommée l'Armorique, à laquelle ils
donnèrent le nom de Petite-Bretagne, Garinter,
de l'ancienne race royale de la Grande-Bretagne,
donnait des lois à la Petite qui l'avait reconnu
pour son roi.

Garinter, prince chrétien, et digne du trône
par ses vertus, régnait en paix avec une épouse
d'une naissance illustre. Il venait de marier à Languines, roi d'Écosse, l'aînée de deux filles qu'ils
avaient : la beauté des cheveux de la reine d'É-
cosse avait porté son père et son époux à la prier

de ne les orner jamais que d'une guirlande de fleurs; ce qui lui fit donner le surnom de dame de la guirlande. Ce fut de cette union constamment heureuse, que naquirent le prince Agrayes et la princesse Mabille. Tous deux paraîtront souvent dans cette histoire qui célèbre le prince comme un héros, et sa sœur comme la personne la plus spirituelle et la plus aimable.

La seconde fille du roi Garinter se nommait Élisène. Elle surpassait sa sœur en beauté : mais l'amour de la solitude, une dévotion portée à l'extrême, lui faisaient rejeter les vœux d'un grand nombre de princes qui demandaient sa main : les Bretons ne voyaient qu'à regret tant de charmes ensevelis sous les voiles qu'elle portait sans cesse, et n'avaient pu s'empêcher de la nommer *la Dévote perdue.*

Garinter, quoique déjà vieux, aimait beaucoup la chasse, et souvent même il y devançait ses piqueurs et sa suite. Un jour qu'un cerf vigoureux l'avait entraîné jusqu'à l'extrémité d'une grande forêt, il fut bien surpris de voir un chevalier combattant seul avec courage contre deux autres chevaliers, qu'il reconnut pour être deux seigneurs bretons que l'orgueil et la rebellion avaient fait éloigner de sa cour. Seul et sans armes il ne put aller au secours de celui qu'ils attaquaient avec tant d'avantage; mais ses vœux furent exaucés en le voyant bientôt renverser ses deux ennémis sur la poussière. Garinter s'avance; et l'autre, encore ému de son combat, lui demande s'il est loin de la cour du roi de la Petite-Bretagne, auquel il portera ses plaintes de l'attentat de ses deux chevaliers. Garinter se fait connaître ; et l'inconnu, délaçant son casque, lui dit qu'il est Périon, roi des Gaules, et qu'il vient exprès pour le voir, et pour admirer de plus près la sagesse avec laquelle il gouverne ses nouveaux sujets.

Garinter connaissait la réputation brillante de Périon. Pénétrés d'estime l'un pour l'autre, les deux rois s'embrassent et marchent ensemble pour rejoindre les piqueurs : sur ces entrefaites, un cerf bondit à côté d'eux, ils le poursuivent ; mais à l'instant un grand lion sort de l'épaisseur du bois, s'élance sur le cerf, le terrasse, et regarde fièrement les deux rois, comme prêt à défendre sa proie. Roi des forêts, dit en riant Périon qui sauta légèrement de son cheval, laissez-nous du moins la partager avec vous. Le lion, qui le voit s'avancer contre lui l'épée nue, quitte le cerf et s'élance sur lui : Périon lui fend la tête, l'étend mort à côté du cerf dont il avait déchiré les flancs : les piqueurs et la suite de Garinter arrivent à temps pour voir porter le coup qui rend Périon vainqueur de ce monstre redoutable. Les deux rois retournent ensemble à la cour, où quelques veneurs les avaient devancés, et rendaient compte à la reine de l'arrivée de Périon, et de la double victoire qu'il venait de remporter. La reine s'avance au-devant des deux rois, suivie de la jeune et

1.

charmante Élisène; ce moment si long-temps attendu par l'amour fut celui de son triomphe. Périon fléchit un genou pour baiser la main de la
reine qui l'embrasse tendrement, comme le libérateur de son époux. Elle-même le présente à sa
fille qui jusqu'alors avait baissé les yeux : mais
obligée de rencontrer ceux de Périon, lorsque ce
prince fut à ses genoux, et porta l'une de ses
belles mains sur ses lèvres, les roses de son teint
s'animèrent, la belle *Dévote perdue* soupira, une
douce chaleur lui parut s'élancer de sa main jusque dans son cœur. Elle voulut en vain détourner ses regards des traits si touchants et si nobles,
et des beaux cheveux noirs de Périon; elle voulut
dérober sa main à sa bouche brûlante : elle n'en
eut pas le courage; le double trait était lancé; et
Périon interdit, éperdu, et connaissant pour la
première fois le pouvoir et les charmes de l'a-
mour, eut bien de la peine à cacher son trouble,
et à se relever, pour recevoir les hommages des
principaux chevaliers de la Petite-Bretagne, que
Garinter lui présentait.

Les fêtes les plus brillantes signalèrent l'arrivée
du roi de Gaule. Élisène ne put se refuser à les
partager, et la parure brillante et décente à son
rang, qui jusqu'alors l'avait peu touchée, sembla
lui plaire et l'occuper par un sentiment secret,
dont elle n'osait plus démêler la cause. Périon signala son adresse et sa grace dans toutes ces fêtes;
il reçut plusieurs fois le prix de la belle Élisène,

et plusieurs fois à ses genoux il jouit du bonheur de sentir ses mains tremblantes s'appesantir sur sa tête, et toujours lentes, en la couronnant de fleurs. L'ame sensible d'Élisène avait senti de bonne heure le besoin d'aimer; les idées sublimes qui, dans ses jeunes années, suffisaient à son bonheur, avaient exalté cette ame. Rien ne l'en avait encore détournée; le vœu de la nature avait toujours été inconnu pour elle : mais Périon, l'aimable Périon, lui donna bientôt une nouvelle existence. Le bonheur d'aimer et d'être aimée, et l'espérance d'être unie à l'amant qui triomphait d'elle, firent des progrès bien rapides dans ce cœur nouvellement ouvert à l'amour : nulle réflexion ne combattit un espoir que son penchant lui faisait paraître si légitime. Bientôt, se livrant tout entière à cette nouvelle passion, la naïve et tendre Élisène ne put ni la contraindre ni la cacher à la spirituelle et complaisante Dariolette (1), que depuis son enfance elle avait toujours laissé lire dans son cœur.

Dariolette avait aimé : elle connaissait par elle-

---

(1) Dariolette fut, dans la suite, bien récompensée par Périon qui lui donna de grandes possessions en Touraine. Son nom devint célèbre : sa postérité fut très étendue; le conseiller Bonneau (a), du règne de Charles VII, en descendait par les femmes.

(a) Ce n'est ni dans les manuscrits picards, ni dans Nicolas d'Herberay que le bon M. de Tressan a trouvé cette généalogie.   P.

même l'inutilité de ces longs combats qui tourmentent si cruellement deux jeunes amants, et qui se terminent toujours par leur défaite. Elle savait que l'amour qui ne se nourrit que d'une légère espérance est toujours imprudent, et ne peut se cacher : elle avait éprouvé que l'amour heureux se couvre plus facilement des voiles du mystère : il est d'ailleurs si naturel qu'une confidente donne les mêmes conseils qu'elle a pris pour elle! Tout concourut donc à bien attendrir la bonne Dariolette, lorsqu'elle entendit, la nuit suivante, sa jeune maîtresse s'agiter et se retourner mille fois dans son lit en soupirant. Tout lui suggéra le desir et les moyens de consoler Élisène, d'éprouver le cœur de Périon, et de rendre ces deux amants heureux.

Dès le lendemain matin, elle saisit le moment d'entrer dans la chambre de Périon, sans être aperçue. Seigneur, lui dit-elle, tout roi des Gaules doit être plein d'honneur. Votre valeur éclatante vous a couvert de gloire; l'amour peut faire votre félicité : votre cœur pourrait-il n'être pas fidèle, et craindriez-vous de faire le serment de l'être à jamais? Ah! chère Dariolette, s'écria Périon en la serrant dans ses bras, et la reconnaissant pour être la favorite d'Élisène, quel aveugle, quel monstre pourrait manquer aux serments que l'adorable Élisène daignerait recevoir? Eh bien! continua-t-elle, je ne crains donc plus de vous dire que vous êtes aimé : mais votre prochain départ ne vous permet que de laisser entrevoir au roi de la Petite-Bretagne combien son alliance vous serait chère. Il doit aux grands princes qu'Élisène vient de refuser de ne vous pas accorder sa main dans ce moment, de peur d'attirer une guerre cruelle dans ses états. Ma maîtresse se doit à elle-même de ne pas changer en un moment le projet de retraite qu'elle avait formé. Ce n'est donc que de retour dans la Gaule que vous pouvez faire demander sa main par vos ambassadeurs : mais si vous preniez l'être suprême à témoin du nœud que vous formeriez avec elle, si vous juriez en ma présence de la recevoir pour épouse, votre bonheur mutuel ne serait pas différé; le ciel recevrait vos serments, et ce serait comme votre épouse que j'amènerais ma maîtresse en vos bras. Périon éperdu, brûlant d'amour, plein de cette candeur antique, et de la religion pure qui régnait dans son ame, prend la croisée de son épée, la baise avec foi, lève sa main au ciel, et jure qu'il reçoit et qu'il prend Élisène pour sa légitime épouse. Dariolette le quitte, court chez sa maîtresse qui lui tend les bras, et dont le cœur palpite en la voyant. Dariolette ferme la porte, et, prenant un ton presque aussi grave que celui de l'évêque de Léon aurait pu l'être, elle exige de la jeune princesse les mêmes serments que Périon venait de proférer. La belle *Dévote perdue* cessa de l'être dans ce moment; et, baisant la croix attachée sur son sein d'albâtre, elle prononça le

serment d'être à jamais fidèle à Périon, avec un
transport qu'elle n'avait jamais éprouvé en formant le projet de ces vœux indiscrets auxquels
son amour et Dariolette la faisaient renoncer pour
toujours.

On croira sans peine que, toute crainte et tout
scrupule étant banni de l'ame sensible et timo-
rée de Dariolette, cette excellente confidente ne
s'occupa plus que d'assurer la félicité du mariage
dont elle venait d'être le ministre. Dès le même
soir, elle feint devant les femmes qui servaient
Élisène, qu'une migraine cruelle tourmente sa
jeune maîtresse. Elle éteint les lumières, elle les
fait retirer en silence et reste seule auprès d'elle :
bientôt elle prend sa main qu'elle trouve brûlante ; elle porte la sienne sur son cœur qui bat
rapidement, et fait soulever son beau sein. Ah!
ma princesse, lui dit-elle, je connais bien cette
espèce de fièvre : l'amour la donne, l'amour seul
peut la guérir. Élisène n'ose lui répondre ; elle
garde le même silence, lorsqu'elle sent Dariolette
jeter un manteau de lit sur ses épaules, la soulever, l'entraîner doucement hors de son lit., et
guider ses pas tremblants vers l'appartement de
Périon. Dariolette entr'ouvrait déja la porte de
la chambre de ce prince, lorsqu'elle est effrayée
de le voir se lever brusquement et sauter sur son
épée.

Dans ce moment même, Périon venait d'être
éveillé par un songe pénible ; il avait rêvé qu'une

main cruelle lui arrachait le cœur et le jetait dans une rivière, dont le courant rapide l'entraînait dans la mer.

L'horreur qu'il sentait après ce songe funeste fut bientôt dissipée, lorsque la lumière tremblante d'une lampe que portait Dariolette, lui fit reconnaître celle que l'hymen et l'amour conduisaient dans ses bras. Il se précipite aux genoux d'Élisène (et ces beaux genoux étaient presque nus); il y renouvelle ses serments, il reçoit ceux qu'elle prononce d'une voix tremblante. Dariolette unit leurs mains dans les siennes, les presse tous les deux sur son cœur. C'est votre épouse que je remets dans vos bras, dit-elle à Périon : cette nuit sera longue; elle est bien froide; je vais me retirer dans la chambre de la princesse, et j'aurai soin de précéder le jour dans la vôtre. A ces mots, Dariolette et la lampe disparaissent; les ailes de l'amour, les voiles de l'hymen, les ombres de la nuit enveloppent ces amants fortunés.... Malheureuse l'ame glacée qui pourrait en ce moment reprocher à l'auteur de se taire! plus malheureuse encore celle qui ne pourrait se former une idée de leur félicité!

Dariolette leur tint parole; une lumière pâle éclairait à peine l'Orient, lorsqu'elle troubla des moments délicieux qu'Élisène venait d'apprendre à regretter. Les jeunes époux se séparent en soupirant; et c'était la reine de Gaule que Dariolette ramena dans sa chambre, et qu'elle embrassa dans son lit en souriant.

Cette nuit heureuse fut suivie de plusieurs autres, dont aucune ne parut trop longue aux jeunes époux. Périon employait le jour à mériter la tendresse et la confiance du roi de la Petite-Bretagne. Je prévois, lui disait-il, que le refus de la princesse va vous attirer des ennemis; mais de tous vos voisins, je suis le plus puissant et le plus à portée de vous secourir : plût au ciel d'inspirer à la charmante Élisène de former un nœud qui réunirait à jamais et notre destinée et nos deux royaumes!

Périon n'ouvrit son cœur à Garinter qu'au moment de son départ. Dariolette fut seule témoin de ses larmes, de ses regrets, et des nouveaux serments qu'il fit à sa chère Élisène, à laquelle il laissa son épée et le riche anneau qu'il portait à son doigt.

Périon retournait en diligence dans ses états pour en faire partir une célèbre ambassade, et demander en règle la main d'Élisène; mais plusieurs aventures, qui lui donnèrent l'occasion d'exercer sa valeur, retardèrent l'exécution de ses desseins. Pendant ce temps, Élisène pénétrée d'amour, de regrets et de douleur, faisait de vains efforts pour dissimuler sa tristesse, et versait toujours des larmes dans le sein de Dariolette. Ses inquiétudes et son affliction redoublèrent lorsqu'elle s'aperçut, en frémissant, qu'elle portait un gage de l'amour de son époux. Les lois de la Petite-Bretagne étaient les mêmes que celles de la Grande; elles condamnaient sans exception à la mort toute femme ou fille qui se trouvait avoir manqué à l'honneur sévère de son état.

Élisène n'avait que Dariolette pour confidente, et cette fille courageuse ne savait imaginer et choisir que les moyens les plus sûrs et les plus expéditifs. Vous êtes perdue sans ressource, dit-elle à la reine de Gaule; et vous et votre enfant vous subirez la mort, si nous ne trouvons le moyen de cacher votre état et sa naissance. Vous connaissez ce château solitaire, assis sur le bord d'une rivière qui se jette dans la mer à peu de distance; un souterrain du château conduit à des bains ménagés dans le lit de cette rivière; ces bains accompagnés d'un appartement où vous ferez vos couches sont fermés par une grille de fer. C'est là, madame, où nous cacherons la naissance de l'enfant que vous mettrez au jour; vos cris ne seront point entendus; un berceau fait en gondole recevra l'enfant : vous l'abandonnerez aux soins de la providence, le courant de la rivière l'emportera, et votre honneur et votre vie seront à couvert.

Élisène répandit des torrents de larmes, et combattit en vain le projet barbare d'exposer ainsi son malheureux et cher enfant. Dariolette sut lui démontrer avec tant de fermeté que la perte de cet enfant et la sienne étaient sûres, sans ce seul moyen qui pouvait les sauver tous les deux, qu'Élisène enfin se rendit.

Elle obtint facilement de Garinter la permission
de se retirer pour quelque temps dans ce château, dès qu'elle craignit qu'on pût avoir connaissance de son état; et, suivie d'un petit nombre
de femmes qu'elle sut accoutumer à ne la servir
que rarement, et à ne pénétrer jamais dans l'intérieur de sa retraite, elle s'abandonna tout entière aux soins de Dariolette. Cette adroite confidente eut l'industrie de former un coffre de
cèdre, fermé parfaitement, et construit de façon
à se soutenir sur l'eau. Elle prépara dans l'intérieur de ce coffre un petit lit, de riches langes,
plaça sur un de ses côtés l'épée que Périon avait
laissée en partant, et, s'enfermant avec sa maîtresse dans l'appartement des bains, dès que de
légères douleurs parurent en annoncer de plus
vives, elle reçut le fils qu'Élisène mit au jour, sans
qu'aucune des femmes qui la servaient pût avoir
connaissance de cet évènement.

Élisène prend cet enfant entre ses bras, et le
baigne de larmes : elle attache à son cou l'anneau
précieux qu'elle tient du roi son époux; elle lui
donnait son sein pour la première et dernière
fois, lorsque Dariolette, comme si elle eût été entraînée par un pouvoir supérieur, arrache ce bel
enfant de ses bras, le couche dans son berceau,
met dans son sein de riches tablettes où sont
écrits ces mots : *Cet enfant est Amadis, fils de
roi, qui n'a point d'âge.* Le dérobant ensuite aux
yeux de sa mère éperdue, Dariolette pose, en

gémissant, le berceau sur le courant de la rivière qui l'entraîne et le fait disparaître en un instant. Elle referme la porte de fer, et revient consoler sa maîtresse, dont l'aventure reste absolument ignorée.

Le berceau, porté rapidement vers la mer qui n'était éloignée que d'une lieue, entra dans le sein de ce vaste élément, qui pour lors était tranquille; et le zéphyr, rasant la superficie des ondes, le porta doucement vers un cap, dans le même temps qu'un navire écossais venait de le doubler.

Le maître de ce navire se nommait Gandales; il possédait un fief considérable en Écosse; il dirigeait sa route pour aborder sur les côtes de ce royaume; et sa femme, surprise par les douleurs sur ce vaisseau, venait de lui donner un fils.

Gandales, apercevant le berceau doucement agité sur la surface des ondes, descend dans une chaloupe, enlève cette frêle barque, et voit un bel enfant qui sourit, et lui tend les bras. Attendri du sort de cet innocent, frappé de la richesse de ses langes comme de sa beauté, Gandales le porte à son épouse : elle éprouve les mêmes sentiments que lui; l'abondance de son lait lui permet de le partager entre cet enfant et son propre fils ; elle reçoit les mêmes caresses de tous les deux, et bientôt ils lui deviennent également chers.

Un vent favorable porte en peu de jours le vaisseau dans le port d'Antalia; et c'est dans le

château de Gandales, voisin de ce port, que le
petit Amadis fut élevé comme le frère de Gandalin son fils, et qu'il reçut le nom d'enfant de
la mer, Gandales n'ayant pu trouver le secret
qui fermait les tablettes, et connaître son véritable nom.

Périon, après avoir mis à fin plusieurs aventures brillantes, était enfin de retour en ses
états, et faisait préparer l'ambassade qu'il devait
envoyer au roi de la Petite-Bretagne. Pénétré
d'amour et du regret d'être séparé de sa chère
Élisène, le songe funeste qui précéda le plus
heureux moment de sa vie lui revint en mémoire. Le célèbre Ungan, philosophe picard (1),
jouissait de la réputation d'expliquer les songes
qui paraissaient les plus mystérieux. Périon avait
beau douter de la réalité de ces sciences occultes,
il ne put se défendre de le consulter. Toutes les
leçons de la philosophie ne sont plus rien contre
le plus léger rayon d'espérance que donne
l'amour. Aimez ; et si vous êtes bien passionné,
vous écouterez jusqu'à la bohémienne qui flattera
cet amour.

Seigneur, dit Ungan à Périon, je frémis en
vous expliquant ce songe : celle qui vous aime

_____

(1) Pourquoi les Espagnols eussent-ils été chercher ce philosophe en Picardie ? Plusieurs inductions de la même force
concourent à prouver que l'Amadis de Gaule ne leur est point
dû.

vous donne un fils; elle l'adore, mais son honneur la force à l'abandonner et à l'exposer aux flots de la mer. Périon surpris et consterné récompense l'astrologue, lui prescrit le silence; il entrevoit quelque vraisemblance dans cette explication, et s'enfonce dans l'épaisseur d'un bois, en pensant à l'état et à l'embarras cruel où son épouse peut être en son absence. Tout-à-coup il voit paraître une dame richement vêtue, et montée sur une licorne blanche : « Roi Périon, « lui dit-elle, ta perte peut se réparer un jour; « mais ce n'est que lorsque l'Irlande perdra sa « gloire et son appui, que tu jouiras du bonheur « de tenir dans tes bras ce que tu regrettes. » A ces mots, la dame s'enfonça dans le bois, et disparut à ses yeux.

Il se passait aussi dans le même temps bien des merveilles en Écosse, dans le château de Gandales. Ce vertueux chevalier voyait croître sous ses yeux son jeune fils et l'enfant de la mer qui lui étaient également chers. Il s'attachait à leur donner de bonne heure l'idée de l'ordre de chevalerie, qu'ils devaient tâcher de mériter; et quelquefois il montait à cheval armé de toutes pièces, et passait la nuit dans la forêt, pour leur apprendre les devoirs laborieux de celui qui se consacre à protéger l'innocence, et à secourir ses semblables.

Un jour que Gandales s'était écarté loin de son château, la même dame que Périon avait vue dans

la Gaule parut tout-à-coup à ses yeux. « O Gan-
« dales, lui dit-elle, que de périls tu courrais,
« si tant de chevaliers, puissants en états comme
« en armes, savaient que tu nourris dans ta mai-
« son celui qui doit les abattre, ou leur donner la
« mort! » A ces mots, elle s'éloigne rapidement;
et Gandales, étonné de ce qu'il vient d'entendre,
cherche en vain l'explication de ce peu de mots.
Il se préparait à la suivre, lorsqu'il la voit revenir
à lui très effrayée, et se dérobant à la fureur d'un
chevalier armé qui la poursuit.

Gandales porte son cheval en avant, la prend
sous sa sauvegarde; l'autre chevalier, qui n'a
point de lance, court vers une jeune dame qui
s'était arrêtée à l'entrée du bois. Elle lui donne
une forte lance, avec laquelle il revient pour
attaquer Gandales qui court sur lui, l'étend sur
la poussière, descend de cheval, arrache son
casque, et se prépare à lui couper la tête. La
dame qu'il venait de défendre s'élance entre eux
deux; elle arrête Gandales, et touche le chevalier
inconnu sur le front. Tombe à mes genoux, lui
dit-elle, et demande-moi pardon de ton infidélité!
Gandales surpris s'arrête, et voit le chevalier embrasser les genoux de cette dame, qui lui dit d'un
ton impérieux : Apporte-moi la tête de celle qui
t'a séduit; c'est à ce prix que tu peux mériter
ton pardon. Ce chevalier, soumis à ses ordres,
n'hésite pas à courir l'épée haute sur cette jeune
personne qu'il ne peut atteindre, et qui s'enfuit
en gémissant.

Le chevalier, plus soumis que jamais, revient aux pieds de la dame inconnue, qui lui dit : Il faut bien que je te pardonne, puisqu'un dieu dont le pouvoir est supérieur au mien me force à t'aimer. Gandales, admirant en effet la jeunesse et les graces de ce chevalier, reconnaît sans peine que la dame, qui n'avait plus qu'un reste de beauté, ne peut se l'être soumis que par la force de ses enchantements. Puisque vous l'aimez, lui dit Gandales, c'est par ce beau chevalier que je vous conjure de m'expliquer le sens de ce peu de mots que vous m'avez dit en m'abordant la première fois. Ah! mon cher Gandales, lui répond-elle, ce que tu viens de faire pour moi me force à ne te rien refuser. Apprends donc que l'aimable enfant que tu sauvas des flots, et que tu nommas l'enfant de la mer, est fils de roi ; que la destinée la plus brillante sera la sienne, et que sa valeur et ses grandes actions effaceront les héros les plus célèbres. Nomme-le désormais le damoisel de la mer : c'est sous ce premier nom qu'il doit commencer à se faire connaître. Ne m'en demande pas davantage ; ce que je peux te dire de plus, c'est que tu vois en moi la célèbre Urgande la Déconnue, et que le damoisel de la mer m'est bien cher, comme me le doit être le seul chevalier destiné à me sauver des plus grands périls que je puisse jamais essuyer.

A ces mots, Urgande et son chevalier disparurent aux yeux de Gandales, qui retourna sur-le-

champ à son château, plein de tout ce qu'il venait
d'apprendre de celle dont il connaissait la haute
sagesse et le savoir.

Le damoisel de la mer et le petit Gandalin
accoururent au-devant de Gandales qui les reçut
dans ses bras; mais il ne put s'empêcher de
sentir une espèce de respect pour le damoisel
dont il venait d'apprendre la haute destinée et la
naissance.

Gandales ne confia ce secret qu'à son épouse;
il continua d'élever le damoisel de la mer comme
son fils : ces deux enfants s'aimaient comme frères;
mais l'autorité que le damoisel prenait facilement
sur tous les autres enfants de son âge, fit connaître
à Gandales qu'il semblait né pour commander un
jour aux hommes. Sur ces entrefaites, Languines,
roi d'Écosse, et la dame à la guirlande son épouse
et sœur d'Élisène, se promenant de châteaux en
châteaux, arrivèrent à celui de Gandales, qui les
reçut avec magnificence. Tous les deux enchantés
de la beauté et des graces naissantes du damoisel
de la mer furent également attendris, lorsque
Gandales leur raconta son aventure, et lorsqu'il
leur dit qu'il tenait de la célèbre Urgande que cet
enfant était de race royale. L'un et l'autre le demandèrent à Gandales pour l'élever dans leur
cour; mais le damoisel, se jetant au cou du jeune
Gandalin, déclara qu'il ne pouvait s'en séparer. La
dame à la guirlande l'embrassa tendrement, consentit facilement à élever avec lui le fils d'un

noble et valeureux chevalier, tel que Gandales;
et appelant aussitôt Agrayes, prince d'Écosse :
Mon fils, lui dit-elle, regardez ces aimables enfants comme vos frères. Une douce sympathie,
dès ce premier moment, unit ces enfants, destinés à devenir des héros, par les liens de la plus
tendre et de la plus constante amitié.

Le damoisel de la mer ne fut point étonné de
se trouver dans une cour brillante; il s'occupa et
réussit, sans peine, à plaire : mais il ne s'écarta
jamais de la rigidité des principes qu'il avait reçus
du vertueux Gandales; et, loin de s'abandonner
à la mollesse, on le vit toujours se livrer avec
ardeur à toutes les espèces de jeux militaires, et
aux exercices violents par lesquels la jeune noblesse se préparait alors à porter les armes. Peu
de temps après que le damoisel de la mer fut à
la cour d'Écosse, Garinter, roi de la Petite-Bretagne, finit sa carrière. Élisène en ayant informé
le roi Périon, ce prince accourut et reçut sa
main.

Le roi de Gaule ne pouvait faire un meilleur
choix; et, quoique les amours de Périon et d'Élisène n'eussent plus besoin du secours de Dariolette et des ombres du mystère, ils eurent tout
le feu, toute la galanterie des premiers temps de
leur naissance et de leur bonheur. Périon, toujours agité par le songe qu'il avait eu, et par
l'explication que l'astrologue Ungan en avait
faite, n'osait cependant faire de questions em-

barrassantes à la reine son épouse : il est du
véritable amour de craindre d'affliger ce que l'on
aime ; mais Périon ne pouvait ètre un moment
loin de celle qu'il adorait, sans être troublé par
la crainte qu'elle ne lui cachât quelque secret
important.

Quelque temps après son mariage, Périon,
ayant fait le partage des états de Garinter, se
sépara du roi Languines, et retourna dans le cœur
de la Gaule avec la reine Élisène. Il n'y fut pas
plutôt arrivé qu'un jour se trouvant près d'un
hermitage, où demeurait un ancien solitaire vivant
en odeur de sainteté, il ne put résister au desir
de lui raconter ses peines, et de le prier de demander au ciel de répandre quelque lumière sur
les soupçons qui l'agitaient. Je ne sais point interroger le ciel, lui répondit humblement l'hermite ;
j'attends en silence et avec respect ce qu'il daigne
révéler à un faible pécheur tel que moi. Ce que
je veux vous dire, sire, c'est qu'il y a quelques
mois qu'une dame montée sur une licorne blanche
me dit : « Écoute-moi. Il sortira de la Petite-Bre-
« tagne deux grands dragons qui planeront sur la
« Gaule d'où leur vol se portera sur différents
« pays : fiers et terribles, ils détruiront tous ceux
« qui prétendront leur résister ; justes et bienfai-
« sants, ils secourront les opprimés, et répandront
« les richesses et la splendeur sur tous ceux qui
« se mettront à l'abri sous leurs ailes. » Périon ne
put tirer aucun éclaircissement de cette prophétie,

qu'il reconnut avoir été prononcée par Urgande la Déconnue, au portrait que l'hermite lui fit de la dame à la licorne.

L'amour paisible et toujours heureux de Périon pour la belle Élisène paraissait augmenter de jour en jour : une fille qu'ils nommèrent Mélicie, un fils auquel ils donnèrent le nom de Galaor, occupèrent leurs plus tendres soins ; et ce fils consola Périon et dissipa pour quelque temps les soupçons qui l'avaient agité. Le jeune Galaor donnait à Périon la plus douce espérance ; ce tendre père ne pouvait s'en séparer. Ayant été passer le printemps avec sa famille dans la ville d'Orangil, où les rois ses ayeux avaient fait bâtir un palais également magnifique et agréable, sur les bords de la mer, Périon, appuyé sur un balcon, s'amusait un matin à voir le petit Galaor jouer avec des enfants de son âge, au milieu de ses gouvernantes ; tout-à-coup une porte du jardin est enfoncée, un géant terrible entre à grands pas, saisit le jeune Galaor, le charge sur son épaule, gagne le rivage, s'élance avec sa proie dans un brigantin, et ses voiles déployées ainsi que le vent le font bientôt disparaître. Périon vole en vain pour enlever son fils à son ravisseur ; aucun vaisseau ne se trouve prêt pour le suivre : il reste éperdu, baigné de larmes, sur le rivage, où bientôt les cris d'Élisène viennent augmenter sa douleur. Ce fut dans ce moment si cruel, qu'Élisène, n'écoutant plus que son désespoir, ne put s'empêcher d'apprendre au malheureux Périon que c'était le second fils qu'il perdait.

La puissance divine veillait cependant sur les jours du petit prince Galaor. Le géant, n'ayant point les mœurs féroces de ses semblables, n'avait enlevé cet enfant que sur l'avis d'Urgande, qui l'avait averti que le fils du roi Périon pouvait seul le venger du terrible géant Albadan, meurtrier de son père; et, dès qu'il fut de retour dans ses états, il confia le jeune Galaor à un hermite, auquel il recommanda de l'élever dans les principes d'un chrétien et d'un digne chevalier. L'hermite, qui ne s'était retiré dans la solitude qu'après avoir exercé long-temps avec honneur la profession de chevalier, remplit les intentions du géant avec autant de capacité que de zèle.

L'auteur d'Amadis, par une de ces transitions brusques, dont nous verrons de fréquents exemples dans les romans de la Table ronde, semble s'écarter de son sujet, pour nous apprendre que le prince Lisvard, après avoir épousé Brisène, fille du roi de Danemarck, venait de succéder à Falangris son frère, et de monter sur le trône de la Grande-Bretagne.

Lisvard, en partant du Danemarck pour prendre possession de ses nouveaux états, aborda dans un port d'Écosse, avec la reine Brisène et la jeune princesse Oriane, âgée de dix ans, qui se trouvaient toutes les deux incommodées de la mer. Languines les reçut avec magnificence; et Lisvard, pressé d'aller soumettre quelques vassaux rebelles, pria la reine d'Écosse de garder la jeune Oriane dans sa cour, jusqu'à ce qu'il fût maître et paisible dans ses états.

Le damoisel de la mer avait alors douze ans, et la seule Oriane pouvait le surpasser en beauté. Ces charmants enfants ne purent se voir sans s'admirer; une douce sympathie unit promptement deux jeunes cœurs destinés à l'être à jamais par le plus tendre et le plus fidèle amour. La reine d'Écosse ne se lassait point d'admirer l'esprit et les graces de la petite Oriane et du damoisel de la mer. Elle dit un jour en badinant à la jeune princesse : Je vous donne le damoisel de la mer; je veux qu'il vous serve, en attendant qu'il mérite d'être votre chevalier. Oriane rougit, et son timide embarras fut le premier hommage que, sans le savoir, elle rendit à l'amour. Pour le damoisel, il n'hésita pas à tomber aux genoux d'Oriane. Oui, madame, s'écria-t-il, je jure de vous servir jusqu'à la mort, de n'avoir d'autres volontés que les vôtres, et de combattre sans cesse pour votre gloire. Oriane lui répondit, d'un air aussi doux que modeste, qu'elle obéissait à la reine, et qu'elle l'acceptait pour son chevalier. Ce que la reine d'Écosse n'avait regardé que comme un badinage fut l'acte le plus décisif de la vie de ces deux aimables enfants. Dès ce moment, le damoisel ne fut occupé qu'à se rendre digne de l'honneur de servir Oriane; et, sentant que sa force lui permettait déja de porter les armes, il fit les plus vives instances au roi Languines, pour qu'il lui conférât l'ordre de chevalerie.

Languines lui représenta vainement qu'il n'était pas encore d'âge à pouvoir en remplir les devoirs. Ah! sire, dit le damoisel de la mer, les yeux baignés de larmes, si vous me refusez, permettez-moi donc d'aller trouver le roi Périon, qui peut-être exaucera mes vœux. Languines le consola, lui prescrivit ce qui devait le préparer à recevoir l'ordre de chevalerie; et, le bruit en étant parvenu jusqu'à Gandales, ce sage chevalier envoya promptement au damoisel les signes de reconnaissance et la belle épée qu'on avait trouvés dans son berceau.

Ces signes furent portés au damoisel dans un moment où il était près d'Oriane. On vint lui dire qu'une demoiselle demandait à lui parler de la part de Gandales, et il se préparait à sortir, lorsqu'Oriane lui dit : Avez-vous donc des secrets pour moi? Ah! que ce peu de mots fit d'impression sur le cœur du jeune damoisel! Non, dit-il, je n'en aurai jamais d'autres que celui que peutêtre vous ne daignerez pas pénétrer. Oriane fit entrer la personne qui le demandait, et que le damoisel reconnut pour être une nièce de Gandales. Elle lui présenta les tablettes et l'anneau, qu'il porta sur-le-champ à la belle Oriane; et s'emparant de l'épée, il s'empressa de la poser à ses pieds, en lui jurant qu'il la consacrait à jamais à son service.

Oriane consentit à lui conserver l'anneau, et fit avec bien du regret des tentatives toujours inutiles pour ouvrir les tablettes, dans lesquelles elle desirait bien vivement de trouver des éclaircissements sur la naissance du damoisel de la mer. Déja le cœur d'Oriane avait besoin que cette naissance fût illustre; il palpitait, il était serré par la douleur, lorsqu'elle formait quelque soupçon contraire à son espérance.

Peu de jours après cet évènement, Languines et la dame à la guirlande furent surpris par l'arrivée inattendue de leur beau-frère, le roi Périon. Ce prince était accouru pour demander du secours à Languines contre le redoutable Abyes, roi d'Irlande et des Orcades, qui, traversant la mer à la tête d'une armée formidable de montagnards et de Pictes, venait de faire une incursion dans la Gaule.

Le jeune prince d'Écosse, Agrayes, ne perdit pas un moment pour se jeter aux pieds du roi son père, et lui demander l'ordre de chevalerie et le commandement de l'armée qu'il enverrait au secours de Périon. Languines n'hésita pas à le lui accorder, un fils unique n'étant alors, aux yeux du père le plus tendre, que le premier tribut qu'il devait à l'honneur et à la patrie. Le damoisel de la mer, moins âgé de deux ans, et n'ayant pas les mêmes droits qu'Agrayes, eut recours à la seule protection qui lui fût chère et sacrée. Permettez-moi, divine Oriane, dit-il tout bas à la princesse de la Grande-Bretagne, permettez-moi d'offrir mon bras au roi Périon; un secret attachement m'entraîne à la suite de ce prince : mais vous devez croire que je n'ai plus de volonté..... j'attends vos ordres souverains.... Quoi! lui dit Oriane, vous n'iriez pas au secours de Périon, si je ne vous l'ordonnais? Non, princesse, dit-il avec émotion; mais je gémirais sans cesse que vous m'eussiez laissé perdre une occasion d'acquérir de la gloire.

L'ame d'Oriane était aussi élevée que tendre : touchée de la soumission du damoisel de la mer, elle ne balança pas à s'avancer vers Périon, avec autant de noblesse que de grace. Seigneur, lui dit-elle, j'ose vous requérir un don. Ah! madame, répondit ce prince, quelle ame assez farouche pourrait vous refuser? Ordonnez. Eh bien! lui dit-elle, je vous prie d'armer chevalier ce damoisel, que la reine d'Écosse m'a fait accepter. C'est après vous avoir servi contre vos ennemis, en suivant le prince Agrayes qu'il aime comme son frère, qu'il peut mériter d'être avoué par une princesse de mon rang pour son chevalier. Périon n'avait pu voir le damoisel de la mer, sans ressentir la plus tendre émotion. Il n'hésita pas à dire à la princesse qu'elle pouvait lui annoncer de se préparer pour le lendemain matin, et qu'après la cérémonie il l'emmènerait avec lui.

Oriane, entraînée par l'élévation de son caractère, n'avait pas réfléchi dans les premiers moments sur tout ce qu'il en allait coûter à son
cœur, en se séparant du damoisel de la mer, et
en le sachant, dans un âge encore si tendre, exposé aux périls d'une guerre longue et cruelle.
Après, ce premier effort, son ame troublée par
de tristes réflexions, eut besoin d'aide. Elle courut retrouver l'aimable princesse Mabille, sœur
d'Agrayes. Elle la trouva donnant des larmes au
départ d'un frère tendrement aimé : Oriane attendrie laissa bientôt couler les siennes ; mais celles
que Mabille versait pour un frère étaient bien
moins amères que celles qu'Oriane versait pour
un amant.

Pendant ce temps, le jeune Gandalin, apprenant
que le damoisel de la mer était près de recevoir
l'ordre de chevalerie, et de passer dans la Gaule,
court le chercher, le trouve, l'arrête, et le serre
dans ses bras. Seriez-vous assez cruel, lui dit-il,
pour m'abandonner et partir sans moi ? Non,
mon cher Gandalin, dit le damoisel ; je ne me
séparerai jamais de celui dont j'ai partagé le lait,
et que j'aime comme mon propre frère. Viens
avec moi partager aussi les hasards que je vais
chercher ; et bientôt, en méritant l'ordre de chevalerie, tu deviendras l'égal de ceux qui suivent
cette profession avec gloire. Gandalin, dès ce
moment, jura de ne le point quitter et de lui
servir d'écuyer.

Nous passons sous silence la splendeur de la
cérémonie où Périon donna l'accolée au prince
Agrayes, et au damoisel de la mer. Lorsqu'il vit
ce charmant damoisel à ses genoux, il le regarda
fixement, et les larmes coulèrent de ses yeux en
se disant tout bas : Hélas! je pourrais avoir un fils
de cet âge. Revenant enfin à lui, Périon lui demanda, selon l'usage : Voulez-vous être reçu
chevalier? Au son de la voix de Périon, l'ame du
damoisel est émue, il embrasse ses genoux, et
s'écrie : Oui, seigneur, je le veux recevoir ce caractère auguste, et je desire encore plus répandre
mon sang pour vous. Périon lui donne l'accolée,
l'embrasse, le relève, et le conduit aux pieds
d'Oriane. Madame, lui dit-il, je vous amène votre
chevalier, pour que vous lui fassiez l'honneur de
lui ceindre vous-même l'épée. Oriane ne répondit
rien; il fallut le plus grand effort de son ame élevée pour cacher le trouble qui l'agitait. Elle ceignit l'épée du damoisel, d'une main tremblante,
et Périon fut obligé de le relever des genoux de
la princesse, où son amour et sa reconnaissance le
faisaient rester éperdu.

Périon partit dès le même jour avec Agrayes
pour retourner dans ses états; et Languines retint
encore quelques jours auprès de lui le damoisel
de la mer, pour l'envoyer porter à Périon des
nouvelles certaines du temps où l'armée qu'il faisait rassembler pouvait passer à son secours. Le
rang de chevalier que le damoisel de la mer venait

d'acquérir lui donnait de nouveaux droits dans la cour de Languines; il fut admis à sa table et dans la société de la reine, non plus comme un enfant, mais comme le chevalier qui donnait les plus hautes espérances. Il ne quitta presque point la belle Oriane pendant le peu de jours qui lui restaient, et ne manqua pas un seul moment de l'assurer qu'il ne respirait que pour elle. La princesse Mabille, pénétrée des mêmes sentiments que son frère Agrayes, lui prouvait souvent le zèle empressé de la sœur la plus tendre, et croyait ne pouvoir en donner des marques plus touchantes qu'en lui ménageant quelques instants de s'approcher seul de la charmante Oriane. Celle-ci s'en aperçut, gronda sa cousine; mais ce fut d'un ton si doux et si charmant, qu'elle avait plutôt l'air de lui dire alors : Vous lisez dans mon cœur; je vous aime trop pour craindre qu'il vous soit ouvert.

Le damoisel ayant reçu les derniers ordres du roi d'Écosse, et devant partir le lendemain matin, chercha le moment de prendre congé d'Oriane; il lui fut facile de le trouver. Oriane avait une question bien importante à lui faire. Damoisel, lui dit-elle en baissant les yeux, êtes-vous bien le fils de Gandales, comme on l'a cru jusqu'ici? Non, madame, Gandales n'est point mon père; je l'aime et le respecte comme s'il l'était : mais c'est de lui-même que Languines sait que votre chevalier est né fils de roi. A cette réponse, Oriane

lève ses beaux yeux, les attache sur ceux du damoisel, et lui dit d'un air aussi noble que tendre :
Rendez-vous digne de votre naissance et du titre
de chevalier; mais n'oubliez jamais que vous êtes
le mien. Ah ! madame, s'écria-t-il, ce n'est qu'en
pensant à vous, ce n'est qu'en m'en occupant
sans cesse, que mon ame peut s'élever aux actes
les plus héroïques. A ces mots, il mit un genou
en terre pour baiser le bas de sa robe; Oriane
baissa les mains pour l'en empêcher; un heureux
hasard les approcha des lèvres du damoisel, et
l'amour les y fixa pendant un moment bien doux,
et dont le souvenir fut bien durable.

Gandalin ayant eu soin de tout préparer, le
damoisel de la mer partit de la cour d'Écosse, et
dirigea sa marche vers un port du royaume,
pour s'embarquer et passer dans la Gaule. Vers
la fin de cette première journée, des cris plain-
tifs qui partent d'un bois lui font connaître que
quelque malheureux peut avoir besoin de son secours. Le damoisel court vers le lieu d'où partent
ces cris : bientôt il aperçoit un chevalier percé
de coups, renversé mort sur la poussière ; il en
aperçoit un autre étendu sur le dos, baigné dans
le sang qui sortait de ses blessures : mais ce qui
l'étonne davantage, c'est de voir une femme
cruelle agenouillée sur lui s'efforcer d'agrandir
ses plaies, et de faire couler le reste de son sang.
Barbare, retirez-vous, lui dit le damoisel, ou
craignez que je ne vous punisse. Cette femme

confuse obéit, et se retire à quelques pas. Le damoisel et Gandalin descendent, secourent le blessé,
et le portent dans un hermitage. Chemin faisant,
le blessé leur raconte qu'ayant eu le malheur
d'épouser la plus méchante de toutes les femmes,
elle l'a mis dans le cas de ne plus douter de son
déshonneur, et que, la nuit passée, l'ayant surprise dans son château avec un chevalier qui vio-
lait les droits de l'hospitalité, il avait forcé ce
traître à combattre; qu'il en avait reçu de grandes
blessures en lui donnant la mort; que, la perte
de son sang l'ayant fait tomber sans force, sa
barbare épouse avait profité de sa faiblesse pour
lui arracher un reste de vie de ses propres mains.

A peine le damoisel avait-il remis à l'hermite
le chevalier blessé, qu'il se vit brusquement attaqué par trois chevaliers bien armés, qui fondirent
sur lui la lance en arrêt, en criant : Traître,
meurtrier, tu mourras. A peine le damoisel a-t-il
le temps de se mettre en défense; il soutient l'atteinte des trois lances sans en être ébranlé; il
renverse, sans connaissance, celui qu'il frappe de
la sienne; et, mettant l'épée à la main, il blesse,
il met les deux autres en désordre, et les force
à lui crier merci. Aussi généreux que redoutable,
il leur pardonne : il entre en explication avec
eux, il apprend qu'ils sont tous trois frères du
chevalier blessé, et que, sur le rapport de leur
belle-sœur, qui leur a dit qu'il venait de tuer un
de ses parents, et de blesser à mort son mari,

ils ont pris le parti de l'attaquer. Pendant cette
explication, Gandalin voyant cette femme s'éva-
der entre les arbres, l'arrêta, et la conduisit à ses
beaux-frères. Le damoisel leur dit : Chevaliers, le
motif de votre vengeance a pu vous paraître légitime, et mérite d'être excusé; mais venez apprendre de la bouche de votre malheureux frère
jusqu'où cette furie a osé porter la sienne, et le
mensonge qui vous a séduits. A ces mots, il les
conduit à l'hermitage où le blessé, qui commençait à reprendre un peu de force, confirma devant ses frères le rapport qu'il avait fait au damoisel. Ces trois frères se jettent à ses genoux,
lui crient de nouveau merci. Tout ce que j'exige,
leur dit-il, c'est qu'un de vous reste auprès du
blessé, et que les deux autres conduisent cette
méchante femme à la cour du roi d'Écosse, comme
souverain qui doit décider de la punition qu'elle
mérite, et vous direz à ce prince que c'est le
nouveau chevalier qui vous envoie à ses genoux :
les chevaliers jurèrent de lui obéir.

Après avoir passé la nuit dans l'hermitage, les
chevaliers partirent pour se rendre près de Languines, et le damoisel reprit son chemin, en traversant la forêt.

Au moment d'arriver dans une étoile formée
par plusieurs routes, il vit approcher deux demoiselles bien montées, dont l'une portait une
forte lance qu'elle vint lui présenter de bonne
grace. «Jeune chevalier, lui dit-elle, prenez cette

« lance qui bientòt vous sera nécessaire pour
« sauver la maison dont vous tirez votre existence :
« apprenez que vous m'êtes parfaitement connu,
« et que vous m'êtes bien cher, comme un dé-
« fenseur dont je dois recevoir du secours dans
« les plus grands périls de ma vie. » Le damoisel
eût bien desiré la faire expliquer un peu plus
clairement; mais à peine eut-il reçu la lance, que
la demoiselle le salua d'un air riant, et, partant à
toute bride, elle disparut à ses yeux comme un
éclair.

L'autre demoiselle lui dit : Seigneur, sur le rapport que la demoiselle à la lance m'a fait, en me
disant qu'elle la destinait au meilleur chevalier
du monde, permettez-moi de vous suivre jusqu'à
ce que je voie l'accomplissement de ce qu'elle
vient de vous annoncer. Le damoisel était trop
poli pour n'y pas consentir, et rien n'était plus
commun alors que de voir des princesses et des
demoiselles du plus haut parage se mettre sous
la garde des chevaliers, et passer souvent la nuit
avec eux au fond des forêts, sans qu'aucune eût
jamais occasion de se plaindre d'eux : l'amour et
le silence, le respect, ou la fidélité pour leur dame,
mettent toujours à couvert l'honneur des belles
voyageuses.

Le tendre et toujours présent souvenir d'O-
riane troubla bien le repos du damoisel pendant
la nuit suivante ; mais il assura pleinement la

tranquillité de celle que la demoiselle passa près
de lui.

Dès que l'aube du jour parut, ils se remirent
en marche : au bout de quelques heures, ils s'a-
perçurent qu'ils s'étaient égarés ; et la demoiselle
qui croyait connaître la forêt qu'elle avait plusieurs fois traversée, s'étant avancée seule vers
un carrefour où elle espéra reconnaître la route,
fut tout-à-coup arrêtée par six rustres couverts
de corselets, de brigandines, et armés de haches,
qui voulurent lui faire jurer de renoncer à l'amant
qu'elle aimait, ou de forcer cet amant à passer
au service du roi Abyes, pour le secourir dans la
guerre qu'il faisait au roi des Gaules. Le premier mouvement de cette demoiselle fut d'appeler le chevalier son conducteur à son secours, et
celui du damoisel fut d'y voler, et de renverser
sur la poussière ceux qui voulaient lui faire violence. Il achevait de la rassurer, lorsqu'il fut lui-
même troublé par un bruit d'armes et de combattants, qui paraissait venir d'un château voisin.
Le damoisel s'en approche en diligence ; il en voit
sortir un jeune écuyer couvert de sang, qui s'é-
crie : Se peut-il que la fleur de la chevalerie pé-
risse sans secours, pour n'avoir pas voulu prêter
un serment qu'il lui serait impossible de pouvoir
tenir ? Le damoisel ne balance pas à se jeter dans
la porte du château ; et le premier objet qui le
frappe, c'est le roi Périon, entouré de morts et
de mourants tombés sous sa redoutable épée,

mais épuisé par les coups qu'il a portés, et ne se défendant plus qu'à peine contre plusieurs chevaliers, à la tête d'un grand nombre de gens armés qui l'attaquent de toutes parts. Le damoisel fond sur eux comme un faucon, armé de la lance qu'il a reçue; il fait mordre la poussière à ceux qui lui résistent, il met les autres en fuite, et dégage le roi Périon, qui, reprenant sa première vigueur, achève la défaite de ces brigands, et les poursuit avec le damoisel dans les détours du château qu'ils parcourent pour se dérober à la mort.

Le hasard conduit les deux braves chevaliers à l'appartement du maître du château : ils le cherchent, et trouvent en lui le vieillard le plus décrépit, et dans l'impuissance de sortir d'un lit où il paraît près de sa dernière heure : cependant l'amour de la vie le porte encore à leur crier merci. Périon l'interroge, et le vieillard lui apprend que ne pouvant plus porter les armes, et secourir son petit-neveu Abyes dans la guerre qu'il vient de commencer, il a dressé cette embuscade pour forcer tous les chevaliers qui passeront près de son château de marcher à son service.

Périon se fait donner les clefs des prisons, et délivre plusieurs chevaliers que le vieillard y tenait dans les fers, pour les punir de n'avoir pas voulu prêter le serment qu'il en exigeait : il reconnut plusieurs de ses fidèles sujets; et son pre-

3.

mier soin, après les avoir délivrés, fut d'aller
avec eux pour remercier le chevalier qui l'avait
secouru. Périon le pria vainement de se faire connaître : le damoisel s'en défendit long-temps avec
modestie; mais la demoiselle, qui le suivait depuis trois jours, l'arrêta comme il paraissait prêt
à s'éloigner. Sire chevalier, lui dit-elle, la demoiselle à la lance ne m'a point trompée; j'en ai assez
vu depuis que je vous suis, pour être sûre que
vous êtes un des premiers chevaliers du monde :
je pars pour aller remplir ma mission, et vous
devez du moins me laisser voir celui dont le souvenir doit être à jamais gravé dans ma mémoire.
Le damoisel ne put lui refuser d'ôter son casque,
et Périon le reconnaissant courut pour le serrer
dans ses bras : le damoisel fit tous ses efforts pour
baiser la main qui l'avait armé chevalier, et renouvela au roi des Gaules le serment de l'aller
servir, et de le suivre dans peu de jours.

Le damoisel, par un secret pressentiment, pria
la demoiselle de lui dire quelle était la mission
dont elle était chargée. Je vais, dit-elle, à la
cour du roi d'Écosse, de la part de Lisvard, roi
de la Grande-Bretagne, pour le remercier d'avoir
gardé la princesse Oriane dans sa cour, et le prier
de la renvoyer dans la sienne.

Au seul nom d'Oriane, le damoisel fut si saisi
que tout son sang se retira vers son cœur; une
pâleur mortelle altéra les beaux traits de son
visage; il chancela, et serait tombé, si le roi Périon ne l'eût retenu dans ses bras.

Quelques instants après, revenu et honteux de sa faiblesse, il dit à la demoiselle avec un profond soupir : Puisque vous avez voulu malgré moi me connaître, mettez aux pieds de la divine Oriane celui qui n'ose encore se nommer son chevalier, mais qui conserve à jamais ce titre glorieux dans son ame.

La demoiselle partit : elle arriva dès le lendemain à la cour de Languines, où les deux chevaliers qui conduisaient la méchante femme l'avaient précédée d'un jour. Ils venaient d'y célébrer la valeur et la générosité du damoisel de la mer, et la jeune Oriane avait éprouvé les émotions les plus douces en les écoutant; mais elles redoublèrent bien vivement, lorsque la messagère du roi son père raconta les derniers exploits du damoisel, et surtout lorsqu'elle dit en particulier à cette princesse le trouble que le nom seul d'Oriane avait excité dans son ame. La méchante femme expia son crime dans les flammes; et les deux chevaliers offrirent leurs bras à Languines pour passer en Gaule avec l'armée qu'il préparait.

Ici l'auteur s'interrompt pour parler du jeune Galaor, que le géant Balan avait enlevé. Il nous apprend que cet enfant croissait en force et en beauté, et que le géant, l'ayant jugé en état d'être bientôt armé chevalier, le retira des mains de l'hermite, et le garda pendant un an près de lui, pour l'exercer à manier un cheval, et à se servir de ses armes avec adresse.

Périon, s'étant séparé du damoisel de la mer avec regret, marcha vers la côte, et fut assez heureux pour trouver un vaisseau prêt, et pour repasser dans ses états où sa présence était bien nécessaire. Abyes avait déja pénétré dans le centre de la Gaule à la tête d'une armée formidable, et s'approchait de la capitale où la reine Élisène et la princesse Mélicie s'étaient renfermées. Périon avait laissé le prince Agrayes, avec une partie du secours qu'il devait conduire, près du port d'Aberdour. Agrayes avait établi, près de cette ville, un camp dans lequel il attendait le second détachement qui devait le joindre; et le damoisel de la mer, instruit du temps où ce détachement devait arriver, se promettait bien d'y rejoindre à temps son ami : mais, enflammé par le desir de mériter le titre de chevalier de la belle Oriane, il profitait de ce délai, pour chercher des occasions d'acquérir de la gloire (1).

Le damoisel ne fut pas long-temps sans en trouver une. A peine se fut-il séparé de Périon, qu'il aperçut de loin le donjon des tours d'une forteresse; il suivit une des avenues de ce château, d'où bientôt il vit sortir une femme échevelée, dont les habits étaient en désordre, et qui jetait

---

(1) Je dois avertir une fois pour toutes, que je me suis permis de changer quelquefois la suite de la narration, lorsque j'ai cru pouvoir y mettre plus d'ordre, et amener les évènements avec plus de vraisemblance et d'intérêt.

de grands cris. Le damoisel court au-devant d'elle,
et lui dit qu'il est prêt à la secourir. Ah Dieu!
s'écria-t-elle par un premier mouvement, il vous
est impossible de réparer le tort que l'indigne
Galpan, maître de ce château, vient de me faire :
vous ne pourriez que me venger; mais ce serait
bien vainement que vous oseriez l'entreprendre.
A ces mots, elle s'arrache les cheveux, et conti-
nue à montrer un désespoir, qui fit juger au damoisel qu'il devait avoir la discrétion de ne la pas
questionner sur l'espèce d'injure qu'elle avait reçue. Le temps des grands saints et des héros fut
presque toujours aussi celui des grands crimi-
nels : et peut-être avons-nous à nous consoler
d'être un peu dégénérés des sentiments sublimes
qui exaltaient les ames des premiers, en vivant
dans un siècle où des mœurs plus douces et des
lois plus sages nous mettent à couvert des attentats des seconds.

Galpan, en effet, s'était rendu bien coupable;
et le damoisel, dont l'ame vertueuse était épurée
par son amour pour Oriane, se sentit enflammé
de courroux, et du desir de punir le plus lâche
et le plus atroce de tous les crimes. Suivez-moi,
cria-t-il, et venez voir laver votre injure dans le
sang de ce monstre. A ces mots, il s'avance vers
la porte du château, d'où soudain une troupe en
armes lui défend l'entrée : le damoisel, animé par
la colère comme par son courage invincible, fond
sur cette troupe, l'enfonce, en fait un massacre

affreux; et bientôt, achevant de la dissiper, il pénètre dans la grande cour du château.

Le coupable Galpan avait eu le temps de s'armer, pendant que ses soldats avaient fait quelque résistance. Doué d'une force prodigieuse et
d'un courage féroce, il crut triompher facilement
d'un adversaire épuisé par un combat sanglant;
il fondit comme la foudre sur le damoisel, brisa
sa lance sans l'ébranler; et soudain, se frappant
l'un et l'autre à coups d'épée, en peu d'instants
la cour fut couverte du débris de leurs armes. Le
combat fut long et opiniâtre, et le damoisel vit
couler son sang; mais enfin, portant le coup le
plus terrible sur le casque de son ennemi, l'acier
brisé ne peut en ralentir la force, Galpan tombe
sanglant et sans connaissance sur l'encolure de
son cheval, et d'un revers le damoisel fait rouler
sa tête sur la poussière : sur-le-champ il descend
de cheval, relève cette tête, et la présente à la
demoiselle outragée. La demoiselle rejeta cette
tête avec horreur; mais elle conserva précieusement le casque enfoncé du traître; et, pénétrée
de reconnaissance pour le damoisel, elle crut ne
pouvoir rien faire de mieux, pour sa gloire, que
de partir sur-le-champ pour la cour de Languines,
et d'y porter ce casque, comme le gage de la
nouvelle victoire que le damoisel venait de remporter sur le redoutable Galpan. Cette demoiselle
était envoyée par la princesse Olinde, fille du
roi de Danemarck, au prince Agrayes qu'elle ai-

mait et dont elle était adorée. C'est cette mème
demoiselle, connue sous le nom de la demoiselle
de Danemarck, qui s'attacha depuis au service
de la belle Oriane. Elle dissimula sa cruelle aventure, et fut assez heureuse pour n'ètre pas forcée
à la découvrir.

Oriane fut plus émue que jamais par le récit
que lui fit cette demoiselle; mais elle aurait eu
peine à cacher son trouble et sa douleur, lorsqu'elle lui dit que le damoisel avait été légèrement blessé, si la princesse Mabille qui l'avait vue
pâlir, et prête à s'évanouir, ne l'avait prise dans
ses bras, et ne l'avait soutenue jusqu'à son appartement. C'est là que, donnant un libre cours
à ses larmes, elle ne put s'empêcher d'ouvrir son
cœur à Mabille; et cette charmante amie, digne
de sa confiance, apprit ainsi à quel point le damoisel de la mer était aimé.

Que ce tendre amant eût été heureux, s'il eût
osé le croire! mais, loin de former le plus léger
espoir, toutes les réflexions qu'il faisait sur son
état présent étaient désespérantes. Qui suis-je,
hélas! se disait-il, pour oser élever mon amour
et mes vœux jusqu'à l'héritière de la Grande-Bretagne, moi, malheureux abandonné dès ma naissance, et qui suis peut-être destiné à ne jamais
connaître ceux à qui je dois le jour? Oriane! divine Oriane! ah! vous ne pourriez entendre mes
plaintes sans en être offensée, et je dois condamner mon malheureux amour au silence.

Le sang qui coulait des blessures que le damoisel avait reçues, l'obligea de rester pendant
huit jours dans le château d'un des chevaliers qu'il
avait délivrés des prisons de Galpan. Dès que ses
forces lui permirent de porter les armes, il prit
le chemin d'Aberdour pour y rejoindre le prince
Agrayes, qu'il prévoyait devoir arriver vers ce
port dans le même temps : il marchait lentement,
toujours occupé de son amour, et se plaignant
du sort malheureux qui mettait une barrière in-
surmontable entre son état et celui de la beauté
qu'il adorait. Le damoisel, dans sa rêverie profonde, ne s'était point aperçu qu'un chevalier
sorti du camp d'Agrayes, dont il approchait, avait
marché doucement à côté de lui, sans chercher
à le distraire de ses plaintes. A la fin, ce chevalier croyant se faire un jeu du trouble et de l'état
douloureux où le damoisel était plongé, l'arrête,
et lui dit : Vraiment, chevalier, il se peut bien
que vous vous rendiez justice ; mais, puisque vous
aimez une dame si parfaite et de si haut parage,
nommez-la donc : peut-être s'en trouvera-t-il un
autre plus digne que vous de porter ses chaînes.
En tout cas, lui répondit le damoisel avec dédain, je ne crois pas que ce soit vous qui puissiez l'être. A ces mots, ce chevalier ébranle sa
lance, s'affermit sur ses étriers, et semble menacer le damoisel : tous les deux d'un même temps
s'éloignent, mettent leurs lances en arrêt, fondent
l'un sur l'autre, et le damoisel de la mer lui fait

vider les arçons, et l'étend sur l'herbe. Un autre
chevalier du camp d'Agrayes voit la chute de son
compagnon, et s'avance en défiant le damoisel,
qui lui fait éprouver le même sort. Le prince
Agrayes qui se promenait alors à la tête de son
camp, voyant la défaite de ses deux chevaliers,
se saisit d'une forte lance, et court au-devant de
leur vainqueur qu'il défie : mais le damoisel, reconnaissant le prince d'Écosse son frère d'armes
et son ami, baisse jusqu'à terre le fer de sa lance ;
et, délaçant son casque qu'il arrache de sa tête,
il se fait reconnaître par Agrayes, et vole dans
ses bras. Agrayes plaisante beaucoup les deux
chevaliers qui revenaient à pied, bien honteux
d'avoir été si facilement vaincus ; mais ils s'en
consolèrent en reconnaissant le damoisel de la
mer, dont la renommée était déja si brillante.
Agrayes, qui n'attendait plus que son ami pour
s'embarquer, fit partir son armée des ports d'A-
berdour et de Palingues. Le vent le plus favorable le porta en trois jours dans la Gaule où
son armée débarqua sans obstacle, au port du
Hâvre de Galfrein, au moment où le roi Périon
avait le plus besoin d'un prompt et puissant secours.

Agrayes et le damoisel apprirent avec douleur,
en débarquant, que le roi Périon, après plusieurs
échecs, avait été forcé de se retirer dans la forte
ville de Baldaen, avec l'élite de ses chevaliers, pour
y veiller à la sûreté de la reine Élisène et de la

jeune princesse Mélicie, qui s'étaient renfermées
dans cette place; et que l'armée d'Abyes, fortifiée
par celle de Galin, duc de Normandie, et par un
renfort que le duc Aganil, neveu d'Abyes, avait
amené, formait déja la circonvallation de cette
place.

Agrayes ne perdit pas un moment pour marcher avec ses braves Écossais au secours de Périon;
et, forçant un des quartiers de l'armée d'Abyes,
il entra dans Baldaen avec les drapeaux et la dé-
pouille des premiers ennemis qu'il avait combat-
tus. Périon se crut invincible avec Agrayes et le
damoisel de la mer; il les conduisit à la reine
qui reçut son neveu Agrayes dans ses bras. Périon
lui présenta le damoisel de la mer, comme son
libérateur : le jeune chevalier fléchit le genou pour
baiser la main d'Élisène qui fut surprise de sa
beauté, et surtout de ce que, dans un âge si tendre, il se fût illustré déja par les actes les plus
héroïques. Émue jusqu'au fond de l'ame, en fixant
ses yeux sur le jeune chevalier, elle ne put s'empêcher de se dire en elle-même : Hélas! le fils
que j'ai perdu serait de son âge, et peut-être il
eût acquis déja une aussi brillante renommée. Un
mouvement involontaire lui fit passer ses bras
autour du cou du damoisel. De quels heureux parents, lui dit-elle, avez-vous reçu le jour? Hélas!
madame, répondit-il, je l'ignore encore; mais si
j'osais en croire une demoiselle inconnue, qui prétend en être instruite, je n'aurais pas à rougir de

ma naissance. Périon remarqua l'attendrissement de la reine pour le damoisel, et ne l'attribua pour lors qu'à la reconnaissance qu'elle avait des grands services qu'il en avait reçus.

Il voulut que le damoisel logeât dans son palais; et l'on remit au lendemain matin à délibérer sur les moyens d'attaquer et de repousser les assiégeants avec avantage.

Le damoisel parut au conseil, les yeux rouges et humides encore de larmes; il avait passé presque toute la nuit à réfléchir sur son état incertain, la question de la reine lui rappelant celle que la belle Oriane pourrait en tous les temps lui faire; et, quoique résolu de perdre la vie, ou de se rendre digne du nom de son chevalier, nulle espèce d'espérance ne flattait son cœur, que jamais cette charmante princesse daignât lui en faire porter un plus glorieux et plus doux encore.

Oriane, de son côté, n'était pas plus tranquille; sa seule consolation était de cacher souvent ses larmes dans le sein de sa tendre amie, la princesse Mabille : elle frémit en apprenant qu'elle touchait au moment d'en être séparée.

Le roi Lisvard son père, ayant dompté les rebelles et pacifié la Grande-Bretagne, ne put se priver plus long-temps d'une fille si chère. Il fit partir trois grands vaisseaux de guerre avec cent chevaliers, commandés par Galdar de Rascuit, célèbre et ancien chevalier, pour servir d'escorte à la princesse sa fille, que Galdar avait ordre de redemander au roi Languines, après l'avoir remercié de l'asyle agréable dont elle avait joui dans sa cour, et lui avoir présenté de sa part cent chevaux et cent chiens, les plus beaux que la Grande-Bretagne eût produits.

Galdar s'acquitta de sa commission avec noblesse. Languines y répondit en montrant le plus grand attachement pour Lisvard; il fut bientôt à même de lui en donner la preuve la plus touchante. Les cris de quelques femmes, qui partaient de l'appartement d'Oriane, l'y firent entrer avec précipitation : il trouva cette jeune princesse et sa fille Mabille sans connaissance, se serrant dans leurs bras et baignées de larmes. Languines et Galdar partagèrent leurs soins entre elles; ils parvinrent à les faire revenir; et les premiers mots que ces deux tendres amies proférèrent furent que c'était leur arracher la vie que de les séparer. Galdar attendri proposa de lui-même à Languines de confier la princesse Mabille à sa garde, l'assurant que son maître la recevrait comme une seconde fille, et que Mabille serait traitée dans sa cour comme l'égale d'Oriane. Languines consentit sans peine à laisser partir sa fille, et Oriane voulut se jeter avec elle à ses genoux pour l'en remercier. Le vent se trouvant favorable, le départ des princesses fut marqué pour le lendemain. Oriane s'occupa le reste du jour à mettre en ordre ce qu'elle avait de plus précieux. Les tablettes et l'anneau que le damoisel de la mer lui confia lorsque Gandales les lui avait fait remettre tombèrent les premiers entre les mains d'Oriane. Saisie, en les voyant, par la passion qui maîtrisait son ame, elle les serre dans ses mains : elle sent la cire qui s'écrase; un billet que cette cire renferme s'offre à ses yeux : son cœur palpite; elle ouvre ce billet en frémissant; elle a peine à en croire ses yeux lorsqu'elle lit : *Cet enfant est fils d'un grand roi, et se nomme Amadis...* Ah! s'écria-t-elle, mon cœur ne m'a point trompé. Ah! cher Amadis, je peux donc t'aimer sans avoir à rougir de mon choix. Le second mouvement d'Oriane fut de voler chez son amie, et de lui faire part de son bonheur et de sa découverte.

Lorsque les premiers moments de surprise furent passés, Mabille fit sentir à son amie combien il était important de cacher ce secret aux deux cours d'Écosse et de la Grande-Bretagne, et combien il l'était également que le damoisel de la mer en fût informé, et reçût ces marques authentiques, propres à lui faire reconnaître ceux dont il tenait le jour.

Mabille connaissait l'adresse et la fidélité de la demoiselle de Danemarck, qui, depuis le message important qu'elle avait fait au prince Agrayes son frère, était restée auprès d'elle. Ce fut cette demoiselle que ces princesses choisirent pour aller promptement dans la Gaule chercher le damoisel de la mer, lui porter ces signes précieux, et une lettre de la main des deux princesses, dans laquelle elles lui faisaient savoir leur départ pour la Grande-Bretagne.

La vertu la plus pure, la prudence, la modestie, ont beau retenir une main que conduit l'amour, il est impossible qu'il ne la force à tracer quelques traits qui le caractérisent. Oriane ne put s'empêcher d'écrire : « Puisse Amadis retrouver son « père, et revenir bientôt victorieux à Vindisi- « lore, faire partager sa joie et ses triomphes à « ses fidèles et anciens amis! » La demoiselle de Danemarck s'embarqua dès le lendemain pour la Gaule ; et le même vent, qui portait les vaisseaux que montaient ces princesses à l'embouchure de la Tamise, lui étant favorable, elle fit en trois jours le trajet, et arriva sans accident en la ville de Baldaen où la valeur des assiégés tenait toujours une porte libre, pour recevoir des vivres et des secours.

De grands évènements étaient arrivés à ce siége, depuis qu'Agrayes et le damoisel de la mer avaient joint le roi de Gaule.

Abyes, fier de sa puissance, du nombre de chevaliers renommés, et de l'armée qu'il avait sous ses ordres, n'apprit qu'avec une sorte de dédain que Périon venait de recevoir du secours. Il ne suffira pas, dit-il aux princes et aux chevaliers qui l'entouraient, pour donner l'audace à Périon de sortir de ses murs, et de nous combattre. Le duc de Normandie et le duc Aganil, desirant flatter son orgueil, le confirmèrent dans cette opinion. Mais, lui dirent-ils, votre armée est assez nombreuse pour la partager, et notre seule ressource est de tromper les Gaulois, pour les attirer au combat ; dès demain nous nous présenterons près des murs de la ville avec un assez petit nombre de troupes pour les encourager à nous attaquer. Après un léger combat, nous feindrons de vouloir nous dérober à leurs coups, et nous nous retirerons avec un désordre apparent jusqu'à la forêt voisine, où vous pouvez vous cacher avec le gros de votre armée; alors, nous ralliant et faisant ferme, il vous sera facile d'envelopper les Gaulois, de couper leur retraite, et de vous emparer des postes de Baldaen. Abyes approuva ce projet, dont l'exécution fut remise au lendemain. Pendant ce temps le brave Agrayes et le damoisel de la mer formaient celui de faire une vigoureuse sortie à la pointe du jour, et de battre les quartiers des assiégeants.

Les troupes commandées des deux côtés s'étant portées à leur destination avant l'aurore, Agrayes fut surpris de trouver celles des ennemis sous les armes, et de leur voir porter quelques échelles, comme si les Irlandais eussent osé se disposer à l'escalade de la place qu'ils défendaient : indignés de cette audace, ils font ouvrir les portes, et fondent, la lance en arrêt, sur les ennemis qui s'ébranlent en même temps pour charger. Ce premier choc fut terrible. Le duc de Normandie et Aganil, qu'Agrayes et le damoisel avaient

choisis, comme étant les plus apparents, furent
renversés, et leurs écuyers ne purent les remonter
qu'avec peine. Agrayes et le damoisel, perçant
jusqu'aux derniers rangs, renversèrent de même
tout ce qui s'opposait à leurs efforts : la mêlée
devint bientôt si furieuse et si générale, que Galin
et Aganil ne furent plus à temps d'exécuter leur
premier projet, et de se retirer vers Abyes. Furieux d'avoir été abattus, ils rallient autour d'eux
leurs plus braves chevaliers, et cherchent les adversaires qui leur ont fait essuyer ce premier
affront ; ils les reconnaissent bientôt aux grands
coups qu'ils portent, et que les Irlandais ne peuvent plus soutenir; ils fondent sur les deux redoutables chevaliers, avec l'avantage du nombre, et
ils leur auraient fait courir le plus grand risque, si,
dans ce moment, le roi Périon ne fût accouru à
leur secours, à la tête de quelques escadrons.
Périon arrive à temps pour soutenir les deux chevaliers ébranlés par le choc d'un grand nombre de
lances. Alors l'un et l'autre s'attachent au combat
avec les deux ducs du parti d'Abyes; mais la victoire n'est pas long-temps incertaine : le damoisel
fend le casque et la tête d'Aganil, neveu d'Abyes,
le jette mort entre les pieds des chevaux; et d'un
même temps, trouvant sous sa main le duc de
Normandie, qui reculait aux coups qu'Agrayes
lui portait, il lui fait voler la tête du revers de
son épée.

La fuite, qui, dans le projet, ne devait qu'être

simulée, devint alors générale dans les troupes que les deux ducs avaient conduites au combat : le plus grand nombre court vers la forêt. Un chevalier blessé arrive des premiers près d'Abyes, et lui apprend la mort du duc de Normandie et celle de son neveu. Abyes, outré de douleur et de rage, sort à la tête des troupes fraîches et nombreuses embusquées dans la forêt ; il fond sur les Gaulois qu'il surprend dans le désordre d'une armée victorieuse, qui croit n'avoir plus qu'à poursuivre un reste de fuyards : le roi Périon soutient, en pliant un peu, ce premier effort ; et, commandant ses troupes en général expérimenté, il fait retirer son armée par échelons sur la ville, en présentant toujours un front impénétrable à son ennemi.

Le chevalier blessé, par qui Abyes avait appris la mort d'Aganil et celle du duc de Normandie, après avoir fait bander sa plaie, avait eu le courage de rejoindre son roi, et combattait aux premiers rangs à ses côtés. Ce fut lui qui fit connaître à ce prince le damoisel de la mer, comme le chevalier dont le bras venait de le priver de son neveu et du duc de Normandie. Plusieurs fois Abyes s'élança contre le damoisel : ils se portèrent des coups terribles ; mais des flots de combattants les ayant toujours séparés, et Abyes voyant le damoisel prêt à rentrer dans la place avec une des dernières troupes de cette arrière-garde : Arrète, chevalier, s'écria-t-il d'une voix terrible ; tu m'as

4.

privé des deux têtes qui m'étaient les plus chères :
si ton cœur est sensible à l'honneur, défends la
tienne contre moi, et ne refuse pas le combat
mortel que je te propose, à la tête de tel nombre
de chevaliers de ton parti que tu voudras choisir.
Roi Abyes, lui répondit le damoisel, il n'a déja
coulé que trop de sang dans l'injuste guerre que
tu fais à Périon : tu me hais pour t'avoir privé de
deux chevaliers qui t'étaient chers ; je te hais pour
les ravages que tu fais dans la Gaule, et pour
avoir attaqué Périon, prince aussi loyal que brave :
si tu veux accepter un combat seul à seul, qui
décide du sort de cette guerre, donne-moi ta
parole, et reçois la mienne : dès demain la seconde
heure du soleil éclairera notre combat, et déci-
dera du destin de cette ville et du reste de la
Gaule.

Abyes était trop présomptueux, et se croyait
trop supérieur à son adversaire, pour le refuser :
les paroles mutuelles furent reçues. Abyes à l'instant fit retirer ses troupes, et laissa le damoisel
de la mer rentrer librement dans Baldaen.

Quelque confiance que Périon eût dans la force
et dans la valeur du jeune damoisel, il ne put
s'empêcher de ressentir quelque terreur, en apprenant que son sort et celui de la Gaule dépen-
draient de l'évènement de ce combat ; mais réflé-
chissant à la justice de sa cause, et pénétré de
confiance et d'admiration pour le damoisel, il
accepta les conditions proposées, et sur-le-champ

il envoya un héraut au roi d'Irlande, pour les confirmer de sa part.

Périon et Agrayes avaient conduit le damoisel en triomphe, et comme ayant acquis le prix de cette grande journée, dans la chambre de la reine Élisène. Cette reine sentit la même émotion que la première fois; cet attendrissement augmenta lorsqu'elle apprit le combat qui devait se faire le lendemain; une pâleur mortelle parut sur son visage, et tous ses sens affaiblis la firent tomber presque sans connaissance.

Sur ces entrefaites, on vint dire au damoisel qu'une demoiselle inconnue, arrivée en toute diligence, demandait à lui parler sur-le-champ : il passe seul dans son appartement; c'est la demoiselle de Danemarck qu'il y trouve : il la reconnaît.... Éperdu de crainte et d'amour, il étend ses bras vers elle... Ah Dieu! dit-il, m'apportez-vous ou la vie ou la mort? l'une et l'autre dépendent du sort et de la volonté de la divine Oriane. Rassurez-vous, lui dit la demoiselle en souriant : hélas! on était aussi vivement émue en me faisant partir, que vous me paraissez l'ètre en recevant les bonnes nouvelles que je vous apporte. Ouvrez cette lettre et ce paquet, et remerciez la fortune et l'amour qui semblent également occupés de votre bonheur.

Qui pourrait exprimer les transports du damoisel, en voyant sur cette lettre les traits chers et sacrés pour lui de la main de la divine Oriane?

Il les baise mille fois, ses larmes coulent; ce n'est qu'à la longue qu'il apprend enfin que sa naissance royale est confirmée aux yeux de celle qu'il adore, et qu'il lit l'ordre charmant de revenir victorieux auprès d'elle. Il ouvre enfin les tablettes, il sait quel est son véritable nom; mais il ignore encore quels sont ceux qui le lui ont donné : tout ce qu'il lui suffit de savoir en ce moment, c'est qu'Oriane ne le dédaigne plus, et qu'il pourra porter avec gloire le nom de son chevalier.

On imagine sans peine à quel point cette idée et cette première faveur d'Oriane élèvent encore son courage. A peine pense-t-il un instant au combat qu'il doit livrer le lendemain; il est trop sûr qu'Oriane vaincra le téméraire Abyes par sa main. Il ne s'occupe que de mille questions précipitées qu'il fait sans ordre à la demoiselle de Danemarck; il ne les interrompt que pour baiser la lettre d'Oriane : il attache cette lettre sur son cœur; il serre précieusement les tablettes; il met à son doigt l'anneau qui les accompagne; il apprend enfin à la demoiselle de Danemarck quelles sont les conditions du combat avec Abyes; il la conjure d'en attendre le succès, et lui promet de partir trois jours après avec elle, pour se rendre aux ordres d'Oriane, à Vindisilore. La demoiselle de Danemarck, ne voulant se faire connaître que du damoisel, se retira secrètement après avoir rempli sa mission, et lui laissa malgré lui la

liberté de retourner près du roi et de la reine des
Gaules.

La joie qui brillait dans les yeux du chevalier
ajoutait à sa beauté quelque chose de céleste
qui lui donnait l'air d'un demi-dieu ; et tous ceux
qui l'admiraient crurent trouver dans son air et
dans ses regards des présages certains de la
victoire.

Le damoisel renferma son secret dans son cœur ;
mais, dans les douces distractions dont il ne pouvait se défendre, il élevait tour-à-tour les vœux
les plus ardents au ciel et à sa chère Oriane. La
pureté de son amour lui permettait d'en faire
hommage à l'être suprème, et de lui demander
de le couronner par de nouveaux bienfaits. Le
roi Périon et le prince Agrayes le forcèrent à
prendre quelque repos, et préparèrent les armes
dont il devait se couvrir pour combattre Abyes.
Le lendemain le damoisel, selon le respectable
usage de ce temps, se prépara par la prière à défendre une cause que la justice et son attachement
pour Périon lui rendaient chère : il se revêtit
d'armes étincelantes, et voulut surtout conserver
la bonne épée qu'il avait déja si glorieusement
éprouvée.

Le son des trompettes annonçait dans le camp
et dans la ville que l'heure du combat approchait, lorsque le damoisel sortit de Baldaen,
monté sur un superbe cheval blanc, nourri dans
les belles prairies de la Neustrie. Périon portait

son casque, Agrayes portait son écu, sur lequel
deux lions d'azur rampants l'un contre l'autre
étaient peints; et le fidèle Gandalin portait sa
forte lance. Le redoutable Abyes sortait en même
temps de son camp, monté sur un puissant cheval noir. Surpris de la jeunesse et de la beauté
du damoisel qui n'avait point encore lacé son
casque, et dont les cheveux blonds flottaient
au gré du vent sur ses épaules, il dédaignait
dans son cœur un si faible ennemi; mais, animé
par la colère et la douleur que lui causait la
perte de Galin et de son neveu, il sentit une barbare joie en pensant qu'il le sacrifierait bientôt à
sa vengeance.

Le signal du combat fatal est donné par les
trompettes; un profond silence succède à ce son
terrible; les deux chevaliers courent impétueuse-
ment l'un sur l'autre, et se rencontrent au milieu
de la carrière; leurs lances volent en éclats sans
qu'ils soient ébranlés : mais les deux coursiers, ne
pouvant résister à l'impétuosité de ce choc, rou-
lent sur la poussière. Les deux chevaliers se relè-
vent avec la même légèreté; et, tirant leurs redoutables épées, ils s'attaquent avec une égale fureur.
La vengeance et l'importance du combat animaient
le courage d'Abyes : mais que ces sentiments
étaient faibles en comparaison de celui qui pénétrait le chevalier d'Oriane! L'heureux et brave
damoisel sentait qu'il avait la lettre d'une maîtresse
adorée, attachée sur son cœur : les coups qu'il

recevait lui paraissaient légers, ceux qu'il portait
étaient terribles; le sang des deux combattants
commençait à rougir la terre : mais l'amour, animé
par l'espoir, est une source de vie qui semblait
renouveler celui du damoisel. Abyes fut le premier
à sentir qu'il perdait haleine, et que son bras
s'appesantissait. Le jour qui nous reste, dit-il au
damoisel, nous permet d'interrompre pendant
quelque temps ce combat; ta valeur me force à
t'estimer; et, si tu ne m'avais pas privé de celui
qui m'était le plus cher, je regretterais d'être obligé
de te donner la mort. Roi Abyes, regrette plutôt
de t'être exposé follement aux hasards d'une guerre
injuste, dit le damoisel, et songe à défendre ta
tête que je dois à Périon et à la Gaule opprimée.
A ces mots, ces deux combattants se chargent avec
plus de fureur que jamais; à peine leur reste-t-il
quelques fragments de leurs écus pour se couvrir.
Le damoisel reçoit sur son casque un coup qu'il
ne peut parer; ses yeux étincellent, se ferment un
instant : mais, en les rouvrant, il reconnaît la
demoiselle de Danemarck, qui s'était cachée parmi
les spectateurs; il voit celle qui racontera son
combat à la belle Oriane : cette idée lui rend
toutes ses forces : sa légèreté, l'impétuosité de
ses coups eussent fait croire, en ce moment, qu'il
ne faisait que de commencer à combattre. Abyes,
perdant son sang par une infinité de blessures,
fait un dernier effort pour porter un coup que
le damoisel pare avec son épée, dont en même

temps il frappe le jarret découvert d'Abyes qui tombe presque sans force sur la poussière. Le damoisel court sur lui, lui arrache son casque : Tu es mort, lui crie-t-il, si tu ne te reconnais vaincu. Oui, je le suis, répondit Abyes d'une voix mourante, et je reçois la punition de mon injuste entreprise : mais tu dois être aussi généreux que vaillant : procure-moi la consolation d'un chevalier chrétien, avant que j'expire. Je vais donner ordre à mes généraux de sortir de la Gaule; pour toi, brave chevalier, fais honneur à la victoire que tu remportes sur moi, par de nouveaux exploits : je te pardonne ma mort, et te prie de me conserver dans ta mémoire.

A ces mots, le damoisel attendri relève Abyes entre ses bras; il appelle ses généraux, et le leur remet, en versant des larmes. Abyes exécute ce qu'il a promis, et ce qu'il desirait avant que d'expirer; et le damoisel, vainqueur, est reçu dans les bras de Périon et d'Agrayes, qui le font rentrer triomphant dans la cité qu'il vient de délivrer.

On arrête son sang; Élisène fait visiter en sa présence ses blessures qui se trouvent légères. Les soldats et les peuples s'attroupent; ils demandent à voir leur libérateur : on le porte sur un balcon, et toutes les voix s'élèvent en criant : Que béni soit le vainqueur d'Abyes! vive, vive le libérateur de la Gaule!

Peu de jours suffirent pour fermer les blessures du damoisel de la mer; et l'impatience qu'il avait de partir avec la demoiselle de Danemarck, pour se rendre auprès de sa chère Oriane, le pressait d'essayer ses forces. Un matin qu'il prenait l'air dans une riche galerie, voisine de son appartement, il y trouva l'infante Mélicie tout en larmes. Qu'avez-vous donc, charmante petite princesse? lui dit-il tendrement. Ah! damoisel, je suis perdue. Ah Dieu! que va dire papa roi? Il m'a prêté par complaisance un anneau d'or, qui lui est bien cher. Hélas! je viens de le perdre en jouant, et je ne sais où me cacher.

Mais, dit en souriant le damoisel, cet anneau serait-il donc si précieux qu'il ne pût être remplacé? voyez si vous pourriez rendre celui-ci pour l'autre. A ces mots, il tire celui qu'Oriane lui avait envoyé, et le lui présente. La petite Mélicie le regarde: Ah! méchant que vous êtes, s'écrie-t-elle, pourquoi me le faisiez-vous chercher? où l'avez-vous donc trouvé? A ces mots, elle le quitte en sautant de joie, et court le porter à Périon, qui le remet à son doigt. Quelques moments après, Périon vient se promener dans cette même galerie d'où le damoisel venait de se retirer; il aperçoit quelque chose de brillant sous un tabouret; il le ramasse, et voit, avec une surprise extrême, que c'est un anneau absolument semblable au sien. Il fait appeler Mélicie, il lui demande quel est celui qui a fait retrouver l'anneau qu'elle avait égaré. Eh! vraiment, dit-elle, c'est ce malicieux damoisel de la mer, qui s'est levé de son lit tout exprès pour me le faire chercher.

Périon ne répondit rien; mais il courut se renfermer dans son cabinet, où, comparant les deux
anneaux, il reconnut qu'ils étaient parfaitement
semblables, et que l'un des deux ne pouvait être
que celui qu'il avait donné à Élisène, lorsque la
bonne Dariolette s'était occupée des premières
cérémonies de son mariage avec cette belle princesse.

Pour la première fois, la tête si sage de Périon
conçut quelque ombrage; et l'on tient qu'il en
est peu d'assez fortes pour résister aux soupçons
inspirés par la jalousie. Le damoisel de la mer était
charmant, et Périon ne put s'empêcher de se rappeler que la plus tendre émotion agitait la reine
toutes les fois qu'il paraissait à ses yeux. Le vif
intérêt qu'Élisène avait pris à ses blessures, que
souvent elle avait visitées elle-même, tout concourut à redoubler ses inquiétudes : mais si, dans
les ames communes ou coupables, la jalousie réalise les soupçons, les cache, et les aggrave même,
une ame généreuse ne peut les dissimuler, et s'en
explique bientôt avec celle qu'il estime et qu'il
aime.

Périon, plein de candeur, va trouver la reine
dans son cabinet. De grace expliquez-moi, madame, lui dit-il, comment il est possible que le
damoisel ait un anneau semblable en tous points
à celui que je vous donnai pour gage de ma tendresse. Ah! seigneur, dit-elle, cela n'est pas pos-

sible. Mais, reprit Périon, qu'est donc devenu
celui que j'espérais qui vous serait cher, et que
depuis ce temps-là je ne vous ai plus vu porter?
La reine ne lui répond rien, se saisit des deux
anneaux, les considère long-temps; ses yeux se
couvrent de larmes, et tout-à-coup, se jetant à
genoux, elle s'écrie : O grand Dieu! daignez confirmer mes soupçons; rendez-moi ce fils si regretté, qui m'a tant coûté de larmes. Périon, surpris et attendri, s'écrie à son tour : Ah! poursuivez,
madame, expliquez-moi ce mystère. Il faut donc
vous rappeler, seigneur, ce secret fatal que je
cachai quelque temps à votre tendresse. Hélas!
ce fils qui fut le gage de nos premières amours,
nous l'avons perdu tous les deux. A ces mots,
elle raconte une seconde fois à Périon toute l'histoire du petit Amadis, et lui jure que c'est ce
même anneau qu'elle pendit à son cou, avant que
Dariolette l'exposât au courant de la rivière; et
elle lui apprend en même temps qu'elle mit dans
le même berceau des tablettes qui annonçaient
sa naissance, et la riche épée qu'il avait laissée
dans sa chambre en la quittant.

Périon se rappelle à l'instant qu'il fût en effet
frappé de la forme de cette épée, dont le damoisel
voulut se servir pour combattre contre Abyes,
quoiqu'il n'eût fait que l'entrevoir; et son cœur
s'ouvrant alors aux sentiments impétueux que
donne une vive espérance : Ah! courons, chère
Élisène, s'écria-t-il; allons éclaircir nos doutes.

A ces mots, ils volent tous les deux à la chambre du damoisel de la mer, qui s'était recouché, et qu'ils trouvèrent endormi. Le premier objet qui frappe les yeux de Périon, c'est l'épée pendue au chevet de son lit; il la prend, la tire et la reconnaît: pendant ce temps, la reine aperçoit les tablettes et le billet que Dariolette avait écrit. Ah Dieu! s'écria-t-elle, le damoisel est notre fils. Éperdue par les transports qui l'animent, elle le réveille, et lui crie d'une voix tremblante: Ah! sire chevalier, un seul mot; Gandales est-il votre père? Le damoisel, voyant la reine les yeux baignés de larmes, la bouche entr'ouverte, et comme entraînée par la passion la plus violente, lui répond en frémissant: Non, madame, il ne l'est pas; je ne suis qu'un malheureux enfant, qu'il trouva dans un berceau flottant sur la mer. Ah! mon fils, ah, grand Dieu! s'écrie la reine, qui dans ce moment va se jeter à son cou, et qui tombe évanouie entre ses bras. Périon s'écrie à son tour, et se précipite sur le lit, en les serrant tous les deux dans les siens. La voix de la nature parle également à tous les trois, et l'heureux damoisel ne doute déja plus que ce ne soit son père et sa mère qu'il trouve.

Quel moment pour Amadis, qui dès-lors perdit le nom de damoisel de la mer! Toute l'étendue de son bonheur se peint à-la-fois à ses yeux, et remplit son ame: mais bientôt un seul sentiment la fixe, et la transporte. Amadis, le fils du

souverain des Gaules, devenait digne de la main
d'Oriane : l'espérance enfin naissait dans son
cœur.... Les transports d'Élisène et de Périon,
sans être aussi impétueux que ceux d'un amant,
étaient aussi tendres. Périon trouvait un héros
dans son fils : ce héros lui avait sauvé la vie ; il
venait de triompher du redoutable Abyes, et de
délivrer la Gaule. Eh! quel sentiment plus délicieux que celui de l'heureux père qui doit de la
reconnaissance à ses enfants! Les aimer, les secourir, ce n'est pour lui que l'exercice des droits
respectifs entre un père et ses enfants ; en être
secouru lui-même, c'est les voir s'élever à côté de
lui, c'est trouver en eux des amis aussi généreux
que tendres ; et la reconnaissance que ce père
doit sentir est un sentiment si doux, qu'il doit
avoir pour lui la force et la valeur d'un bienfait.

Le nom d'Amadis, reconnu par son père, retentit dans le palais : on accourt de toutes parts,
et les chevaliers gaulois, qui furent de tous les
temps, et qui seront toujours si fidèles et si passionnés pour le sang de leurs maîtres, entrent
en foule, pour baiser les mains victorieuses du
fils aîné de leur souverain.

Agrayes et Gandalin furent reçus par Amadis
comme deux frères. La demoiselle de Danemarck
trouva l'instant de lui dire en secret : Ah! seigneur, laissez-moi repartir ; vous vous devez quelque temps à la tendresse de vos proches, et je
regrette tous les moments qui retardent le bon-

heur dont la belle Oriane va jouir. Ce nom adoré
fit couler les larmes d'Amadis. Partez, chère amie,
lui dit-il; assurez la princesse que je ne perdrai
pas un moment pour aller à Vindisilore; et, désirant y rester inconnu de toute la cour pendant
les premiers jours, dites-lui que je monterai le
même cheval, et que je porterai les mêmes armes
que vous avez vues lorsque j'ai combattu contre
Abyes : à ces signes, vous pourrez me reconnaître.

La reconnaissance d'Amadis rappela bien douloureusement à Périon la perte de son second fils,
et le peu d'espérance qu'il avait de le retrouver,
à moins que le ciel ne fît encore un miracle en
sa faveur. Amadis partagea ses regrets, et jura
sur-le-champ de chercher son frère dans toute
l'Europe, dès qu'il serait libre de partir.

Agrayes, voyant la guerre finie, et ne pouvant
plus résister à l'amour qui le pressait de voler en
Danemarck auprès de sa belle Olinde, dont la demoiselle de Danemarck avait porté la lettre peu
de jours après qu'Amadis l'eut vengée des attentats de Galpan, confia son amour et son départ à
son cousin, et lui jura de venir bientôt le rejoindre pour l'aider dans la recherche qu'il devait
faire de son frère.

Amadis commençait à se remettre de ses blessures, et à se promener à cheval avec le roi son
père. Un jour, ayant été visiter cette forêt où
l'embuscade d'Abyes avait été dressée, une de-

moiselle , montée sur un grand palefroi, s'avance
d'un air libre, et saisissant la bride du cheval de
Périon : « Roi des Gaules, lui dit-elle, souviens-
« toi de celle qui te dit que tu retrouverais ta
« perte, lorsque l'Irlande perdrait la fleur de sa
« chevalerie. Apprends qu'elle ne la recouvrera
« que lorsque le brave frère de la dame couron-
« née assujettira ses voisins à lui rendre de riches
« et honteux tributs ; mais ce frère périra bientôt
« lui-même par la main de celui qui doit mourir
« à son tour pour l'amour de celle qu'il aimera
« le mieux. Urgande est ton amie, et t'annonce
« encore un nouveau bonheur (1). » A ces mots,
la demoiselle, sans attendre de réponse, tourna
bride et disparut dans l'épaisseur de la forêt.

On vit bientôt après cette prophétie accom-
plie, lorsque le fier et brave Morhout, frère de
la reine d'Irlande, assujettit le royaume de Cornouailles, et lui imposa la loi du tribut : mais le

---

(1) L'explication que l'auteur de l'Amadis donne de cette
dernière prédiction d'Urgande la Déconnue, prouve qu'il
connaissait les romans de Rusticien de Puise, et qu'il écrivait
vers le même temps.

Il est vraisemblable qu'un auteur espagnol n'eût point rap-
pelé le roman de Tristan, écrit en latin, et en France, au
commencement du douzième siècle ; il est facile aussi de distinguer dans l'Amadis de Gaule le ton et la marche des aventures et des récits des premiers romans français, comme il
est facile de reconnaître la tournure et le caractère des Espagnols dans les derniers livres de la suite des Amadis.

brave Tristan de Léonais, neveu du roi Marc de
Cornouailles, en délivra son oncle et ses états.
Tristan combattit et tua le Morhout, et ce fut le
premier des exploits de ce tendre et valeureux
chevalier qui termina sa glorieuse vie, en mourant de douleur et d'amour pour la charmante
reine Yseult.

La demoiselle de Danemarck était partie pour
la Grande-Bretagne; et, quelque sensible que fût
Amadis à la tendresse de Périon et d'Élisène, il
comptait et regrettait tous les jours qu'il passait
éloigné de sa chère Oriane; une mélancolie profonde commençait à s'emparer de lui, lorsque
Périon lui en demanda la cause. Amadis lui répondit qu'il ne pouvait jouir d'un moment de
tranquillité, jusqu'à ce qu'il eût retrouvé son
frère, et Périon fut forcé de consentir au départ
d'Amadis pour la Grande-Bretagne et l'Écosse.
Un vent favorable porta ce prince au port de Bristoie, ville célèbre de la Grande-Bretagne. Il y débarqua comme il avait promis à la demoiselle de
Danemarck, monté sur le même cheval blanc, et
couvert des mêmes armes dont il s'était servi
contre Abyes.

A peine était-il éloigné de deux lieues du port,
qu'il rencontra sur une haquenée très vite une
demoiselle qui lui demanda si elle pouvait espérer
de trouver à Bristoie un vaisseau prêt à mettre à
la voile pour la Gaule. Amadis lui ayant demandé
quelle raison pressante l'y appelait, elle lui dit

qu'elle y allait de la part d'Urgande pour y chercher un chevalier, nommé Amadis, dont elle
avait le plus pressant besoin, et qu'elle appelait à
son secours. Malgré l'amour qui l'entraînait à Vindisilore, la reconnaissance qu'il devait à la célèbre
Urgande ne le laissa pas hésiter à se faire connaître, et à suivre la demoiselle, qui, bien satisfaite, se mit à marcher devant lui pour le conduire
à sa maîtresse.

L'auteur retourne au jeune Galaor, frère
d'Amadis, que le géant Gandalac avait retiré depuis un an des mains de l'hermite, pour l'instruire
dans tous les exercices de la chevalerie. Le jeune
Galaor, qui regardait le géant comme son père,
le pressait avec instance de le conduire à la cour
du roi Lisvard, pour y être armé de la main de
ce prince qui jouissait également de la réputation
d'être un grand prince et un très brave chevalier.
Gandalac se rendit à sa prière, et se mit en chemin
avec lui.

Trois jours après leur départ, ils arrivèrent à la
vue d'un château très fort, tout entouré de maré-
cages, et qui n'était abordable que par une chaussée
étroite sur laquelle ils aperçurent deux demoiselles, un écuyer, et un chevalier monté sur un
cheval blanc, dont l'écu d'or portait deux lions
d'azur rampant l'un contre l'autre. Bientôt Galaor,
apercevant un chevalier armé sortir la lance en
arrêt du château, pria le géant Gandalac de lui
permettre de s'avancer pour être à portée de voir

5.

de plus près le premier combat qui se fût offert
à ses yeux.

Ce combat ne fut pas long; le chevalier du
château fut renversé sans connaissance par celui
qui s'avançait sur la chaussée. Un autre le rem-
plaça, sortit du château d'un air furieux, et attaqua celui qui portait deux lions sur son écu;
mais celui-ci le renversa d'une telle force, qu'il
le précipita dans l'eau, où la pesanteur de ses
armes le fit noyer à l'instant. Le chevalier des
lions s'avançait toujours sur la chaussée, et il
était déja près de la porte du château, lorsque
trois autres chevaliers en sortirent et l'attaquèrent
tous les trois à-la-fois.

Celui qu'il attaqua de droit fil fut percé d'outre en outre : les deux autres, le chargeant à
coups d'épée, le blessèrent légèrement : bientôt
il fit tomber mort l'un des deux; et, saisissant
l'autre, il lui arracha son casque, et lui mit la
pointe de son épée sur la gorge. Les deux demoiselles s'étant avancées aussitôt, le chevalier des
lions demanda quel sort elles destinaient au vaincu.
Qu'il me rende sur-le-champ celui qui m'est cher,
s'écria l'une, ou tranchez-lui la tête. Ah! pour
Dieu! merci, s'écria le malheureux, près de recevoir la mort, et sur-le-champ vous serez obéie.
Le chevalier des lions suspend le coup mortel, et
les ordres du maître du château font amener un
chevalier d'une figure charmante, qui court se
précipiter aux genoux de la demoiselle qui l'em-

brasse tendrement. Une personne assez belle l'avait
suivi, comme entraînée par une force supérieure.
Téméraire, lui cria la demoiselle, oses-tu te jouer
à moi? la mort la plus cruelle va punir ta noire
trahison. A ces mots, cette malheureuse créature
se jette à terre, et se roule dans une mare d'eau,
en poussant des cris affreux ; elle était prête à se
rouler jusque dans les profonds fossés du château,
lorsque le chevalier des lions intercéda pour elle,
en disant : Madame, soyez aussi généreuse que
puissante : pardonnez à ces deux misérables, et
abandonnez-les à leur malheureux sort. Eh bien!
dit la demoiselle, je leur pardonne ; mais que désormais ils soient forcés de vivre ensemble. Celle
dont les cris furent à l'instant arrêtés, ainsi que
le chevalier vaincu, vinrent se jeter aux pieds du
chevalier des lions, qui ne put s'empêcher de demander à cette demoiselle quelle avait été la cause
de l'état cruel où il l'avait vue? — Ah! seigneur,
à l'instant qu'elle a parlé, il me semblait que des
flammes me dévoraient de toutes parts, et je me
roulais dans l'eau pour tâcher d'en modérer l'atteinte. Celle dont tu brûlais si témérairement, lui
dit la demoiselle triomphante, méritait une semblable punition.

Le couple puni s'étant retiré dans le château,
le chevalier des lions dit à celui qu'il venait de
délivrer : Vous devez aimer bien constamment
cette demoiselle, après ce qu'elle vient de faire
pour votre délivrance. Seigneur, dit-il, je l'adore-

rai toujours, et je sens autant d'amour pour mon
aimable fée, que d'horreur pour l'infâme sorcière
dont les enchantements m'avaient fait perdre la
raison et la liberté.

Le jeune Galaor avait été spectateur de tous
ces évènements; et plein d'admiration pour le
chevalier des lions, il court vers le géant Gandalac,
et lui dit : Père, je desirais d'être armé chevalier
par le roi Lisvard, sur sa réputation; mais, frappé
de la valeur héroïque du chevalier des lions, permettez que je le préfère, et que je le prie de
m'armer chevalier.

Le géant approuva son jeune élève, qui courut
fléchir un genou devant le chevalier des lions,
en le conjurant de lui accorder un don. Vous
êtes si beau, lui répondit-il, un air si noble règne
dans toute votre personne, que je ne peux me
refuser à vous l'accorder. Eh bien ! seigneur, reprit
le jeune Galaor, j'allais à la cour de Lisvard pour
lui demander l'ordre de chevalerie; mais ce que
je viens de voir me porte à vous préférer à tous
les rois de la terre. Le chevalier des lions, à ces
mots, regarde la demoiselle qui souriait, et lui dit :
A Dieu ne plaise que je laisse ce charmant damoisel donner la préférence à si pauvre chevalier
que moi, sur le brave et puissant roi de la
Grande-Bretagne. La demoiselle prit aussitôt le
jeune Galaor par la main, et le présentant au
chevalier : N'hésitez plus, dit-elle, d'accorder au
damoisel ce qu'il vous demande, et croyez que

l'ordre de chevalerie et votre bras ne peuvent jamais être employés plus dignement que pour lui, ce que vous connaîtrez encore mieux dans la suite : sachez qu'il est d'un sang royal, et déja digne de la grace qu'il vous demande.

Le chevalier des lions n'hésita plus; et le damoisel ayant assisté le matin aux saints offices, ce qui pouvait remplacer la veille des armes dans un lieu saint, il lui donna l'accolée, et l'embrassa tendrement. Aussitôt il appela le fidèle Gandalin, et lui demanda une épée pour la ceindre au nouveau chevalier; mais la demoiselle lui dit : Prenez plutôt l'épée qui pend à cette branche; elle est plus belle et d'une meilleure trempe que celle que vous pourriez lui donner. Les deux chevaliers et Gandalin portent les yeux de tous côtés, et n'aperçoivent rien; la demoiselle, qui les leur dessille à l'instant, leur dit : Il y a déja plus de dix ans que je la pendis à cette branche, ayant prévu l'usage que vous en allez faire. A ces mots, le chevalier des lions, apercevant une riche épée, courut la détacher, et la ceignit au nouveau chevalier, qu'il serra tendrement dans ses bras, en lui disant : Qui que vous soyez, je sens que vous me devenez bien cher; et c'est avec satisfaction que je vois le ciel vous favoriser. Galaor, tres attendri par ces caresses, lui jura de le servir et de lui être à jamais attaché; et, prenant congé de lui, le suplia de lui dire où il pourrait le rejoindre. A la cour de Lisvard, lui dit-il, où je compte me rendre en peu de temps.

Galaor, s'étant éloigné, courut rejoindre le
géant Gandalac qui s'était tenu caché entre des
rochers : ils s'éloignèrent, et ce ne fut que sur la
fin de la journée, qu'un écuyer de la suite de
Galaor les rejoignit, et leur apprit qu'étant resté
avec l'une des deux demoiselles de l'aventure du
château, il avait su d'elle que le célèbre Amadis,
fils de Périon, roi de Gaule, était celui qui l'avait
armé chevalier.

Nos lecteurs ont facilement deviné que la demoiselle, en détournant Amadis de son chemin
lorsqu'il venait de débarquer, et qu'il prenait le
chemin de Vindisilore, l'avait conduit à sa maîtresse Urgande, qui ne pouvait tirer que par la
force des armes le jeune chevalier qu'elle aimait,
et qu'une enchanteresse retenait dans un fort
château, sous la garde de quelques chevaliers
qu'elle s'était assujettis par ses enchantements ;
c'est cette grande et belle aventure qui occasionna
la rencontre d'Amadis et de Galaor, qui se séparèrent sans s'être connus.

Urgande, quand elle vit Galaor éloigné, se plut
à demander si le cœur d'Amadis n'avait point été
vivement ému en donnant l'accolade à ce charmant damoisel. Ah ! madame, dit-il, mon émotion
n'eût pas été plus forte, quand j'eusse tenu dans
mes bras le jeune frère que nous avons perdu,
et dont j'ai entrepris la recherche. Connaissez
donc ce nouveau chevalier, lui dit-elle ; son courage digne du vôtre rendrait toute rencontre entre

vous deux trop dangereuse, si vous ne vous connaissiez pas : sachez que ce damoisel se nomme
Galaor, qu'il est votre frère, que c'est l'enfant
que le géant enleva des mains de ses gouvernantes,
et que ce sera l'un des meilleurs et des plus redoutables chevaliers de la terre. Ah! madame,
s'écria-t-il les larmes aux yeux, pourquoi m'avez-
vous caché que c'était mon frère? De grace, ap-
prenez-moi du moins où je pourrai le retrouver.
Non, lui dit-elle, vous ne pouvez le savoir main-
tenant; et avant que vous le retrouviez, il faut
que ce que le destin ordonne s'accomplisse. A
ces mots, Urgande embrassa, remercia tendrement Amadis; et cette bonne fée étant partie
avec son jeune amant, Amadis reprit le chemin
de Vindisilore.

Galaor, enchanté d'avoir reçu l'ordre de chevalerie par la main du brave chevalier des lions,
revint promptement près du géant Gandalac. Mon
père, lui dit-il, viennent à présent les aventures;
plus elles seront périlleuses, plus je me sens le
desir et la force de les éprouver. Mon fils, lui dit
Gandalac d'un air tendre et soumis, j'ai pris soin
de votre enfance, et vous avez surpassé tout ce
que j'attendais du sang dont vous êtes né; j'espère
en recevoir le prix, et je vous requiers un don.
Ah! dit le jeune Galaor les larmes aux yeux,
ordonnez; et croyez que, tel que je puisse être,
je vous regarderai toujours comme mon père.
Eh bien! mon fils, dit Gandalac, vous m'avez

souvent vu pleurer la mort de mon père, que
le traître et féroce géant Albadan tua en trahison, pour s'emparer de la roche de Galtares qui
m'appartient; je vous demande sa tête, et de
me remettre en possession de la seigneurie qu'il
m'a usurpée.

Conduisez-moi, répondit fièrement Galaor, et
que mon premier exploit puisse être consacré par
la reconnaissance! Marchons.... Gandalac, qui voit
briller dans les yeux de Galaor tout le courage et
tous les sentiments de son ame élevée, se met en
route avec lui vers la roche de Galtares. L'un et
l'autre furent arrêtés en chemin par Urgande qui
les avait suivis par des sentiers détournés. Galaor,
dit-elle, apprends quelle est ton illustre origine: le
roi Périon est ton père, la reine Élisène est ta
mère; le chevalier qui t'arma chevalier est le célèbre Amadis, ton frère : adieu, je ne te perds
pas de vue, vole à la gloire, et rends-toi digne de
ton sang. Galaor, plus animé que jamais par les
paroles d'Urgande, marche et brûle d'impatience
d'en venir au combat avec Albadan. Il trouve deux
jeunes demoiselles en chemin qui s'arrêtèrent,
surprises de sa jeunesse et de sa beauté. Galaor,
quoique bien jeune, trouve l'une de ces deux
demoiselles fort jolie; et, sans trop savoir encore
à quel point une jeune demoiselle peut être utile,
lorsqu'un nouveau chevalier passe la nuit dans les
bois pour chercher des aventures, il entre en propos avec elles; et leur demande quel est le but de

leur voyage. On dit, répondit celle qui lui plaisait
le plus, qu'un chevalier se prépare à combattre
le redoutable géant de la roche de Galtares; il
faut qu'il soit bien téméraire de courir à une
perte certaine, et nous allons voir quel sera l'évènement de ce combat. J'y vais comme vous,
répondit en riant Galaor; et en ce cas, j'espère que
nous ne nous quitterons pas : les demoiselles y
consentirent.

Rien n'établit plus promptement la familiarité,
que de voyager ensemble; celle dont usa Galaor
fut très galante : sa candeur, son éducation sauvage et sa jeunesse ne lui avaient point encore
donné l'espèce de galanterie qui fait voiler les
desirs : les deux demoiselles cependant ne purent
en être choquées, et parurent le trouver de très
bonne compagnie.

Elles furent bien surprises et bien effrayées,
lorsqu'étant arrivées près du fort château de
Galtares, elles virent leur jeune compagnon de
voyage voler à la sentinelle du château, et lui crier:
Cours avertir ton maître, qu'un chevalier se présente pour le combattre et pour le punir de ses
forfaits. Ah! seigneur, dit la plus jolie, que pré-
tendez-vous faire? Dix chevaliers tels que vous ne
viendraient pas à bout d'un pareil monstre; vous
me faites frémir.... Rassurez-vous, belle et jeune
amie, répondit Galaor; retirez-vous dans cette
cabane voisine, et croyez que l'ardeur de triompher d'Albadan à vos yeux augmentera mes forces
et mon courage.

Les deux, demoiselles se retirent les larmes aux yeux; et le géant sortit bientôt du château, le corps tout couvert de fortes lames d'acier, et tenant dans sa main une pesante massue, hérissée de longues pointes.

Que viens-tu faire ici, demi-homme? s'écria le géant d'un air insultant; le lâche qui t'envoie devait emprunter ton audace, ou te prêter sa lourde et difforme structure. Tais-toi, grand vilain, lui répondit Galaor; te crois-tu plus redoutable que le Philistin Goliath? pense à te défendre. A ces mots, il court sur lui, et lui donne un si furieux coup de lance, qu'il lui fait plier les reins. Albadan veut en vain lui porter un coup de sa massue, il ne peut le frapper; et la force de ce coup terrible ne trouvant rien qui l'arrête, la massue retombe sur les flancs du cheval du géant, et l'un et l'autre tombent ensemble. Le géant fait de vains efforts pour se relever; Galaor le renverse à chaque fois, le blesse, l'étourdit; et, se jetant à temps de son cheval, il lui tranche la tête; il la prend et la porte à Gandalac qui, dans son premier transport, baise ses mains victorieuses.

Les gens du château descendent; ils voient sans regret le corps du géant sur la poussière; et, reconnaissant leur légitime seigneur dans Gandalac, ils s'empressent à lui rendre hommage.

Galaor, très content d'avoir prouvé sa reconnaissance à celui qui l'avait élevé, desirait un second prix de sa victoire; il court à la jeune

demoiselle qu'il trouve encore tremblante : bientôt
il lui voit baisser les yeux, elle soupire et lui dit :
Ah! seigneur, un prix plus glorieux et plus doux
doit être celui de votre victoire. A ces mots, elle
entre dans une route de la forêt; Galaor, quitte
envers Gandalac, le laisse jouir de sa conquête,
et la suit. C'est en vain, lui dit-elle, que vous
tenteriez la fidélité que je dois à ma maîtresse;
attendez-moi trois jours dans cette forêt, et vous
aurez de mes nouvelles. Après ces mots, elle
s'échappe au travers des buissons; Galaor la perd
de vue, la cherche en vain pendant plus d'une
heure, et ce n'est qu'en l'entendant pousser des
cris perçants, qu'il parvient à la retrouver.

Galaor la voit entre les mains d'un nain suivi
de cinq chevaliers armés; ce nain la tenait par
les cheveux, et l'accablait de coups. Galaor furieux
frappe le nain du gros bout de sa lance, et le jette
de son cheval, en lui criant : Monstre abominable,
oses-tu donc outrager la beauté! A l'instant même
il est attaqué par les cinq chevaliers, dont l'un lui
tue son cheval; Galaor en tue deux, remonte sur
l'un de leurs chevaux, en tue un troisième, et
met les deux autres en fuite. La demoiselle, plus
reconnaissante que jamais, lui dit : Seigneur, nous
n'avions à craindre que ce méchant nain, dont la
maligne curiosité semble avoir pénétré le secret
de ma maîtresse; il est en fuite, et dès ce moment
je peux lui conduire le héros vainqueur d'Albadan.
A ces mots, elle marche devant Galaor, et le

conduit à la porte d'un beau château qui dominait
sur la ville de Grandares. Elle le laisse seul un
moment; elle entre, et revient bientôt suivie d'une
autre demoiselle qui demande à Galaor s'il est en
effet le fils de Périon, roi de Gaule. Galaor l'en
assure avec serment. Suivez-moi donc, lui dit la
demoiselle. A ces mots, elle le prend par la main,
lui fait traverser de riches appartements, l'introduit dans une chambre plus brillante encore, et
le présente à une jeune personne telle que l'on
peint les Graces, assise sur le bord de son lit, et
peignant alors ses beaux cheveux blonds, qui couvraient à moitié sa gorge d'albâtre.

De toutes les vertus qui caractérisent un héros,
il ne manquait à Galaor que celle de la fidélité.
L'amour semblait l'avoir formé pour plaire, pour
séduire, et pour être léger; il oublia facilement la
demoiselle de la forêt, et ne fut plus occupé que
des charmes de la demoiselle du château, qui se leva
pour prendre une couronne de fleurs, qu'elle posa
en rougissant sur sa tête.

Je vous avais bien promis, dit alors la demoiselle de la forêt à Galaor, que vous recevriez un
prix plus glorieux et plus doux de votre victoire, que celui que vous aviez l'air de desirer:
sachez que ma maîtresse est la princesse Aldène,
fille du roi de Serolis, et nièce du duc de Bristoie : et vous, madame, sachez que vous avez
près de vous le vainqueur d'Albadan, et le fils de
Périon, roi de Gaule, qu'Urgande vous a si sou-

vent annoncé : vous êtes tous les deux charmants,
et faits pour vous aimer. A ces mots, les deux
demoiselles sourient aux deux jeunes amants, et
se retirent.

O charmant embarras, précieuse ignorance de
la jeunesse innocente, quand elle est troublée
par les premiers desirs! Qui pourrait exprimer
les charmes que tu répandis sur les premiers
moments qu'Aldène et Galaor passèrent ensemble! Nous savons qu'Aldène reprit sa première
place, nous savons bien aussi que Galaor se
mit à ses genoux; mais si ce brave chevalier fut
quelquefois volage, il fut toujours discret; il n'a
rien dit du reste de l'aventure, et nous devons
l'imiter.

L'aube du jour en fut la fin, et les deux demoiselles vinrent séparer deux heureux amants
que l'amour avait trouvés bien intelligents, bien
dociles, en écoutant sa première leçon : ils en
eussent desiré vivement une seconde : mais, quelques précautions que les deux demoiselles eussent
prises pour se cacher du méchant nain, le traître
avait découvert qu'elles avaient fait entrer Galaor
dans le château; et, lorsqu'elles voulurent faire
sortir l'heureux chevalier par une poterne détournée, pour aller attendre la nuit prochaine
dans un bois voisin, à peine y fut-il qu'il fut attaqué
par une troupe de satellites que le nain animait
à lui arracher la vie. Cette vile troupe fut bientôt
détruite par l'épée de Galaor, qui fit de vains

efforts pour punir le nain de sa trahison; ce tra
tre s'enfuit le premier de ceux qui purent échapp
à sa vengeance, courant avertir le duc de Bristo
de ce qu'il avait découvert. Ce prince command
que cent chevaliers prissent les armes pour s'ei
parer du coupable, et le ramener vif ou mor
Galaor, qui s'était rapproché du château pou
attendre le nain, aperçut à une fenêtre la bel
Aldène tout en larmes, qui lui faisait signe av
son mouchoir de s'éloigner promptement. La seu
crainte de la compromettre, en justifiant le ra
port du méchant nain, le força de s'éloigner
toute bride; et les chevaliers du duc étant rentr
après une recherche inutile, le duc fit enferm
les deux demoiselles de sa nièce, dans une tou
en attendant qu'il eût assez de preuves pour l
faire condamner au dernier supplice.

Pendant ce temps, Amadis, s'étant sépa
d'Urgande, avait repris le chemin de Vindisilor
Occupé de son amour, ouvrant son cœur à l'e
pérance de voir bientôt la divine Oriane, il s'éga
dans un bois où la nuit le surprit. Bientôt la plui
le froid et l'obscurité lui firent chercher un asyl
il espéra d'en trouver un, en voyant au milieu c
ce bois un château très éclairé. Le son des instr
ments et l'espèce de bruit agréable qui accompag
les festins lui font connaître que les maîtres c
lieu doivent être à table. Amadis frappe long
temps sans que personne réponde; à la fin c
ouvre une fenêtre; une voix rauque lui dit : Q

peut te porter à me venir troubler à pareille heure?
Je suis, répondit Amadis, un chevalier égaré de
sa route, qui demande à être reçu dans le château
jusqu'au jour. Un chevalier! reprit la même voix:
parbleu! tu me parais avoir de bonnes raisons
pour fuir la lumière; et peut-être, de peur d'être
forcé à combattre, tu n'oses marcher le jour. Amadis indigné d'une pareille réponse: Qui que tu sois,
dit-il, je crois que tu ne mérites pas en effet
l'honneur que je voulais te faire en entrant dans
ton château; mais oserais-tu bien me dire ton
nom? Oui, répondit la voix, mais à condition
que, lorsque tu me trouveras, tu ne refuseras pas
de me combattre. A cela ne tienne, répondit
Amadis, et je te le jure. Frémis donc, malheureux, repartit la voix, et sache que je suis Dardan,
et que le jour que je te trouverai sera plus fâcheux
encore pour toi, que la méchante nuit que tu vas
passer. Sors, malheureux, repartit Amadis furieux
de cette insolence; fais apporter des flambeaux,
et je t'apprendrai quelle est la réception que tu
dois aux chevaliers. Ah! ah! s'écria Dardan avec
un ris moqueur, Dieu me préserve de faire brûler
des flambeaux pour punir une espèce de chat-huant,
tel que toi. Bon soir; la pluie augmente, et je vais
me remettre à table.

Amadis se promit bien de ne pas tarder à se
venger de l'insolente gaberie de cet indigne chevalier; et, suivant une des avenues du château,
il prit le parti de s'en éloigner. Heureusement

quelques moments après, il trouva deux demo
selles qui hâtaient leurs palefrois pour arriver
des tentes qu'elles avaient fait dresser dans
forêt, où leurs gens les attendaient. Surprises (
trouver un chevalier couvert d'armes brillant
au milieu de cette forêt, elles se doutèrent qu
s'était égaré, et le prièrent avec politesse (
venir passer la nuit sous leurs tentes. Amad
leur conta son aventure avec Dardan. C'est
plus insolent de tous les hommes, lui répond
rent-elles; c'est aussi le plus présomptueux et
plus injuste. Hélas! continuèrent-elles, son au
dace s'est augmentée depuis qu'il est amoureu
d'une demoiselle assez lâche pour l'écouter, sou
la condition de la mettre en possession des bie
d'une riche veuve sa parente, et qu'il se présent
à la cour du roi Lisvard, pour soutenir la jus
tice de cette usurpation, et offrir le combat
celui qui voudra défendre les intérêts de cett
veuve. Dardan est très redouté, la veuve peu con
nue, et personne ne se soucie de combattre Darda
pour elle.

A ce récit, Amadis se mit à rêver un momen
et l'une des demoiselles lui ayant demandé ce qu
l'occupait : Je pense, leur dit-il, que voilà l
meilleure occasion de faire un acte de justice, e
de punir une insolence; je vous prie de me gar
der un secret inviolable, et je jure de combattr
Dardan. Ces demoiselles admirèrent sa générosité
mais elles ne lui cachèrent point que Dardan étai

redoutable, et combien elles craignaient la suite de ce combat.

Amadis eut bientôt une occasion de les rassurer. Dès le lendemain matin, tous les trois s'étant remis en marche, deux chevaliers très discourtois osèrent insulter les deux demoiselles sous sa garde, et voulurent les enlever. Amadis les corrigea de leur audace, si promptement, et avec si peu d'efforts, que les deux demoiselles bien touchées de ce service, et admirant sa force et sa valeur, n'hésitèrent plus à lui dire que toutes deux parentes et amies de la veuve, elles s'étaient mises en quête pour lui trouver un défenseur. Amadis leur fit promettre de nouveau de tenir son entreprise secrète, leur dit d'être tranquille, et les avertit qu'il ne se montrerait qu'à l'instant où Dardan paraîtrait dans la lice, où, selon la loi de ces sortes de combats, il devait attendre pendant trois heures, pour combattre celui que la veuve pourrait présenter pour lui servir de champion.

Amadis, s'étant avancé vers la cité de Vindisilore, resta sur le bord d'un bois qui couronnait une montagne d'où l'on découvrait en entier la ville et la plaine voisine où l'on avait dressé la lice que Dardan devait occuper comme tenant. Amadis, suivant la promesse qu'il en avait faite à la demoiselle de Danemarck, était couvert des mêmes armes, et montait le même cheval blanc dont il s'était servi pour combattre Abyes. Son écu seul était fort endommagé par ses derniers

6.

combats, et l'on distinguait à peine les deux lions d'azur.

Le roi de la Grande-Bretagne, les princesses Oriane et Mabille, avaient déja pris place sur des échafauds, et desiraient que quelque chevalier se présentât pour défendre les droits de la veuve qui versait un torrent de larmes, tandis que Dardan, suivi de sa maîtresse, se promenait fièrement dans la lice, insultait à son malheur, et tirait vanité de ce que personne n'osait se présenter pour la défendre.

Amadis ne l'eût pas laissé jouir plus long-temps de l'avantage qu'il en tirait, s'il n'eût pas alors distingué la belle Oriane près du roi son père. Cette vue si desirée le rendit comme immobile, quoiqu'il ne pût distinguer de si loin les traits charmants de celle qu'il adorait; mais il jugeait que c'était elle, au trouble qui l'agitait. Il ne pouvait en détourner la vue; et si Gandalin ne l'eût pas retiré de cette douce rêverie, lorsque le son des trompettes annonça la seconde heure de la station que Dardan devait faire, il eût peut-être oublié et les intérêts de la veuve, et la gloire qui l'appelait à combattre le chevalier discourtois qui l'avait outragé. Sur-le-champ il descend de la montagne, il vole vers la lice dont les barrières s'ouvrent pour le recevoir : il s'approche de l'échafaud un peu plus avancé que les autres, qu'occupait la veuve. Madame, lui dit-il, m'acceptez-vous pour votre défenseur? Ah! seigneur, répondit-

elle, je vous avoue du combat que votre générosité vous fait entreprendre, comme un ange
tutélaire que l'être suprême daigne envoyer à
mon secours.

Amadis, poussant son cheval avec grace vers
le balcon où le roi Lisvard était assis avec les
princesses, le salua respectueusement, sans oser
lever les yeux sur Oriane, connaissant l'impression
qu'une vue si chère pouvait faire sur tous ses
sens. Il joignit bientôt son adversaire : Dardan,
lui dit-il, j'ai la parole de la veuve qui m'avoue
pour son défenseur, et je viens te tenir celle que
je te donnai de te combattre de jour à notre première rencontre. Oh parbleu ! reprit Dardan, je
crois te reconnaître à la voix ; mais tu risques
beaucoup plus ici que lorsque je m'amusai si bien
de ta vaine colère, et que je te tins exposé toute
la nuit au mauvais temps. A l'instant, chacun d'eux
retourne joindre les poteaux marqués par les juges
du camp ; les trompettes sonnent ; ils s'élancent,
s'atteignent, et Dardan est renversé : mais ce
chevalier, d'une adresse et d'une force peu communes, n'avait point abandonné les rênes de son
cheval ; et, avant qu'Amadis eût fourni sa carrière,
il se remit légèrement en selle, et vint, l'épée
haute, au-devant de lui. Ce combat, l'un des plus
mémorables qui se fût donné jusqu'alors dans la
cour de Lisvard, dura près de deux heures : à la
fin Dardan, sentant son cheval hors d'haleine,
proposa de descendre et de le terminer à pied ; il

comptait sur sa force, mais il ne connaissait pas
quelle était celle du redoutable Amadis : bientôt
celui-ci le fit reculer et se battre en retraite jusque
sous l'échafaud qui portait le balcon royal. Quelques-unes des femmes s'écrièrent : L'orgueilleux
Dardan est perdu. Amadis distingua parmi ces
voix celle de la demoiselle de Danemarck ; il lève
la vue sur le balcon, il voit Oriane, et cette vue
lui devient si fatale, qu'elle suspend en lui tout
autre sentiment que celui du bonheur de la voir :
son épée tombe de sa main. Dardan profite de cet
avantage ; mais les coups qu'il porte sur les armes
d'Amadis, presque sans défense, font revenir ce
héros qui s'élance sur lui, le terrasse, lui arrache
son casque et son épée, et le menace de lui trancher la tête, s'il ne tient la veuve quitte, et s'il ne
se tient pour vaincu. Dardan fut obligé de lui crier
merci ; et les juges du camp s'étant approchés,
Dardan déclara qu'il renonçait à ses prétentions
sur les seigneuries de la veuve.

Au moment où Dardan prononça ces mots, la
demoiselle pour laquelle il venait de combattre
s'était avancée, et, les ayant entendus, elle lui cria
durement : Dardan, tu peux aussi renoncer pour
toujours à moi ; je ne veux aimer ni voir de ma
vie le faible chevalier, qui vient de si mal défendre mes droits. Ah, cruelle ! s'écria Dardan qu'Amadis venait de relever en lui rendant son épée, est-ce
là le prix de tant d'amour, de mon honneur et de
ma vie, que je viens d'employer pour vous ? La

demoiselle ne lui répondit que par un regard méprisant et de nouvelles offenses. Alors Dardan,
transporté de fureur, s'écria : Ingrate, sers d'exemple à ton sexe perfide, et que ta mort effraie ceux
qui s'attacheront à celles qui te ressemblent ! A
ces mots, et sans qu'on fût à temps de l'arrêter,
il fait voler la tête de cette demoiselle ; et, se jetant
aussitôt sur la pointe de son épée, il tombe expirant sur elle, et mêlant des flots de son sang avec
le sien.

Amadis fut vivement touché de cette mort
cruelle ; mais, ne voulant pas être connu, il
profita de la rumeur qu'elle excita parmi les
spectateurs, pour s'échapper du lieu du combat,
et remonter dans le bois où Gandalin lui avait
dressé une des tentes que les demoiselles lui avaient
laissées.

Le roi Lisvard, touché de la fin funeste des
deux amants qui venaient de périr sous ses yeux,
voulut que leur histoire fût conservée dans les
fastes de la Grande-Bretagne, et leur fit élever un
superbe monument.

Ce prince s'occupa vainement à faire chercher
le vainqueur de Dardan ; personne ne put en donner des nouvelles : il regretta de ne pouvoir lui
rendre tous les honneurs qu'il méritait, et célébra
hautement, en la présence de sa cour, et sa valeur
et la générosité avec laquelle il en avait usé envers
un ennemi superbe, dont les propos arrogants
l'avaient vivement offensé.

Oriane, émue du spectacle cruel qu'elle venait de voir, s'était retirée dans son appartement avec Mabille et la demoiselle de Danemarck : cette dernière avait soupçonné que le vainqueur de Dardan était Amadis; elle avait cru reconnaître son cheval et ses armes : mais elle n'avait pu distinguer les deux lions qui devaient être peints sur son écu, la multiplicité des coups portés sur cet écu les ayant absolument effacés. Ce soupçon augmenta lorsqu'elle sut que le vainqueur de Dardan avait disparu d'abord après le combat, et que la veuve ignorait elle-même quel était son défenseur.

La demoiselle de Danemarck fit part de son espérance aux deux princesses. Ce qui la confirme, dit-elle à la belle Oriane, c'est que, quelle que soit votre beauté, il n'y a que l'amant le plus passionné qui puisse éprouver un trouble assez violent pour laisser échapper son épée, et rester comme immobile au moment le plus décisif d'un combat, après avoir seulement levé ses yeux sur vous. Oriane rougit; elle avoua qu'elle l'avait remarqué, et que dans ce moment le plus vif intérêt l'avait fait frémir, craignant que Dardan ne profitàt du moment de désordre où son vainqueur paraissait être.

Amadis venait de voir Oriane, dont la guerre de Gaule l'avait long-temps séparé. Plus éperdu que jamais pour elle, mais trop tendre et trop timide pour espérer, il n'osait se présenter de-

vant elle que de son aveu. Gandalin lui reprocha
vainement de ne s'être pas fait connaître. Ah!
cher ami, dit Amadis, lis dans mon cœur; apprends qu'un seul regard d'Oriane où je croirais
reconnaître le courroux ou le dédain me coûterait la vie. Cours, cher Gandalin, trouve quelque prétexte pour t'introduire dans la cour de
Lisvard: tâche de la voir, de la toucher, de m'obtenir la permission de paraître devant elle, et reviens m'apporter ou la vie ou la mort.

Gandalin, touché d'avoir entendu toute la nuit
les plaintes et les soupirs d'Amadis, partit dès
l'aurore pour se rendre au palais; il feignit d'arriver d'Écosse, et d'être chargé de quelques commissions de la reine de ce pays pour la princesse
Mabille sa fille, et pour Oriane, qui, comme on
le sait, avait assez long-temps demeuré près de
cette reine.

Le roi de la Grande-Bretagne, dont Gandalin était
connu, lui demanda des nouvelles d'Amadis; et le
fidèle écuyer lui répondit que l'ayant cherché vainement depuis dix mois, et que n'en ayant pas eu
de nouvelles en Écosse, il était venu dans l'espérance de le trouver dans sa cour.

Lisvard l'envoya lui-même chez les princesses,
auxquelles il fit entendre que la reine d'Écosse
l'avait chargé de quelques commissions pour elles.
Oriane rougit; elle n'osait avoir l'air de deviner
que Gandalin cherchait le moment de lui parler
d'Amadis: Mabille, cette bonne et fidèle amie, le

devina pour elle, et le mena dans le cabinet d'O-
riane, en lui faisant mille questions sur la reine
sa mère : Oriane y fut bientôt appelée par elle; et
Gandalin, sûr de la discrétion de Mabille, ne craignit plus de leur apprendre à toutes les deux
qu'Amadis, après avoir vaincu Dardan, s'était
retiré dans le bois voisin, et qu'il l'avait laissé tout
en larmes, et dans l'incertitude mortelle de savoir
si elle lui permettrait de paraître à ses yeux. Une
pareille crainte, dit Oriane avec un air doux et
modeste, eût pu convenir au damoisel de la mer
mais le fils de Périon, cet Amadis couvert de
gloire, ne peut qu'honorer la cour des plus grands
rois par sa présence. Ah! madame, n'aurai-je rien
de plus à répondre à ce prince? dit Gandalin
Oriane baissa les yeux; quelques larmes coulèrent
sur ses joues de roses; elle n'eut que la force de
tirer un anneau de son doigt, en disant à Gandalin : Portez-le à votre maître, et parlez à la
princesse Mabille; elle connaît les plus secrets
sentiments de mon cœur.

Transportons-nous à ces temps où la simplicité
des mœurs se rapprochait bien plus qu'aujourd'hui
de la loi naturelle, où le don du cœur entraînait
celui de la main, où l'amour pur jurait d'être
fidèle et manquait rarement à ses serments, où la
loi la plus respectée dans les mariages était celle
de l'égalité des conditions. Oriane trouvait dans
Amadis tout ce qui pouvait attacher à jamais une
ame noble et sensible; elle le regardait déja dans

son cœur comme l'époux que le ciel lui destinait :
elle aimait trop pour craindre de n'être pas aimée ;
et, sûre du respect d'un amant jaloux de la réputation et de la gloire de la dame souveraine de
son cœur, elle eût regardé comme un déguisement
coupable, de feindre un éloignement ou des
rigueurs qui l'eussent rendu malheureux. Mabille,
quoique son cœur n'eût point encore été sensible,
n'avait imaginé aucun conseil sévère qui pût combattre l'amour d'Oriane pour Amadis ; elle connaissait d'ailleurs tout l'intérêt que son cousin et son
amie avaient de convenir ensemble des mesures
qu'ils avaient à prendre pour cacher leur amour
à la cour du roi Lisvard, et pour ménager les
moyens d'obtenir son consentement à leur union.
Ce fut Mabille elle-même qui détermina la belle
Oriane à permettre que son cousin vînt la nuit
prochaine se cacher dans un verger, sur lequel un
cabinet de l'appartement de bain d'Oriane avait
une fenêtre grillée. Gandalin reçut de Mabille la
clef de ce verger, et l'ordre d'y conduire Amadis
vers le milieu de la nuit.

On imagine sans peine quels furent les transports de ce prince en recevant l'anneau d'Oriane,
avec un ordre si cher à son cœur : il attendit la
nuit avec la plus vive impatience ; et, suivi du
fidèle Gandalin, il se rendit dans le verger, où
bientôt son cœur tressaillit de joie et d'amour,
en entendant ouvrir la fenêtre grillée, sur laquelle
ses yeux étaient attachés. Il a beau se rappeler

les jeux de son enfance avec Oriane, lorsqu'ils
étaient élevés ensemble dans la cour de Languines, roi d'Écosse; l'idée de la douce familiarité dont il avait joui dans ce temps trop cher à
son souvenir ne pouvait rassurer cet amant trop
passionné pour n'être pas timide; il fléchit un genou vis-à-vis la fenêtre, et n'osa s'exprimer que
par ses soupirs.

Oriane, intérieurement bien pénétrée de voir
le vainqueur d'Abyes et du superbe Dardan à ses
pieds dans ce respect et ce silence, signes certains de son embarras et de son amour, ne parla
la première, que dans la crainte que Mabille ne
la soupçonnât de partager le trouble d'Amadis.
Seigneur, lui dit-elle, l'amitié qui nous unit dans
notre enfance ne s'est point éteinte en mon cœur:
j'ai cru, sans manquer à mes devoirs, pouvoir
jouir la première du plaisir de revoir le damoisel
de la mer, de le féliciter sur son bonheur d'avoir
retrouvé son père dans un grand roi, et de lui dire
toute la part que je prends à la gloire dont il s'est
couvert. Ah! madame, lui répondit Amadis, c'est
par vous, c'est pour vous seule que je respire : le
premier sentiment que je formai, quoique enfant,
fut de vous adorer et de vous être soumis. Si je
desirai d'être né dans un rang qui m'approchât du
vôtre, c'est pour que vous n'eussiez point à rougir
de votre conquête. Quant aux combats que j'ai
livrés, ah ciel! pourrais-je en tirer quelque gloire
en présence de celle qui dirigeait mon bras, et

qui, toujours présente à mon idée, remplissait mon
ame de force, d'élévation et d'audace? Seigneur,
dit Oriane, si j'ai toujours quelque pouvoir sur
vous, j'espère que vous vous attacherez au roi
mon père, et que vous paraîtrez à sa cour, où
votre aimable cousine Mabille et moi nous desirons
vous voir plus souvent et plus librement que pendant les ombres de la nuit. Dans ce moment,
Amadis et Oriane, presque aussi troublés l'un que
l'autre, voulurent en même temps s'appuyer sur
les barreaux de la grille ; leurs mains se rencontrèrent : le respectueux Amadis eût cru profaner
la belle main d'Oriane en la touchant avec la
sienne, et l'amoureux Amadis crut ne lui rendre
qu'un culte en la pressant avec ses lèvres brûlantes.

Il est même douteux si la belle Oriane crut
accorder une faveur, et si son amant crut en
recevoir une. Ce que Mabille connut de plus
certain, c'est que ce moment les rendit aussi
distraits qu'heureux, et qu'elle fut obligée de
reprocher en riant à son cousin, qu'il ne lui
disait rien qui pût lui prouver qu'il eût quelque
plaisir à la revoir. Amadis lui répondit avec la
galanterie et la grace qui lui étaient naturelles :
ils convinrent tous les trois qu'Amadis ne s'éloi-
gnerait point de la cour de Lisvard, sans les ordres
d'Oriane. L'enjouement de Mabille mit plus de
liberté dans les propos de ces jeunes et timides
amants ; mais ils ne s'en tinrent aucun qui ne

portât l'empreinte de l'état présent de leur ame.
Cette nuit heureuse était déja près de finir. Gandalin aperçut les premières couleurs de l'aurore
à l'horizon : il en avertit Amadis, qui, jaloux de
la gloire d'Oriane, ne balança pas un moment à
se retirer ; mais il eut encore le bonheur de
retrouver les mains d'Oriane, de les baiser, de
les mouiller de quelques larmes ; et Mabille
aperçut ensuite qu'Oriane n'avait pu se résoudre
à les essuyer.

Amadis, de retour dans ses tentes, y trouva
les deux demoiselles, parentes de la veuve qu'il
avait défendue contre Dardan : selon la loi de ces
sortes de combats, elle était restée prisonnière,
et ne pouvait profiter de la victoire de son champion qu'en le représentant. Amadis les suivit à
Vindisilore, monté sur le cheval blanc, et couvert
des mêmes armes avec lesquelles il avait combattu.
Il alla chercher la veuve dans le palais qu'on lui
avait donné pour prison ; et, délaçant son casque,
il marcha vers le palais de Lisvard, au milieu des
trois cousines.

Reconnu bientôt par les chevaliers et le peuple
qui l'avaient vu combattre, ce fut au milieu de
leurs acclamations qu'il s'avança vers le palais :
chacun admirait sa beauté, et l'on s'étonnait
que, dans un âge si tendre encore, il eût pu
vaincre un des meilleurs chevaliers de la Grande-
Bretagne.

Lisvard accourut au-devant de lui, le releva

quand il voulut se mettre à ses genoux. Seigneur, lui dit Amadis, cette dame ignore encore quel est son défenseur; je viens vous supplier de la tenir quitte, et de lui faire restituer ses seigneuries. Je lui dois tant de reconnaissance, lui répondit le roi, de m'avoir procuré le plaisir de voir un aussi bon chevalier dans ma cour, que je joindrai de nouveaux bienfaits aux seigneuries que lui rend votre victoire.

Amadis feignit de vouloir prendre congé de Lisvard et de se retirer. Ah! chevalier, lui dit-il, je ne peux me résoudre à vous perdre si tôt sans vous connaître; et, si ma prière ne suffit pas pour vous retenir dans ma cour, j'espère que vous ne résisterez pas à celles de la reine et de ma fille. A ces mots, il le prend par la main et le conduit à ces deux princesses, devant lesquelles il fléchit le genou en baissant les yeux; son ame agitée en ce moment lui faisait trop sentir le danger d'oser les lever sur la belle Oriane.

Ce fut aussi dans ce même moment que Gandalin, qui se trouvait à la suite des princesses, fit un grand cri, comme s'il eût trouvé son maître après une longue et vaine recherche; il courut embrasser ses genoux. Sire, dit-il, ce prince voudrait en vain vous déguiser son nom; sachez, sire, que c'est Amadis, fils du roi Périon, et que vous avez dans votre cour le vainqueur d'Abyes, et le libérateur de la Gaule. Lisvard, à ces mots, embrassa tendrement Amadis; la reine voulut lui faire le même honneur, et voyant qu'Oriane embarrassée n'osait lui faire quelque prévenance : Quoi! ma fille, avez-vous oublié le damoisel de la mer, et la fidélité de votre ancien écuyer à la cour d'Écosse? Mabille, pour les aider à sortir de l'embarras où ils étaient tous deux, vint se jeter au cou d'Amadis, en lui disant : Mon cousin, dites-moi des nouvelles de mon frère Agrayes.

Vous aurez tout le temps de causer avec votre cousin, interrompit Lisvard; car j'espère que la reine le retiendra dans une cour, où le roi Périon et son fils ont acquis des droits qui nous sont si chers. La reine, se joignant à Lisvard, dit : Seigneur Amadis, me refuserez-vous de devenir mon chevalier? Madame, répondit-il, je me fais un si grand honneur de l'être, que je jure de ne plus quitter cette cour sans votre permission. A ces mots, Lisvard l'embrassa de nouveau et fut suivi de ses courtisans qui ne cessaient d'applaudir à la promesse qu'Amadis venait de faire. Le roi rentra dans l'intérieur de son palais, où la belle Oriane jouit du bonheur de voir traiter Amadis comme s'il eût été son propre frère.

Quelle fut la douce et charmante agitation de l'ame de ces jeunes amants, en se trouvant habiter le même palais! Vous l'éprouverez vous-mêmes, cœurs insensibles, si vous vous rappelez combien il est doux de se dire le soir : Je reverrai demain matin ce que j'adore. Eh! de quelle plus délicieuse idée peut-on s'occuper à son réveil, que de penser qu'on habite sous le même toit, qu'on respire le même air qu'un objet aimé, et qu'on va passer toutes ses journées auprès de lui.

Amadis, le plus tendre et le plus fidèle des amants, était bien plus capable de s'occuper délicieusement de ce charme connu des ames passionnées, que son aimable et galant frère Galaor: celui-ci ne se souvenait déja presque plus des plaisirs dont il avait joui pendant la nuit qu'il avait passée avec la nièce du duc de Bristoie, que pour en goûter de semblables. Amadis, dans un jardin émaillé de fleurs, n'eût desiré qu'une seule rose; Galaor eût cueilli toutes celles qu'il eût trouvées sous sa main, et la rose qu'il tenait lui paraissait alors être la plus agréable de toutes. Amadis fut mieux aimé.... Galaor le fut plus souvent.... Nous craindrions de blesser quelqu'un de nos lecteurs, si nous osions décider lequel des deux dut être le plus heureux.

Ils se souviendront que Galaor s'était heureusement échappé du château de Bristoie, et que, courant à l'aventure, il s'était égaré dans une grande forêt, qu'il traversa tout entière avant d'apercevoir une habitation. Sur la fin du jour il découvrit un château; il ne douta point d'être bien reçu par le seigneur châtelain, selon l'usage de ces temps, où la chevalerie était trop honorée pour qu'un chevalier égaré ne fût pas bien accueilli par tous ceux dont la naissance les faisait

Amadis de Gaule. I. 7

jouir du droit de girouette et de donjon : mais à
peine Galaor fut-il sur le pont, qu'il fut attaqué
brusquement par une troupe de gens armés, et
l'un d'eux le blessa dans ce premier choc. Il en
tira bientôt la vengeance la plus complète; le
dernier qui résista quelque temps à ses coups fut
le seigneur du château : une voix douce et plain-
tive qui demandait du secours anima tellement
Galaor, que, se jetant sur son adversaire, il l'enleva, et courut le précipiter dans les fossés du
château. Son premier soin fut de voler au secours
de celle qui se plaignait; il fut bien vivement
ému lorsqu'il vit une jeune demoiselle, telle que
l'on peint les Graces, et vêtue aussi légèrement
qu'elles, mais le cou attaché par une grosse chaîne
de fer. Dans un instant cette chaîne fut brisée.
Galaor, n'ayant plus d'ennemis, ôta son casque,
et la jeune demoiselle fut éblouie par sa jeunesse
et sa beauté. Ce chevalier eût dès ce premier moment oublié sa blessure; mais la jeune demoiselle,
voyant couler son sang, le repoussa doucement,
et le conduisit dans un appartement du château,
où ses belles mains s'occupèrent à le désarmer et
à étancher son sang. Ce soin, dont elle s'occupait
d'un air tendre, lui donna le temps d'apprendre
à Galaor qu'elle était fille du comte de Clare, et
que le châtelain, n'ayant pu l'obtenir en mariage,
l'avait enlevée d'un monastère voisin où sa mère
l'avait conduite, et qu'il l'avait amenée dans une
prison, où, par ses mauvais traitements, il espérait

la contraindre à l'épouser. Galaor lui tint les propos les plus galants sur cet enlèvement; il excusa presque l'attentat du châtelain, en lui disant que rien ne pouvait résister à ses charmes, et qu'il craignait de devenir lui-même presque aussi coupable; mais on ne l'est guères que lorsqu'on déplaît. Galaor était si beau! ses yeux brillaient d'un feu si vif et si doux!... Son sang ne coulait plus. La jeune demoiselle occupée de sa blessure était toujours restée aussi légèrement vêtue... Ils étaient seuls. Elle voyait en lui son libérateur, et ce libérateur était charmant... Ah! peut-on avoir de meilleures excuses pour céder à l'amour et à la reconnaissance! Galaor, pendant trois jours, en reçut les preuves les plus tendres; et, quoiqu'il eût l'air de vouloir s'en assurer sans cesse, elle ne lui reprocha point d'être trop exigeant.

Cependant le bruit commençant à se répandre de la punition du châtelain, la jeune demoiselle de Clare pria Galaor de la conduire au monastère où sa mère était restée dans les regrets et dans les larmes. Le vif, mais loyal Galaor, sentit avec regret la justice de cette demande, et ce fut avec plus de regret encore qu'il la prit en croupe, et la conduisit dans les bras de sa mère.

Le monastère que la comtesse de Clare habitait n'était pas une de ces prisons cruelles, où la nature gémit en attendant la mort : c'était une

7.

abbaye de chanoinesses, bien enceinte de murs
à la vérité; mais ces murs avaient bien des portes:
les maisons qu'habitaient ces demi-nonnains
avaient chacune la leur : quelquefois les clefs de
ces portes se perdaient, et les amours savaient bien
les retrouver.

On imagine sans peine quelle fut la reconnaissance de la comtesse de Clare, les soins que
les chanoinesses prirent de Galaor, les questions
multipliées qu'elles lui faisaient toutes à-la-fois,
la curiosité que chacune eut de voir en particulier la blessure qu'il avait reçue dans le sein
pour le service de leur compagne : enfin, l'auteur
que nous nous plaisons à suivre fidèlement, trouve
sans doute Galaor si bien établi dans cette abbaye,
qu'il l'y laisse pour quelque temps, et qu'il s'occupe des aventures d'Agrayes, prince d'Écosse,
depuis la fin de la guerre de Gaule, et sa séparation d'avec Amadis.

Agrayes, conduit par son amour près de la
belle Olinde, princesse de Norvège, s'avançait à
grandes journées vers le Nord; étant arrivé sur une
haute montagne, dont la mer venait battre le pied,
il y fut assailli par une espèce d'ouragan, qui, dans
peu de temps, souleva les vagues jusqu'aux nues.
Bientôt il aperçut un vaisseau qui luttait contre
les flots, et qu'il craignit à chaque instant de voir
submergé; la nuit était prochaine. Agrayes, craignant que ceux du vaisseau ne perdissent la terre
de vue, fit allumer des feux; et les mariniers, diri-

geant leur vaisseau vers cette clarté, furent assez heureux pour aborder sur le rivage. Agrayes, qui les observait de loin, vit descendre plusieurs femmes auxquelles les gens de l'équipage dressèrent deux riches tentes ; ils allumèrent aussi plusieurs feux, autour desquels ces femmes s'assirent pour sécher leurs habits mouillés par l'orage et par les lames d'eau qui les avaient couvertes. Agrayes ne voulut point les troubler dans ces premiers moments ; mais, vers le milieu de la nuit, le silence qui régnait autour des tentes lui faisant croire que, fatigués de la tempête, ceux du vaisseau s'étaient livrés au sommeil, il s'approcha sans faire de bruit, pour reconnaître de quelle nation ils étaient, et pour leur offrir de nouveaux secours. Qui pourrait exprimer la surprise et les transports d'Agrayes, lorsque, parmi ces femmes abattues par la peur et par la fatigue, il reconnut sa chère Olinde? Il fit un grand cri, et courut se jeter à ses genoux : c'était la première fois de sa vie qu'il jouissait du bonheur de les embrasser. Olinde, loin de l'en arracher, ne put s'empêcher de passer ses bras autour de son cou, et de pencher sa tête sur son front. Quoi! c'est vous, cher Agrayes, dit-elle, que le ciel envoie à mon secours? c'est vous que je retrouve au moment même où nous avons été près d'être séparés pour toujours? Agrayes trop ému, trop saisi pour lui répondre, crut aussi fortement qu'Olinde, que le ciel avait dirigé cette rencontre imprévue pour les unir à jamais. L'un et l'autre le prirent à témoin de leurs serments : les dames de la suite d'Olinde les leur ayant entendu prononcer crurent devoir leur laisser le temps de se raconter leurs aventures : elles se retirèrent sous l'autre tente ; celle d'Olinde se ferma jusqu'au jour. Le soleil brillait d'une lumière pure, les vents étaient apaisés, et la mer était déja calme lorsque cette tente se rouvrit, et qu'Olinde et Agrayes reparurent aux yeux des dames norvégiennes, qui ne purent s'empêcher d'admirer à quel point une seule nuit avait embelli la jeune Olinde, et fait renaître les roses de son teint. Nous ignorons ce que ces heureux amants avaient pu se dire pendant le cours de cette nuit ; mais Olinde n'avait pas encore eu le temps d'apprendre au prince d'Écosse que la reine de Norvège, ancienne amie et proche parente de Brisène, reine de la Grande-Bretagne, l'envoyait à cette cour, pour y être élevée avec la belle Oriane. Agrayes, n'ayant plus rien à desirer que la continuation du bonheur inespéré dont il venait de jouir, perdit toute idée de poursuivre son voyage, et ne fut occupé que de celle de rejoindre promptement Olinde à la cour de Lisvard.

Trop jaloux de l'honneur de celle avec qui ses derniers engagements étaient devenus si sacrés, il n'osa s'embarquer avec elle sur le même vaisseau ; il la vit partir les larmes aux yeux, et longea la côte pour trouver un port et un autre vaisseau qui pût le conduire dans la Grande-Bretagne. Chemin faisant, il délivra les deux demoiselles de la nièce du duc de Bristoie, que ce duc voulait faire brûler; il enleva la nièce qui avait si bien reçu Galaor; il la mit sous une autre garde; et devant l'oncle, comme ayant usé d'un pouvoir tyrannique contre sa nièce, dont il avait usurpé la principale seigneurie, il l'appela à la cour de Lisvard, son seigneur suzerain, pour y terminer ce différent. Galvanes et Olivas, deux célèbres chevaliers, ayant encore de plus fortes raisons de se plaindre du duc de Bristoie, joignirent leur défi à celui d'Agrayes, et tous les trois partirent ensemble, et se rendirent à Vindisilore.

Nous avons laissé l'heureux Amadis jouissant du bonheur de voir sans cesse la belle Oriane; et la reine Brisène, qui l'avait choisi pour être son chevalier, partageait avec Lisvard le soin de lui rendre sa cour agréable. Un jour que la reine se plaisait à lui faire répéter les aventures de son enfance, une demoiselle inconnue entra dans sa chambre, se mit à ses genoux, et lui demanda de parler en particulier à son chevalier : l'ayant obtenu, cette demoiselle conduisit Amadis assez loin pour n'être pas entendue. Souvenez-vous, seigneur, lui dit-elle, du beau damoisel que vous armâtes chevalier, le jour que votre bonne amie Urgande vous dut la liberté de son amant; apprenez qu'il est digne de vous, qu'il est temps que vous vous réunissiez ensemble. A ces mots, elle lui fit le

récit de la victoire que Galaor avait remportée sur
le redoutable géant Albadan, et des autres aventures qui l'avaient couvert de gloire. Amadis ne
put entendre parler de son frère, sans être attendri; et la jeune Oriane, lui voyant les larmes aux
yeux, et n'ayant rien entendu des propos de la
demoiselle, craignit qu'elle ne lui eût fait quelque
message plus intéressant que celui de lui parler
d'un frère. Elle rougit et pâlit tour-à-tour; et, ne
pouvant cacher à la princesse Mabille le trouble
et l'inquiétude qui l'agitaient : Appelez de grace
votre cousin, lui dit-elle; que peut-il apprendre
qui le touche au point de faire couler ses larmes?
Mabille sourit : elle connaissait trop la loyauté
d'Amadis, pour former des soupçons injurieux à
son amour; mais, ayant pitié du trouble de son
amie, elle se fit rendre compte par lui du message
de la demoiselle, et revint, en riant, raconter à la
jalouse et tendre Oriane ce qu'Amadis venait d'apprendre de son frère Galaor.

Oriane, confuse d'avoir pu soupçonner Amadis,
se plut à l'en dédommager par le regard le plus
tendre; et lorsqu'il vint rendre compte du message de la demoiselle à la reine sa mère, et qu'il
leur demanda la permission à toutes les deux
d'aller chercher son frère, elle crut ne devoir point
s'y opposer.

Dès le lendemain matin, Amadis partit avec le
seul Gandalin pour aller à la recherche de son
frère. A peine était-il éloigné d'une lieue de Vindi-

silore, qu'il trouva dans une litière un chevalier de la cour de Lisvard, cruellement blessé; il apprit de sa femme qui l'accompagnait tout éplorée, qu'il venait de combattre des parents du superbe Dardan, mécontents des honneurs dont Lisvard comblait celui qui l'avait vaincu, et ayant juré de s'en venger sur tous ceux qui se diraient attachés à son service. Amadis, indigné de l'audace et de l'injustice de ces chevaliers, courut les attaquer, et leur fit mordre la poussière assez près de la litière, pour que le chevalier blessé pût jouir du plaisir d'être vengé.

Quelque temps après, Amadis sortit de la forêt; il entra dans une grande plaine parée de cette espèce de richesse que la nature prodigue au printemps, et qui fut toujours plus précieuse aux yeux du sage, et plus agréable à ceux d'un amant, que celle dont se pare le luxe des cours. Le chant des oiseaux, l'émail et le parfum des fleurs, tout lui rappelait Oriane. Un amant bien épris peut-il jouir d'une sensation agréable, qu'elle ne lui fasse sentir qu'il est privé de la plus touchante pour son ame, lorsqu'il ne peut ni voir ni entendre celle qu'il adore? La rencontre d'un nain bien vêtu, monté sur un beau coursier, le tira de cette douce rêverie. Le nain, frappé de l'air noble d'Amadis, s'arrêta pour l'admirer, et ne put s'empêcher de dire : Je crois que ce beau chevalier surpasse encore celui du Val-du-pin.

Amadis, depuis qu'il avait entrepris la recherche
de Galaor, ne perdait pas une occasion de prendre
des informations sur les chevaliers que leurs actions rendaient célèbres. Au portrait que le nain
lui fit du chevalier du Val-du-pin, il se flatta que
ce pouvait être le frère qu'il cherchait ; il le pria
de le conduire au Val-du-pin : le nain y consentit,
à condition qu'il l'accompagnerait jusque dans le
château d'un traître de châtelain, qui l'avait outragé, et qui retenait plusieurs bons chevaliers dans
les chaînes. Amadis n'hésita pas à le lui promettre ;
et le nain, retournant sur ses pas, le conduisit
vers une des extrémités de la plaine, terminée
par une chaîne de montagnes, où l'on apercevait
une gorge plantée de pins qui s'élevaient jusqu'aux nues. Chemin faisant, le nain lui conta
que le passage de cette grotte était défendu par
un brave chevalier, que sa maîtresse avait obligé
de soutenir sa beauté contre celle de toutes les
maîtresses des chevaliers, qui se présenteraient
pendant six mois pour le combattre. Ah ! dit
Amadis en lui-même, ce chevalier n'a donc jamais
vu la belle Oriane ; un seul de ses regards le for-
cerait à ne combattre que pour elle : c'est à moi
de le punir de sa témérité.

Plein de cette idée, il s'avance vers le pin qui
soutenait l'écu du chevalier, et frappe cet écu de
sa lance ; le chevalier sort de sa tente, monte à
cheval, s'approche d'Amadis avec un air poli. Sire
chevalier, lui dit-il, pourquoi me refuseriez-vous

d'avouer une vérité que tant de chevaliers ont été forcés de reconnaître? Ce jour est le dernier de ceux pendant lesquels je me suis engagé à la soutenir; il vous en coûtera peu pour me laisser jouir du prix des combats que j'ai livrés, et votre dame n'en sera pas moins agréable à vos yeux, en confessant que la mienne, qui vous est inconnue, peut la surpasser en beauté. Ah! s'écria vivement Amadis, Vénus même ne triompherait pas de celle que j'adore; et, tant qu'une goutte de sang coulera dans mes veines, nulle dame de chevalier ne pourra se vanter d'avoir remporté le prix sur la mienne.

En ce cas, répondit son adversaire d'un air tranquille, le sort des armes en va décider. A ces mots, ils s'éloignent tous deux, ils reviennent l'un sur l'autre, brisent leurs lances sans s'ébranler; et, mettant aussitôt l'épée à la main, ils s'attaquent avec la même valeur. Le combat fut très long, et Amadis n'en avait point essuyé de pareil depuis celui qu'il eut contre le roi d'Irlande; mais la force d'Amadis semblait s'augmenter à chaque coup qu'il portait en pensant à sa chère Oriane: son adversaire, le bras appesanti par le sang qu'il répandait, et par les coups qu'il avait portés, se laisse tomber sur l'herbe rougie de son sang; son épée échappe de sa main, son casque se délace, et c'est Angriote d'Estravaux, un des meilleurs chevaliers de Lisvard, qu'Amadis reconnaît dans son ennemi.

En toute autre occasion, Amadis eût exposé sa vie pour sa défense; mais les intérêts d'Oriane lui étaient trop chers et trop sacrés pour qu'il n'achevât pas de la faire triompher d'une rivale; il saute légèrement à terre, court au chevalier : Reconnaissez votre erreur, lui cria-t-il, et ne regrettez point de faire un aveu, que vous feriez bientôt de vous-même, si vous connaissiez celle qui m'a fait remporter la victoire. Prends ma vie, s'écria d'une voix faible le malheureux Angriote; j'aime mieux mourir de la main du meilleur de tous les chevaliers, que de la cruauté de celle qui s'est fait un jeu d'exposer aussi long-temps la vie de l'amant le plus fidèle. Non, brave et loyal chevalier, lui répondit Amadis, je n'abuserai point de votre malheur; reprenez cette épée dont vous vous servez avec tant de courage; espérez plus de la justice qui vous est due, et soyez sûr que je vais employer tous les moyens possibles pour vous la faire obtenir de celle qui vous est chère. A ces mots, il enleva lui-même Angriote, le remit entre les mains de ses écuyers, et s'éloigna sans se faire connaître.

Angriote d'Estravaux ne fut pas long-temps sans savoir qu'il avait été vaincu par Amadis. Lisvard et la reine Brisène, à la prière de ce dernier, trouvèrent facilement le moyen de convaincre la demoiselle dont Angriote était amoureux, qu'elle ne pouvait faire un meilleur choix.

Amadis, content d'avoir fait triompher la beauté

d'Oriane, mais affligé de voir son espérance trompée dans la recherche de Galaor, suivit pendant
quatre jours le nain auquel il avait promis un don;
ils arrivèrent à la vue d'une forteresse qui paraissait déserte. Où m'as-tu conduit? dit-il au nain.
Seigneur, répondit-il, ce château se nomme Valderin; et celui qui le possède est le plus redoutable que je connaisse. Hélas! j'avais un maître
aussi brave qu'aimable; il m'avait élevé, j'aurais
donné ma vie pour lui : son mauvais sort l'ayant
conduit près de ce château, le traître qui l'habite
vint l'attaquer, suivi de plusieurs satellites, dont
l'un tua son cheval entre ses jambes. Ce fut
en vain qu'accablé du poids de son cheval, mon
maître lui cria merci; le barbare seigneur du château sembla se plaire à le percer de coups, et lui
arracha la vie. Depuis six mois, je lui cherche en
vain un vengeur; tous les chevaliers que j'ai conduits ici pour punir son lâche meurtrier ont perdu
la vie ou la liberté. Tenez-vous sur vos gardes, et
défiez-vous des ruses et des enchantements du
traître Arcalaüs; car je ne peux plus vous cacher
que c'est ce redoutable enchanteur que vous avez
à combattre.

Animé par le récit du nain, et par la certitude
que la cour de la Grande-Bretagne n'avait point
de plus mortel ennemi que l'enchanteur Arcalaüs,
Amadis n'hésite pas à pénétrer jusque dans la
seconde cour du château : nul être vivant ne
s'offre à sa vue : il prend le parti d'attendre que

quelqu'un se présente : mais le même silence régna dans le château jusqu'à deux heures avant la nuit. Le nain qui commençait à s'effrayer lui criait vainement : Seigneur, sortons d'ici; je vous rends votre parole. Non, répondit Amadis, je ne sortirai point sans avoir connu l'intérieur de ce château; et se défiant un peu du nain, cette espèce de créature passant pour être très discourtoise, il chargea Gandalin de s'en assurer, et de l'obliger de le suivre. Étant descendu de cheval, il parcourut les deux cours : on ne pouvait entrer dans le château que par deux portes de fer, qu'il était impossible de forcer; mais, voyant l'entrée d'une voûte obscure ouverte, le courageux Amadis n'hésita point à descendre l'escalier qui conduisait dans ce souterrain : il n'y marcha pas long-temps sans entendre les cris lamentables de quelques malheureux qui secouaient leurs chaînes, en appelant la mort à leur secours. Amadis s'avançait vers le lieu d'où partaient ces cris, autant que l'obscurité pouvait le lui permettre; tout-à-coup, il entendit la voix rauque d'un homme qui criait à son camarade : Lève-toi, prends ces fouets, et va-t'en faire crier d'une autre sorte ces misérables qui troublent notre sommeil. Amadis tire son épée, et s'avance; la lumière d'une lampe lui fait découvrir une troupe de gens armés, dont quelques-uns sommeillaient : mais ceux qui veillaient apercevant Amadis, dont la lumière faisait briller l'épée, crièrent aux armes, et cette troupe l'assaillit

armée de haches et de hallebardes. La force prodigieuse d'Amadis et le tranchant de son épée lui
firent terrasser en peu de temps cette vile troupe ;
et, voyant un trousseau de clefs à la ceinture du
plus apparent d'entre eux, il s'en empara, et
réussit à mettre en liberté les malheureux dont il
avait entendu les cris. Parmi les prisonniers qu'il
délivra, Amadis aperçut une jeune personne,
belle encore, quoique pâle et défaite, couverte
de haillons, et attachée par le cou à un poteau.
Dès qu'il l'eut délivrée, elle embrassa ses genoux.
Elle lui apprit qu'elle était fille de roi, qu'elle se
nommait Grindaloia, et qu'Arcalaüs l'avait enlevée
pour se venger d'Arban de Norgales, avec lequel
elle était accordée depuis son enfance, et dont elle
était tendrement aimée.

Arban de Norgales était parent et l'intime ami
d'Amadis; ce qui le détermina à se faire connaître
de Grindaloia. Madame, dit-il, j'ai vu souvent
couler les larmes qu'il donne à votre perte, et je
regarde comme un des jours les plus heureux de
ma vie celui qui vous rend à votre amour. Amadis,
étant sorti du souterrain avec les prisonniers qu'il
venait de délivrer, fut frappé d'un bien étrange
spectacle en entrant dans la cour ; il vit le pauvre
nain suspendu par un pied à une potence, au-dessus
d'un feu plein de poix-résine et de tourbe, dont
la fumée l'avait déja presque étouffé : le fidèle
Gandalin était aussi couvert de chaînes, à portée
de souffrir également de l'épaisse et noire fumée

que ce feu exhalait. Son premier soin fut de les délivrer tous les deux.

La nuit s'était presque écoulée pendant tous ces évènements ; le jour était prêt à paraître ; Amadis n'attendait plus que le lever du soleil pour sortir de ce château, lorsque tout-à-coup il vit ouvrir une fenêtre ; un grand homme y parut, et lui dit d'un ton menaçant : Est-ce toi, malheureux, dont l'audace s'est portée jusqu'à massacrer la garde de mon château ? Descends, si tu l'oses, lui répondit Amadis, et je vais te rendre compte de ce que j'ai déja fait, et de ce que j'ai dessein de faire. Attends-moi donc, si tu l'oses toi-même, lui dit l'autre d'un air furieux. A ces mots, la fenêtre se referme, et peu de temps après la porte s'ouvre avec fracas, et le chevalier du château vient attaquer Amadis. Malgré la taille gigantesque et la force d'Arcalaüs, les coups terribles qu'il reçut d'Amadis, dont le dernier lui fit tomber son épée, le forcèrent bientôt à prendre la fuite : il rentre dans le château, franchit l'escalier avec vîtesse, Amadis le suivant toujours, et le menaçant de la mort. Arcalaüs se sauve vers une chambre, où soudain une femme lui donne une nouvelle épée : alors il se présente à la porte de cette chambre, et semble vouloir recommencer à combattre. Amadis, par respect pour la dame qui paraissait éplorée et vouloir les séparer, s'était arrêté sans oser suivre plus loin son ennemi. Arcalaüs ordonne à cette dame de se retirer,

insulte Amadis par les plus grossières injures,
et le défie de passer le seuil de la porte. Fùt-ce
aux enfers, s'écria le héros, j'irais attaquer un
monstre tel que toi! A ces mots, il veut s'élancer
dans la chambre; mais à peine a-t-il fait un
pas, qu'il perd l'usage de ses sens, et tombe sans
connaissance.

Arcalaüs aussitôt le désarme, rappelle la dame,
et lui dit : Je laisse mon ennemi sous votre garde :
il m'est facile de lui donner la mort ; mais je serai
mieux vengé par la prison cruelle à laquelle je le
condamne, et par le projet que je vais exécuter.
A ces mots, Arcalaüs, ôtant ses armes, se couvre
de celles d'Amadis, prend sa redoutable épée, et
montant son cheval qu'il trouve attaché dans la
cour, il sort du château, et prend le chemin de
Vindisilore pour se rendre à la cour de Lisvard.
La dame de ce château était femme d'Arcalaüs;
mais ses mœurs douces et son humanité la rendaient digne d'un meilleur sort. Elle fut attendrie
par les gémissements de Gandalin, de Grindaloia
et des autres prisonniers, qui ne doutaient plus
de la mort d'Amadis qu'ils voyaient étendu sans
donner aucun signe de vie. Elle pleurait avec eux,
et blâmait la barbarie de son époux, lorsque
tout-à-coup elle vit entrer deux demoiselles char-
gées de douze flambeaux qu'elles allumèrent, et
qu'elles placèrent autour de la salle : bientôt une
troisième dame, d'une taille élevée, tenant un
petit brasier d'une main et un livre de l'autre,

arriva dans cette chambre, suivie de six demoiselles qui portaient des flûtes et des harpes, et qui
formaient ensemble un concert harmonieux. Cette
dame brûla quelques parfums autour d'Amadis,
lut dans le livre qu'elle tenait; et plusieurs voix
parurent répondre dans la langue inconnue qu'elle
parlait en lisant ce livre. Tout-à-coup elle s'approcha de celui que l'on croyait mort; elle le prit par
la main, en lui criant : Réveillez-vous, Amadis; la
gloire, Oriane, et votre amie Urgande vous rappel-
lent à la vie. A ces mots, Amadis se relève, reconnaît Urgande, se jette à ses genoux. Ah! Madame,
lui dit-il, que ne vous dois-je pas? Ne perdons
point de temps, lui répondit Urgande, et tâ-
chons de prévenir la suite funeste de la noire
trahison d'Arcalaüs; il a pris vos armes, il se
flatte de paraître comme votre vainqueur : cou-
vrez-vous des siennes, et volez pour démentir le
faux récit qu'il va faire de sa victoire et de
votre mort.

Amadis obéit à la sage Urgande; et ne voulant
pas porter sa vengeance plus loin, en considération de la femme d'Arcalaüs, il prit les armes et
le cheval de ce dernier, et sortit du château, suivi
de Grindaloia et des captifs qu'il avait délivrés.
Le plus apparent s'étant fait connaître à lui pour
être le célèbre chevalier Brindaboias, dont Lisvard
et sa cour regrettaient depuis trois ans la perte, et
ayant retrouvé ses armes dans le château, fit choix
du meilleur cheval des écuries; et se mit en état

de combattre, au cas qu'Amadis fût attaqué de
nouveau. Amadis le chargea de veiller sur la princesse qu'il avait délivrée, et de la conduire à la
cour de Lisvard, si quelque nouvelle aventure les
séparait.

Il fut très heureux qu'Amadis eût pris une
précaution aussi sage, car à peine eurent-ils marché pendant une heure, que les cris d'une demoiselle, qui courait dans la forêt, appelèrent Amadis
à son secours : il pria Grindaloia de continuer sa
route; et, reconnaissant que la demoiselle qui
criait était une de celles qu'Urgande avait menées
avec elle, il vola sur ses traces, et la joignit au
moment où elle demandait à un chevalier de lui
rendre une cassette qu'il venait de lui ravir, et de
lui apprendre ce qu'était devenue sa compagne.
Amadis fut indigné de la réponse que le chevalier
fit à la demoiselle. Croyez-vous, ma mie, lui
disait-il en se moquant d'elle, que je vous aie pris
cette cassette pour vous la rendre? Sachez que
chacun a son goût, et que ce butin m'est aussi
cher que l'autre demoiselle peut l'être à mon
compagnon, quoique je croie que dans ce moment même il la force à le rendre heureux. Amadis
vit bien qu'il n'y avait pas de temps à perdre.
Défier le chevalier larron, le renverser, le percer
d'outre en outre, rendre la cassette à la demoiselle, voler aux cris étouffés que poussait sa compagne, ce fut pour lui l'affaire d'un moment : il
était temps pour la pauvre demoiselle qui était

8.

près de devenir la proie de son lâche ravisseur. Amadis dédaigna de le combattre; il eût cru ses armes souillées s'il en eût frappé l'indigne chevalier qui déshonorait son ordre : il lui fit passer plusieurs fois son cheval sur le ventre, et ce fut sous les pieds de cet animal qu'il fut puni de son crime.

Échauffé par cette course, il ôta son casque et fut reconnu par les deux demoiselles d'Urgande. Les voyant en sûreté contre de nouveaux attentats, il ne s'arrêta près d'elles que pour les prier de répéter à leur maîtresse à quel point il était reconnaissant des services essentiels et multipliés qu'il en avait reçus. Il prit congé d'elles, et chercha vainement à rejoindre Grindaloia; s'étant égaré dans la forêt, il s'éloigna du chemin de Vindisilore, et la nuit survint sans qu'il pût trouver la route qu'il devait suivre.

Pendant ce temps, le traître Arcalaüs occupé de son projet, et connaissant tous les détours de la forêt, avait fait une si grande diligence, qu'il était arrivé dès le matin du second jour de marche à Vindisilore. Les princesses Oriane et Mabille prenaient l'air à leur fenêtre pendant cette belle matinée, et le cœur de la première fut bien vivement ému, en voyant accourir de loin, vers la cité, un chevalier couvert d'armes brillantes qu'elle reconnut pour être celles d'Amadis. Elle le fit remarquer à Mabille, et cachant sa belle tête dans son sein : Ah! ma cousine, s'écria-t-elle, qu'on

est heureux de revoir ce qu'on aime! Les princesses occupées de cette douce idée se contentèrent
de relever et de nouer leurs beaux cheveux, et
passèrent dans l'appartement de la reine, ne
doutant point que son chevalier n'y vînt dès qu'il
aurait rendu ses premiers respects à Lisvard. Elles
étaient dans l'attente de le voir paraître, lorsque
la porte de la chambre de la reine s'ouvrit, et
qu'elles virent entrer le roi tout en larmes, qui
s'écria d'une voix entrecoupée : Ah! madame,
quel coup affreux! le brave Amadis n'est plus. La
reine Brisène aimait son chevalier, comme s'il eût
été son fils : elle jeta le cri le plus douloureux,
et tomba sur son fauteuil sans connaissance.
Oriane et Mabille voulurent s'avancer pour la secourir; mais la tendre Oriane, cédant au désespoir
qui s'empara de son ame, s'évanouit et tomba sur
ses genoux : heureusement son état présent pouvait s'attribuer à celui dans lequel elle voyait sa
mère; et Mabille, quoique désespérée de cette
fatale nouvelle, eut la présence d'esprit de relever
Oriane, et de la porter dans sa chambre, avec
l'aide de la demoiselle de Danemarck.

Les soins de Lisvard et des dames du palais
ayant fait revenir la reine Brisène, elle apprit du
roi son époux, qu'Arcalaüs venait de lui rendre
compte en ces termes, de son combat contre
Amadis. Sire, m'a-t-il dit, Amadis m'est venu
défier dans mon château de Valderin, avec cet air
impérieux et offensant qu'il conserve depuis son

combat contre Dardan : l'honneur ne me permettait pas de souffrir un pareil affront. Les conditions de notre combat ont été que le vainqueur,
après avoir arraché la vie à son adversaire, se
couvrirait de ses armes, et viendrait à votre cour
vous rendre compte du combat, et vous apprendre
la mort de son ennemi. Amadis est tombé sous
mes coups, et je viens remplir les conditions
prescrites, selon les lois de la chevalerie. Lisvard
n'eut rien à répondre; mais, pénétré d'horreur
contre Arcalaüs dont il connaissait la perfidie, et
qui le privait du meilleur chevalier de sa cour, il
lui tourna brusquement le dos sans lui rien dire;
et dans son premier mouvement, étant accouru
tout en larmes chez la reine, le traître Arcalaüs
profita de ce temps pour se retirer : il remonta
promptement à cheval; et sortant du palais, chargé
des imprécations de tous ceux qui regrettaient
Amadis, il s'éloigna rapidement, et s'enfonça dans
la forêt voisine pour regagner un de ses châteaux
par des chemins détournés.

La princesse Mabille et la demoiselle de Danemarck firent, pendant plus de deux heures,
d'inutiles efforts pour rappeler Oriane à la vie.
Elles l'agitaient vainement quand elles la voyaient
frémir, Oriane retombait à tous moments dans
un état approchant de la mort; mais un torrent
de larmes qui commençait à couler de ses yeux
leur donna quelque espérance. Ah! chère Oriane,
s'écria Mabille, revenez à la vie, et rappelez votre

raison. Non, il n'est pas possible qu'Amadis ait pu succomber sous les coups du lâche et perfide Arcalaüs. Ce ne serait pas la première fois que ce traître aurait osé se parer d'une fausse gloire; rendez-vous maîtresse de ces premiers mouvements qui peuvent découvrir le secret de votre ame; il n'est pas encore temps de vous livrer au désespoir : non, je ne peux rejeter le rayon d'espérance qui me fait croire que le lâche Arcalaüs n'a fait qu'un faux récit, et que nous reverrons Amadis. Ah! chère amie, s'écria la tendre Oriane, que me sert-il de me contraindre, lorsque je ne desire et n'attends plus que la mort? Elle allait poursuivre, lorsqu'elle fut interrompue par la reine sa mère, qui accourait à sa chambre, la joie peinte dans les yeux, et suivie par une jeune dame et un chevalier, qui tous les deux lui étaient inconnus. Grace au ciel! s'écria la reine, Amadis respire; il est toujours victorieux, et le lâche Arcalaüs n'a fait qu'un faux rapport. A ces mots, elle lui fit connaître Brindaboias et la princesse Grindaloia. L'un et l'autre lui racontèrent le combat d'Amadis, son enchantement, et le secours qu'il avait reçu de la sage Urgande. A ce récit, les roses du teint d'Oriane se ranimèrent; presque aussi peu maîtresse de cacher sa joie que sa douleur : Ah! madame, dit-elle à la jeune princesse de Serolis, vous faites renaître le bonheur dans cette cour par votre présence et par les bonnes nouvelles que vous nous apportez. A ces mots, elle l'embrasse et lui jure l'amitié la plus tendre.

Ce fut dans la chambre, et presque dans les
bras d'Oriane, que le roi Arban de Norgales revit
sa chère princesse : averti de son arrivée au moment où il montait à cheval pour poursuivre
Arcalaüs et venger Amadis, il la cherchait dans le
palais, et la présence de Brisène et d'Oriane ne
put l'empêcher de se jeter à ses genoux. Grindaloia
lui raconta comment Arcalaüs l'avait enlevée, lorsque le roi son père la fit partir pour Vindisilore;
elle lui répéta ce qu'on avait fait pour sa délivrance, et tout ce qu'elle venait de dire en présence d'Oriane. La reine ayant appris d'elle que
la jeune Aldène, dont nous connaissons l'aventure
avec Galaor, était de Grindaloïs, et que le duc de
Bristoie son oncle en usait mal avec elle, fit envoyer
à ce duc, vassal du roi son époux, l'ordre de remettre Aldène en liberté, et de la faire partir sur-
le-champ pour venir trouver sa sœur qu'elle fit
rester dans sa cour, après avoir mandé, par un
courrier, au roi de Serolis, que sa fille était délivrée et sous sa garde.

Lisvard, enchanté de l'espérance de revoir
bientôt Amadis, ne desirait plus que d'apprendre
qu'il avait retrouvé son frère Galaor; mais il devait
se passer encore bien des évènements avant qu'il
pût jouir du plaisir de les voir ensemble. Amadis,
tranquille sur la supercherie qu'Arcalaüs s'était
proposé de faire à la cour de Lisvard, et jugeant
que l'arrivée de Brindaboias et de la princesse
de Serolis suffisait pour en empêcher l'effet, s'oc-

cupait plus vivement que jamais de la recherche de son frère, et il n'imagina point de le chercher dans un couvent de chanoinesses. Galaor cependant s'y trouvait si bien, celles qui l'habitaient trouvaient tour-à-tour de si bonnes raisons pour l'y retenir, le jeune et vif Galaor en avait si facilement de nouvelles pour y rester, que, depuis plus d'un mois, il s'oubliait bien doucement avec elles : l'amour de la gloire sut l'emporter enfin sur celui des plaisirs. La doyenne du chapitre, jeune et belle comtesse de l'empire, avait brodé de sa main une écharpe pour Galaor. Madame la Secrète, dont la naissance et les charmes ne cédaient en rien à ceux de la doyenne, avait tissu de même un riche baudrier. Toutes les deux avaient choisi les ombres de la nuit pour porter leurs présents : toutes les deux, ayant pris la même heure, se rencontrèrent, se devinèrent, s'observèrent, et nuisirent mutuellement à l'accomplissement de leur dessein. Galaor, assez étonné de se trouver seul pendant cette nuit, eut le temps de faire quelques réflexions : se souvenant alors qu'il était frère d'Amadis, qu'il avait été fait chevalier de sa main, il saisit ce temps de s'armer, de monter à cheval, et de s'éloigner avant l'aube du jour de cet aimable chapitre, qu'il ne quitta cependant qu'avec regret, et qu'il laissa dans les larmes.

Galaor était déja fort loin de l'abbaye, lorsque le soleil fut monté sur l'horizon : il s'arrêta sur le bord d'une fontaine, il ôta son casque, et

descendit pour faire rafraîchir son cheval : le moment d'après, il vit accourir un chevalier à pied,
sans casque, sans bouclier, et dans le plus grand
désordre. Galaor lui demanda par quel accident
il se trouvait en cet état. Depuis trois jours, dit-
il, je cherchais en vain cette fontaine dont les eaux
très salutaires pour la santé ont de plus la vertu
de réparer dans un moment la fatigue et les forces : m'étant endormi dans ce bosquet voisin, un
brigand vient de m'enlever une partie de mes
armes et mon cheval. Galaor offrit au chevalier
de poursuivre ce brigand ; l'autre lui répondit :
Seigneur, vous me paraissez fatigué, et je ne veux
ni ne dois accepter votre offre, qu'après que vous
aurez éprouvé l'effet merveilleux des eaux de cette
fontaine. Le bon Galaor, qui se ressentait un peu
dans ce moment de son ancienne blessure, des
nuits précédentes, et de la longue course qu'il
venait de faire à jeun, s'approcha de la fontaine,
et se mit à genoux pour puiser de l'eau plus facilement. Pendant ce temps, le prétendu chevalier,
s'étant emparé de son casque, de son bouclier et
de sa lance, sauta légèrement sur le cheval de
Galaor, et s'enfuit en lui criant : Damp chevalier,
rafraîchissez-vous à votre aise ; mais ne croyez plus
si légèrement aux eaux miraculeuses, et conservez
mieux votre cheval et vos armes.

Galaor, furieux d'avoir été si lâchement trompé
et d'essuyer encore cette mauvaise plaisanterie,
courut vainement après lui : l'autre disparut

promptement à ses yeux. Accablé du poids de
ce qui lui restait de ses armes, il suivait tristement
à pied la route qu'il vit la plus battue, dans l'espérance de trouver des lieux habités, lorsqu'une
demoiselle montée sur une belle haquenée vint à
sa rencontre, et s'arrêta comme paraissant surprise de le voir en cet état. Galaor lui conta son
aventure, à laquelle la demoiselle eut l'air d'être
sensible : elle lui proposa, sous la condition de lui
accorder un don, de le conduire où l'homme qu'il
venait de lui désigner se retirait; et Galaor, une
seconde fois la dupe de sa bonne-foi, monta sur
la haquenée de la demoiselle, la prit en croupe,
et se laissa guider par elle. Le brigand, qui l'avait
déja volé, n'avait pu voir sans regret que Galaor
avait un baudrier étincelant de pierreries : desirant s'en emparer, il avait envoyé la demoiselle,
sa complice et son amie, au-devant de lui, pour
tâcher de l'attirer dans sa retraite, où ce traître
comptait facilement tuer un chevalier à moitié
désarmé, et s'emparer du reste de ses armes. Elle
conduisit, en effet, Galaor au bout d'une avenue
qui aboutissait à la tour où ce brigand, lui dit-elle,
avait caché son larcin; et, feignant de craindre sa
vengeance, elle pria Galaor de descendre, pour lui
laisser la liberté de se sauver, si celui qu'il cherchait avait l'avantage.

A peine Galaor fut-il descendu, que la porte
de la tour s'ouvrit. Le brigand, armé de toutes
pièces et monté sur son cheval, fondit sur lui

la lance en arrèt. Galaor, sans bouclier, n'eut que le temps de tirer son épée; et, se dérobant légèrement à l'atteinte de la lance, il saisit adroitement une des rênes du cheval, l'arrèta d'un bras vigoureux, et saisissant le brigand par la cuisse, il l'entraîna de la selle et le terrassa sous ses pieds. Ah! donnez-lui la vie, s'écria la perfide demoiselle, c'est le don que je vous demande. Galaor trop en colère pour l'entendre avait déja levé sa redoutable épée, et le coup mortel était porté, lorsqu'elle réclama le don qu'il avait promis.

Chevalier félon et sans foi, lui cria la demoiselle, c'est donc ainsi que tu remplis le serment sacré du don octroyé? Va, je te poursuivrai sans cesse, pour manifester ton déshonneur, et pour obtenir vengeance de la mort de celui qui m'était si cher. Malgré l'horreur et le mépris qu'inspira ce propos à Galaor pour la perfide demoiselle dont il reconnut la trahison, il fut très affligé de n'avoir pu lui donner la vie de son complice; il crut se débarrasser de ses cris et de sa poursuite, en sautant sur son cheval, après avoir repris ses armes : mais il ne put échapper à la demoiselle, qui, montée sur une haquenée très vîte, le suivit en l'accablant d'injures, et lui protestant qu'elle ne le quitterait pas qu'il ne lui eût accordé un autre don. Ah! j'y consens, s'écria-t-il pour se délivrer d'elle. Eh! quel est-il ce don que vous me demandez? Ta vie, barbare! lui cria-t-elle : je

n'en veux point d'autre, et je saurai bientôt la
mettre dans un si grand péril, que je jouirai du
plaisir de te la voir perdre à mes yeux. Galaor
plia les épaules, et poursuivit son chemin, toujours harcelé par la poursuite importune et par
les injures de cette méchante femme. Ils marchèrent ainsi pendant trois jours pour arriver jusque
dans la forêt d'Angadeuse, sans éprouver aucune
aventure.

Nous sommes obligés, pour suivre l'auteur, de
laisser l'aimable et brave Galaor en cette mauvaise
compagnie, et de nous occuper d'Amadis qui
continuait ses recherches pour le trouver.

Ce brave chevalier venait d'éprouver l'aventure
la plus périlleuse : il avait rencontré dans cette
forêt un grand chariot couvert, dont il avait cru
qu'il partait des plaintes; il avait demandé poli-
ment au commandant de l'escorte nombreuse dont
ce chariot était entouré, ce qu'il renfermait. Non-
seulement le commandant n'avait répondu qu'avec
arrogance, mais il avait ordonné qu'on le fît prisonnier. Amadis, obligé de se défendre, avait livré
le combat le plus inégal et le plus sanglant, qui
s'était terminé par la mort de ce commandant,
d'une partie de l'escorte, et par la fuite du reste;
s'approchant alors du chariot, et levant un côté
des draperies qui le couvraient, il vit un riche
cercueil surmonté d'une couronne, deux femmes
en deuil qui pleuraient, et un vieux chevalier,
dont la barbe blanche descendait jusqu'à la cein-

ture. Ayant interrogé celui-ci sur ce convoi
funèbre : Vous ne pouvez l'apprendre, lui répondit-il, que de la dame du château voisin ;
voyez si vous osez m'y suivre. Amadis, après un
pareil propos, n'eût pas balancé d'entrer dans le
château, quand même la curiosité ne l'eût pas déterminé; il y suivit le chariot qu'il avait laissé
reprendre sa marche : mais à peine y fut-il entré,
que la porte du château fut refermée, qu'on arrêta
Gandalin et le nain qui l'avaient suivi, et qu'on
l'assaillit de toutes parts.

Quoique fatigué du premier combat qu'il avait
livré, Amadis se fit bientôt un rempart des corps
des plus audacieux qui l'attaquèrent; mais le
nombre des assaillants augmentant sans cesse, il
eût peut-être succombé, si dans ce moment une
jeune demoiselle en deuil, presque aussi belle
qu'Oriane, suivie d'une dame plus âgée, n'eût
ouvert le balcon de la fenêtre, et n'eût, par son
autorité, fait cesser ce combat inégal. Que vous
ai-je fait, seigneur chevalier? lui dit cette jeune
personne d'une voix douce; pourquoi me venir
attaquer jusque dans mon château, lorsque les
lois de la chevalerie et votre honneur devraient
plutôt vous engager à m'accorder votre appui?
Amadis, touché de la jeunesse, de la beauté et
de la grace avec laquelle cette jeune personne
s'exprimait, lui raconta son aventure en peu de
mots, l'attaque brusque de l'escorte du chariot,
et celle qu'il venait d'essuyer en entrant chez

elle. Le vieux chevalier, paraissant alors sur le
balcon, confirma la vérité du récit d'Amadis. Ah!
seigneur, s'écria la jeune personne, que j'ai de
regret de la brutalité de mes gens! heureuse
encore de l'avoir arrêtée, puisque je vois à votre
courage invincible que vous êtes un des chevaliers dont je pourrais espérer le plus puissant
secours. Mettez-moi, je vous prie, à portée de
réparer cet attentat; descendez sur ma parole, et
venez apprendre de moi-même quelle est la cause
de ma douleur, et de ce que vous avez vu dans
la forêt.

Amadis ne balança point à se fier à la parole
de la jeune demoiselle dont la candeur lui paraissait égaler la beauté : il délaça son casque;
et, l'abordant avec l'air le plus respectueux, il
s'excusa de nouveau sur la nécessité où ses gens
l'avaient mis de se défendre. La jeune personne,
frappée de l'air noble et de la charmante figure
d'Amadis parut interdite en le voyant; et la dame
plus âgée prenant alors la parole : Seigneur, lui
dit-elle, ce qui vient de se passer sous nos yeux
nous prouve qu'aucun chevalier n'est plus capable que vous de soutenir les intérêts de ma nièce;
mais il serait inutile de vous raconter nos malheurs, si vous ne nous promettez de vous porter
à les adoucir. Ah! madame, répondit Amadis,
quel serait le chevalier assez lâche pour refuser
de prendre la défense de l'innocence et de la
beauté? Oui, madame, je m'engage à vous servir :

puisse la parole que je vous en donne me mériter votre confiance !

Celle que vous voyez, lui dit-elle, est fille d'un roi puissant, adoré de ses sujets, qu'un frère, aussi barbare qu'injuste, a massacré de sa main, pour s'emparer de ses états ; c'est le corps de ce malheureux prince que vous avez vu dans le chariot que vous avez rencontré. Depuis sa mort, un vertueux et ancien chevalier de sa cour, dont la valeur et la puissance nous sauvèrent de la barbarie du tyran, fait promener deux fois par mois ce chariot avec une escorte, dans l'espérance de trouver quelque brave chevalier qui veuille prendre la défense de ma nièce : mais le traître Abiseos, ce lâche meurtrier de son propre frère, est d'autant plus redouté par sa force et sa férocité, qu'il est soutenu par ses deux fils, Dorison et Dramis, aussi méchants et tout aussi renommés par leurs victoires que par leurs forfaits ; tous les trois ont juré de se soutenir mutuellement, et de combattre ensemble. Votre bras seul ne pourrait même nous suffire, et nous ne pouvons nous flatter de trouver trois chevaliers qui prennent notre querelle, et qui puissent vaincre Abiseos et ses deux fils.

Madame, répondit Amadis, jamais querelle ne fut plus juste que la vôtre et celle de cette belle princesse, et je m'engage de trouver deux autres chevaliers aussi disposés à combattre pour vous ; tous les deux me sont assez proches pour oser

vous en répondre : je ne veux que le temps
nécessaire pour me joindre à eux. Amadis leur
ayant demandé le nom du royaume dont la jeune
princesse était légitime héritière, il sut que c'é-
tait celui de Sobradise, et qu'elle se nommait
Briolanie.

La tante et la nièce enchantées d'Amadis, et
reconnaissantes des offres qu'il venait de leur
faire, lui demandèrent à leur tour quel était
celui qui venait d'embrasser si généreusement
leur défense. Qu'il vous suffise de savoir, leur
répondit-il avec modestie, que je suis, ainsi
que les deux chevaliers dont je vous réponds,
de la maison du roi Lisvard, et que la reine
Brisène, son épouse, m'a honoré du titre de son
chevalier.

Les deux dames, plus touchées que jamais, reconnurent à ces mots, comme elles l'avaient déja
jugé par son dernier combat, que leur défenseur
devait être un des plus illustres chevaliers de la
Grande-Bretagne : elles voulurent absolument
l'aider elles-mêmes à se désarmer ; et le jeune et
charmant Amadis, couvert d'un riche manteau,
leur parut être le plus parfait chevalier qu'elles
eussent vu de leur vie.

On apporta les tables, qui furent couvertes
avec magnificence ; et la jeune Briolanie se fit admirer autant par son esprit que par sa modestie,
pendant le festin.

Quoiqu'Amadis, toujours occupé de la belle

Oriane, fût insensible aux charmes de Briolanie,
il ne put s'empêcher de lui rendre justice en parlant d'elle avec Gandalin, lorsqu'il fut retiré dans
le riche appartement qui lui avait été préparé.
Le nain crut sans doute qu'un jeune chevalier
n'avait pu voir la charmante Briolanie sans en
être épris; et l'entendant louer avec feu par Amadis, il l'en crut amoureux : cette fausse persuasion
fut bientôt la cause de la douleur la plus violente
qu'Amadis ait jamais essuyée.

Le lendemain matin, Amadis, ayant repris ses
armes, alla prendre congé des deux dames, et
leur renouvela sa promesse; la jeune Briolanie
lui présenta, d'un air qui fut remarqué par le
nain, une belle épée du feu roi son père. Amadis
la reçut d'un air galant, et jura de l'employer à
son service. S'étant éloigné d'elle quelques instants, le nain toujours curieux, comme ceux de
son espèce, cherchant à pénétrer ce qui se passait dans le cœur de Briolanie, s'approcha d'elle,
et lui dit tout bas : Madame, vous avez acquis
aujourd'hui le meilleur et le plus aimable chevalier qui soit en Europe. Briolanie rougit et ne
répondit rien. Le nain, se confirmant dans son
opinion, ne douta plus que le même trait ne les
eût blessés tous les deux.

Amadis, en sortant de ce château, suivi du même
nain et de Gandalin, marcha sans éprouver aucune
aventure jusqu'à l'entrée de la forêt d'Angadeuse.
Il longeait une grande route de la forêt, lorsqu'il

aperçut venir à sa rencontre un chevalier bien
armé, suivi d'une demoiselle. Ils n'étaient plus
qu'à vingt pas les uns des autres, lorsqu'Amadis
vit ce chevalier tirer son épée, fondre sur le nain,
et lui porter un revers qui lui eût fait voler la
tête, si le nain ne l'eût évité par la promptitude
avec laquelle il se précipita entre les jambes de
son cheval, en criant au secours. Amadis arrêta
le chevalier qui voulait encore frapper le nain,
et lui demanda ce qu'une aussi chétive créature
pouvait avoir fait pour qu'il se portât à cette violence. Hélas! rien du tout, lui répondit le chevalier: mais la méchante créature qui me suit vient
de me demander sa tête; je suis assez malheureux
pour lui avoir accordé ce don, et je suis forcé de
la lui remettre. Certes, répondit Amadis, ce ne
sera pas du moins tant qu'il sera sous ma défense.
Il ne fallut point d'autre défi pour les déterminer
à courir l'un contre l'autre, et l'atteinte fut si
violente que tous les deux en furent également
renversés.

Tous les deux s'étant relevés se chargèrent à
coups d'épée avec une égale fureur; mais, surpris
de la résistance qu'ils trouvaient, ils suspendirent
un moment leur combat pour se considérer mutuellement. Brave chevalier, dit celui de la demoiselle, laissez-moi remplir mon serment, et
prendre la tête de ce misérable nain. Parbleu! dit
Amadis, vous prendrez plutôt la mienne, ou vous
y perdrez la vôtre. Après ce peu de mots, le com-

9.

bat, devenu plus terrible et plus dangereux que
jamais, recommença : déja le sang de tous les
deux s'écoulait par une infinité de blessures, lorsqu'un chevalier, attiré par le bruit des armes,
arriva sur le lieu du combat, et demanda d'a-
bord à la demoiselle quel en était le sujet. Dieu
merci, dit-elle, c'est moi qui les mets aux mains ;
j'espère que tous les deux y périront ; j'aurai du
moins la vie de l'un des deux. Le chevalier, surpris de la méchanceté de la demoiselle, s'informa
promptement d'elle, quel sujet assez grave l'obligeait de desirer leur mort. Vraiment, répondit-
elle, je suis nièce d'Arcalaüs ; puis-je lui rendre
un meilleur service que d'avoir mis aux mains
les deux frères, ses plus mortels ennemis, et de
le défaire d'Amadis ou de Galaor, que j'ai déja le
plaisir de voir près de perdre la vie ? Ah, malheureuse ! s'écria le chevalier ; vit-on jamais une aussi
cruelle trahison ! mais ce sera la dernière que tu
feras. A ces mots, il tire son épée, fait tomber la
tête de la demoiselle, vole entre les deux combattants, et crie : Amadis ! Amadis ! c'est Galaor,
votre frère. A ces mots, l'un et l'autre jettent
leur épée, se précipitent dans les bras d'un frère ;
et Galaor s'échappant de ceux d'Amadis tombe à
ses genoux. Mon frère, mon ami, que faites-vous ?
s'écriait Amadis. Ah ! pourrais-je me plaindre des
blessures que j'ai reçues d'une main qui m'est si
chère, lorsque ce combat me fait retrouver le
frère que je cherchais, et me prouve qu'il est le

plus brave chevalier dont jusqu'ici j'aie éprouvé
la force?

Le chevalier qui les avait séparés, voyant leur
sang couler plus abondamment, se hâta de leur
dire qu'il était Balais, seigneur du château de Carsantes, dont on entrevoyait le donjon entre le
sommet des arbres; il les emmena promptement
dans son château, où son premier soin fut de
faire mettre un appareil à leurs blessures, dont
heureusement aucune ne se trouva dangereuse. Il
leur apprit qu'il était l'un des chevaliers qu'A-
madis avait délivrés des prisons d'Arcalaüs; que
le jour le plus heureux de sa vie était celui qui
l'avait mis à portée de les séparer, et de punir
l'horrible trahison qui leur avait été faite.

Le sang que les deux frères avaient répandu
et leurs blessures ne leur permettant point encore de s'armer, Amadis crut devoir envoyer le
nain à Vindisilore présenter ses respects à la reine
Brisène et à la princesse sa fille, et leur dire
qu'ayant trouvé son frère, il le mènerait à la cour,
dès qu'ils seraient l'un et l'autre en état de monter à cheval.

Lisvard cherchait à procurer des amusements
à ces princesses, par de grandes chasses et des
fêtes de toute espèce. Cette cour devint encore
plus brillante par l'arrivée d'Agrayes, prince d'É-
cosse; mais si son aimable sœur Mabille sentit du
plaisir à revoir un frère si tendrement aimé, il ne
put égaler celui de la belle Olinde qui retrouvait

l'époux qu'une rencontre imprévue, une nuit heureuse et des serments sacrés lui avaient donné. Oriane, en amie et en bonne parente, partagea leur joie autant que l'absence d'Amadis put le lui permettre. Le faux récit d'Arcalaüs avait fait une impression si profonde et si douloureuse sur elle, que la seule présence de son amant pouvait dissiper un reste de mélancolie qui quelquefois s'emparait de son ame. Elle fut cependant bien sensible à l'arrivée du brave Angriote d'Estravaux, qui vint à ses pieds avouer sa défaite, et qui lui dit, en la voyant, qu'il n'était plus surpris qu'Amadis l'eût vaincu lorsqu'il avait soutenu contre lui qu'elle était la plus belle princesse de l'univers. Quelques jours après l'arrivée d'Angriote, que Lisvard reçut dans sa cour comme un parent du roi de Norgales et comme un chevalier de haute renommée, le nain Dardan arriva près de Brisène, et s'acquitta de la commission dont Amadis et Galaor l'avaient chargé; ce qui fut une augmentation de joie pour la cour, et d'espérance pour Oriane.

Amadis et Galaor partirent en effet, dès qu'ils furent en état de monter à cheval: Balais de Carsantes ne put se résoudre à les quitter, et tous les trois prirent ensemble la route de Vindisilore, où ils espéraient se rendre en peu de temps; mais de nouvelles aventures retardèrent leur marche.

Tous les trois étant arrivés dans un carrefour de la forêt furent très surpris d'y trouver un che-

valier mort, dont un tronçon de lance traversait
la gorge. Galaor, touché de ce spectacle, se douta
bien que quelque personne de la famille du chevalier l'avait exposé dans ce lieu, pour animer
ceux qui le verraient en cet état à le venger, et
son premier mouvement fut de le promettre. Pendant qu'il cherchait dans les environs quelqu'un
qui pût l'instruire de la cause de ce meurtre, Amadis aperçut une jeune demoiselle qu'un autre
chevalier faisait marcher devant lui, en la frappant du gros bout de sa lance. Balais vit en même
temps une seconde demoiselle qu'un autre homme
armé avait entraînée dans l'épaisseur du bois : il
ne la battait pas ; mais d'une main il la tenait
par les cheveux, et la pauvre demoiselle commençait à ne plus faire que de vains efforts pour
se défendre. Amadis et Balais s'écartèrent chacun
de leur côté, pour secourir ces deux demoiselles ;
mais leurs lâches agresseurs n'ayant livré qu'un
léger combat, et ayant pris la fuite, l'un et l'autre
se trouvèrent si séparés de Galaor, qu'ils ne purent le rejoindre avant la nuit.

Galaor, étant constamment resté près du chevalier dont il s'était promis de venger la mort,
aperçut enfin une jeune personne suivie de quelques domestiques, qui s'avançait avec crainte
entre les arbres, et paraissait prête à s'enfuir à
chaque instant. Il fit de son mieux pour la rassurer, et lui jura sur son honneur de la prendre
sous sa garde. La demoiselle, moins tremblante,

commença par répandre des larmes, en lui montrant le corps du chevalier. Hélas ! seigneur, vous voyez ici l'un des plus vertueux chevaliers de cette province ; c'est le corps du malheureux Anthebon mon père. Galaor, qui avait souvent entendu parler de sa naissance et de sa valeur, plaignit son sort, et pria sa fille de lui dire quel était celui qui lui avait arraché la vie. Ah! seigneur, lui dit-elle, un lâche châtelain de nos voisins, nommé Palinques, après s'être déshonoré par mille actions lâches et criminelles, a rassemblé dans sa forteresse plusieurs misérables aussi scélérats que lui : rien n'égale les horreurs qu'ils ont commises depuis un an, et plusieurs filles de qualité qu'ils ont enlevées sont encore les victimes de leur brutalité. Mon père, Anthebon, ayant excité plusieurs gentilshommes voisins à se joindre à lui pour prendre les armes, et faire le siège de la forteresse de Palinques, ce scélérat leur a tendu différentes embûches, et, les surprenant l'un après l'autre avant qu'ils se fussent rassemblés, il les a lâchement assassinés ; mon père est l'une de ses dernières victimes. Palinques, s'étant caché dans la forêt, l'a surpris par derrière avant qu'il ait pu se mettre en défense, et l'a tué d'un coup de lance dont vous voyez encore le tronçon dans sa gorge. Nos parents et nos amis, s'étant rassemblés pour venger sa mort, Palinques et les scélérats de sa suite n'osaient descendre de sa forteresse. Tous les matins j'allais, avec deux de mes cousines

et mes gens, exposer le corps de mon père dans
ce carrefour, pour exciter la pitié des chevaliers,
et les engager à se joindre à ceux qui ne se trouvent pas encore assez forts pour l'attaquer. Ce
matin nous étions venues, à notre ordinaire, apporter le corps de mon père, et nous nous croyions
à l'abri des insultes de son lâche meurtrier, lorsque tout-à-coup nous l'avons vu sortir de l'épaisseur du bois, suivi de deux scélérats tels que lui.
J'ai été assez heureuse pour me dérober à sa poursuite; mais mes malheureuses cousines sont devenues la proie de ses compagnons.

Pendant le récit de la jeune fille d'Anthebon,
Galaor ne pouvait s'empêcher de la regarder avec
des yeux bien tendres. Ses longs voiles noirs s'é-
taient déchirés dans les épines pendant sa fuite :
un cou d'albâtre, qui faisait deviner ce qu'il ne
pouvait voir de sa gorge naissante, rappelait au
vif Galaor toutes celles que les guimpes n'avaient
pu dérober à ses yeux : mais il pensa que ce n'était
pas le temps de dire à cette jeune personne qu'il
la trouvait charmante; il lui fit relever le corps
de son père, la reconduisit à son château, et la
pria seulement de lui donner un homme pour le
conduire à la vue du château de Palinques.

Il eut le temps d'y arriver avant la nuit; et
profitant du reste du jour pour en examiner les
avenues, Galaor, qui ne jugeait rien d'impossible
à son courage, observa qu'un chasseur chargé de
gibier montait à ce château par un chemin tour-

nant, et rentrait dans son enceinte par une poterne, dont il jugea qu'il était possible de s'emparer.

Dès que la nuit fut venue, il ne balança point
à suivre le chemin qu'il avait vu tenir au chasseur; il se coucha dans le sentier tournant, hors
de vue de la poterne, et attendit patiemment
qu'au lever du soleil quelqu'un sortît du château
par cette issue, qu'il avait bien remarquée comme
la seule qui fût abordable.

Son espérance ne fut point trompée; Palinques,
inquiet de n'avoir pas vu rentrer les deux compagnons qui l'avaient suivi la veille, fit sortir le
matin un sergent et quelques satellites pour aller
à la découverte. Galaor, se levant aussitôt, précipita les deux premiers qui se présentèrent; et,
terrassant ceux qui les suivaient, il se jeta dans
la poterne, et pénétra dans l'intérieur du château.
Il lui fut assez facile de défaire ceux qui se présentèrent à moitié désarmés pour lui résister: il
n'essuya quelque obstacle qu'en approchant de
la chambre de Palinques, où les cris des blessés
avaient fait rassembler le reste des scélérats de sa
suite; il les eut bientôt renversés, et saisissant
Palinques: Traître, lui dit-il, mon épée serait
souillée si je la trempais dans le sang d'un lâche
tel que toi. A ces mots, l'étreignant dans ses bras,
il l'enleva, et l'alla jeter dans le précipice dont la
citadelle était entourée. Galaor descendit du château sans trouver d'obstacles. Un de ceux que
Palinques y tenait dans ses fers ayant couru sur-

le-champ au château d'Anthebon, la demoiselle et
quelques-unes de ses proches accoururent au-
devant de Galaor, célébrèrent sa victoire, et l'emmenèrent triomphant dans le château, où bientôt
la tête de Palinques fut apportée sur un épieu, et
posée aux pieds du cercueil du brave et malheureux Anthebon. Galaor, animé par sa victoire, n'en
parut que plus beau lorsqu'il ôta son casque; on
était surpris de trouver un héros dans un chevalier qui sortait à peine de l'adolescence. Il s'approcha d'un air galant de celle qu'il venait de
venger, et voulut lui baiser la main; mais que ne
devait-elle pas faire pour celui dont le bras avait
puni Palinques? Elle crut devoir l'embrasser.
Lorsque leurs joues s'approchèrent, on aurait eu
peine à distinguer les roses de leur teint. Apelle
eût pu saisir ce moment pour peindre l'Amour
embrassant Psyché; l'Amour en effet n'eût pu
donner un baiser avec plus de feu, Psyché ne
l'eût pu recevoir avec plus de tendresse.

Ce seul baiser fut bien décisif pour tous les
deux; c'était le premier que la jeune Anthebon
recevait; l'heureux et volage Galaor, oubliant
ceux que reçut Aldène, crut n'en avoir donné jamais un aussi doux. Le premier baiser qu'elle donnait à la reconnaissance fut bientôt suivi de ceux
qu'ils donnèrent à l'amour. A quinze ans, l'innocente Anthebon ignorait qu'il y eût du danger de
rester seule avec un chevalier qui n'en avait que
dix-sept, et qu'elle trouvait assez beau pour pou-

voir le regarder comme une de ses compagnes.
Galaor était doux, caressant, mais toujours respectueux, jusqu'au moment qu'un amant bien
vif et bien tendre fait souvent naître, et qu'il ne
perd jamais : elle ne craignit donc point de se
trouver seule avec lui. Tous deux parcoururent un
jardin émaillé de fleurs ; ils s'amusèrent quelque
temps près d'une volière de tourterelles, qui leur
inspirèrent le desir de les imiter. Galaor apercevant des moineaux dans un bosquet, les trouvait
aussi d'un bien bon exemple ; il courut vers eux,
et fut suivi par sa jeune amie. Au fond de ce
bosquet, ils trouvèrent une grotte semblable à
celle de Didon ; et, quoiqu'il ne fît pas d'orage,
ils y restèrent long-temps, et n'en sortirent qu'à
regret..... O charmes de la jeunesse, que le plaisir
embellit encore, que vous parûtes brillants sur le
front céleste et dans les yeux de la jeune Anthebon, lorsqu'en soupirant elle sortit de ce bosquet!
Hélas! dit-elle à Galaor, en lui serrant tendrement la main, peut-être vais-je vous perdre bientôt? Vous m'oublierez, et le souvenir de ce moment m'occupera le reste de ma vie. Il voulut la
rassurer par de nouvelles caresses... Eh! ce sont
ces mêmes caresses, dit la tendre Anthebon, qui
me font trembler. Je ne peux penser sans frémir
que vous les prodiguerez peut-être à d'autres
qu'à moi. Non, chère et charmante amie, dit
Galaor, qui, dans ce moment, lui jurait de la
meilleure foi du monde, qu'il l'aimerait toujours.

L'Amour, qui le connaissait mieux qu'il ne se connaissait lui-même, écoutait, en riant, ses serments; mais il lui permit de les répéter bien souvent encore, pendant les trois jours qu'il s'arrêta près de la jeune Anthebon.

Galaor n'était pas du nombre de ces chevaliers, qui seraient prêts à remercier celui qui les retirerait au bout de trois jours d'une pareille aventure. Galaor, toujours vif, toujours amusant, n'ennuyait ni n'était ennuyé près de la charmante Anthebon; il avait toujours de nouvelles choses à lui dire, et ce ne fut pas sans regret qu'il apprit l'arrivée d'Amadis et de Balais, avec les deux cousines qu'ils avaient délivrées, et dont aucune n'avait d'aussi bonnes raisons pour regretter son chevalier, que celle dont Galaor était obligé de se séparer.

Amadis, en effet, n'avait rien de plus pressé que de se remettre en chemin pour Vindisilore. Il ne resta donc plus qu'une nuit à ces jeunes amants; tous les plaisirs de l'amour, toutes les larmes que peut faire couler une séparation si douloureuse, les serments les plus tendres, les occupèrent pendant cette nuit; et tous les deux, au moment où les trois chevaliers montèrent à cheval, avaient également les yeux battus et remplis de larmes.

Amadis sourit en voyant son frère en cet état; mais le moment d'après il tressaillit, en pensant qu'il allait bientôt revoir la charmante Oriane.

Cette jeune princesse et celle d'Écosse étaient le principal ornement de la cour magnifique que Lisvard tenait alors à Vindisilore. La ville étant trop petite pour contenir le nombre de dames et de chevaliers qu'il voulait bientôt rassembler, pour un dessein qu'il avait formé, ce prince fit publier qu'il tiendrait cour plénière à Londres le mois de septembre prochain, et que toutes les dames et chevaliers étrangers y seraient reçus avec honneur. Lisvard, l'un des plus braves chevaliers de son temps, et l'un des plus puissants princes de l'Europe, se proposait de donner de grandes fêtes, et de tenir une espèce de chapitre général de l'ordre de la chevalerie, pour consulter sur les moyens de rendre de plus en plus cet ordre aussi célèbre que florissant. En attendant, il amusait les dames de sa cour par de grandes chasses, des bals et des carrousels. Olivas, selon le dessein qu'il avait pris d'accuser de trahison le duc de Bristoie, oncle de la jeune Aldène, vint porter sa plainte à Vindisilore; et Lisvard envoya sommer le duc de Bristoie de comparaître dans deux mois à Londres, pour se laver de l'accusation d'Olivas.

Toute cette cour tranquille jouissait du bonheur que des souverains, sensibles au plaisir d'être aimés, répandent dans les cœurs de tout ce qui les environne, lorsqu'une demoiselle étrangère se présenta pour parler au roi : elle était richement vêtue; un écuyer lui donnait la main, et l'on ne douta point que ce ne fût une dame de haut parage.

Prince, dit-elle à Lisvard, votre puissance, votre renommée, votre cour brillante, annoncent un grand roi; mais les apparences sont quelquefois trompeuses : votre ame est-elle bien capable de soutenir tout ce que promet cet extérieur imposant? Damoiselle, répondit Lisvard un peu piqué de ce doute, essayez de l'éprouver ; ne vous arrêtez point à ce que vous voyez, vous en jugerez seulement par mes actions. Cette réponse, reprit la demoiselle, est bien digne d'un grand cœur ; mais elle renferme de grandes promesses, et j'en prends votre cour à témoin. Par saint Georges! repartit Lisvard, je vous le répète, mettez-moi à l'épreuve, et vous verrez si j'avance rien que je ne veuille tenir. Sire, dit-elle d'un ton un peu plus respectueux, cette parole me suffit : e sais que vous aurez cour plénière à Londres; c'est dans ce temps-là que je reviendrai, pour voir si vous serez dans la volonté de me la tenir. A ces mots, elle fit une simple révérence à Lisvard; et, sans regarder ni saluer la reine et la belle Oriane, elle se retira, et sortit de Vindisilore sans s'y arrêter.

Les princesses et toute la cour remarquèrent ce procédé malhonnête : elles en tirèrent un mauvais augure, et furent très fâchées de l'engagement que Lisvard avait eu l'imprudence de prendre avec elle. Dans le temps qu'elles parlaient encore de cette aventure, on vit entrer trois chevaliers, dont deux étaient armés et portaient la visière de leur casque baissée ; le troisième était un vieillard sans armes, dont la barbe blanche tombait jusqu'à la ceinture, et qui portait un petit coffre de bois de sandal, enrichi de pierreries.

Ce vieux chevalier, mettant un genou à terre : Dieu garde de mal, dit-il au roi, l'excellent prince qui travaille à faire fleurir la chevalerie, et qui fait librement les plus grandes promesses qu'aucun souverain puisse accomplir! C'est sur votre renommée, sire, que je vous apporte une couronne digne de briller sur votre tête. A ces mots, il ouvrit le coffre, dont il tira la plus superbe couronne qui fût jamais sortie des mains de l'ouvrier : la reine et toute la cour l'admirèrent, et convinrent que l'excellence du travail était supérieure encore aux pierreries éclatantes dont elle était ornée. Cette couronne, dit le vieux chevalier, a de plus la vertu d'augmenter sans cesse le pouvoir et la gloire du souverain qui la possédera. Alors, se tournant du côté de la reine : Et vous, madame, continua-t-il, vous dont les vertus égalent la gloire du roi votre époux, je ne vous ai point oubliée, et je vous apporte un manteau qui réunit les richesses orientales avec le travail exquis des ouvriers les plus habiles de l'Occident. Le manteau déployé excita de nouvelles admirations, et les desirs de Lisvard et de Brisène. Les ans, ajouta le même chevalier, ne pourront altérer la douce union qui règne entre vous, tant que la reine portera ce riche manteau.

Lisvard et Brisène lui demandèrent à l'envi quel prix il voulait mettre à ces deux ouvrages précieux. J'ignore moi-même, répondit-il, ce qu'ils peuvent valoir : je crois qu'il vaut mieux que dans ce moment je vous les laisse pour en faire l'épreuve; je reviendrai lorsque vous tiendrez votre cour plénière à Londres : alors, sire, vous me les rendrez, ou vous m'en donnerez le prix que je vous en demanderai. Ah! chevalier, répondit le roi, votre confiance part d'un grand fonds de générosité; mais je serais fâché qu'elle surpassât la mienne, et je jure, en présence de cette cour, que, lorsque vous viendrez à Londres, je vous remettrai la couronne et le manteau, ou que je vous en donnerai tout ce que vous en voudrez. Mesdames et messeigneurs, dit le vieux chevalier à toute la cour, vous avez entendu la parole royale que je viens de recevoir; elle me suffit. Alors, laissant la couronne et le manteau, le vieillard entre les deux chevaliers armés se retira sur-le-champ avec l'air le plus respectueux.

Ce fut le soir même du départ de ces chevaliers, qu'Amadis, Galaor et Balais arrivèrent à la cour de Lisvard, qui serra tendrement dans ses bras le prince de Gaule, qu'il n'avait pas revu depuis que le traître Arcalaüs avait apporté les fausses nouvelles de sa mort; il le conduisit dans un appartement pour le faire désarmer avec ses compagnons, et voulut ensuite les présenter lui-même à la reine, qui parut l'instant d'après, suivie d'Oriane et de Mabille.

Qui pourrait exprimer quel fut le saisissement des deux tendres amants, au moment heureux de se revoir! Oriane ne put retenir ses larmes, en voyant celui pour lequel le traître Arcalaüs les avait fait si long-temps couler. Amadis ne put cacher son trouble, qu'en se précipitant aux pieds de la reine, à laquelle il présenta son frère Galaor; la reine les embrassa tous les deux. Ce chevalier, madame, lui dit Amadis, desire partager avec moi l'honneur de vous servir. A ces mots, Lisvard s'emparant, d'un air doux et riant, du bras droit de Galaor: Ah! madame, dit-il à Brisène, je compte trop sur votre justice et votre amitié, pour craindre que vous me fassiez le tort de l'accepter: que vous reste-t-il à desirer, quand vous avez Amadis pour chevalier? ne m'ôtez pas la gloire et le bonheur d'acquérir Galaor pour le mien.

Les deux frères, vivement touchés de cette dispute si flatteuse et si honorable, exprimèrent leur reconnaissance par le serment qu'ils firent de leur être à jamais fidèles; et, depuis ce moment, Galaor, déclaré le chevalier de Lisvard, ne se départit plus du service de ce prince, même dans l'occasion la plus cruelle pour son cœur, ainsi que nous le verrons dans la suite de cette histoire.

Durant ces propos, Oriane, Olinde et Mabille
s'étaient écartées, causaient entre elles, et desiraient vivement de pouvoir à leur tour voir
Amadis plus près d'elles. Lisvard et Brisène ayant
prié Galaor de leur raconter ses premières aventures, ce jeune chevalier leur obéissait avec modestie, et souriait peut-être en lui-même de toutes
celles qu'il avait à leur cacher. Amadis, profitant
du récit de Galaor, s'était approché de son cousin
Agrayes, et tous deux, se tenant les mains, jouissaient du bonheur de se revoir. Mabille, toujours
ingénieuse, et dont l'humeur gaie n'était point
encore troublée par tout ce qui fait le tourment
et les plaisirs des amants, eut pitié de l'état d'O-
riane et d'Olinde; elle appela son frère Agrayes,
qui s'approcha suivi d'Amadis, et les fit asseoir
tous deux entre elles. Mabille, l'instant d'après,
leur dit en riant : Quoique je sois à présent entre
les quatre personnes du monde que j'aime le
mieux, il faut que je les quitte un moment; j'espère qu'elles me pardonneront de les laisser ensemble.

Ces tendres amants eurent donc la liberté de
s'exprimer mutuellement tout ce qu'ils sentaient
si vivement dans leur ame. Agrayes et Olinde ne
purent craindre qu'Amadis et Oriane pussent être
attentifs à les écouter, et ceux-ci n'étaient pas en
état d'avoir cette espèce d'inquiétude sur les autres. L'auteur croit même être sûr que la charmante Oriane, coulant adroitement la main sous

son manteau, prit les doigts d'Amadis, et qu'elle les lui serra tendrement, en lui disant : Ah! cher Amadis, que le perfide Arcalaüs m'a fait verser de larmes! Sans votre aimable cousine Mabille, depuis long-temps je n'existerais plus. Ah! madame, lui répondit Amadis, sans votre idée charmante, qui ne sort jamais ni de ma pensée ni de mon cœur, j'aurais succombé dans les périls que j'ai souvent essuyés; mais, hélas! que me sert de vous revoir? et ne vais-je pas mourir chaque jour de mille morts, me voyant toujours aussi loin de la seule espérance qui puisse m'attacher à la vie?... Il faut bien en convenir avec l'auteur, quelque modeste, quelque réservée que fût la jeune et tendre Oriane, l'amour parlait en maître dans son ame : elle était pénétrée du même sentiment, elle était agitée par la même crainte, elle était troublée par la même flamme qui brûlait Amadis. L'auteur dit donc qu'elle répondit en baissant les yeux, et que ses joues brillaient de ce feu dont l'amour se sert pour embellir la jeunesse. Ah! mon ami, le temps de notre bonheur ne sera peut-être pas si éloigné; je sens que je ne peux plus vivre sans m'assurer de votre amour par le don mutuel de notre foi. Oui, je me sens capable de tout braver, et jusqu'à la colère du roi mon père, pour trouver l'occasion de recevoir vos serments et votre main. En disant ces mots, l'auteur ajoute qu'elle lui marcha doucement sur le bout du pied; et c'est sans doute depuis cet heureux moment, que ce charmant usage s'est introduit dans ces occasions si douces, ou l'on craint également de parler, ou de ne pas être assez bien entendu.

L'heureux Amadis reçut cet aveu favorable dans son cœur qui palpitait alors comme son pied tremblait sous celui d'Oriane; il allait lui répondre, lorsqu'il aperçut que Galaor avait fini son récit, et bientôt Lisvard appelant Oriane : Quoi! ma fille, lui dit-il, ne m'aiderez-vous pas à bien recevoir le nouveau chevalier que je viens d'acquérir? Oriane s'avança sur-le-champ avec grace; et Galaor, fléchissant un genou, lui baisa la main : il ressemblait trop à son frère par la figure et par la valeur, pour ne pas devenir cher à cette princesse. Galaor la trouva charmante; mais, guidé par l'espèce d'amour dont il était capable à ne s'arrêter qu'à des conquêtes plus faciles, il devina dès ce moment qu'Amadis ne s'était arrêté dans la cour de Lisvard que par son amour pour Oriane; et dès cet instant, loin de former d'inutiles vœux, il en fit un de la servir à jamais, comme le frère et l'ami le plus tendre.

De tous les temps, il est en usage dans les cours d'examiner à toute rigueur ceux que leur naissance ou leurs charges y appellent pour la première fois. Cet examen fut en général très favorable à Galaor; sa ressemblance frappante avec Amadis, sa brillante renommée décidaient en sa faveur. Les dames de la cour cependant, dont le tact est bien supé-

rieur à celui des grands officiers de la couronne,
pour bien apprécier un chevalier de dix-huit ans,
crurent reconnaître quelque différence entre les
deux frères. Celles qui par un maintien sérieux
affectaient de montrer une ame paisible étaient
pour Amadis; et quand Galaor leur rappelait
qu'il avait l'honneur de leur appartenir, quoique
jeunes encore, elles le traitaient de neveu. Les
autres de meilleure foi, voyant briller dans ses
yeux le feu pétillant de la jeunesse et des desirs,
le préféraient à son aîné, riaient, causaient, ba-
dinaient avec lui, et l'appelaient mon cousin. La
différence de ces espèces de degrés de parenté
détermina l'amour toujours actif de Galaor : il ne
valait rien du tout pour filer le parfait amour; il
eût plutôt entrepris les travaux d'Hercule les plus
incroyables, que de se résoudre à tourner un fu-
seau près d'Omphale; aussi respecta-t-il toujours
ses nouvelles tantes : mais il aima bien vivement
un grand nombre de ses jolies cousines.

Le temps que la cour bretonne passa dans Vindisilore fut animé par toutes ces espèces de fêtes,
qui parent et rendent une cour brillante quand
les dames y président. Le temps étant arrivé où
cette cour allait habiter Londres pour s'occuper
d'objets plus sérieux, elle s'y transporta; et bientôt
les bords de la Tamise furent habités et couverts
par des tentes brillantes. La famille royale occupa
seule pendant les premiers jours le palais de
Londres; et le nombre prodigieux des vassaux

de Lisvard et des étrangers qui arrivaient dans sa cour, ainsi que la chaleur de la saison, leur firent abandonner le séjour de la ville pour camper sur les bords de la Tamise. Les tentes que l'on y dressa pour la famille royale avaient une grande enceinte que l'on avait enrichie de fleurs, de bosquets et d'arbres chargés de fruits. Les jardiniers s'aperçurent bientôt qu'Amadis y cueillait souvent des guirlandes pour Oriane, et se plaignaient quelquefois de trouver leurs gazons foulés, lorsque Galaor y causait avec ses cousines. Des illuminations, des fêtes sur la Tamise, des carrousels, furent le prélude des tournois et des banquets royaux qui devaient leur succéder.

Peu de jours après l'arrivée de la famille royale, Barsinan, seigneur d'un pays voisin, nommé Sansuègue, se fit annoncer à la cour de Lisvard. Ce Barsinan avait tous les vices qui peuvent déshonorer un souverain ambitieux et trop faible pour entreprendre des conquêtes : il ne formait aucun projet qu'il n'espérât le faire réussir par quelque trahison. Parent et ami d'Arcalaüs, c'est avec ce perfide enchanteur qu'il avait arrêté de profiter du temps des grandes fêtes, pour se rendre le maître du royaume de la Grande-Bretagne. Arcalaüs lui avait promis de trouver les moyens d'enlever Lisvard et Oriane. Alors, dit-il, je vous donnerai la tête de ce roi ; vous épouserez Oriane, héritière de ses états, et vous monterez sur le trône en le partageant avec elle.

Plein de ce noir projet, Barsinan était arrivé, suivi d'un grand nombre de scélérats dévoués à ses volontés. Sire, dit-il à Lisvard, ce n'est point comme votre vassal que je me rends à votre cour, ne tenant mes états que de Dieu et de mon épée : c'est comme bon voisin et comme ami que je viens partager cette fête.

Lisvard était un chevalier trop loyal et trop généreux pour être défiant : prévenant et affable, il combla Barsinan de politesses, et lui fit rendre les plus grands honneurs.

Lorsque le traître Barsinan vit de près quelle était la puissance de Lisvard, et la quantité de chevaliers de haute renommée qui l'entouraient, le lâche se repentit d'avoir formé son noir complot avec Arcalaüs ; la crainte d'en devenir la victime l'eût déterminé à le rompre s'il en eût été le maître : mais n'étant plus à portée de faire part de ses craintes, il fut obligé d'attendre l'évènement de ce qu'Arcalaüs devait exécuter.

Ce fut le lendemain de l'arrivée de Barsinan, que la charmante, mais cruelle maîtresse d'Angriote d'Estravaux se rendit à la cour pour se plaindre de l'espèce de violence qu'Amadis voulait lui faire, en l'obligeant d'épouser son ami. Elle exposa ses raisons avec grace ; mais elle ne put trouver d'objection à faire contre un chevalier que sa naissance, ses exploits, ses richesses et tous les dons de plaire rendaient digne de sa main. Toute la cour s'empressa de plaider la cause d'An-

griote : cet amant respectueux fut le seul qui ne
fit point valoir les droits qu'Amadis lui avait acquis par ses armes. Il n'employa, près de celle
qu'il adorait, que les larmes que sa rigueur lui
faisait verser ; et l'orgueil de sa maîtresse fit place
à l'amour, lorsque Lisvard et le prince de Gaule
conduisirent Angriote à ses genoux : elle lui tendit la main pour le relever, et pour lui dire qu'elle
l'acceptait pour époux ; et elle souffrit sans peine
que l'évêque de Salerne bénît les serments que
tous les deux proférèrent ensemble.

La journée du lendemain était marquée pour
tenir le premier conseil relatif au projet de Lisvard de discuter, en présence des chevaliers les
plus renommés, ce qu'il était le plus à propos de
faire pour maintenir et même illustrer encore
plus l'ordre de la chevalerie. Lisvard, voulant
mettre le plus grand appareil à cette fête, pria
Brisène de se revêtir du riche manteau, et de lui
remettre la couronne que le vieux chevalier avait
laissée entre leurs mains, deux mois avant cette
fête. La reine Brisène fit apporter le coffre dont
Lisvard avait la clef ; mais leur surprise et leur douleur furent extrêmes, lorsqu'ils virent que le coffre
était vide. Ah ! sire, s'écria Brisène, ce que j'ai
cru n'être qu'un songe serait-il donc une réalité ?
Hélas ! ne sachant ce matin si je rêvais ou si j'é-
tais éveillée, j'ai cru voir la même demoiselle à
laquelle vous avez fait une promesse peut-être
trop indiscrète : elle me paraissait entrer dans ma

chambre, ouvrir le coffre, en tirer la couronne
et le manteau; et, lorsque j'ai voulu m'écrier
pour en demander la raison, il m'a semblé qu'une
eau glacée me tombait sur les yeux, et l'assoupissement le plus profond a succédé jusqu'au
moment où mes femmes ne m'en ont tirée qu'a-
vec peine. L'affliction de Lisvard fut d'abord très
vive; mais il espéra contenter le vieux chevalier
à force de présents, quand il reviendrait récla-
mer son dépôt.

Le conseil s'étant assemblé le lendemain matin, et les intérêts de la chevalerie ayant été
suffisamment discutés, Lisvard déféra à Barsinan
l'honneur de dire le premier son avis : il fut
conforme à la bassesse de son ame; ce fut celui
d'amasser de grands trésors, à quelque prix que
ce fût. Celui du comte de Clare fut de rendre ses
sujets heureux, et d'élever la jeune noblesse à la
vertu; il représenta même qu'elle négligeait trop
de s'instruire, et motiva son avis en disant que
les sciences utiles et la connaissance des arts que
possédaient Phocion, Alcibiade et Jules César, ne
les avaient pas empêchés d'être les plus braves et
les plus renommés chevaliers de leur temps.
L'illustre assemblée fut forcée de convenir de
cette vérité, et l'on arrêta d'appeler les savants
échappés aux ruines de la Grèce, pour instruire
la jeunesse de la patrie qui devait produire un
jour le grand Roger Bacon et celui qui devait
fonder l'école newtonienne.

La reine Brisène se présenta suivie des dames
de sa cour, au sortir de cette assemblée. Il ne
serait pas juste, dit-elle à Lisvard, que vous fis-
siez tout pour vos chevaliers, et que je ne m'oc-
cupasse point des dames et demoiselles de ma
cour. A ces mots, elles allèrent prendre les places que les chevaliers venaient de quitter : on
discuta d'abord quels étaient les vrais moyens de
plaire; on finit par ceux qui rendaient dignes
d'attacher à jamais un cœur sensible et vertueux.
L'auteur prétend que c'est dans cette assemblée
qu'il fut décidé que la coiffure la plus noble et la
plus élégante était d'élever de beaux cheveux sur
son front, entrelacés avec des plumes et quelques
fleurs : que de toutes les couleurs, celle que l'on
nomma *Puce*, comme étant la plus sombre, formait le contraste le plus agréable avec la blancheur du teint; mais qu'il fallait que celle qui
portait cette couleur eût des yeux célestes, la
taille et les graces d'une nymphe, la douceur et
la gaîté d'une divinité bienfaisante. Toute la cour
reconnut sa charmante reine à ce portrait.

Quant aux moyens d'attacher un cœur sensible, on convint qu'après la nécessité de s'attacher
soi-même, rien n'était plus agréable et plus sûr
de plaire que l'amour et la connaissance des
beaux-arts, et que d'acquérir le goût qui les
juge et qui les embellit en les perfectionnant sans
cesse.

On remit à la séance suivante à discuter quel-

ques intérêts plus graves, tant pour les chevaliers que pour les dames; mais les grands évènements qui commencèrent dès le jour suivant
interrompirent des assemblées que nous devons
bien regretter : elles nous auraient procuré sans
doute les leçons les plus sages, et peut-être les
aurions-nous toujours suivies.

Le lendemain étant un jour de fête, la jeunesse
la plus brillante, et parée des ornements et des
graces de son âge, commençait à se rassembler
près des tentes royales, avec cet air riant et
animé que donne l'attente du plaisir, lorsque toute
la cour fut troublée par une dame qui se présenta
couverte de voiles et d'habillements lugubres, et
qui vint se jeter aux pieds de Lisvard. Sire, lui
dit-elle en pleurant, serai-je la seule malheureuse
dans vos états, quand il vous est si facile de mettre
fin à mes peines? Lisvard, ému par ses pleurs,
lui promit de faire pour elle ce qu'il pourrait selon l'honneur et l'équité. Sire, dit-elle, une dame
de mes voisines avait chez elle un chevalier arro-
gant et superbe, dont mon père et mon oncle
n'ont pu supporter l'audace et les injures : appelé
par mon père au combat à outrance, il a succombé
sous ses coups; et la dame qui le protégeait,
étant puissante en vassaux, a fait arrêter mon
père et mon oncle, et les retient dans une affreuse
prison. Tout ce que j'ai pu par mes larmes obtenir d'elle, c'est de me les rendre, si vous permettez que votre chevalier et celui de la reine

viennent lui demander leur grace, et lui nommer un autre chevalier propre à remplacer celui qu'elle a perdu. A ces mots, la dame en deuil quittant les genoux du roi, pour embrasser ceux de la reine, répéta la même prière en redoublant ses sanglots, et levant ses yeux couverts de larmes sur la belle Oriane, comme pour exciter sa pitié.

Amadis craignait trop de s'éloigner d'Oriane, pour répondre le premier à la demande de la dame éplorée : pour le jeune Galaor, il était prêt à demander si la dame, qui desirait un nouveau chevalier, était jeune et jolie. Après quelques moments de silence, Lisvard, consultant les yeux de Brisène qui lui parut fort attendrie, répondit à la dame en deuil, qu'il ne s'opposerait point à la bonne volonté des deux chevaliers s'ils voulaient librement la suivre. A ces mots, Amadis regarda la belle Oriane, dont le cœur sensible n'avait pu tenir contre les pleurs de la dame. Elle laissa tomber un de ses gants ; c'était le signe dont elle était convenue avec Amadis, pour lui faire connaître ce qu'elle approuvait. Un signe d'Oriane était trop décisif, pour qu'Amadis balançât un seul moment ; il offrit sur-le-champ à la dame de la suivre ; et Galaor était trop attaché, trop soumis à son frère, pour l'abandonner un seul moment. Partons à l'instant, madame, lui dit-il ; car je brûle de dégager votre parole, et de revenir promptement prendre part aux fêtes que vous nous obligez de quitter. La dame en deuil, bien satisfaite d'avoir obtenu sa demande, fit son remercîment, et partit aussitôt avec eux.

Ils marchèrent ensemble le reste du jour, et n'arrivèrent qu'à nuit fermée à de riches tentes que la dame leur dit avoir fait dresser pour les recevoir, ayant toujours espéré de leur générosité qu'ils ne lui refuseraient pas leur secours.

Dès qu'ils furent descendus sous les tentes, un grand nombre d'écuyers et de jeunes demoiselles que Galaor lorgnait déja s'empressèrent à les servir et à les désarmer. Peu de temps après, on servit un superbe festin où les meilleurs vins de la Grèce furent prodigués. Vers la fin du dessert, vingt hommes armés de pied en cap entrèrent brusquement dans la tente, en criant aux deux frères : Rendez-vous, ou vous êtes morts. Quoiqu'Amadis et Galaor fussent sans armes, ils s'élancèrent sur les premiers, pour se saisir de leurs épées; et les autres les auraient tués bien facilement, sans l'ordre positif qu'ils avaient de ne les point frapper. Pendant ce premier débat, l'un des assaillants alla demander à une autre dame, qui n'avait point encore paru, s'ils tueraient ces deux chevaliers qui refusaient de se rendre. Gardez-vous-en bien, répondit-elle, je me charge de leur parler.

Cette dame était jeune et très belle. Elle parut tout-à-coup dans la tente. Rendez-vous mes prisonniers, leur cria-t-elle, et ne me forcez point à vous faire donner la mort. Par saint De-

nis! dit Galaor à son frère, cette dame est trop
belle pour être méchante; il vaut mieux se rendre à la beauté qu'à la force; donnons-lui notre
parole. Amadis y consentit, et les deux princes
de Gaule lui dirent qu'ils se rendaient à elle
comme ses prisonniers.

Cette jeune dame ignorait encore le nom des
deux chevaliers que la demoiselle avait amenés
avec elle. A peine cette dernière fut-elle arrivée
avec eux, que son père, ancien et loyal chevalier,
vint au-devant d'elle lui faire des reproches sanglants de s'être prêtée à la supercherie de cette
dame, nommée Madasime; il en fut encore bien
plus alarmé, quand il sut que les deux chevaliers
étaient Amadis et Galaor. Ah! malheureuse, s'é-
cria-t-il, ne sais-tu pas que tu les conduis à leur
perte, si Madasime, qui brûle de venger la mort
de son cousin Dardan, peut savoir qu'elle tient
Amadis en sa puissance?

La demoiselle se repentit trop tard d'avoir conduit une si noire trahison; elle chercha du moins
à la réparer en disant à Madasime qu'elle ignorait leur nom, et qu'elle avait cru remplir ses
ordres, en lui amenant les deux premiers chevaliers de la cour du roi Lisvard, qui s'étaient pro-
posés pour la suivre.

Cette jeune dame, en effet, leur déclara qu'elle
n'avait employé cette ruse que pour enlever deux
chevaliers de Lisvard sous ses propres yeux, et
pour se venger, en les retenant prisonniers, de

l'asyle et des honneurs qu'il accordait dans sa
cour au meurtrier de Dardan. A ces mots, elle
voulut les faire charger de chaînes; mais Amadis
et Galaor lui jurèrent qu'ils périraient plutôt mille
fois, que de souffrir que ses soldats osassent
porter la main sur eux. Ce n'est que de votre
main, madame, lui dit Galaor, que nous pouvons
recevoir des chaînes. A ces mots, il remit ses mains
dans les siennes, en la regardant avec des yeux si
tendres et si vifs que Madasime un peu troublée
les retint, fut prête à les serrer, et se contenta
de les attacher légèrement avec un des rubans de
ses cheveux. Amadis à son tour vint lui présenter
les siennes, il reçut le même traitement que son
frère. Madasime s'étant écartée pour donner ses
ordres à l'escorte des deux chevaliers, la demoiselle saisit ce moment pour avertir Amadis qu'il
lui serait facile d'obtenir sa liberté de Madasime,
s'il voulait lui promettre de la servir lorsqu'elle
lui demanderait son secours, et s'il voulait feindre d'en être amoureux. L'amant d'Oriane rejeta
cette seconde proposition avec horreur; mais l'a-
mant de toutes celles qui pouvaient inspirer des
desirs crut ne pas devoir balancer à l'accepter.
Qu'il est doux, madame, de vous être soumis,
dit-il à Madasime, quand elle vint à reparaître!
Ce faible ruban, un seul de vos regards suffisent
pour enchaîner à jamais un cœur sensible; mais,
hélas! que peuvent espérer de malheureux chevaliers que, jusqu'à ce moment, vous avez l'air

de regarder comme vos ennemis? Il ne tiendrait
qu'à vous, répondit Madasime, de cesser bientôt
de l'être; mais je vous crois trop attachés à l'injuste Lisvard, pour ne pas craindre de vous
voir bientôt les armes à la main pour l'aider à me
déposséder des états dont je suis près d'hériter.
Ah! madame, quoique chevaliers de sa cour, dit
Galaor, nous ne sommes point à sa solde, et nous
ne prêterons jamais notre bras à l'injustice. Ce
n'est point assez, répondit Madasime que Galaor
continuait à regarder avec des yeux de dix-huit
ans qui pétillaient d'un feu dont l'ardeur continuait de même à la troubler; non, dit-elle, vous
ne pouvez espérer votre liberté qu'en me jurant
tous deux de me secourir contre Lisvard même,
s'il m'attaque, et si je vous rappelle auprès de
moi. Amadis eut bien de la peine à se résoudre à
prêter ce serment contre le père d'Oriane; mais
la crainte d'être séparé d'elle par une longue captivité, les instances de Galaor qui prévoyait et
qui desirait la fin de cette aventure, le déterminèrent enfin à prêter le serment qu'elle exigeait.
Pour Galaor, il prêta le sien avec tant de grace et
de feu, il baisa si tendrement les belles mains qui
dénouaient lentement le ruban qui tenait les
siennes attachées, que Madasime abandonna toute
idée de vengeance, pour se livrer à celle dont
son ame était alors si doucement occupée. Il était
déja tard; Madasime leur fit rendre leurs armes
et leurs chevaux; et très satisfaite de s'être assu-

rée du secours de deux chevaliers d'une si haute
apparence, elle les conduisit au château d'une
de ses parentes pour y passer la nuit.

La dame du château leur en fit les honneurs
avec autant de grace que de magnificence. Elle
félicita Madasime sur l'acquisition qu'elle venait
de faire de deux chevaliers, qui, s'étant désarmés, lui parurent charmants; elle sourit en voyant
le jeune Galaor ne pas perdre une occasion de
lui dire des choses agréables ou de toucher sa
main; et bientôt elle lut dans les yeux de sa cousine que ces soins empressés n'étaient point perdus pour le chevalier.

Le souper fut magnifique; et le faisan, la pièce
d'honneur des festins de ce temps, ayant été
servi, Amadis renouvela le serment de secourir
Madasime. Galaor, qui s'était mis à table à côté
d'elle, s'écria vivement : Non, ce n'est point assez
d'un seul vœu; puissent s'accomplir tous ceux
que je fais pour elle! En disant ces mots, il cherchait, il trouvait, il pressait doucement un joli
pied qu'on ne retira pas; un coup-d'œil charmant,
accompagné d'un sourire et d'une légère rougeur,
furent la réponse à ce vœu. Ce fut en vain que
la dame du château desira de trouver Amadis
moins distrait et plus galant; l'idée de la divine
Oriane était encore plus présente à son cœur que
celle du plaisir dans celui de Galaor. Il s'en tint
toujours avec elle à l'offre de son bras et de son
épée, quoiqu'elle l'assurât qu'elle n'avait point

d'ennemis, et quoiqu'elle lui fît remarquer assez finement que son compagnon n'avait point l'air de penser à se battre. La dame du château, piquée de l'indifférence d'Amadis, et peut-être jalouse de tout ce qu'elle prévoyait pour Madasime, feignit d'avoir mal à la tête et besoin de repos. Elle pria sa cousine de faire les honneurs de son château, lui fit ouvrir plusieurs appartements; et l'amour ne permit pas que Madasime pût se méprendre dans le choix de ceux qu'elle destina pour Galaor et pour elle.

Nous avons déja parlé de la discrétion de Galaor; le tendre et fidèle amour d'Amadis pour Oriane est connu; et tout ce que nous pouvons dire de plus certain sur la nuit que les deux frères passèrent dans ce château, c'est qu'Amadis ne s'occupa que du bonheur d'avoir la liberté de partir au lever du soleil pour retourner près d'Oriane, et que Galaor, toujours enchanté d'un bonheur présent, regretta que la clarté naissante vînt si tôt l'interrompre. Quoique les deux frères eussent très peu dormi pendant cette nuit, ils s'armèrent promptement, montèrent à cheval, et reprirent le chemin de Londres avant que les dames fussent réveillées, Amadis craignant qu'elles ne cherchassent quelque prétexte pour les arrêter plus long-temps auprès d'elles.

Pendant le peu de temps qui s'était écoulé depuis qu'Amadis et Galaor avaient quitté la cour de Lisvard, il s'y était passé des évènements bien

sinistres. Deux jours après leur départ, le vieux
chevalier dont la reine avait reçu la couronne et
le riche manteau parut tout-à-coup, et vint se
jeter aux pieds de Lisvard. Je m'étonne, sire, lui
dit-il, que, dans ces grands jours de fête, vous
ayez dédaigné de porter la couronne brillante que
j'ai déposée entre vos mains. Et vous, madame,
dit-il à Brisène, comment n'êtes-vous pas parée
du plus beau manteau que jamais reine puisse
porter? L'un et l'autre, également embarrassés,
baissèrent les yeux sans rien répondre. Ah Dieu!
s'écria le chevalier, que signifie ce silence? ma tête
dépend de ces deux riches joyaux; il faut que je
parte, que je les rende, ou que j'en rapporte le
prix; et ce prix peut-être sera tel, que vous refu-
serez de me le donner, malgré la parole royale
que j'ai reçue. Ne craignez rien, chevalier, lui répondit Lisvard, j'atteste le ciel que je perdrais
plutôt ma couronne et la vie, que de manquer à
la parole que je vous ai donnée : dites donc har-
diment quel prix vous demandez de la couronne
et du manteau qu'il n'est plus en mon pouvoir de
vous remettre.

Pendant cette espèce de débat, une grande partie de la cour s'était rassemblée autour de Lisvard et du chevalier; celui-ci baisa les pieds du
roi avec l'air de la plus grande reconnaissance.
Sire, dit-il, je ne parlerai point que je n'aie parole que personne de votre cour ne mettra d'obstacle à l'effet de celle que vous m'avez donnée.

Lisvard ne balança pas de le faire promettre à ceux qui l'entouraient, et fit publier hautement que personne n'eût à s'opposer à tout ce qu'il était obligé, par son serment, d'accorder au vieux chevalier. Celui-ci se mit aussitôt à verser un torrent de larmes. Sire, dit-il, puisque le sort a voulu que vous ayez perdu la couronne et le manteau, il faut que vous me remettiez votre fille aînée, la princesse Oriane, ou que je perde la tête, et que vous manquiez à votre parole... A ces mots, la reine et toute la cour élevèrent un cri de surprise et d'indignation. Lisvard, appuyant sa main sur ses yeux, resta dans la consternation et dans le silence : un murmure général s'éleva, et passa dans un instant jusqu'au fond du palais, lorsqu'on apprit la demande téméraire et barbare qu'on avait osé faire.

Le vieux chevalier, après avoir attendu quelques moments, se leva d'un air ferme, et dit à Lisvard : Quelle réponse, sire, recevrai-je de vous? votre réputation et ma tête en dépendent. Elle n'est pas douteuse, répondit Lisvard en se faisant le plus grand effort ; va, barbare, prends Oriane. Ah! que ne m'as-tu plutôt demandé ma vie?... La reine Brisène, entendant cette réponse, jeta le cri le plus douloureux, s'évanouit, et fut emportée par ses femmes.

La demoiselle de Danemarck et la princesse Mabille, accourant pour savoir la cause de la rumeur qui s'élevait dans le palais, l'eurent bientôt

apprise ; et leur premier mouvement fut de courir
à l'appartement d'Oriane, de la serrer dans leurs
bras en criant qu'on leur arracherait plutôt la vie
que de la laisser enlever. Le premier sentiment
d'Oriane, en apprenant son affreuse destinée, ne
fut point pour elle. Ah! cher Amadis, s'écria-t-elle
douloureusement, on va donc nous séparer ; tu
vas donc perdre ton Oriane pour toujours!

Dans ce moment, Lisvard arriva chez Oriane,
suivi du vieux chevalier. Monseigneur, dit-elle
d'un ton assez ferme au roi son père, que voulez-
vous faire de moi? Ah! ma fille, s'écria Lisvard
en la serrant entre ses bras, et en versant un torrent de larmes, que puis-je, hélas! si ce n'est de
tenir ma promesse, et d'en mourir de douleur?
A ces mots, la constance et le courage d'Oriane
succombèrent ; elle tomba sans connaissance aux
pieds de son père. Prends ta victime, dit-il au
vieux chevalier d'un air plein de désespoir ; mais
permets du moins, pour la décence, que cette
demoiselle l'accompagne. J'y consens, dit celui-
ci ; et de plus, elle sera, comme princesse qu'elle
est, escortée par deux chevaliers et deux écuyers.
Lisvard, détournant les yeux d'Oriane et de Mabille qui toutes deux étaient sans connaissance,
et ayant ordonné à la demoiselle de Danemarck
de suivre sa fille, se retira dans l'intérieur de son
appartement.

Le vieux chevalier enleva promptement la princesse, la posa sur un fort cheval, avec un écuyer

en croupe pour la soutenir : bientôt il la remit
sous la garde de deux grands chevaliers, couverts
d'armes noires et la visière baissée. Hélas ! c'était
entre les mains du cruel enchanteur Arcalaüs que
le perfide vieillard savait bien qu'il la remettait.

Dans ce fatal moment, Mabille, étant revenue
de son évanouissement, aperçut Ardan, le nain
d'Amadis, monté sur un bon coureur. Ah ! vole
à ton malheureux maître, lui cria-t-elle ; fais tout
au monde pour le trouver : apprends-lui qu'on
enlève Oriane ; lui seul peut la secourir. Le fidèle
Ardan, à ces mots, vola sur le chemin qu'il savait
que son maître avait pris avec Galaor ; et, pendant
ce temps, ceux qui s'étaient emparés d'Oriane
marchèrent en diligence et s'enfoncèrent dans la
forêt.

Dans ce même temps, Lisvard ayant appris que
plusieurs chevaliers de sa cour, indignés de l'enlèvement d'Oriane, s'armaient et se préparaient à
suivre ceux qu'ils regardaient comme ses ravisseurs, ce prince scrupuleux à tenir fidèlement sa
parole monta sans armes à cheval, pour empêcher ses chevaliers de les poursuivre. Après les
avoir arrêtés, il vit de loin Oriane disparaître dans
le fond de la forêt, et il revenait au petit pas, les
yeux baignés de larmes, lorsqu'il fut joint par la
demoiselle qu'il reconnut pour être celle à laquelle
il avait promis un don, quelque temps avant qu'il
partît de Vindisilore. Cette demoiselle portait à
son cou un écu d'acier poli, avec une riche épée,

et tenait une lance dorée dans sa main. Sire, lui dit-elle, je viens voir si vous savez exécuter d'aussi bon cœur vos promesses, que vous avez l'air de les faire. Ah Dieu! répondit Lisvard, quel temps prenez-vous pour me demander de les accomplir? mais n'importe, je veux que vous soyez sûre que mon courage et ma fidélité sont au-dessus de mes malheurs : parlez, qu'exigez-vous de moi? Sire, dit-elle, je ne me suis point trompée, en m'adressant à vous, comme au plus loyal des chevaliers. Apprenez qu'un traître et barbare châtelain d'une forteresse voisine a massacré mon père, qui s'opposait à la violence qu'il voulait me faire. Depuis ce temps, il reste impuni sans rien craindre, Arcalaüs, son parent, l'ayant assuré qu'il ne pouvait périr par la main d'aucun chevalier, à moins que le plus vertueux de la Grande-Bretagne ne le frappe de cette lance ou de cette épée que j'ai trouvé le moyen de lui ravir, et que je remets en vos mains : il ignore que l'une et l'autre lui aient été dérobées; et, pour avoir l'air de braver ceux que j'engagerais à venger mon père, il se promène souvent dans cette forêt, où je viens de l'apercevoir à peu de distance.

Lisvard, aussi brave que généreux, reçut les armes que la demoiselle lui présentait, en lui disant de le conduire. Elle lui fit prendre la même route que les ravisseurs d'Oriane avaient suivie. A peine eut-il fait cinq cents pas, qu'il aperçut un chevalier couvert d'armes vertes. Ah! sire, s'écria la demoiselle, voilà le meurtrier de mon père, hâtez-vous de venger sa mort. Lisvard, ayant défié ce traître, mit la lance en arrêt et fondit sur lui; il fut très surpris de voir sa lance se briser jusqu'à la poignée en le touchant, sans qu'elle eût essuyé de résistance; et son étonnement redoubla, lorsqu'ayant tiré son épée, elle se brisa jusqu'à la garde au premier coup qu'il porta. Lisvard, s'apercevant qu'il était trahi, n'eut d'autre ressource que de saisir ce traître qu'il enleva de la selle, mais qui l'entraîna dans sa chute. Quoique Lisvard n'eût aucune arme dont il pût le frapper, il était près de lui briser la tête à coups de gantelet, lorsque la perfide demoiselle s'écria: Accourez vîte, seigneur Arcalaüs, ou votre cousin est mort. A ces mots, Arcalaüs fond à cheval sur Lisvard, le renverse d'un coup de lance, et dix satellites le saisissant en même temps, ils le couvrent de chaînes, l'attachent sur un cheval, et l'enlèvent. Conduisez ce méchant roi dans mes prisons de Daguanel, dit Arcalaüs à la moitié de sa suite, tandis qu'avec le reste je vais conduire Oriane dans mon château du Mont-Aldan : et vous, dit-il à l'un de ses gens, courez à Londres, et dites à Barsinan que je tiens Oriane et Lisvard sous ma puissance, et qu'il est temps qu'il agisse pour l'exécution du projet que nous avons arrêté.

Nous avons appris à nos lecteurs comment Amadis et Galaor s'étaient échappés des mains de Madasime. Amadis jouissait du bonheur d'être hors de ses fers, et Galaor conservait un souvenir assez tendre du peu qu'il lui en avait coûté pour s'en faire une bonne amie.

Les deux frères étaient déja dans la grande route qui traversait la forêt, et qui conduisait à Londres, lorsqu'ils aperçurent Ardan le nain, qui, pressant son cheval, accourait vers eux à toutes jambes : tous les deux volent au-devant de lui; mais qui pourrait exprimer la douleur et la colère d'Amadis quand il apprit l'enlèvement d'Oriane? Son désespoir augmenta, lorsqu'il sut d'Ardan que les ravisseurs d'Oriane étaient sortis de Londres par la porte opposée à celle par laquelle il devait entrer. Amadis et Galaor coururent avec plus de vîtesse que jamais, et traversèrent Londres à toute bride sans s'arrêter. Gandalin, qui ne pouvait les suivre que de loin, fut reconnu par la reine Brisène en passant sous sa fenêtre; et, sachant de lui qu'Amadis volait sur les traces des ravisseurs d'Oriane, elle lui remit pour ce prince l'épée que Lisvard avait malheureusement oublié de prendre en sortant de son palais.

Le cheval d'Amadis s'étant embourbé dans une route marécageuse, Gandalin eut le temps de le rejoindre, et de lui apprendre que la reine était aussi dans la plus vive inquiétude sur le compte de Lisvard, qu'une demoiselle avait emmené dans la forêt à sa suite, et dont elle n'avait aucune nouvelle.

Les deux frères, continuant leur poursuite, re-

trouvèrent enfin des traces assez récentes de la
marche de ceux qu'ils desiraient si vivement de
pouvoir joindre. Ayant vu sur la terre les tronçons d'une lance fraîchement brisée, et trouvant
dans le même lieu quelques pâtres qui paraissaient épouvantés, ils les questionnèrent sur ce
qu'ils pouvaient savoir. Les pâtres leur apprirent
qu'un grand chevalier, qu'ils avaient entendu
nommer plusieurs fois Arcalaüs, avait attaqué
dans ce bois un ancien chevalier mal armé qu'il
avait fait entourer et lier sur un cheval par ses
gens, et qu'il avait donné l'ordre de le conduire
dans la prison de l'un de ses châteaux, tandis
qu'il enlevait lui-même deux femmes, dont l'une
était d'une grande beauté, et avait les yeux baignés de larmes.

Amadis avait observé que près de l'endroit où
les tronçons de la lance se trouvaient, la route
se partageait en deux; il pria Galaor de choisir
celle de la droite, et il continua de suivre celle
de la gauche avec la même vîtesse. Vers la fin du
jour, il arriva près d'une forteresse, où le bruit
des valets qu'il entendit lui fit connaître que le
maître du château venait d'arriver.

Amadis, ayant reconnu que ce château n'avait
qu'une seule porte impossible à forcer, prit le
parti de se retirer sur une colline couverte de
bois, d'où l'on découvrait la porte du château;
c'est dans ce bois qu'il passa la nuit, dans l'espérance que l'on ouvrirait cette porte au lever du

soleil : il ne fut point trompé dans son attente.
Dès le point du jour, il vit sortir Arcalaüs, accompagné de plusieurs hommes armés, et de
deux écuyers qui tenaient fortement embrassées
la belle Oriane et la demoiselle de Danemarck.

Amadis se cacha dans l'épaisseur du bois, pour
donner le temps au perfide Arcalaüs de s'éloigner
du château, de gagner la plaine ; et cette troupe
passa si près de lui, qu'il put entendre Oriane
s'écrier : Ah ! cher Amadis, aurions-nous pu craindre de nous dire adieu pour toujours, lorsque
j'eus l'imprudence de te prier moi-même de suivre l'infâme émissaire de ce noir enchanteur ?
Amadis ne put demeurer plus long-temps caché :
le desir de délivrer Oriane l'emporta sur la prudence ; et dès qu'Arcalaüs l'eut dépassé de cinquante pas, il fondit sur lui la lance en arrêt, en
s'écriant : Traître, tu n'iras pas plus loin. Arcalaüs crut en vain pouvoir lui résister, il fut renversé de son cheval ; et trois de ses gens avaient
déja perdu la vie, avant qu'il fût revenu de son
étourdissement.

L'écuyer qui tenait Oriane entendant la voix
terrible d'Amadis, qui criait, Gaule ! Gaule ! se
jeta promptement à terre, et se sauva dans l'é-
paisseur du bois. Oriane se laissait couler doucement à terre, lorsqu'Arcalaüs, voyant Amadis
entouré par le reste de ses gens armés, courut la
saisir entre ses bras, et l'enleva sur les arçons de
son cheval ; mais Amadis, en quatre coups de sa

redoutable épée s'étant défait de ceux qui lui résistaient encore, joignit bientôt le ravisseur d'Oriane, sans oser toutefois lui porter aucun coup, de peur de la blesser; cependant il frappe assez vivement Arcalaüs à l'épaule, pour le forcer à ne pouvoir plus soutenir Oriane qui s'échappe de ses bras, et saute légèrement à terre. Le lâche Arcalaüs prit aussitôt la fuite; et Amadis, qui venait de lui faire une nouvelle blessure, fut plus occupé de mettre Oriane en sûreté, que de le poursuivre. La demoiselle de Danemarck, que l'autre écuyer venait d'abandonner, ramassa la belle épée qu'Arcalaüs avait laissé tomber au moment de sa seconde blessure, et qu'Amadis reconnut être celle que le traître lui avait prise lorsqu'il l'enchanta dans son château, et la même que Dariolette avait mise dans son berceau lorsqu'elle l'exposa sur la mer.

Amadis, éperdu de plaisir et d'amour d'avoir délivré sa chère et divine Oriane, courut se jeter à ses genoux; et, voyant tous ses ravisseurs baignés dans leur sang et expirants autour d'elle, il l'enleva dans ses bras pour la dérober à cet affreux spectacle. Oriane, pendant qu'il la portait, délaça son casque, et, le donnant d'une main à la demoiselle de Danemarck, elle passa son autre bras autour du cou d'Amadis, et ne put s'empêcher d'appuyer sa bouche charmante sur le front brûlant de son défenseur. Amadis, éloigné du lieu du combat, déposa doucement Oriane sur l'herbe fleurie, dans une clairière du bois, à l'abri du soleil.

Qu'ils furent touchants, précipités, interrompus l'un par l'autre, tous les propos que se tinrent ces heureux amants! Quoique ces propos fussent sans ordre et sans suite, qu'ils s'entendaient bien! et même dans les moments de silence, que de douces larmes coulaient de leurs yeux! Ces larmes s'unissaient sur leurs joues vermeilles et jusque sur leurs lèvres brûlantes. Gandalin et la demoiselle de Danemarck les regardaient et parurent les entendre aussi. Gandalin les fit souvenir que quelques vivres leur étaient nécessaires, et la demoiselle de Danemarck se plaignit de la fatigue qu'elle avait essuyée et d'une cruelle migraine : elle s'enveloppa la tête de son couvre-chef, et s'enfonça dans le bois pour dormir pendant quelques heures, tandis que Gandalin, montant à cheval, alla chercher des provisions.

Amadis et la tendre Oriane baissèrent les yeux, et gardèrent le silence en les voyant s'éloigner : ni l'un ni l'autre ne pouvaient imaginer alors aucune bonne raison pour les retenir... Le tendre et fidèle Amadis, la sensible et fidèle Oriane restèrent seuls... le ciel reçut leurs serments; et depuis ceux que nos premiers parents proférèrent dans le jardin d'Éden, jamais deux cœurs plus unis et plus loyaux n'en élevèrent à l'éternel.... O vous, dont les ames pures et soumises à la foi sacrée du serment n'ont pas besoin de lois pour

la garder, et qui n'avez pas même l'idée du par-
jure, vous qui conservez la lumière et la candeur
de votre céleste origine, non vous ne pourrez
condamner la charmante Oriane d'avoir cru voir
dans Amadis le protecteur, le compagnon, l'époux
que le ciel lui destinait... Que les voiles de la pudeur et que les ailes de l'hymen cachent aux regards profanes le bonheur de ces deux tendres
époux ! Heureux ceux et celles qui pourront s'en
former une idée approchante ! plus heureux mille
fois encore ceux et celles qui pourront en jouir
et le mériter !

Nous aimons à croire que la demoiselle de Danemarck fut long-temps à s'éveiller, et que Gandalin fut lent à rapporter des provisions ; et nous
profiterons de ce temps avec l'auteur, pour suivre
Galaor dans la recherche des scélérats qui s'é-
taient emparés du roi de la Grande-Bretagne.

Galaor suivait la route qu'il avait choisie, aussi
vite que les forces épuisées de son cheval pouvaient le lui permettre. Il rencontra dans son
chemin un chevalier, qui, le voyant presser son
cheval des éperons, crut qu'il s'enfuyait, et se
mit à le suivre, en lui proposant de rompre une
lance : mais Galaor, uniquement occupé de sa
poursuite, la continua, sans avoir l'air de l'entendre. Ce chevalier, mieux monté que lui, le
devança jusqu'à trois fois, et courut sur lui la
lance en arrêt. Galaor, aussi léger et adroit qu'il
était brave, lui fit manquer les trois atteintes, et

se contenta de le plaisanter sur sa mal-adresse :
l'autre, piqué contre lui, jura de le suivre jusqu'à
ce qu'il en eût tiré raison. Chemin faisant, ce
chevalier rencontra l'un de ses cousins, courant
après son cheval; après l'avoir repris, il lui demanda par quelle aventure il l'avait trouvé dans
cet état. Mon cousin, lui dit l'autre, on n'a que
trop raison de me nommer Guilan le Pensif.
Uniquement occupé de la duchesse de Bristoie,
que le traître souverain de ce pays m'enleva, à
peine me suis-je aperçu qu'un chevalier courait
contre moi, que je me suis vu désarçonné par
un coup de lance, et m'étant relevé furieux l'épée
à la main : Apprenez, m'a dit ce maudit gabeur,
à répondre à ceux qui vous saluent et qui vous
parlent. A ces mots, il s'est éloigné sans répondre
à mon défi que par un éclat de rire. Vraiment,
lui dit le chevalier, vous méritiez bien cette petite correction; mais j'aurais mieux aimé trouver
le mauvais plaisant qui vous a renversé, que
l'insigne poltron qui m'évite depuis trois heures.
Je n'ai jamais vu d'homme armé, moins sensible
aux injures, et plus adroit à esquiver l'atteinte
d'une lance; j'ai juré de le suivre jusqu'à ce que
je l'aie connu : amusons-nous de sa terreur; son
cheval paraît trop fatigué pour qu'il ne nous soit
pas facile de le rejoindre.

Guilan le Pensif y consentit, bien résolu, pour
maintenir l'honneur de la chevalerie bretonne,
de faire désarmer un chevalier assez lâche pour

refuser la joute. Tous les deux étant arrivés sur le sommet d'une colline aperçurent celui qu'ils cherchaient et qui la descendait sur son cheval prêt à tomber à chaque pas; ne doutant pas qu'ils ne l'atteignissent facilement dans la plaine, ils descendirent au pas cette colline escarpée par une route tournante et battue. Bientôt ils entendirent un bruit d'armes qui les fit courir vers le lieu du combat; tous les deux furent très surpris de voir le chevalier dont ils avaient soupçonné la valeur, entouré par une grosse troupe de gens armés dont quatre étaient déja tombés à ses pieds, et que les autres avaient la lâcheté d'attaquer tous ensemble. Guilan et son cousin Ladasin n'hésitèrent pas à le secourir; et, se lançant comme la foudre sur ses lâches ennemis, au moment où son cheval tombait percé de coups, ils lui donnèrent la facilité de remonter sur un autre, et le suivirent à l'attaque d'une seconde troupe, au milieu de laquelle paraissait un homme de bonne mine, lié sur un méchant cheval de suite. Ce qui restait de la première troupe s'étant joint à la seconde, ce nouveau combat fut encore plus vif et plus opiniâtre que le premier : mais la valeur des trois chevaliers et le grand nombre de leurs ennemis tombés sous leurs coups commençant à donner de la terreur aux autres, l'un de ces brigands s'écria : Massacrez ce prisonnier, de crainte qu'il ne nous échappe. Deux hommes de cette lâche troupe se détachèrent pour obéir à cet ordre;

mais dans ce moment même le prisonnier, ayant
brisé ses liens, avait ramassé le bouclier et l'épée
d'un de ceux qui mordaient la poussière, et fendit la tête du premier qui s'avança contre lui.
Guilan le Pensif considérant alors le prisonnier
avec plus d'attention : Ah! c'est le roi, s'écria-t-il
à son cousin; et dans l'instant, volant à son secours, il le couvrit contre une nouvelle attaque,
pendant que Galaor terrassait le commandant de
cette troupe, dont le reste prit la fuite à l'instant.
Lisvard cria promptement de ne pas ôter la vie
au traître dont il pouvait apprendre les détails de
cette conjuration, et, lui ayant enlevé son casque, il le reconnut pour être le neveu d'Arcalaüs.

La crainte de la mort arracha bientôt la vérité
de la bouche de ce misérable; le complot de son
oncle avec Barsinan, tout ce qu'Arcalaüs avait fait
pour enlever Oriane, et forcer Lisvard à se livrer
à ses plus cruels ennemis, fut découvert par son
aveu. Lisvard vit bien qu'il n'avait pas un moment
à perdre pour voler au secours de la reine Brisène,
et sauver Londres du pillage et de l'incendie; et,
se couvrant des meilleures armes qu'il put trouver, il marcha vers sa capitale, suivi de Galaor
et des deux chevaliers qui venaient de lui rendre
la liberté.

Le château de Ladasin, compagnon de Guilan
le Pensif, se trouvant à portée, Lisvard, Galaor
et les deux chevaliers y conduisirent le neveu

d'Arcalaüs, couvert de chaînes, et y passèrent la nuit : l'écuyer de Galaor les ayant rejoints, ce prince l'envoya promptement à Brisène, pour la rassurer sur le sort du roi son époux, et pour lui dire qu'Amadis suivait de près les ravisseurs d'Oriane.

Brisène, lorsque l'écuyer de Galaor arriva, se trouvait dans la situation la plus affreuse et presque sans nul espoir : non-seulement elle avait appris par des bûcherons de la forêt qu'Arcalaüs enlevait Oriane et Lisvard; mais elle se trouvait sans chevaliers, et presque sans défense dans Londres, tout ce qui portait les armes étant sorti pour voler à leur secours. Dans ce moment, Barsinan, suivi des scélérats que jusqu'alors il avait tenus cachés, venait de s'emparer de la citadelle, et n'attendait plus que les troupes qu'Arcalaüs lui devait envoyer pour attaquer la ville et s'en emparer.

Arban, roi de Norgales, était heureusement resté près de Brisène, et ce brave prince fit en peu de temps tout ce qu'elle pouvait attendre de son courage et de son attachement pour la défendre. Barsinan osa demander une entrevue au roi de Norgales, et fit de vains efforts pour le séduire. Arban rejeta ses propositions avec horreur : Barsinan lui représenta que toute défense était inutile; et, se croyant bien sûr de la mort de Lisvard et de l'enlèvement d'Oriane, il eut l'imprudence de proposer au roi de Norgales de

capituler avec lui, sous la condition qu'il lui rendrait la ville de Londres et le palais, si Lisvard ne
se présentait pas dans trois jours pour défendre
l'une et l'autre.

Arban, qui venait d'être informé par l'écuyer
de Galaor que Lisvard était en liberté, et comp-
tant que rien ne pouvait empêcher Amadis de
délivrer sa chère Oriane, accorda ces conditions
à Barsinan qui se promettait bien d'attaquer
la ville, dès qu'il aurait rassemblé des forces suffisantes.

L'heureux Amadis, en ce moment, eût oublié
toute la terre aux genoux de la divine Oriane,
qui, de son côté, croyait n'exister que de ce moment qui les avait rendus les plus fortunés de
tous les époux : mais le retour de Gandalin troubla les charmes dont ils jouissaient; ils apprirent
par lui la trahison de Barsinan, l'extrémité du
péril que courait la reine Brisène. Gandalin n'é-
tant pas encore instruit de la liberté de Lisvard,
Amadis fut forcé de voler à Londres; et sa chère
Oriane, tremblante pour sa mère, fut obligée de
l'en presser elle-même. L'un et l'autre soupirè-
rent en laissant relever ces gazons plus chers
pour eux que la pourpre de Tyr, montèrent à cheval, et prirent en diligence le chemin de Londres.

Ils ne furent pas long-temps sans rencontrer
un assez gros détachement, commandé par le
vieux chevalier Grumedan qui parcourait la forêt
en s'informant de tout ce qui pouvait l'instruire

sur le sort de Lisvard. Amadis, connaissant toute l'importance de ne pas perdre un instant, mit sa chère Oriane sous la sûre garde du vieux Grumedan, et courut vers Londres avec le seul Gandalin : il y arriva dans le moment même où l'écuyer de Galaor venait de rendre compte à Brisène de l'heureuse délivrance de son époux. Amadis arrive près d'elle, jette son casque, embrasse ses genoux, la rassure sur le sort d'Oriane ; et Brisène éperdue reste immobile d'attendrissement et de joie en l'appelant son fils, et le serrant entre ses bras.

Amadis ne put jouir que quelques instants du bonheur d'être traité comme un fils par la mère de sa chère Oriane. Une rumeur soudaine, excitée par la fuite et par les cris d'un grand nombre de citadins effrayés, l'obligea de reprendre son casque, et de voler où ces cris l'appelaient : il écarte la foule des fuyards, il arrive avec peine à la principale porte de Londres, où le roi de Norgales, entouré de morts et couvert de sang, s'opposait presque seul à l'effort de Barsinan qui venait de s'emparer de la première barrière.

Ce traître comte de Sansuègue, malgré la trève et la capitulation jurées, avait craint le retour des chevaliers sortis de Londres pour chercher les ravisseurs de Lisvard ; et, sachant qu'Arban n'était point en état de lui résister, il avait pris le parti d'attaquer Londres, avec le renfort qu'il venait de recevoir. Il reconnut bientôt Amadis

aux coups qu'il lui vit porter. Le prince de
Gaule, couvrant de son bouclier Arban de Norgales dont le bras appesanti ne portait plus son
épée qu'avec peine, s'élança contre la tête de la
colonne qui s'efforçait de s'emparer de cette
porte; et, portant l'épouvante et la mort dans
les premiers rangs, il fit reculer ceux qui l'attaquaient. Cependant, malgré ses efforts, le nombre
d'ennemis excités par Barsinan l'eût peut-être
accablé, si, dans ce moment, le prince Agrayes,
suivi de plusieurs chevaliers de la cour, ne fût
arrivé de la recherche de Lisvard qu'il savait être
en sûreté, et n'eût attaqué brusquement la troupe
que Barsinan commandait : cette attaque imprévue décida sur-le-champ du sort de cette conjuration.

Barsinan voulut en vain se dérober par la fuite :
Amadis le saisit, brisa son épée, le terrassa sous
ses pieds; et bientôt Gandalin, l'ayant fait enchaîner, l'envoya dans le même cachot où Lisvard,
qui rentrait à l'instant par une autre porte, faisait conduire le neveu d'Arcalaüs.

Lisvard était déja dans les bras de la reine Brisène; Amadis, Galaor et le roi de Norgales jouissaient à leurs génoux du bonheur de leur avoir
sauvé la vie, lorsque le bon chevalier Grumedan
arriva, donnant la main à la belle Oriane. Prince
de Gaule, dit Grumedan en entrant, c'est vous
qui me l'avez confiée, c'est à vous qu'elle doit
l'honneur et la liberté, et c'est entre vos mains

que je la remets. Oriane n'eut l'air d'écouter Grumedan que par un regard bien tendre qu'elle
jeta sur Amadis, et courut se précipiter aux genoux de Brisène. Cette heureuse famille réunie
fut bien pénétrée en ce moment du bonheur le
plus pur dont puissent jouir les bons rois, celui
d'avoir des serviteurs attachés, vertueux et fidèles.
Ceux qui n'avaient pas expié leurs forfaits par
l'épée d'Amadis ou par celle d'Agrayes périrent
dans les supplices; le traître Barsinan et le neveu
d'Arcalaüs finirent dans un bûcher leur détestable
vie : tout fut calme dans Londres dès le lendemain. Cette aventure, écrite dans les fastes de la
Grande-Bretagne, fut une leçon mémorable pour
apprendre aux plus grands rois que l'éternel tient
toujours dans ses mains leur destinée, et qu'il
peut à son gré renverser les trônes qui paraissent être les plus affermis, comme celui du puissant roi de la Grande-Bretagne avait pensé l'être
en si peu de temps, au moment où son pouvoir
l'élevait au-dessus de tous les souverains de l'Europe.

La cour de Lisvard et de Brisène fut plus brillante que jamais, après cet événement qui leur
avait si bien fait connaître tout le prix des services
et de l'attachement de leurs chevaliers. Le tendre
et respectueux Amadis n'osait rien dire devant
Oriane qui pût lui rappeler les heureux moments
qu'il avait passés dans la forêt : un véritable amant
ne croit jamais avoir de droits acquis sur celle

qu'il adore ; il n'est occupé qu'à se rendre assez aimable pour mériter de nouvelles faveurs. Mabille même ne put former le plus léger soupçon sur leur secrète liaison ; et, sans la demoiselle de Danemarck qui s'attendrissait souvent sur le sort de ces tendres et timides amants, ils n'auraient jamais joui de ces moments délicieux que le mystère enveloppe de ses voiles. Pour le jeune Galaor, il éprouva souvent la reconnaissance que lui marquèrent plusieurs dames de la cour de Brisène ; et toutes ces dames se disaient l'une à l'autre, en souriant : Il faut convenir qu'il est un peu volage ; mais Galaor est un héros.

Les plaisirs de cette cour aimable et riante furent suspendus pendant quelques jours par l'arrivée du duc de Bristoie, qu'Olivas avait accusé de trahison, et qui se rendit près de Lisvard pour combattre son accusateur. Guilan le Pensif ne put voir sans frémir celui qui faisait depuis deux ans le malheur de sa vie : il envia bien le bonheur d'Olivas prêt à combattre son odieux rival ; mais l'honneur de la duchesse de Bristoie lui fut assez cher pour qu'il ne laissât rien pénétrer de l'état présent de son ame.

Le combat fut long et sanglant, et terminé par la mort du duc de Bristoie. Brisène ignorant les secrets sentiments de la jeune duchesse, dont elle était proche parente, l'envoya prier par le vieux chevalier Grumedan de venir chercher de la consolation auprès d'elle, et de passer l'année de son deuil dans sa cour. La duchesse de Bristoie qui regrettait peu celui dont l'injustice et la trahison l'avaient enlevée à Guilan, et sachant que son ancien et fidèle amant jouissait de la plus haute faveur près de Lisvard à la délivrance duquel il avait contribué, n'hésita pas à se rendre à Londres sous la garde de Grumedan; et la belle Aldène, sa sœur, la suivit avec tout le plaisir et toute l'ardeur que faisait naître en son ame l'espérance de revoir l'aimable Galaor.

L'arrivée de ces deux jeunes princesses fut une nouvelle fête pour cette cour : on ne trouva plus que Guilan méritât le surnom de Pensif. Libre d'offrir une seconde fois et son cœur et sa main à celle dont son ame avait été toujours si fortement occupée, tous les surnoms que peuvent mériter les amants les plus tendres étaient les seuls qu'on eût pu lui donner alors.

Galaor eut beau vouloir se contraindre, et paraître ne voir Aldène que pour la première fois, une jeune dame, intéressée à connaître l'impression que cette princesse ferait sur lui, surprit bientôt entre eux quelques regards assez expressifs pour qu'ils lui fissent soupçonner leur ancienne intelligence. Elle fut plus attentive que jamais à suivre toutes les démarches de Galaor, et ne fut pas long-temps sans s'apercevoir qu'elle était trompée; mais Galaor était un trompeur si séduisant et si capable de réparer ses torts, qu'elle prit le parti d'avoir l'air de le croire fi-

dèle ; et Galaor, toujours plein de courage, soutint avec honneur l'idée qu'il crut qu'elle avait
de sa fidélité.

Nous frémissons d'avance en nous trouvant
forcés de suivre l'auteur dans le récit des malheurs prêts à tomber sur le frère de Gal   et
sur son amante. En pouvait-il naître de plus affreux pour Amadis que les soupçons et la colère
d'Oriane? et les Euménides mêmes pouvaient-
elles briser un cœur aussi sensible que l'était celui
de cette princesse, par un tourment plus cruel
que celui de la jalousie? Jeunes amants, dont l'ame
s'ouvre pour la première fois à la passion la plus
douce qui vous fasse aimer la vie, vous qui vous
en formez une idée digne de sa céleste origine,
vous qui croyez de si bonne foi que vous serez
à jamais fidèles, pleurez, pleurez avec moi sur
deux amants qui méritaient de ne connaître que
les charmes de l'amour ! Près d'un an s'était
écoulé depuis qu'Amadis avait promis à la belle
et jeune Briolanie, reine de Sobradise, de venger
la mort de son père, et de revenir avec deux
autres chevaliers pour combattre l'usurpateur Abiseos et ses deux fils. Nous avons vu qu'Amadis
ayant reçu de cette jeune reine une riche épée,
qu'elle l'avait prié de conserver pour l'amour
d'elle, avait brisé cette épée dans un combat ;
mais qu'il avait eu soin d'en rassembler les pièces
pour pouvoir lui prouver qu'il avait conservé ce
don de sa main. Oriane était depuis long-temps

prévenue de la promesse qu'Amadis avait faite
à Briolanie; mais si l'honneur de son amant lui
était trop cher pour l'empêcher d'exécuter sa
promesse, sa présence l'était trop aussi pour
qu'elle pût se résoudre à l'en faire souvenir. Ce
fut donc Amadis qui fut forcé de rappeler à sa
chère Oriane que la loi du serment et son honneur le forçaient à s'éloigner d'elle pour aller
combattre Abiseos. Oriane, le cœur serré par la
douleur, fut un instant sans lui répondre; ses yeux
se remplirent de larmes; elle prit la main de son
amant, et la serrant avec tendresse : Ah! lui dit-
elle, cher Amadis, c'est pour vous-même que je
vous adore; votre gloire m'est chère et la mienne
en dépend, puisque nos ames et notre destinée
sont unies jusqu'au dernier soupir. Partez, hélas!...
partez, cher Amadis, et puisse me tromper le noir
pressentiment qui, malgré moi, m'afflige pour la
première fois! Non que je puisse craindre que
vous cessiez d'être invincible; mais vous-même,
vous m'avez parlé de la beauté de la jeune Briolanie; elle va vous devoir et la vengeance de son
père et ses états. Ah Dieu! j'avoue que je crains
encore plus sa reconnaissance que le combat sanglant que vous allez livrer pour elle.

Le sensible et fidèle Amadis eut le cœur percé
de l'inquiétude offensante que lui montrait Oriane :
il s'en plaignit si tendrement, sa candeur et son
amour passèrent si bien dans ses yeux et sur ses
lèvres, qu'Oriane parut rassurée; elle mit la main

d'Amadis sur son sein. Ne desire jamais d'autre bien, d'autre empire, que le cœur de ton Oriane, lui dit-elle, et reviens promptement me rapporter celui dont ma vie dépend !...

Amadis, après avoir mêlé ses larmes avec les siennes, fit avertir Agrayes et Galaor qu'il avait déja prévenus, qu'il était temps de partir pour aller au secours de Briolanie ; et tous les trois se préparèrent à leur départ pour le lendemain matin.

Amadis dut encore pendant cette nuit quelques moments heureux à la demoiselle de Danemarck ; la belle Olinde fut rassurée, autant qu'une tendre amante peut l'être, par les serments et par les caresses d'Agrayes ; et la jolie Aldène et deux ou trois de ses rivales ne purent avoir l'ingratitude de croire que Galaor ne fût pas le plus vif et le plus aimable de tous les amants.

Dès l'aube du jour les trois chevaliers partirent ensemble, et se retournèrent plusieurs fois en soupirant, tant qu'ils furent à portée de voir les tours de Londres. Ils n'en étaient encore éloignés que d'une demi-lieue, lorsqu'Amadis se ressouvint de l'épée de Briolanie, et demanda si Gandalin avait eu soin d'en emporter les pièces ; malheureusement Gandalin les avait oubliées, et plus malheureusement encore il chargea le nain d'Amadis de retourner à Londres pour les chercher.

Le nain exécute cette commission avec diligence, trouve l'épée cassée, en rapporte les pièces, et passe sous les fenêtres d'Oriane, qui le reconnaît, l'appelle, et lui demande pour quelle raison il est revenu sur ses pas. Voyez, madame, répondit le nain, en lui montrant les pièces de l'épée. Eh! lui dit-elle, quel prix ton maître peut-il mettre à ces débris inutiles? Tout celui qu'on peut mettre aux présents d'une main qui nous est chère, répondit le nain, qui, comme tous les valets intrigants et curieux, croient toujours avoir pénétré les secrets les plus cachés de leurs maîtres. Eh! quelle est donc la main dont Amadis reçut cette épée? reprit vivement Oriane. Celle de la jeune princesse pour laquelle il va combattre, repartit le malheureux nain; et je ne doute pas, d'après quelques propos que je leur entendis tenir la dernière fois qu'ils se virent, que mon maître ne se soit offert et n'ait été accepté pour être désormais son chevalier. A ces mots, le menteur de nain donna deux coups d'éperon à son cheval, et la tendre Oriane éperdue, immobile à sa fenêtre, s'en serait précipitée de désespoir, si la princesse Mabille et la demoiselle de Danemarck, accourues au premier cri qu'elle n'avait pu s'empêcher de jeter, ne l'avaient retenue entre leurs bras.

Cependant le nain, courant toujours avec la même vitesse, rejoignit bientôt les trois chevaliers; mais en montrant l'épée brisée qu'il avait rapportée, il ne parla point des questions qu'Oriane avait faites, ni des cruelles réponses qu'elle avait reçues de lui. Rien ne troubla donc, pendant leur premier jour de marche, l'entreprise qu'ils avaient faite de joindre promptement la jeune héritière de Sobradise.

Ils passèrent la nuit chez un riche vavasseur (1), qui les reçut avec magnificence, et qui leur apprit qu'ils auraient peine à traverser le lendemain la forêt voisine, sans être obligés de jouter contre un chevalier, qui, depuis quinze jours, gardait la principale route de cette forêt. A la bonne heure, répondit en riant Galaor; je suis bien aise de savoir si le séjour de Londres ne m'a point fait oublier à me servir d'une lance.

Ils partirent au lever du soleil, et ne marchèrent pas long-temps sans rencontrer une demoiselle, qui, les reconnaissant à la forme de leurs armes pour être des chevaliers de la Grande-Bretagne, les arrêta pour les prier avec instance de lui dire des nouvelles d'Amadis. Que desirez-vous de lui? répondit ce prince avec empressement. Je vais, dit-elle, pour le sommer d'une parole qu'un aussi bon chevalier aurait dû tenir de lui-même, celle de secourir Briolanie, princesse de Sobradise, contre le meurtrier de son père et l'usurpateur

---

(1) On nommait ainsi le possesseur d'un fief noble, relevant d'un seigneur suzerain, et dont la naissance l'excluait de la chevalerie, à moins qu'il ne parvînt à la mériter par des actions éclatantes et de longs services dans des grades inférieurs à celui de chevalier.

de ses états. Amadis, en se faisant connaître, lui prouva qu'il ne méritait aucun reproche, et lui dit qu'il était prêt à la suivre avec les deux autres chevaliers qu'il avait promis à Briolanie d'amener à son secours. La demoiselle bien satisfaite retourna sur ses pas, et s'offrit à leur servir de guide. Ils la suivaient avec empressement, et ne s'occupaient que de remplir l'espérance de Briolanie, lorsqu'ils se virent arrêtés par le chevalier dont le vavasseur leur avait parlé la veille.

Ce chevalier, qui leur parut être d'une taille avantageuse, maniant son cheval avec grace, et ferme dans les arçons, leur proposa de rompre une lance, en les prévenant que, ne désirant que l'honneur de jouter avec eux, il espérait que nulle espèce de ressentiment ne les animerait à vouloir combattre à coups d'épée, au cas qu'il remportât un premier avantage. Agrayes, auquel ce chevalier semblait porter la parole, se sentit très piqué de ce qu'il paraissait trop présumer de sa force et de son adresse; et, pour toute réponse, il lui cria de se défendre, courut sur lui, et fut très étonné de se voir désarçonné par l'inconnu, et de se trouver démonté. Son cheval épouvanté par la violence avec laquelle les deux lances s'étaient brisées s'étant éloigné en courant dans l'épaisseur de la forêt, Galaor se présenta pour venger Agrayes; mais son cheval, n'étant pas de force à résister à celui de l'inconnu, roula sur la poussière avec son maître, sans que celui-

ci pût le faire relever. Amadis, s'approchant aussitôt, modéra la colère de Galaor, qui demandait
le combat à l'épée, en lui représentant que l'inconnu, jusqu'alors avait rempli la condition de la
joute qu'il avait proposée ; et se présentant aussitôt contre l'inconnu, cette course fut la plus
violente de toutes : leurs lances furent brisées
jusque dans les gantelets, et les deux chevaliers
s'étant choqués réciproquement en passant, les
deux chevaux tombèrent de la force du coup,
sans qu'aucun des deux eût perdu les rênes :
mais le cheval d'Amadis ayant eu l'épaule cassée
ne put se relever ; et l'inconnu s'élança légèrement sur le sien qui n'avait été qu'étourdi par
cette rencontre.

Ce fut en vain que les trois chevaliers provo-
quèrent l'inconnu pour se battre à pied, l'épée à
la main : il leur répondit avec politesse qu'heureux de leur avoir résisté dans un combat qu'il
ne regardait que comme une légère épreuve, nul
motif ne le forçait à regarder comme ennemis
trois braves chevaliers dont il venait de connaître
la force et le courage. A ces mots, il s'éloigna
d'eux, en suivant une route assez frayée, et les
laissa tous les trois démontés au milieu de la forêt. Amadis et son cousin Agrayes prirent facilement le parti de rire de cette aventure : mais
Galaor, piqué vivement de sa chute, sauta sur
un cheval de suite ; et, sans écouter Amadis ni la
demoiselle, il courut de toute la vitesse de ce mé-

diocre cheval à la poursuite du chevalier inconnu.
Amadis et Agrayes, étant démontés tous les deux,
n'eurent d'autre parti à prendre que de suivre à
pied la demoiselle, qui, dès le même soir, les
conduisit au château de Thorin, où la jeune Briolanie était arrivée la veille avec sa tante Grovanèse, pour les attendre à l'entrée de ses anciens
états.

Ces deux princesses reçurent Amadis et son
cousin Agrayes avec l'air de la plus vive reconnaissance. L'auteur portugais, dont le traducteur
d'Herberay se croit en droit de s'écarter quelquefois, prétend même qu'Amadis ayant ôté son
casque, la jeune Briolanie ne put le voir sans
l'aimer; mais d'Herberay, mieux instruit sans
doute par les anciens manuscrits picards qu'il
avait lus précédemment, assure que la présence
d'Amadis ne fit d'autre impression sur cette jeune
princesse, que celle de lui donner l'idée de la
perfection qu'on pouvait desirer dans un chevalier, et que préparer son cœur à ne pouvoir se
défendre des mêmes charmes répandus dans toute
la personne du jeune Galaor, que la jeunesse et
le desir de plaire rendaient encore plus sédui-
sants en lui que dans son frère, qu'une grande
passion rendait souvent distrait, inattentif et sérieux.

Amadis et son cousin Agrayes passèrent plusieurs jours dans le château de Thorin, espérant donner à Galaor le temps de les rejoindre,

et voulant aussi laisser à Briolanie celui de faire
avertir Abiseos, Dorison et Dramis ses deux
fils, que les chevaliers qui se présentaient pour
soutenir sa querelle étaient arrivés, et leur demandaient d'assigner le jour et le lieu du combat.

C'est en vain qu'ils se flattaient que leur jeune
compagnon, lassé d'une vaine poursuite, reviendrait bientôt sur ses pas : Galaor avait trouvé
dans la forêt une demoiselle assez jolie pour l'engager à s'arrêter. Personne ne possédait mieux
que lui l'art de faire de nouvelles connaissances,
dès qu'il prévoyait qu'elles pouvaient lui devenir
agréables. La demoiselle ayant assuré Galaor qu'elle
connaissait le chevalier qui l'avait démonté, et sa
demeure ordinaire, il l'avait priée de le conduire;
et le chemin qu'elle lui fit prendre l'éloigna trop
d'Amadis, pour ne lui pas faire perdre l'espérance
de le rejoindre.

Chemin faisant, elle lui dit qu'elle était une des
demoiselles de la belle Corisande, souveraine
d'une île voisine, et que sa belle maîtresse, éprise
de la plus vive passion pour le chevalier qu'il
poursuivait, le retenait depuis plusieurs mois
dans cette île, enchaîné par son amour pour elle,
comme par le serment qu'il avait fait de ne la
point quitter sans qu'elle le lui permît. La demoiselle ajouta que la seule Corisande connaissait le
nom et la naissance de ce chevalier, qui paraissait
avoir des raisons pour cacher l'un et l'autre. Ma
maîtresse, dit-elle, ne pouvant s'opposer au desir

qu'il a d'acquérir de la gloire, lui permet quelquefois de sortir de son île et de venir dans cette forêt, pour s'exercer à la joute contre les chevaliers qu'il peut y rencontrer; mais elle lui a fait juré de n'en venir jamais au combat à coups d'épée, à moins que ce ne soit dans son île, où plusieurs chevaliers ont déjà passé pour le combattre, mais dont ils ne sont ressortis qu'après avoir perdu leurs chevaux et leurs boucliers.

Le désir de s'éprouver contre ce chevalier, peut-être aussi l'espérance que lui donnaient les beaux yeux noirs pleins de feu de cette demoiselle, déterminèrent Galaor à ne la pas quitter. Elle le conduisit chez un ancien chevalier de sa connaissance, pour y passer la nuit. Il trouva la famille du vieux seigneur de ce château dans les larmes : ses deux fils venaient d'être rapportés chez lui bien blessés. Depuis quelque temps ils avaient fait le projet de forcer le chevalier inconnu qu'ils avaient vu plusieurs fois passer dans la forêt de leur dire son nom; et le même jour, le voyant prêt à s'embarquer pour retourner dans l'île, ils avaient voulu vainement s'opposer à son passage : le combat qu'ils l'avaient forcé de livrer avec l'épée ne leur avait pas mieux réussi que la joute. Galaor promit au seigneur châtelain de les venger, et de lui rapporter les boucliers de ses deux fils. Le bon vieillard reconnaissant crut ne pouvoir lui rendre un plus grand honneur, que de lui faire dresser un lit à côté du sien, selon

13.

l'usage de ce temps. La vieille châtelaine en fit autant de son côté pour la demoiselle de la dame Corisande. Galaor se fût bien passé de cet excès de politesse, et ne put s'empêcher de montrer quelque humeur, lorsque la demoiselle, d'un air assez malin, vint lui souhaiter une bonne nuit, et le reconduire jusqu'à la chambre du châtelain.

Galaor espéra pouvoir trouver, du moins le lendemain matin, une occasion de dire à la demoiselle qu'il la trouvait charmante, et lui fit promettre qu'ils partiraient ensemble dès l'aurore: mais l'éternel châtelain aurait cru lui manquer, s'il ne l'eût accompagné jusqu'à la barque qui devait le passer dans l'île de Corisande; et Galaor, plein de dépit, jura bien de n'entrer jamais le soir dans aucun château, quand la fortune aurait mis quelque demoiselle de vingt ans sous sa garde.

L'île de Corisande n'était pas éloignée de la côte : le trajet fut fait en peu de temps; et Galaor, étant descendu sur le rivage, entendit annoncer son arrivée par le son des trompettes qui retentit sur le donjon du beau château qui dominait sur cette île. La demoiselle l'avertit de se préparer à combattre. On ne trouve pas toujours, lui dit-elle en riant, des seigneurs châtelains aussi polis que celui qui vous a si bien fait les honneurs de son château; et je crains bien que celui-ci n'obtienne de vous le bouclier que vous portez, pour le joindre à ceux que vous voyez attachés à ces poteaux.

Galaor n'eut pas le temps de répondre à cette plaisanterie ; la porte du château s'ouvrait dans ce moment ; il en vit sortir un chevalier de la plus belle taille, et d'une figure charmante : il était entre deux compagnes de la demoiselle, dont l'une portait son casque, et l'autre une forte lance. Une jeune dame d'une beauté parfaite le suivait, en portant une couronne de laurier entremêlée de myrtes et de roses ; et, le regardant d'un air tendre, elle semblait la lui destiner pour le prix de la victoire.

Le chevalier s'avança d'un air poli vers Galaor. Chevalier, lui dit-il, vous avez su par celle qui vous a conduit dans cette île, quelles sont les conditions de l'espèce de combat que je vous vois prêt à me livrer ; je vois que vous vous obstinez à me connaître autant que je le suis à cacher mon nom, jusqu'à ce que je l'aie rendu digne de ceux auxquels je tiens par les liens du sang. Si j'osais vous les nommer, je suis sûr que vous m'approuveriez. Quoique Galaor sentît naître dans son cœur une secrète sympathie pour le chevalier inconnu, le souvenir d'en avoir été renversé dans la forêt ne lui permit point de se livrer à ce sentiment. Souvenez-vous, lui dit Galaor, de l'espèce d'outrage que vous m'avez fait, en me refusant le combat à l'épée, après m'avoir abattu. Je vous ai suivi depuis ce moment, et rien ne peut plus m'empêcher d'en avoir raison. A ces mots, ils s'éloignèrent, et revinrent l'un sur l'autre la lance en arrêt : les deux lances volèrent en éclats sans qu'ils en fussent ébranlés ; mais le cheval de Galaor n'étant pas aussi vigoureux que celui de son adversaire, et pliant sous son atteinte, Galaor n'eut d'autre ressource que d'embrasser en passant l'inconnu, et tous les deux tombèrent ensemble sur le sable. L'un et l'autre se relevèrent avec la même légèreté ; et, mettant l'épée à la main, ils s'attaquèrent avec autant d'adresse et de vigueur que de courage. Le combat fut si long et si terrible, que Galaor pensa qu'il n'en avait jamais essuyé de pareil depuis celui qu'il eut contre Amadis ; et Corisande épouvantée profita d'un instant où tous les deux reprenaient haleine, pour tâcher de les séparer ; mais Galaor, plus animé que jamais par la longue résistance qu'il venait d'éprouver, et par son sang qu'il voyait couler, ne voulut écouter aucune proposition jusqu'à ce que ce chevalier consentît à lui dire son nom. Le combat entre eux devint donc plus terrible et plus dangereux encore à cette seconde attaque. Les débris sanglants de leurs armes couvraient le sable ; et Corisande éperdue, voyant chanceler un moment son chevalier, ne put résister à sa douleur, et courant se jeter entre les combattants : Arrête, cruel, cria-t-elle à Galaor, arrache-moi plutôt la vie que de répandre un sang si précieux ; et, si mon amour ne te peut toucher, crains la vengeance d'Amadis et de Galaor. Que dites-vous ? grand Dieu ! s'écria Galaor

en baissant la pointe de son épée. Non, continua-t-elle, mon cher Florestan, il n'est plus temps
de cacher votre nom ; sachez, continua-t-elle en
s'adressant à Galaor, que c'est le fils de Périon,
roi de Gaule, et le frère des deux plus redoutables chevaliers de l'univers, que vous êtes près
d'enlever à mon amour. A ces mots, celui-ci jette
son casque, et court présenter le pommeau de
son épée à Florestan. Ah! mon frère, s'écria-t-il,
reconnaissez Galaor à sa douleur et à sa tendresse.
J'aurais dû le reconnaître plutôt à ses coups comme
à sa valeur, dit Florestan en se précipitant dans
ses bras. La tendre émotion des deux frères dans
cet embrassement fit couler leur sang avec encore plus d'abondance ; et l'un et l'autre fussent
tombés sur le sable, si Corisande et ses deux demoiselles ne les eussent soutenus. Florestan eut
cependant la force de prendre la couronne que
Corisande tenait dans sa main, et la posa sur le
front de son frère, qui l'ôta promptement pour
en couronner les beaux cheveux de celle qui venait de les réunir (1).

---

(1) Nous avons cru ne devoir point interrompre cette narration par l'épisode qui nous apprend comment Florestan se
trouvait être frère d'Amadis et de Galaor: l'estime et la sympathie les avaient portés également tous les deux à se reconnaître pour frères; et ce ne fut que dans le château de
Corisande que Galaor apprit de Florestan que, dans le temps
où le roi Périon partit de la Gaule pour aller voir le roi Ga-

Quelque nombreuses que fussent les blessures
des deux frères, aucune n'était assez dangereuse

---

rinter dans la Petite-Bretagne, il fut obligé de s'arrêter pendant quelques jours chez le comte de Salandrie, dont la fille
ne put résister à l'amour que l'aimable Périon fit naître en
son ame sans aucun soin et sans le desirer. Ce prince une
nuit reposait tranquillement dans son lit, lorsqu'il se sentit
serré par deux bras qui ne faisaient pas craindre qu'ils
cherchassent à nuire.... Périon, en voulant s'en débarrasser, cessa bientôt d'employer toutes ses forces, de crainte
de blesser tout ce que ses mains rencontraient de charmant, en lui faisant connaître que ces bras arrondis par
la jeunesse étaient ceux d'une demoiselle: bientôt il la reconnut à la voix pour être la fille du comte de Salandrie. Ah! Périon, lui dit-elle, en tournant une lanterne
sourde, et lui laissant voir presque toute nue la figure la
plus charmante, cédez à mon amour, ou donnez-moi la
mort. Périon était bien vif et bien jeune, mais il était également loyal; son premier mouvement fut de repousser doucement la jeune comtesse de Salandrie, et de lui dire qu'il
ne pouvait abuser de sa faiblesse, et violer les droits de
l'hospitalité. Confuse, désespérée de cette cruelle réponse,
elle se jette sur l'épée de Périon, la tire, et la veut plonger
dans son sein. Ce sein était si beau, que Périon avança sa
main, et s'empressa de le défendre de cette pointe cruelle:
l'épée tomba, Périon ne retira pas sa main, la lanterne s'é-
teignit; et Florestan dut sa naissance à tous ces accidents,
et à ceux qui les suivirent. Honteux le lendemain matin de
s'être trouvé si faible en se livrant à des desirs qu'il avait
vivement partagés, il partit dès le lever du soleil pour continuer sa route, et ne put s'empêcher de rougir et de s'accuser secrètement en prenant congé du comte de Salandrie.

    La jeune comtesse versa bien des larmes en apprenant son

pour faire craindre pour leur vie; mais l'un et l'autre, trop épuisés par la perte de leur sang, ne furent point en état pendant près d'un mois de porter les armes; et quelque enchanté que fût Galaor d'avoir trouvé Florestan, il ne put penser sans la plus vive douleur qu'il ne pouvait arriver à temps pour seconder Amadis et Agrayes dans leur combat contre Abiseos et ses deux fils.

Amadis et Agrayes en effet, ayant attendu Galaor pendant cinq ou six jours dans le château de Thorin, et voyant que le temps marqué pour le combat était près de s'écouler, s'avancèrent avec Grovanèse et Briolanie vers Sobradise; et, se croyant assez forts pour combattre Abiseos et

---

départ; elle en versa de nouvelles en connaissant bientôt les suites de cette nuit. Une de ses tantes qui l'avait élevée sut cacher son embarras et son état jusqu'au dernier moment: elle reçut Florestan; elle l'éleva jusqu'à l'âge de dix-huit ans; et, lui voyant toutes les vertus et les qualités d'un damoisel accompli, elle le fit armer chevalier par le comte de Salandrie. Elle lui découvrit sa naissance, et l'envoya chercher les aventures, en lui prescrivant de ne se faire connaître pour être le fils de Périon, que lorsque sa renommée égalerait celle de ce prince, et celle qui commençait à se répandre dans toute l'Europe des exploits d'Amadis et de Galaor.

Florestan depuis trois ans s'était couvert de gloire; mais sa modestie ne lui aurait pas encore permis de se nommer, quoiqu'il eût déja triomphé d'un grand nombre de chevaliers renommés, depuis six mois que Corisande le retenait dans ses aimables chaînes, sans le combat qui força cette tendre amante d'apprendre à son frère Galaor et sa naissance et son nom.

ses deux fils, ils firent tendre deux riches pavillons dans une prairie voisine de cette capitale,
et Briolanie envoya dire à son ennemi mortel,
que, selon les conditions arrêtées, elle avait
amené les champions qui devaient soutenir sa
querelle.

Abiseos, quoique très brave, sentit un noir
pressentiment : il connaissait sa cause pour être
si mauvaise, et d'ailleurs maître absolu dans Sobradise il pouvait si facilement éluder ce combat,
qu'il fut tenté de commettre cette lâcheté : mais
ses orgueilleux fils, Dorison et Dramis, s'oppo-
sèrent à ce dessein; et, fiers de leur force et de
leur taille gigantesque, ils déterminèrent leur père
à répondre qu'il offrait le combat pour le lendemain matin.

Amadis et Agrayes s'étant présentés dès le lever
du soleil dans la place destinée pour le combat,
Abiseos et ses fils ne tardèrent pas à paraître; et,
ne trouvant que deux adversaires, ils envoyèrent
à Briolanie, pour lui demander pourquoi le troisième ne se présentait pas. Amadis, impatient de
combattre, répondit pour elle, en disant au héraut : Va dire à tes maîtres que leur cause est si
mauvaise, que le plus faible de nous deux suffi-
rait pour que la justice céleste les punît de leur
orgueil et de leur trahison, et que la légitime
reine de Sobradise se soumet à tout si nous
sommes vaincus.

Rien n'arrêtant donc plus le combat, Abiseos
et Dramis coururent tous les deux sur Amadis,

et brisèrent leurs lances sur ses armes, sans l'é-
braııler; mais ce premier choc rétablit l'égalité
dans le combat, Amadis ayant percé d'outre en
outre Dramis, qui tomba versant des flots de sang
sur la poussière.

Dorison et Agrayes se chargeant avec une égale
fureur, leurs chevaux ne purent supporter l'impétuosité de ce choc, et roulèrent tous les deux
sur leurs maîtres. L'un et l'autre, également
prompts à se relever, s'attaquèrent à coups d'épée,
et bientôt le sang coula de leurs blessures; mais
Agrayes, ayant vu son cousin Amadis fendre d'un
seul coup la tête d'Abiseos, fut honteux que Dorison lui disputât si long-temps la victoire. Il
s'élança sur lui; et, le saisissant par son casque,
il lui trancha la tête et courut la porter aux pieds
de Briolanie. La mort de l'usurpateur et de ses
fils décida du sort du royaume de Sobradise; les
corps de ses ennemis vaincus furent traînés hors
de la lice, au milieu des acclamations des sujets
de Briolanie, dont les principaux vinrent prêter
serment à ses genoux.

Cette belle reine sentit peut-être moins de plaisir
encore à remonter sur le trône de ses pères, qu'à
penser qu'elle pouvait offrir à son libérateur de
le partager avec elle. Les blessures qu'Amadis et
son cousin avaient reçues dans ce combat les
ayant arrêtés pendant quelque temps à Sobradise,
Briolanie ne put s'empêcher de laisser pénétrer
ses sentiments : mais Amadis, trop fidèle pour en
être touché, trop loyal chevalier pour vouloir

feindre, sut lui faire entendre qu'il n'était plus le maître de son cœur; et Briolanie étouffant dès sa naissance une passion qui ne pouvait être que malheureuse, la plus tendre reconnaissance et la plus fidèle amitié furent les seuls sentiments qui lui restèrent pour Amadis.

Galaor et Florestan son frère furent un mois sans être en état de porter les armes. Étant partis ensemble pour rejoindre Amadis, ils eurent en chemin plusieurs aventures de l'espèce de celles qui pouvaient être les plus agréables à ces deux braves et galants chevaliers : et ce ne fut qu'après en avoir abattu plusieurs, et même avoir fait avouer à leurs jeunes maîtresses qu'elles avaient beaucoup gagné en passant sous leur garde, qu'ils rejoignirent Amadis qui reçut Florestan dans ses bras, et qui ne put se résoudre à gronder Galaor; il dit seulement en sa présence à Briolanie, qu'il devait bien regretter en ce moment de n'avoir pas partagé le bonheur de la venger. Ce seul mot, qu'un regard de cette belle reine rendit encore plus frappant pour Galaor, le fit soupirer et tomber dans une profonde rêverie ; et dès ce moment Agrayes fit remarquer à son cousin que la gaîté de Galaor semblait s'altérer de jour en jour, et qu'il paraissait même voir avec indifférence les jeunes beautés qui formaient la cour de Briolanie, quoique souvent elles eussent l'air de l'agacer.

AVERTISSEMENT.

Nicolas d'Herberay dédie ce second livre, comme
le précédent, à François Ier ; nous croyons ne devoir
rapporter ni les vers médiocres qui servent de dédi-
cace, ni le sonnet pareil qu'il adresse à ses lecteurs,
pour s'excuser, par l'exemple d'Homère et de Virgile,
du merveilleux qui commence à devenir plus fréquent
dans ce second livre.

L'Ile ferme et le palais d'Apollidon jouant un très
grand rôle dans ce livre, et dans presque tous ceux
qui le suivent, l'auteur débute par en donner une
description, et par raconter l'histoire d'Apollidon et de
Grimanèse, avant de reprendre le fil de sa narration.
Il nous paraît qu'on doit louer l'auteur de ce début ;
il est nécessaire pour mettre les lecteurs au fait d'une
histoire et d'un palais qu'on retrouve à tout moment,
et, s'il l'eût placé dans le corps du roman, il en eût
refroidi l'action.

LIVRE SECOND.

....

Un roi de Grèce ayant épousé la sœur de l'empereur de Constantinople en eut deux fils, entre
lesquels il voulut, en mourant, partager ses états
et ses richesses. Apollidon, l'aîné de ces deux
fils, s'était uniquement occupé, dès son enfance,
des exercices de la chevalerie et de l'étude des
sciences les plus sublimes; il laissa son frère paisible possesseur des états de son père, et ne prit
en partage que les livres, de bonnes armes, des
richesses suffisantes pour l'entretien des amis qu'il
s'était attachés, et un certain nombre de vaisseaux
sur lesquels il s'embarqua pour parcourir les
mers, et se choisir une contrée où il fonderait
un nouvel empire.

Après une navigation assez longue, il aborda
sur les côtes d'Italie. Sa magnificence, sa valeur,
et quelques aventures singulières, le firent recevoir par l'empereur des Romains, comme un héros. Cet empereur, nommé Suidan, était frère
de la charmante Grimanèse; et quoiqu'elle eût des
prétentions légitimes, et que de grands seigneurs
eussent demandé sa main, Suidan avait toujours
éloigné leurs propositions.

Apollidon et Grimanèse furent frappés du même

trait : s'aimer, se le dire, jurer d'être à jamais unis,
sortir ensemble du palais pendant l'obscurité d'une
nuit, s'embarquer sur les vaisseaux d'Apollidon,
et n'avoir plus pour guides que la fortune et l'a-
mour, ce fut le sort que ces deux amants se choisirent, et ce fut celui qui fit leur gloire et leur
félicité.

Étant parvenus, après une longue navigation,
dans le port d'une île qui leur parut fertile, agréable,
et qu'ils crurent être inhabitée, ils y furent bientôt attaqués par un géant, dont la barbarie avait
fait périr presque tous les anciens habitants de
cette île, et qui s'était retiré dans les rochers qui
la bordaient au nord, avec les esclaves qu'il avait
conservés pour le servir.

Tuer ce cruel géant, épouser le même soir la
belle Grimanèse, ce furent pour Apollidon les
évènements du premier jour qu'il passa dans cette
île ; il s'occupa pendant le second à bâtir un palais digne de celle qu'il adorait ; et les génies,
obéissant à ses ordres, ornèrent ce palais somp-
tueux de toutes les richesses de la nature, et le
rendirent célèbre et redoutable par les enchantements qu'ils y formèrent.

On ne pouvait entrer dans ce palais sans passer
sous une espèce d'arc de triomphe, qui prit le
nom de l'arc des loyaux amants : l'entrée en était
défendue par des forces invisibles qui repous-
saient avec violence les téméraires et volages
amants qui s'exposaient à cette épreuve. Une statue

de bronze surmontait la voûte de cet arc ; elle portait une trompe avec laquelle elle honorait le passage d'un amant fidèle sous cet arc, en rendant un son mélodieux, et répandant des fleurs sur sa tête ; la même trompe punissait l'amant coupable, par des sons effrayants, et par des flammes mêlées d'une fumée noire et empoisonnée.

Au-delà de cet arc on trouvait un perron de bronze doré, sur lequel on voyait les figures d'Apollidon et de Grimanèse ; une grande table de jaspe était à leurs pieds enclavée dans le perron, et le nom de ceux ou de celles qui passaient sous l'arc paraissait aussitôt s'y graver de lui-même.

Au-delà du perron de cuivre on en voyait un de marbre blanc ; mais ceux mêmes qui venaient de passer sous l'arc ne pouvaient en approcher, et monter quelques degrés de ce perron, qu'autant que le chevalier pouvait atteindre par sa valeur et par ses exploits à la haute renommée d'Apollidon, et que la dame pouvait égaler la beauté de Grimanèse.

Au-dessus de ce perron, on voyait une plate-forme, et la porte toujours fermée d'une espèce de temple en rotonde, qui portait le nom de la *chambre défendue* ; des génies puissants veillaient sans cesse sur cette enceinte sacrée, qui ne pouvait s'ouvrir que pour un héros supérieur au grand Apollidon, ou pour une beauté digne d'éclipser celle de la belle Grimanèse.

Après avoir fait cette description, que nos lecteurs seront souvent obligés de se rappeler, l'auteur reprend le fil de sa narration, au moment où Galaor et son frère Florestan venaient de rejoindre Amadis et Agrayes dans Sobradise, à la cour de la jeune reine Briolanie. Il nous apprend seulement que l'empereur, frère de Grimanèse, étant mort, Apollidon et sa charmante épouse furent forcés de quitter l'Ile ferme, pour aller occuper le trône des Césars, et qu'ils laissèrent cette belle demeure sous la garde de quelques anciens serviteurs, et sous celle des génies qui veillaient sur les enchantements.

Quoique Briolanie s'occupât sans cesse de rendre le séjour de Sobradise agréable aux trois fils de Périon et au prince Agrayes, Amadis, toujours occupé de son amour, brûlait d'impatience de retourner près d'Oriane; et, quoiqu'il s'aperçût que le cœur de Galaor commençait à sentir une passion plus sérieuse que les premières qui l'avaient jusqu'alors amusé plus qu'elles ne l'avaient touché, ce tendre amant sut déterminer ses compagnons à prendre congé de la jeune reine, pour retourner à la cour de Lisvard.

Au moment où ces princes étaient prêts à s'embarquer, ils rencontrèrent deux demoiselles qui leur demandèrent si, se trouvant à portée de l'Ile ferme, ils ne se proposaient pas d'en aller éprouver les aventures; et sur cela l'une des deux demoiselles, qui se trouvait être fille du gouverneur de cette île, leur raconta ce que nous venons de voir, et leur proposa de les y conduire. Galaor et Florestan se souciaient fort peu de la suivre : l'arc des loyaux amants leur donnait une secrète inquiétude ; ils n'avaient pas la présomption d'espérer que la statue leur prodiguât ses fleurs : mais Agrayes, enchanté de l'espérance de pouvoir rendre un hommage éclatant à la belle Olinde, dit avec finesse : Ah ! si le brave Amadis aimait, pourrait-il hésiter à le prouver à celle qu'il adore ? Amadis rougit, n'osa répondre ; mais lui-même à l'instant, donnant la main aux demoiselles pour les faire entrer dans son vaisseau, courut au gouvernail et le dirigea vers l'Ile ferme, selon les instructions qu'il reçut de la demoiselle.

Les quatre chevaliers abordèrent à cette île dès e même soir, et furent reçus dans un hôtel, à quelque distance du palais d'Apollidon, par le père de la demoiselle, qui se plut à les instruire le tous les détails de ce palais enchanté.

Ce fut Agrayes qui, dès le lendemain matin, e présenta le premier pour passer sous l'arc des oyaux amants ; aussitôt la statue répandit quelques fleurs, et de sa trompe elle fit retentir l'air 'un son agréable. Agrayes, s'étant avancé jusqu'au erron de cuivre, contemplait avec admiration s statues des deux heureux et fidèles époux. madis ne put différer plus long-temps à suivre grayes ; et demandant à ses frères, en souriant, ils ne l'imiteraient pas, il les vit se faire beau-

14.

coup de compliments l'un à l'autre, à qui passe-
rait le premier : alors, ne voulant pas jouir plus
long-temps de leur embarras, il dit dans son
cœur : Chère et divine Oriane, c'est en ton nóm
que j'éprouve cette aventure!... A peine Amadis
fut-il sous l'arc qu'une pluie de fleurs couvrit la
terre, et qu'un concert céleste se fit entendre ; il
rejoignit Agrayes près du perron de cuivre ; et tous
es deux, après avoir admiré l'air majestueux d'A-
pollidon et la beauté de Grimanèse, se mirent à
parcourir cette première enceinte où tout leur
paraissait merveilleux. Ils s'occupèrent à lire plusieurs noms écrits sur la pierre de jaspe ; celui
d'Agrayes les surmontait déja tous. Amadis lut
avec plaisir celui de Bruneau de Bonnemer, sur
la même ligne que celui d'Agrayes : il savait que
Bruneau de Bonnemer adorait sa jeune sœur Mélicie, et dès cet instant il la lui destina. Dans ce
même moment, une main invisible gravait le nom
d'Amadis sur le frontispice de la table de jaspe ; il
ne restait aucune place pour le nom de celui qui
l'aurait pu surmonter.

Amadis et son cousin, enchantés de tous les
nouveaux objets qui frappaient leurs yeux, ou-
bliaient Galaor et Florestan qui commençaient à
s'ennuyer d'une si longue attente. Ysanie, le gouverneur de l'Ile ferme, ne put s'empêcher de leur
dire : Messeigneurs, serez-vous les premiers qui
soyez venus jusqu'ici, sans oser éprouver cette
aventure? Ce mot, *sans oser,* blessa le sensible

Florestan. Par saint Georges! il n'est rien, dit-il, que je ne puisse oser; et la certitude de la mort même ne m'arrèterait pas... A ces mots, il s'élance et franchit à moitié le passage de l'arc; mais à l'instant, il se sent arrèté par une infinité de griffes cruelles qui le pénètrent de tous côtés; la statue secoue sur sa tète des mouches-guèpes et des chauve-souris; une fumée insupportable l'environne, lui fait perdre la respiration; et dans ce moment, un coup de vent le repousse et le rejette à quatre pas au-delà de l'entrée du passage. Galaor, furieux de voir Florestan étendu sur l'herbe, et tout en sang des égratignures qu'il avait reçues, met l'épée à la main, et, se couvrant de son bouclier, baisse la tète et pénètre sous l'arc fatal : une autre espèce de résistance s'oppose à son passage; et tandis que la statue répand sur sa tète un nuage de puces et de cousins qui pénètrent sous ses armes, en le perçant de mille aiguillons, Galaor sent une infinité de petites mains, qui, quoiqu'elles lui paraissent douces et potelées, le saisissent par le nez, les oreilles et le bout des doigts; jusqu'à ses paupières, jusqu'à ses sourcils, rien n'échappe sur Galaor de tout ce qui peut être saisi par ces méchantes petites mains qui le pincent cruellement, le renversent, lui font perdre terre, et le portent étendu sur le dos à côté de Florestan. Ah! mon frère, s'écrièrent-ils tous deux, maudite soit celle qui nous a conduits ici! Cependant l'instant d'après, les égratignures de Florestan furent guéries, sans qu'il en restât la moindre marque; et Galaor, ne souffrant plus de la cuisson des pinçons qu'il avait reçus, fut assez incorrigible pour regretter de ne plus sentir l'atteinte de ces mains qui lui avaient paru jolies; mais il ne le fut pas assez pour oser tenter une seconde épreuve.

Agrayes, après avoir suffisamment observé la première enceinte, voulut essayer de franchir le perron de marbre blanc; mais à l'instant il se sentit chargé de tant de coups auxquels il opposait vainement son épée et son bouclier, qu'il ne put jamais monter que les deux premiers degrés; et, cédant à la force, il fut renversé sans connaissance et reporté jusque sous l'arc des loyaux amants, où la fraîcheur des fleurs que la statue lui versa, et les sons harmonieux qu'elle tira de sa trompe, le rappelèrent à la vie.

Amadis, invoquant alors Oriane, et soutenant la multitude des coups qu'on lui portait de toutes parts, franchit tous les degrés; mais à peine fut-il sur la plate-forme, que les coups parurent redoubler, et l'en eussent précipité peut-être, si tout-à-coup la porte de la chambre s'entr'ouvrant, il n'en fût pas sorti un bras enveloppé de satin vert, qui le tira dans l'intérieur de la chambre. Dans ce moment un nombre infini de voix se fit entendre. Honneur, criaient-elles, au brave chevalier dont la gloire et les exploits surpassent ceux d'Apollidon qui fit cet enchantement!

La loi qu'Apollidon avait écrite en partant était
formelle; elle eut sa pleine exécution. La conquête de la chambre défendue en rendait l'accès
libre à l'avenir au chevalier vainqueur, et lui donnait la souveraineté de l'Ile ferme et la possession
du palais d'Apollidon. Ysanie, suivi des principaux habitants, vint sur-le-champ aux genoux
d'Amadis lui prêter serment de fidélité. Agrayes,
Galaor et Florestan étaient trop généreux pour
voir le triomphe d'Amadis avec envie; et tous les
trois, oubliant les petites disgraces qu'ils avaient
essuyées, vinrent unir leurs voix à celles qui cé-
lébraient le nouveau souverain.

Quelle nouvelle plus charmante eût-on pu porter à la belle et sensible Oriane, que le nouveau
triomphe d'Amadis? Mais, hélas! au moment même
où cet amant si tendre se préparait à lui faire
part d'une victoire, qu'il ne devait qu'à la fidélité
de son amour pour elle, Oriane, la malheureuse
Oriane, avait le poignard dans le cœur, et la lettre cruelle qu'elle envoyait par Durin, frère de la
demoiselle de Danemarck, allait le plonger aussi
dans celui d'Amadis.

Durin était arrivé dans le moment où, marchant
vers la chambre défendue, Amadis avait déja passé
sous l'arc des loyaux amants. Gandalin, qui se
douta bien que Durin apportait des nouvelles d'O-
riane, le pria d'attendre, pour les rendre à son
maître, qu'il eût mis le comble à sa gloire, en faisant la conquête de cette chambre; ce ne fut donc

qu'après avoir reçu le serment d'Ysanie et de ses nouveaux sujets, qu'Amadis parut aux yeux de Durin. Enchanté de recevoir une lettre de celle qu'il adore, il emmène Durin dans un bosquet écarté ; il reconnaît et baise l'écriture, il rompt le cachet avec un transport qui faisait trembler ses mains et palpiter son cœur. Hélas! le malheureux Amadis allait recevoir le coup le plus mortel.

Nous ne voulons point rapporter la lettre d'Oriane ; c'était celle d'une amante désespérée !.... Elle eût touché, brisé le cœur coupable qui l'aurait méritée ; quel effet mortel ne fit-elle pas sur le plus tendre et le plus fidèle ?

Les premières lignes que lut Amadis lui firent verser un torrent de larmes, et la lettre tomba de ses mains. Durin l'ayant relevée, les derniers mots étaient qu'Oriane lui défendait de paraître à ses yeux, qu'elle desirait et qu'elle attendait la mort. A ce dernier trait, Amadis tomba sans connaissance, mais dans un état bien plus fâcheux encore que celui d'un simple évanouissement; il se roulait sur la terre, jetant quelques cris étouffés ; il demandait son épée, semblait chercher le tronc d'un arbre pour se briser la tête. Le fidèle Gandalin accourut à son secours, et le saisit entre ses bras avec Durin, pour l'empêcher du moins de se nuire, et tous les deux le gardèrent pendant plus de deux heures dans ce transport auquel à chaque instant ils craignaient de le voir succomber.

L'épuisement qu'il lui causa donnant quelque calme à ses sens, il en reprit l'usage. Ah! cher Gandalin, s'écria-t-il, en portant la lettre d'Oriane sur son front, et en l'attachant sur son cœur; cher Gandalin, voici l'arrêt de ma mort; il ne me reste plus qu'à le subir. Hélas! nous fûmes nourris du même lait; je dois tout à ton vertueux père, comme à ton tendre et fidèle attachement : reçois comme mon frère et mon ami le seul bien dont je puisse disposer. Puisque cette île est à moi, je te la donne. Va trouver mon frère Galaor, dis-lui que je lui demande pour dernière grace de t'armer chevalier : aide-moi pour la dernière fois à me couvrir de mes armes : amène-moi mon cheval à cette petite porte écartée, et garde-toi bien de me suivre; tu redoublerais ma fureur et mon désespoir, si tu t'écartais des ordres que je te donne en te faisant mes derniers adieux.

Gandalin, baigné de larmes, n'osa résister ; mais après avoir obéi à ses ordres, il monta promptement à cheval, et suivit Amadis qui s'avançait vers une langue de terre par laquelle l'île tenait au continent, ce qui lui faisait donner le nom de l'Ile ferme : il le suivit de loin, mais toujours à vue, et sans que son maître pût s'en apercevoir; Durin ne put de même se résoudre à l'abandonner.

Amadis, ayant franchi l'espèce de chaussée de l'Ile ferme, s'enfonça dans une épaisse forêt; à

peine la clarté de la lune faisait-elle distinguer
les objets. Se croyant alors suffisamment éloigné
de ceux qui tenteraient de le suivre, il descendit
de cheval, se jeta sur l'herbe, et donna cours à
ses plaintes et à ses gémissements. Gandalin et
son compagnon n'osèrent le troubler; mais ils
descendirent aussi de cheval, et se cachèrent dans
un buisson d'où ces fidèles serviteurs pouvaient
observer tous ses mouvements : l'un et l'autre
passèrent cette nuit dans les larmes, en entendant
le malheureux Amadis se plaindre de l'injustice
d'Oriane et appeler la mort à son secours.

L'aube du jour était prête à paraître, lorsque
Gandalin vit arriver un chevalier couvert d'armes,
qu'un reste de lune faisait paraître brillantes : ce
chevalier s'arrêta, passa la bride de son cheval
dans une branche d'arbre, et, tout en cherchant
une place commode pour se reposer jusqu'au
jour, il se mit à chanter une chanson. Nous ne
la rapporterons point, mais nous convenons qu'il
méritait bien d'être puni; premièrement, d'en
avoir fait une aussi mauvaise; secondement, d'o-
ser se vanter en détestables vers de son amour
pour Oriane, et d'en être aimé. Gandalin fut bien
surpris de voir qu'Amadis paraissait n'être point
ému par cette chanson : cet apparent oubli de
lui-même et de son amour parut être le comble
du désespoir au fidèle écuyer; il ne balança plus
à chercher à l'en distraire : il craignait bien moins
pour son maître le combat le plus périlleux que

cette indifférence mortelle. Il court à lui, le tire
de son anéantissement. Quoi! seigneur, lui dit-il,
n'avez-vous donc pas entendu ce que cet audacieux chevalier vient de dire? Pourquoi me viens-
tu troubler contre mes ordres? lui répondit Amadis en fureur : sans le souvenir de ton père, il
t'en coûterait la vie. Mais dis, insensé, dis donc,
que veux-tu? que prétends-tu? qu'espères-tu de
moi? Que vous le combattiez, dit Gandalin, que
vous le fassiez dédire, et que vous le punissiez
du plus noir et du plus orgueilleux mensonge.
Ah! le puis-je, mon pauvre Gandalin, dans l'état
où je suis? répondit-il : ne tenais-je pas de la divine Oriane toute ma force et mon courage? Je
crois sans doute, comme toi, que cet impudent
et félon chevalier est bien loin du bonheur dont
il se vante; mais, tel qu'il puisse être, il est encore plus digne de combattre au nom d'Oriane,
que le malheureux qu'elle a condamné. Eh! que
Durin pourra-t-il donc dire à cette belle princesse?
s'écria Gandalin. Vous ignorez qu'elle l'a chargé
d'observer vos yeux, votre air, toutes vos actions,
après qu'il vous aurait vu lire sa lettre; il m'a
suivi jusqu'ici : sera-t-il donc obligé de lui dire
que vous avez souffert qu'un audacieux attentât
à sa gloire? Quoi! Durin est ici? dit Amadis.
Oui, mon maître, j'y suis, s'écria Durin en tom-
bant à ses genoux : ah! ne vous désespérez pas;
quelque faux rapport aura blessé la princesse; sa
colère ne sera pas durable; espérez tout des soins

de ma sœur, et du compte que je vais lui rendre
à mon retour. Ah! dit Amadis en l'embrassant,
donnez-moi promptement mes armes, et puissé-
je verser tout mon sang en défendant l'honneur
d'Oriane, après l'avoir vengée!

Amadis, s'étant mis promptement en état de
combattre, s'élança sur son cheval que Gandalin
tenait tout prêt, et s'approchant du chevalier:
Vous, lui dit-il, qui vous louez tant de l'amour,
je ne crois pas que jamais vous en ayez reçu de
faveurs, ni même que vous ayez pu les mériter.
Qui es-tu, répondit l'autre, qui me parles avec
tant d'audace? Crois-tu que ma valeur et ma renommée ne me rendent pas digne de l'amour de
la plus belle princesse de l'univers? Non, je ne
t'en crois pas digne, répondit Amadis avec fureur,
ni même de l'honneur que je fais à un lâche tel
que toi, de le défier. Le chevalier, sans rien répondre, détache son cheval, monte dessus, prend
sa lance et dit froidement: Je pense que l'amour
te maltraite assez pour que tu desires de perdre
la vie: va, malheureux, ôte-toi de ma présence,
et respecte les amants fortunés. A ces mots, il
tourne bride, et veut s'éloigner sans combattre;
mais Amadis l'arrête en lui criant: Lâche, soutiens
ce que tu viens de dire, ou sois sûr d'éprouver la
punition la plus humiliante. Ce chevalier très
vain et très présomptueux ne manquait pas cependant d'une certaine valeur; et, lorsqu'il s'entendit menacer, il mit sa lance en arrêt, et courut

contre Amadis qui le fit voler par-dessus la croupe
de son cheval : cependant il n'avait point lâché
les rênes; il remonta légèrement pendant qu'A-
madis fournissait sa carrière, et se présenta l'épée
haute, quand celui-ci revint sur lui en lui disant :
En vérité, l'amour ne pouvait pas plus mal placer
ses faveurs qu'en un aussi vil et faible champion
que vous me le paraissez. C'est ce qu'il faudra
voir, dit l'autre, en lui portant de toutes ses forces un coup qui ne pénétra pas même le bouclier
d'Amadis. Le coup terrible, porté par le bras
toujours victorieux de celui-ci, coupa tout un
côté du casque de son adversaire, et le fit tomber entre les jambes de son cheval en versant un
ruisseau de sang. Amadis, qui le crut mort, dédaigna cette victoire; et, donnant des éperons à
son cheval, il voulut s'enfoncer de nouveau dans
la forêt : mais, s'apercevant que Durin et Gandalin le suivaient, il s'arrêta, prit le premier par
la main, et lui dit : Mon cher Durin, mon malheur et mon désespoir sont si terribles, que la
mort seule peut les terminer : je te prie de ne
me plus suivre; retourne vers celle que j'adore,
et que je n'ose plus nommer; dis à la princesse
Mabille que je mourrai son serviteur et son ami;
dis à ta bonne sœur, la demoiselle de Danemarck, que j'emporte avec moi le regret de n'a-
voir pu reconnaître ses bons offices et son amitié. Alors les sanglots lui coupèrent la voix, il
baigna de ses larmes le visage de Durin en l'em-

brassant, et partit de nouveau. Durin obéit en
retournant sur ses pas ; mais Gandalin s'obstinant
à le suivre : Prends garde, Gandalin, lui cria
fortement Amadis ; je sens que je ne suis plus le
maître de la fureur qui me possède, et garde-toi,
sur ta vie, puisque tu veux suivre un malheureux, de t'opposer à rien de ce qu'il voudra dire
ou faire. Gandalin lui jura de se conformer à ses
ordres ; et son maître arrachant une partie de
ses armes qu'il lui remit, l'un et l'autre continuèrent leur chemin sans projet et sans tenir de
route certaine.

Durin, s'étant éloigné d'Amadis, ne fut pas
long-temps sans rejoindre le chevalier blessé
qu'Amadis avait laissé sur la poussière. Ce chevalier venait d'ôter son casque, de se relever, et
cherchait du secours ; voyant arriver le jeune
Durin qu'il ne connaissait pas, il l'appela. Damoisel, dit-il, où pourrais-je trouver du secours ?
Je l'ignore, dit Durin ; je ne connais près d'ici
qu'un château fameux où tout le monde est dans
les larmes : un chevalier célèbre venait d'en faire
la conquête en passant sous l'arc des loyaux
amants, et en s'emparant de la chambre défendue. Quoi ! s'écria le blessé, je vois que vous
parlez de l'Ile ferme que je me proposais de conquérir ; serait-il possible qu'un autre que moi eût
pu forcer les enchantements d'Apollidon ? Quel
est donc celui que quelque magicien sans doute
aura favorisé pour mettre à fin cette aventure ?

Durin, se moquant en lui-même de la présomption du chevalier vaincu, lui répondit : Seigneur,
je ne vous dirai son nom qu'à condition que vous
m'apprendrez quel est le vôtre. Volontiers, répondit-il; il est trop beau, trop célèbre, pour
que je veuille le cacher : sachez que je suis le
chevalier Patin, frère de l'empereur de Rome
présentement attaqué d'une maladie mortelle, et
que je suis près de lui succéder. Par saint Pierre!
lui répondit Durin, vous soutenez bien mal une
si haute naissance. Sachez à votre tour que le
chevalier vainqueur des enchantements d'Apollidon ne doit sa victoire qu'à son courage comme
à son amour; et vous devez le croire sans peine,
puisque c'est le même chevalier qui vous a si facilement et si bien puni de votre orgueil. Patin,
furieux de ce propos, voulut faire un effort pour
sauter à la bride du cheval de Durin, qui fit un
éclat de rire, en lui disant : Adieu, pauvre battu,
qui méritez de l'être toujours; je pars pour la
cour de Londres, où j'aurai bien du plaisir à
vous couvrir de honte, et à rendre justice au loyal
amour et à la rare valeur d'Amadis. A ces mots,
il partit avec vîtesse, et disparut aux yeux de
Patin. Ce chevalier joue un si grand rôle dans la
suite de cette histoire, que l'auteur ne veut pas,
avec raison, laisser ignorer ses premières démarches et ses projets.

Patin, en effet, était frère de Suidan, empereur de Rome, près de mourir sans enfants; il

était désigné pour succéder à son frère, et devait
aussitôt conclure son mariage arrêté depuis un an
avec la belle princesse Sardamire, héritière du
royaume de Sardaigne. Ce chevalier, né le plus
orgueilleux de tous les hommes, dit un jour à
cette princesse : Je ne trouverais point d'adversaires en Italie qui fussent dignes de moi, si je
voulais faire triompher votre beauté de celle de
toutes les princesses de l'univers; mais comme
j'ai ouï dire que Lisvard, roi de la Grande-Bretagne, a pour fille une certaine Oriane dont on
célèbre les charmes, je pars pour Londres, et je
veux voir s'il s'y trouvera quelque chevalier assez
téméraire pour soutenir ceux d'Oriane contre les
vôtres. Sardamire aurait souhaité de le retenir,
non qu'il fût cher à son cœur, mais ne se sou-
ciant point que son nom et sa beauté fussent com-
promis par une entreprise qu'elle regardait comme
superflue et peu sage.

Patin, ayant exécuté son projet, fut reçu par
Lisvard avec les plus grands honneurs, comme
celui qui devait bientôt occuper le trône de l'empire romain; mais le cœur de Patin n'était pas
assez ferme ni assez fidèle pour résister aux charmes de la divine Oriane. A peine l'eut-il vue,
que, changeant de projet, il dit à Lisvard qu'il
n'était parti de Rome que pour venir lui-même
lui demander de placer Oriane sur le premier
trône du monde chrétien. Lisvard, dont le projet
jusqu'alors avait été de ne donner Oriane à au-

cun prince qui pût la faire sortir de la Grande-Bretagne dont elle était héritière, répondit à Patin qu'il avait promis de ne jamais marier Oriane que de sa volonté.

Le chevalier Patin était trop présomptueux pour n'être pas satisfait de cette réponse : il passa quelques jours dans cette cour, cherchant un moment favorable pour prévenir Oriane de ses desseins ; mais l'air froid et modeste de cette princesse l'avait long-temps retenu. L'ayant vue presque seule un jour qu'il lui donnait la main : Puis-je espérer, madame, lui dit-il d'un air assez avantageux, que vous obéirez aux ordres que pourra vous donner le roi votre père ? Oriane, le regardant d'un air fort étonné, lui répondit : Je serais bien fâchée, monsieur, que vous pussiez me soupçonner de n'être pas toujours soumise aux ordres d'un aussi bon père. C'est tout ce que je voulais savoir, lui dit-il, et votre cœur et votre intérêt me faisaient prévoir cette réponse. Dès le même soir, il dit à Lisvard : Sire, je vois que les sentiments de la princesse votre fille sont assez d'accord avec les miens, pour que dès ce moment je travaille à venir apporter de nouveaux trophées à ses pieds, et dès demain je pars pour en conquérir qui soient dignes d'elle. Lisvard surpris fut quelques moments en suspens, et se contenta pour lors de le détourner du projet d'aller chercher des aventures ; mais l'orgueilleux Patin partit dès le lendemain ; et sachant que nul chevalier n'avait pu réussir à conquérir l'Ile ferme, il eut la présomption d'espérer que cette conquête lui était destinée. Plein de cette idée, et véritablement épris d'Oriane, ne doutant pas non plus qu'elle ne répondît à son amour, il fit la mauvaise chanson dont nous avons parlé. Ce fut en la répétant qu'il s'arrêta dans le bois où la nuit l'avait surpris ; et ce fut aussi cette même chanson qui lui fit recevoir une leçon, qui, toute forte qu'elle était, ne put rien diminuer de sa folle présomption.

Amadis était parti si secrètement de l'Ile ferme, que Galaor, Agrayes et Florestan ne s'en étaient point aperçus : Ysanie, retenu par son serment, ne les en informa que le lendemain matin. Leur douleur fut extrême en apprenant le départ d'Amadis, et quel était son désespoir. Ils firent seller promptement leurs chevaux ; et, s'étant armés, ils suivirent la route qu'il avait d'abord prise, et vinrent jusqu'à l'endroit où le chevalier Patin était encore entouré de ses écuyers occupés à le secourir. Galaor lui demanda par quel accident il se trouvait si maltraité : Patin était hors d'état de leur répondre ; ce furent ses écuyers qui apprirent aux trois princes que c'était un chevalier de l'Ile ferme qui venait de l'abattre et de le blesser ; et qu'après ce combat ce chevalier, qui portait deux lions sur son écu, s'était enfoncé dans le bois en versant beaucoup de larmes, et faisant retentir les environs de ses plaintes et de ses gémissements. Les trois princes, plus déterminés que jamais à faire tous leurs efforts pour le rejoindre, prirent le parti de se séparer, et occupèrent différentes routes pour le chercher; mais, quoique tous les trois parcourussent depuis une infinité de pays dans lesquels ils éprouvèrent des aventures périlleuses, leur recherche fut vaine, Amadis n'ayant que trop bien su se cacher aux yeux de l'univers. Ce prince, après avoir longtemps marché, descendit sur la fin du jour dans le fond d'une vallée profonde, pleine d'épais buissons. Là, se croyant à couvert de toute recherche, il mit pied à terre pour faire paître son cheval; et, se couchant sur le bord d'un ruisseau, ses pleurs et ses gémissements parurent redoubler.

Gandalin eut la mal - adresse d'oser blâmer Oriane, et de l'accuser ou d'avoir autorisé Patin à faire la chanson qu'ils avaient entendue, ou d'avoir écrit cette lettre par un de ces caprices que les femmes emploient quelquefois pour éprouver leurs amants : peu s'en fallut qu'Amadis furieux ne punît sur-le-champ Gandalin d'un pareil blasphème. Ah! malheureux, s'écria-t-il, crains la mort, si tu continues d'outrager la plus parfaite créature que le ciel ait formée. Non, divine Oriane, s'écria-t-il dans son transport, vous ne pouvez être injuste ni légère, et je me crois coupable, puisque vous m'avez condamné. A ces mots, il s'éloigne de quelques pas en remontant le ruisseau, et Gandalin, pour laisser calmer sa

15.

colère, feint de s'endormir; mais l'instant après,
épuisé par la fatigue, il ferme les yeux et se livre
véritablement au sommeil. Amadis, qui s'en aperçoit, saisit ce moment pour débrider le cheval de
Gandalin, cache sa bride dans un buisson, monte
sur le sien, et, sortant de la vallée, franchit la
montagne, traverse une grande plaine, et marche
le reste du jour sans rencontrer d'habitations ni
de voyageurs : ce n'est qu'à la vue d'un hermite
courbé par les années, et portant avec peine une
besace, qu'il s'arrête pour lui demander s'il est
ministre des autels. L'hermite lui répond que depuis plus de quarante ans il a reçu le sacerdoce;
Amadis descend, débride son cheval, le chasse
dans un bois voisin, arrache ses armes qui restent éparses sur l'herbe, et, nue tète et désarmé,
ce malheureux prince se jette aux genoux du
vieillard. L'hermite considère Amadis avec autant
d'admiration que de pitié : bientôt il s'aperçoit
qu'une douleur mortelle l'agite; il lui prend les
mains, le relève, le fait asseoir à côté de lui, et
cherche à porter la consolation dans son ame, en
lui parlant de la miséricorde du Très-Haut. Amadis, touché des soins paternels du saint hermite,
lui fait un humble aveu de ses fautes. L'hermite
qui connaît alors quelle est la haute naissance
d'Amadis, et tous les détails et toute la violence
de son amour pour Oriane, lui parle en ami
tendre pour le ramener, mais aussi comme un
père sévère qui parle au nom du ciel.

Sauvez-moi de mon désespoir, ô mon père! s'écria le malheureux Amadis. Je n'ai d'autre résolution à suivre que de me livrer sans défense à la dent meurtrière des bêtes de cette forêt, ou de périr de faim et de rage, si vous me refusez de m'emmener avec vous dans votre hermitage. L'hermite s'en défendit long-temps, et lui dit que sa retraite était sur une roche stérile, à sept lieues en mer, et qu'il y vivait des aumônes que des mariniers charitables venaient lui porter, ou qu'il venait chercher quelquefois lui-même sur le continent. Amadis ayant redoublé ses instances pour qu'il le conduisît dans son hermitage qu'on nommait la Roche-pauvre, celui-ci ne put le refuser plus long-temps; mais il ne se rendit à sa prière qu'en lui faisant jurer qu'il lui obéirait dans tout ce qu'il pourrait lui commander; et c'est, lui dit-il, la pénitence que je vous impose en priant le ciel de vous remettre vos offenses. Amadis s'y soumit et le lui jura. La première marque d'obéissance que l'hermite exigea de lui, fut de prendre quelque nourriture; ce léger repas lui procura quelques heures de calme et de sommeil.

Le repos d'Amadis fut interrompu par un songe qui lui parut terrible et qui le réveilla, en lui faisant jeter un grand cri. Il avait cru voir la princesse Mabille sa cousine, et la demoiselle de Danemarck, qui le prenaient par la main et le faisaient sortir de ce lieu solitaire; elles lui paraissaient, dans son rêve, précédées par un rayon

Gandalin, ne voulant pas perdre de temps dans sa recherche, les pria de dire à Guilan que, les armes de son maître ne pouvant être en de meilleures mains, il allait continuer sa marche et sa recherche.

Pendant ce temps, Durin avait fait une si grande diligence, qu'il était arrivé le huitième jour à Londres : ce fut en fondant en larmes qu'il embrassa sa sœur, la demoiselle de Danemarck, qu'il lui raconta ce qui s'était passé sous ses yeux, et qu'il lui peignit le désespoir d'Amadis depuis qu'il avait reçu la fatale lettre dont Oriane l'avait chargé pour ce malheureux chevalier.

Oriane, ayant appris le retour de Durin, l'envoya chercher, et se jeta sur son lit pour être plus en état de soutenir l'impression qu'elle prévoyait que son rapport allait faire sur elle. Par la fidélité que tu m'as jurée, dit-elle, je te conjure de me dire ce que tu penses, ce que tu sais de la reine Briolanie, et quelle était la contenance d'Amadis en lisant ma lettre. Madame, lui dit Durin, si je ne vous avais pas vue, j'aurais jugé que Briolanie était la plus belle princesse de l'univers; je n'ai plus trouvé dans sa cour les chevaliers qui l'ont défendue; Amadis l'avait quittée dès qu'il avait vu ses sujets lui prêter serment : sachant qu'il était parti pour l'Ile ferme, je l'ai suivi. Ah! madame, croyez-en un serviteur fidèle. Au moment où j'arrivais pour joindre Amadis, ce prince commençait l'épreuve des enchantements d'Apol-

lidon, et venait de passer sous l'arc des loyaux
amants. Dieu! s'écria toute troublée la belle Oriane,
comment osa-t-il tenter de s'y présenter, le cœur
coupable d'une aussi grande perfidie? Je ne sais
quelle est votre idée, madame, mais j'ai vu le
passage jonché des fleurs que la statue avait ré-
pandues sur sa tête; jamais je n'entendis des sons
plus harmonieux que ceux que la statue rendait
encore; tous les habitants étaient dans l'admiration, et disaient que jamais aucun chevalier ne
vit honorer son passage par des signes aussi frap-
pants. Notre étonnement à tous a bien redoublé,
lorsque nous avons vu qu'il était vainqueur de
tous les obstacles, et que la conquête qu'il a faite
de la chambre défendue a prouvé que ce héros
surpassait en courage, en amour et en fidélité, le
grand Apollidon même; ce qui l'a rendu sur-le-
champ souverain de l'Ile ferme, qu'il s'est assujettie par ce nouveau triomphe.

Le premier sentiment d'Oriane fut la joie de
recevoir des preuves aussi frappantes de la fidélité d'Amadis; mais, la renfermant dans son cœur,
elle continua ses questions. Durin ne put tenir à
celles qu'elle lui fit sur le moment où il lui présenta sa lettre. Ah! madame, lui dit-il avec une
douleur amère, pourquoi m'avez-vous choisi pour
cette cruelle commission? pourquoi m'avez-vous
fait porter la mort dans l'ame la plus généreuse
et la plus fidèle? Ah Dieu! que vas-tu m'apprendre? s'écria-t-elle en laissant tomber sa tête sur

son oreiller et commençant à verser des larmes;
mais poursuis, mon cher Durin, poursuis; et,
puisque le fidèle Amadis est malheureux, il est
bien juste que la cruelle et coupable Oriane le
devienne encore plus que lui. Alors Durin lui fit
un récit fidèle de tout ce qui s'était passé sous
ses yeux, du départ d'Amadis, de son combat
contre Patin, et de l'ordre qu'il lui avait donné
de retourner près d'elle, tandis qu'en attendant
la mort il allait s'enfoncer dans les déserts les plus
éloignés, pour obéir à ses ordres. Oriane ne put
entendre ce récit sans jeter des cris qui ne cessèrent que par un évanouissement presque mortel
dont Mabille et la demoiselle de Danemarck furent deux heures sans pouvoir la faire revenir.
Ayant enfin repris un peu ses sens, et les voyant
toutes les deux en larmes : Ah! mes amies, leur
dit-elle, ne pleurez point pour une malheureuse,
indigne de votre pitié; pleurez, pleurez sur Amadis, dont je prive peut-être l'univers par mon
injuste et coupable jalousie. A ces mots, elle s'é-
vanouit une seconde fois entre les bras de Mabille, qui, quoique irritée des maux qu'elle faisait
éprouver à son cousin, ne sentit plus que la tendre pitié qui l'intéressait pour elle, et ne s'occupa
plus qu'à la consoler. Quoi! ma cousine, pouvez-
vous croire qu'Amadis ne soit pas assez épris,
assez constant pour vous pardonner un premier
mouvement qui ne lui paraîtra bientôt plus que
l'effet d'un excès d'amour! S'il s'est éloigné après

avoir fait repartir Durin, c'est pour vous laisser
le temps de reconnaître son innocence, et vous
le verrez plus tendre et plus soumis que jamais
à vos genoux. Ah! ma chère cousine, répondit
Oriane, que je suis coupable! Ah ciel! pouvez-
vous croire qu'Amadis puisse jamais l'oublier?
Oui, oui, ma cousine, répliqua vivement Mabille,
un seul de vos regards, un seul mot de votre
belle bouche effacera ce cruel souvenir; mais oc-
cupons-nous promptement à le secourir, faisons-le
chercher de toutes parts pour le rappeler près de
vous. Je connais sa confiance et sa tendresse pour
Gandales; c'est dans les bras des personnes qui
leur sont les plus chères, que les malheureux
vont porter leur douleur: envoyons promptement
la demoiselle de Danemarck en Écosse; elle trouvera peut-être Amadis chez Gandales, ou du
moins elle trouvera chez lui les nouvelles que
son fils Gandalin lui donnera de ce damoisel de
la mer qui lui dut la vie, et qu'il rendit si vertueux.
Oriane approuva fort ce projet: en est-il qui ne
flatte un instant l'espérance d'une ame au comble
du malheur, et surtout d'un malheur causé par
l'amour?..... Elle écrivit de sa main une longue
lettre qu'elle mouilla de ses larmes; quelques
lignes en étaient effacées; mais qu'Amadis devait
être heureux en trouvant l'empreinte de ces
larmes précieuses, et en déchriffrant les traces
de la main tremblante qui peignait ses regrets et
son amour!

La demoiselle de Danemarck partit ; et, montée sur la meilleure haquenée d'Oriane, elle traversa la Grande-Bretagne, et arriva le dixième jour près du château de Gandales.

La demoiselle de Danemarck n'en était point connue ; Gandales qui revenait de la chasse la rencontra, lui fit offre de ses services, et lui demanda ce qu'elle cherchait dans ce pays assez sauvage. Hélas ! dit-elle, je cherche un ancien et vertueux chevalier qui servit de père au plus brave chevalier de l'univers, et j'espère qu'il pourra m'en donner des nouvelles. Ah ! demoiselle, répondit Gandales, si c'est Amadis que vous cherchez, vous me voyez inquiet comme vous de sa destinée : celle de mon fils unique est attachée à la sienne, et depuis long-temps je suis privé du bonheur de voir les personnes qui me sont les plus chères. En disant cela, les larmes lui tombèrent des yeux, et la demoiselle de Danemarck, trompée dans son espérance, ne voulut pas lui faire partager son affliction : elle raconta seulement à Gandales la victoire d'Amadis sur Abiseos pour le service de Briolanie, et la conquête de l'Ile ferme ; mais elle lui cacha l'injustice d'Oriane et le désespoir de son élève. Elle passa deux jours à se reposer chez Gandales, et forma le dessein de s'embarquer sur un vaisseau prêt à partir pour les îles Orcades. Amadis, se disait-elle, dans sa douleur extrême, aura peut-être choisi pour sa retraite les pays les plus déserts et les plus éloignés du commerce des hommes.

Nous avons vu que Guilan le Pensif, après avoir trouvé les armes d'Amadis, les rapportait à la cour de Lisvard : l'écu de ce héros pendait au cou de Guilan qui n'eût osé s'en servir, et qui reprenait le sien lorsqu'il était obligé de combattre.

L'écu d'Amadis fut reconnu par deux neveux d'Arcalaüs; ces scélérats l'attaquèrent à-la-fois, en se disant : De par tous les diables, nous porterons sa tête à notre oncle. Oh! de par saint Denis, s'écria Guilan, scélérats que vous êtes, c'est vous qui laisserez la vôtre. A ces mots, il perce la gorge de l'un des deux, d'un coup de lance, et l'autre s'enfuit lâchement en le voyant venir sur lui l'épée haute. Guilan, poursuivant sa route, arriva près d'un pont sur lequel il était obligé de passer, et fut témoin de la lâche action de celui qui le défendait, et qui faisait couvrir de chaînes un chevalier, que ses satellites avaient abattu. Guilan reconnut ce chevalier pour être son cousin et son ami Ladasin. Remettant aussitôt le bouclier d'Amadis à son écuyer, il prit le sien, et fondit sur la troupe qui tenait Ladasin enchaîné. Après l'avoir mise en fuite, il s'avança contre le chevalier qui gardait le pont, et commençait à lui faire des reproches; mais l'autre l'interrompit, en lui disant : Apprends, avant que je te donne la mort, que je suis Gandaloc, fils de Barsinan, que le traître Lisvard a fait brûler dans Londres. Ah! que ne puis-je tenir ce méchant roi! mais, n'étant pas

en état de l'attaquer dans son palais, je jouirai
du moins du plaisir de lui envoyer ta tête, et
celle de quatre de ses chevaliers que j'ai déja dans
mes fers. Va, lui répondit Guilan, les traîtres de
ta race sont trop lâches pour soutenir les regards
de ce prince, s'ils le trouvaient seul à seul. A ces
mots, il court contre Gandaloc; tous les deux
sont renversés avec leurs chevaux dans cette atteinte; Guilan se relève, et le combat à pied devient long et cruel : à la fin, Gandaloc, étourdi
par les coups de Guilan, tombe à ses pieds; celui-ci lui fait crier merci, le fait lier, et le conduit
à Londres, après avoir délivré les prisonniers.

Lorsque Lisvard vit paraître Guilan portant les
armes et le bouclier d'Amadis : Ah Dieu! s'écria-
t-il, quelle funeste nouvelle allez-vous m'annoncer? Avons-nous perdu pour toujours l'honneur
et le modèle de la chevalerie? Je l'ignore, sire.
Alors voyant la reine Brisène : C'est à vous, madame, que je dois rendre compte de ce que je
peux savoir de votre chevalier. Il lui raconta comment il avait trouvé ses armes entières et sans
aucune marque qu'elles eussent été endommagées
dans un combat. Cette circonstance ne put suffire
pour consoler Brisène qui versa des larmes amères; mais sa douleur n'égala point encore celle de
la belle Oriane, qui, venant auprès de sa mère,
avait reconnu les armes que Guilan venait de
rapporter. La princesse Mabille eut bien de la
peine à l'empêcher de se précipiter d'un balcon

sur lequel elle avait couru; et ce ne fut que la
circonstance d'être sûre que nulle marque de
sang ne paraissait sur les armes d'Amadis, qui put
la résoudre à jurer à Mabille, qui la tenait entre
ses bras, qu'elle n'attenterait pas à sa vie. Pendant que la sensible Oriane gémissait de son injustice, et que tous les vœux que son cœur formait rappelaient son Amadis, ce malheureux
prince, sous le nom du beau Ténébreux que l'hermite avait cru devoir lui donner, languissait dans
l'hermitage de la Roche-pauvre : il assistait aux
prières, à tous les offices du saint homme; mais
il ne pouvait résister à l'attrait enchanteur qui
l'entraînait à ne s'occuper que d'Oriane, et qui
lui rappelait les heureux moments qu'il avait
passés près d'elle. Quelquefois il allait pêcher à la
ligne sur le bord de la mer, et ne voyait point,
sans avoir le cœur serré, la barrière et la distance
qui le séparaient pour toujours de celle qu'il ne
pouvait ni ne voulait oublier : le sommeil fermait
rarement ses paupières, et la cloche de la chapelle de l'hermite ne lui paraissait importune, que
parcequ'elle semblait l'avertir que le jour qu'il
allait passer serait aussi malheureux que les derniers qui l'avaient précédé.

Il rêvait un matin en s'avançant vers le bord
de la mer où la veille il avait laissé ses hameçons :
quelle fut sa surprise de voir aborder une galère
sur cette côte déserte, et d'en voir descendre des
femmes accompagnées de quelques chevaliers !

Ils paraissaient occupés à soutenir une dame richement vêtue et à lui chercher un asyle; plusieurs de ces femmes s'avancèrent dans l'île, et l'une d'entre elles l'apercevant, l'appela. Mon ami, lui dit-elle, ne pourriez-vous point nous procurer une maison où nous puissions faire tendre un lit pour notre maîtresse que la fatigue de la mer a rendue malade? Hélas! madame, répondit Amadis, je ne connais sur cette roche qu'une cabane qui sert d'asyle à l'hermite que je sers, et la chapelle où dans un moment il va célébrer les saints mystères. Ah! de grace, répliqua-t-elle, priez-le d'attendre un instant pour donner le temps à ma maîtresse de se rendre ici et de se joindre à vos prières.

Amadis retourna vers l'hermite pour l'en avertir; le bon vieillard n'apprit point l'arrivée de ces femmes sans quelque peine. Je me suis retiré depuis quarante ans, lui dit-il, sur cette roche, pour fuir ce sexe dangereux; et les années et ma longue pénitence ne me rassurent point sur le péril qu'on court à le voir. Donnez à ces étrangers les secours qui sont en votre pouvoir; mais n'exigez pas de moi que je les voie. En disant ces mots, il s'enferme dans la sacristie, d'où quelque temps après il sort les yeux baissés, pour monter à l'autel, et, dès qu'il en descendit, il rentra dans la même sacristie pour ne plus reparaître.

Quoique le beau Ténébreux fût bien éloigné

de l'état de perfection de l'hermite, il courait moins de risque que ce bon vieillard à voir les étrangères : son ame déchirée par la douleur était trop occupée d'Oriane, pour que nul autre objet pût la troubler. Lorsque le service fut fini, il les conduisit dans un endroit de cette roche, où quelques arbres nourris par un peu de terre étaient crûs sans culture, et dont une fontaine baignait les racines : ce lieu parut commode aux étrangers, pour y dresser une tente où la dame incommodée se fit transporter.

Amadis, il faut l'avouer, n'avait fait que de vains efforts dans l'hermitage pour renoncer absolument au monde. Toujours occupé d'Oriane, cette dame étrangère lui parut être d'un rang assez considérable pour avoir des liaisons dans les différentes cours de l'Europe : il conçut l'espérance d'apprendre par elle quelques nouvelles de celle de la Grande-Bretagne ; et, nous l'avons déja dit, la plus légère de toutes les espérances suffit à l'amant bien épris, et surtout lorsqu'il est malheureux : il se prêta donc à toutes les questions qu'on lui fit. Ces étrangers ne pouvaient remarquer la richesse de sa taille, son air noble, sa jeunesse et ses traits, sans admiration et sans être surpris de l'avoir trouvé dans cette affreuse solitude. Amadis, sans être obligé de leur en faire la question, apprit d'eux que cette dame s'appelait Corisande, et qu'elle s'était embarquée pour passer dans la Grande-Bretagne, étant très

inquiète de n'avoir point eu depuis long-temps
de nouvelles d'un chevalier nommé Florestan,
qu'elle espérait trouver dans cette cour. N'en
soyez point en peine, dit le beau Ténébreux,
il n'y a pas long-temps que je l'ai vu dans l'Ile
ferme avec Agrayes et Galaor; ils revenaient des
états de la reine Briolanie.

Corisande parut être étonnée de trouver dans
le compagnon du vieil hermite un homme d'une
figure et d'un maintien aussi nobles, et qui paraissait connaître, encore mieux qu'il ne voulait
le laisser présumer, les plus célèbres chevaliers
de la Grande-Bretagne. Puisque vous connaissez
si bien, lui dit-elle, Florestan et Galaor, ne pourriez-vous pas me dire ce que fait Amadis et s'il
est avec eux? Je l'ignore, madame, répondit-il
en laissant échapper un soupir; mais j'en doute,
parceque je crois avoir rencontré ce chevalier à
deux journées de l'Ile ferme; j'ai cru du moins
le reconnaître sur le bord d'une fontaine, à moitié
désarmé, baigné de larmes; et, m'étant caché
dans un buisson pour l'observer, je l'entendis
chanter, d'une voix entrecoupée, une complainte
qu'à chaque vers ses sanglots interrompaient. Ah!
s'écria Corisande, que peut-il donc être arrivé de
si sinistre à ce chevalier que je croyais être au
comble de la gloire et du bonheur? Je regrette
bien de ne pouvoir entendre cette complainte qui
m'apprendrait peut-être quelle est l'espèce de
malheur dont il se plaint. Hélas! madame, dit

Amadis , les malheureux s'intéressent toujours
pour leurs semblables : ce chevalier répéta deux
fois la même complainte ; j'en fus trop touché pour
ne la pas retenir. Ah! de grace , répétez-la moi,
dit Corisande. Vous exigez beaucoup de moi,
dit-il les larmes aux yeux ; je sens que je ne pourrai vous la redire sans m'attendrir sur mes propres malheurs : alors le beau Ténébreux, prenant
un luth que tenait une des demoiselles de Corisande, chanta la complainte qu'il avait composée depuis qu'il était dans l'hermitage ; mais il
supprima le nom de celle pour laquelle l'amour
et le désespoir la lui avaient dictée.

—

COMPLAINTE D'AMADIS,

SUR LA ROCHE-PAUVRE,

LAY PLAINTIF EN VIRELAY.

Roses d'amour embellissaient ma vie ;
A les cueillir je semblais destiné :
Douce espérance, hélas! tu m'es ravie.
Il est passé ce temps si fortuné.

Il est passé! Dieu! quelle calomnie
A pu noircir le plus loyal amant ?
Aurais-je pu manquer à mon serment ?
Roses d'amour embellissaient ma vie.

Ton tendre cœur, tu me l'avais donné !
Ta foi... ta foi... tu me l'avais jurée !

16.

Toutes ces fleurs que répand Cythérée,
A les cueillir je semblais destiné.

Mais ton courroux, ta noire jalousie
Brisent un cœur qui n'adora que toi;
Puisque tu crois qu'il t'a manqué de foi,
Douce espérance, hélas! tu m'es ravie.

Sur cette roche, errant, abandonné,
Cherchant la mort, la desirant sans cesse,
Baigné de pleurs, je dis : J'eus sa tendresse!
Il est passé ce temps si fortuné!

Roses d'amour embellissaient ma vie;
A les cueillir je semblais destiné :
Douce espérance, hélas! tu m'es ravie.
Il est passé ce temps si fortuné.

Rappelle-toi les jeux de notre enfance!
Mon cœur ému pour la première fois
Ne palpitait qu'aux accents de ta voix,
Et ne craignait que ton indifférence.

A peine alors le connus-je ce cœur,
Que je sentis qu'Amour était son maître :
Je n'ai cherché ceux qui m'ont donné l'être
Que pour en faire hommage à mon vainqueur.

Oublîras-tu qu'en ton doux vasselage
Ton seul desir fut ma suprême loi ?
D'un los nouveau refuses-tu l'hommage?
L'arc redoutable a couronné ma foi.

Ah! souviens-toi qu'en une douce ivresse,
Quand je lisais mon bonheur dans tes yeux,

A tes genoux je répétais sans cesse :
Qui l'aima bien doit l'en aimer bien mieux.

Roses d'amour embellissaient ma vie ;
A les cueillir je semblais destiné :
Douce espérance, hélas ! tu m'es ravie.
Il est passé ce temps si fortuné.

Mourons, mourons, puisqu'il ne peut renaître :
Dieux ! qui m'arrête ?... ô transports superflus !
Amour me dit... Tu ne la verras plus...
Souffre pour elle... obéis à ton maître.

La douceur de la voix d'Amadis, la justesse des
sons de son luth, et la grace avec laquelle il l'accompagnait, achevèrent de convaincre Corisande,
que le beau Ténébreux était d'un rang et d'une naissance illustres, et que la dévotion ou le désespoir
l'avait conduit dans cette affreuse solitude : elle
fut si touchée de cette complainte qui s'accordait
à l'état présent de son ame, qu'elle pria le beau
Ténébreux de l'apprendre à ses demoiselles, pour
qu'elles pussent la lui répéter.

Corisande se trouvant beaucoup mieux, et le
vent étant favorable, elle remonta dans son vaisseau, après avoir fait de vains efforts pour engager le beau Ténébreux à quitter cette solitude et
à s'embarquer avec elle. Un vent frais la porta
dans peu de jours dans l'embouchure de la Tamise ; et la reine Brisène sa cousine, ayant appris
son arrivée, envoya sa dame d'honneur et des
équipages pour la conduire dans son palais.

Corisande fut reçue par Lisvard comme une parente qui méritait sa tendresse, et qu'il avait élevée dans sa cour. Lorsqu'il lui demanda s'il pouvait la servir en quelque chose, Corisande ne lui cacha point ses liaisons avec Florestan, et se plaignit de ne le pas trouver dans sa cour où ce prince lui avait dit qu'il devait se rendre. Ah! répondit Lisvard, Florestan est accablé du même malheur qui nous afflige tous : nous ignorons si son frère Amadis vit encore ; personne ne peut en donner de nouvelles, et depuis quelques jours Guilan nous a rapporté ses armes. Florestan et plusieurs chevaliers de ma cour sont partis pour le chercher ; et, si j'avais pu m'éloigner de mes états, j'aurais été moi-même à sa recherche. Vous me faites frémir, sire, répondit Corisande : je connais la tendresse de Florestan pour Amadis ; il ne pourrait survivre au malheur de l'avoir perdu.

Oriane et Mabille arrivèrent dans ce moment ; les plus tendres caresses furent réciproques entre ces jeunes princesses : en peu de jours leur liaison devint intime.

Il n'est point d'ame bien éprise qui ne soit occupée à faire naître les occasions de rappeler l'objet aimé : le nom seul de ce qu'on aime cause une douce émotion dans la bouche de son amie ; et Corisande, en causant avec Oriane, ne prononçait jamais le nom de Florestan, qu'Oriane n'eût l'adresse de la faire parler d'Amadis. C'est à la suite d'une conversation de cette espèce, que

Corisande raconta tout ce qu'elle avait vu pendant son séjour sur la Roche-pauvre. Elle peignit le beau Ténébreux avec des traits qui frap-
pèrent également Oriane et Mabille; et Corisande
leur ayant dit que ses demoiselles avaient appris
la complainte que ce singulier hermite avait chantée, elles la supplièrent de les faire venir. Elles
firent apporter deux luths, et les demoiselles
chantèrent cette complainte d'un ton si attendris-
sant, qu'elles arrachèrent des larmes de toutes
celles qui les écoutaient. Oriane avait été la première à pleurer, lorsque, dès le premier couplet,
elle reconnut un air qu'Amadis avait fait pour
une première complainte, dans laquelle il ne se
plaignait alors que de ses rigueurs; mais, lorsque
dans les paroles de cette dernière, elle vit qu'A-
madis désespéré l'accusait d'injustice, de cruauté,
et finissait par appeler la mort à son secours,
tout lui dit que cette complainte ne pouvait être
d'un autre que de son amant; et, penchant sa
tête sur son beau sein, elle resta sans connaissance
entre les bras de Mabille qui la soutint à temps,
et la fit emporter sur son lit. Ah! n'en doutons
pas, ma chère Mabille, dit Oriane, en reprenant
ses sens, c'est Amadis; oui, c'est ce héros que
j'adore, et dont j'ai causé tous les malheurs, qui
a fait cette complainte, et peut-être est-ce lui-
même qui l'a chantée et qui va périr sur la Roche-
pauvre. Je pense comme vous, ma chère cousine, répondit Mabille; mais tranquillisez-vous,

je vais prendre de nouveaux éclaircissements de
Corisande; et, si nous sommes assez heureuses
pour que le beau Ténébreux soit Amadis, nous
pouvons espérer de le revoir bientôt. Ah! comment l'espérer? dit Oriane; la demoiselle de Danemarck a pris la route de l'Écosse, et Durin est
parti pour le chercher dans la Gaule. Je ne peux
pas dire, ma cousine, interrompit Mabille en
souriant, qu'Amadis me soit absolument tout aussi
cher qu'à vous; mais, en vérité, il est dans mon
cœur à côté de mon frère Agrayes; et, si dans
quinze jours nous n'en avons pas de nouvelles,
je prendrai le prétexte d'aller en Écosse voir la
reine ma mère, et de m'embarquer pour faire ce
voyage plus commodément; et feignant d'avoir
été dérangée de ma route par les vents contraires,
le pilote du vaisseau que j'aurai me conduira vers
la Roche-pauvre. Oriane embrassa tendrement
Mabille, et reçut dans son cœur la consolation
avec l'espérance de revoir bientôt son cher Amadis.

La demoiselle de Danemarck avait presque
perdu celle de le trouver. Elle ne toucha qu'à la
première des îles Orcades, et cette île était inhabitée; ce n'était qu'un vaste rocher couvert de
gros oiseaux de mer qui venaient y faire leurs
nids. Elle se proposait de pénétrer plus avant dans
l'espèce d'archipel de ces îles sauvages, lorsqu'un
coup de vent du nord la repoussa le long des
bords de l'Écosse; et le même vent, continuant
plusieurs jours, porta le vaisseau dans une mer

inconnue, où la tempête qui s'éleva le mit en danger de périr. La demoiselle passa toute la nuit suivante entre la vie et la mort ; et le pilote, au point du jour, apercevant assez près une espèce de gros écueil qui s'élevait très haut hors de la mer, eut l'adresse de diriger son vaisseau, de façon à s'en approcher assez près pour s'en faire un abri.

La tempête commençant à se calmer et le soleil à paraître, le pilote s'aperçut qu'il était facile d'aborder sur cet écueil, qui, de ce côté, présentant un rivage assez uni, n'était point hérissé de roches dangereuses ; mais, quoique son équipage et la demoiselle de Danemarck fussent très fatigués de la tempête, ils n'auraient point hasardé de descendre sur cet écueil qu'ils croyaient inhabité, si le son d'une cloche qu'ils entendirent ne leur eût fait espérer d'y trouver le repos et les secours dont ils avaient besoin.

La demoiselle de Danemarck, accompagnée du capitaine du vaisseau, descendit à terre ; et, le son de la cloche les ayant dirigés, ils trouvèrent bientôt un sentier qu'ils suivirent, se doutant bien qu'il les conduirait vers l'habitation.

Nous sommes sûrs que les lecteurs apprendront avec plaisir que c'était à la Roche-pauvre que la demoiselle de Danemarck avait abordé. Le beau Ténébreux, ayant été dès l'aurore entretenir ses tristes et tendres rêveries dans le petit bois d'où l'on découvrait la mer, avait vu le vaisseau s'ap-

procher du rivage; mais, lorsqu'il vit descendre
à terre ceux qui le montaient, il regagna promptement sa demeure, crainte d'être aperçu.

Ceux du vaisseau, suivant la route qui montait
en tournant jusqu'à l'hermitage, rencontrèrent
un jeune neveu du vieil hermite, qui venait de lui
porter des provisions, et qui leur dit que son
oncle était prêt à monter à l'autel pour célébrer
les saints mystères; la demoiselle et les passagers
se hâtèrent de se rendre à la chapelle, pour remercier le Tout-Puissant de les avoir sauvés de la
tempête.

Le beau Ténébreux, au moment de son retour, avait averti l'hermite de l'arrivée de ces
étrangers; le saint homme les avait attendus, et
ne commença le saint sacrifice que lorsqu'ils entrèrent dans la chapelle. Le beau Ténébreux, à
genoux et le dos tourné vers les assistants, se
préparait à le servir à l'autel; à peine en avait-il
la force. Toujours dans les larmes et dans la plus
mortelle douleur, ne mangeant que par obéissance, le teint brûlé par les rayons du soleil, sa
maigreur et son abattement, tout le rendait mé-
connaissable. Ce ne fut que vers la fin de la
messe, au moment de présenter les burettes,
qu'il jeta la vue sur les assistants, et reconnut la
demoiselle de Danemarck; son état de faiblesse ne
lui permit pas de soutenir la vive émotion qu'il
sentit alors; et, poussant un gémissement sourd,
il tomba sur le carreau sans connaissance. L'her-

mite vint à son secours ; mais, le croyant mort,
il adressa la prière la plus fervente au ciel pour
qu'il reçût son ame : se trouvant trop faible pour
le relever, il pria ceux qui suivaient la demoiselle
d'aider à porter son compagnon dans la chambre,
ce qu'ils firent avec zèle.

La demoiselle de Danemarck s'étant informée
à l'hermite quelle espèce d'homme était le compagnon pour lequel elle lui voyait verser des larmes : Hélas ! dit-il, c'est un chevalier qui faisait
ici la plus rigoureuse pénitence ; il a choisi cette
roche pour se séparer à jamais des hommes et
servir l'éternel avec plus de ferveur. La demoiselle, sachant que c'était un chevalier, envoya vite
au vaisseau chercher tous les secours qui pouvaient être nécessaires ; et, voulant lui procurer
les plus pressés, elle entra dans la chambre, lui
souleva doucement la tête, et lui fit respirer des
eaux spiritueuses.

Amadis revint à lui : mais songeant à l'instant
que, s'il se faisait connaître, ce serait peut-être
désobéir aux ordres d'Oriane qui l'avait à jamais
banni de sa présence (et pour lui c'était l'être de
l'univers), il continua de fermer les yeux ; et,
quelque chose que la demoiselle pût lui dire,
elle ne put en tirer que des soupirs. La demoiselle croyant que l'air lui ferait du bien, celui de
la chambre obscure qu'il habitait étant chaud et
épais, courut ouvrir la fenêtre, et les rayons du
soleil tombèrent sur le visage pâle et couvert de
larmes du beau Ténébreux.

Malgré la pâleur extrême et la maigreur qui
défiguraient ses traits, la demoiselle de Danemarck
sentit une vive émotion en croyant le reconnaître ;
mais, en le considérant encore avec plus d'attention, elle aperçut à son front la cicatrice qui lui
restait d'une blessure qu'il avait reçue d'Arcalaüs.
Ah Dieu ! s'écria-t-elle avec transport : ah ! vous
êtes donc celui qui nous faites verser tant de larmes, et que je cherche en m'exposant sans cesse
à de nouveaux périls ? Hélas ! c'est à vous à présent à pardonner à votre chère et malheureuse
Oriane : un faux rapport l'avait trompée ; elle voudrait effacer de tout son sang la cruelle lettre qui
fait votre malheur. Amadis ! tendre et fidèle Amadis, recevez cette lettre de votre Oriane, et venez
avec moi sur-le-champ à Mirefleur, où l'amour
vous attend pour sécher vos larmes et pour nous
réunir.

Amadis éperdu, et pouvant à peine l'en croire,
serre les mains de la demoiselle de Danemarck,
sans lui répondre : il prend la lettre, il reconnaît,
il baise, il couvre de larmes les traces de la main
d'Oriane ; il porte cette lettre sur son front, il la
serre sur son cœur, il l'ouvre enfin ; et c'est dans
les transports les plus vifs que puisse éprouver
un amant heureux, qu'Amadis voit qu'Oriane,
cette Oriane, l'unique maîtresse de son ame et
de sa volonté, s'humilie jusqu'à se condamner
elle-même, jusqu'à convenir de l'injustice de sa
jalousie, et à lui demander pardon.... Ames vul-

gaires, que l'amour n'embrase ni n'épure, con-
cevrez-vous que celle dont un seul regard sou-
mettait tous les cœurs, dont un seul mot déci-
dait de la vie d'un héros, pût se soumettre à se
servir de cette dernière expression? Elle eut tout
l'effet qu'Oriane en desirait; Amadis fut heureux,
il oublia ses malheurs : pénétré d'amour et de
joie, il lève sur la demoiselle de Danemarck des
yeux qui venaient de reprendre tout leur éclat et
tout leur feu. O vous, dit-il, qui me rendez plus
que la vie par cette divine lettre, par quels services pourrai-je reconnaître tout ce que je vous
dois?

Un sang plus doux et plus animé coule dans
les veines du beau Ténébreux; le coloris de la
jeunesse et ses forces se raniment; il se lève sans
aucun secours, et déja le moment de son départ
est le premier projet qu'il concerte avec sa vraie
libératrice.

Il ne put prendre congé de l'hermite sans être
attendri; les soins du saint vieillard l'avaient
sauvé de sa propre fureur, en calmant par degrés
son désespoir. L'hermite versa des larmes en l'embrassant; il implora pour lui la protection divine,
et lui donna sa bénédiction au moment où il le vit
monter sur le vaisseau.

Ah! que le beau Ténébreux sentit vivement le
bonheur de se rapprocher de ce qu'on aime! Les
voiles enflées par un vent frais et favorable faisaient voguer le vaisseau rapidement; mais il se

plaignait encore de sa lenteur à lui faire découvrir les côtes blanches de la Grande-Bretagne : il ne calmait son impatience qu'en parlant sans cesse d'Oriane ; il se faisait répéter jusqu'aux moindres circonstances ; et, ne se plaignant jamais de tout ce qu'il avait souffert, il ne s'attendrissait que sur la douleur dont cette princesse était accablée depuis qu'elle avait bien connu toute son injustice.

Le sommet d'un cap élevé que les yeux d'un amant pouvaient seuls découvrir le fit tressaillir. Ah ! s'écria-t-il à la demoiselle, je vois l'heureuse île que la divine Oriane habite, et bientôt je respirerai le même air : il desirait déja que le zéphir pût porter sur ses lèvres un soupir de son amante, et de moment en moment chaque objet nouveau qu'il découvrait augmentait ses transports. Le vaisseau dirigé vers une anse peu fréquentée le mit à portée de débarquer sans courir le risque d'être reconnu : la demoiselle de Danemarck conduisit le beau Ténébreux dans un monastère situé dans une forêt à trois journées de Londres. Elle envoya chercher en diligence son frère Durin, que le messager d'Oriane avait instruit de ses liaisons secrètes, et dont elle connaissait la discrétion et la fidélité. Durin fit la plus grande diligence, et joignit promptement sa sœur qui le surprit bien agréablement, en lui disant que sa recherche avait été heureuse, et qu'elle ramenait Amadis. Durin courut à la cellule où ce prince s'était re-

tiré. Me pardonnerez-vous, lui dit-il en embrassant ses genoux, tout le mal que j'eus le malheur
de vous faire? Ah! mon cher Durin, lui répondit
Amadis, ne devais-tu pas obéir à la divine Oriane?
J'ai vu couler les larmes que tu donnais à mes peines, et je dois mon bonheur et la vie à ton aimable sœur.

Le beau Ténébreux avait toujours conservé son
habit d'hermite; mais l'amour heureux commençait à ne plus laisser les traces de la pénitence
sur son front. Le hasard ayant conduit un cousin
de la demoiselle dans ce monastère, ce cousin,
dont le nom était Énil, les reconnut, leur offrit
ses services; mais n'ayant jamais vu le beau Ténébreux, et lui trouvant une figure également
noble et charmante, il fit quelques plaisanteries
à sa cousine sur l'espèce de chevalier qu'elle me-
nait à sa suite. Tel qu'il puisse être, mon cher
Énil, je connais assez ta loyauté pour te le confier, lui dit-elle : ne cherche point à le connaître;
mais rends-lui les soins et les services les plus attentifs, en attendant le retour de Durin avec lequel je vais partir à l'instant pour l'affaire la plus
pressée : sache seulement que tu me remercieras
un jour de la marque de confiance que je te donne.
Énil en effet en était digne; il se comporta près
du beau Ténébreux d'une manière aussi discrète
que conforme aux ordres de sa cousine, qui partit sur-le-champ avec Durin pour se rendre à
Londres. ●

Le court séjour qu'Amadis fit dans ce monastère lui suffit pour reprendre ses forces et sa beauté. Énil admirait souvent toutes les perfections qu'il découvrait dans cet hermite, et le surprenait bien plus souvent à rêver et à soupirer, qu'il ne le voyait en prières.

Pendant ce temps, Galaor, Agrayes et Florestan, que le rapport d'Ysanie, gouverneur de l'Ile ferme, avait vivement affligés, se séparèrent après leur départ de cette île, et parcoururent inutilement presque tous les pays de l'Europe, pour avoir des nouvelles d'Amadis; ils éprouvèrent tous les trois plusieurs aventures périlleuses dont ils se tirèrent avec gloire. Tous les trois voyant que leur recherche était vaine, et que le temps qu'ils avaient marqué pour se rejoindre à la cour de Lisvard approchait, se rendirent par divers chemins à peu de jours l'un de l'autre dans un hermitage près de Londres. Florestan fut celui des trois qui s'y rendit le dernier, parcequ'il avait rencontré Gandalin et le nain d'Amadis avec lesquels il avait prolongé ses recherches.

Après s'être réunis, ils prirent le chemin de Londres. Ils rencontrèrent Lisvard à quelque distance de cette ville: il accourut dès qu'il les eut reconnus; et, les larmes aux yeux en ne voyant point Amadis avec eux, il leur demanda s'ils n'en avaient aucune nouvelle. Lisvard sentit redoubler la peine que lui fit leur réponse, en voyant avec Galaor un chevalier de l'âge, de la taille d'Amadis, avec lequel ce chevalier avait une ressemblance frappante. Florestan fléchit un genou et voulut lui baiser la main; mais Lisvard, loin de le souffrir, l'embrassa tendrement, en lui disant : Je reconnais le sang de mon ami le roi Périon, et je suis pénétré de joie de recevoir dans ma cour un de ses fils que la renommée déja rend égal à ses frères. Lisvard retourna sur-le-champ dans son palais au milieu des deux frères et d'Agrayes; mais, en y entrant, ils entendirent bientôt pousser des cris lamentables : c'étaient Gandalin et le nain Ardan qui venaient de reconnaître les armes d'Amadis : on eut peine à les calmer, jusqu'à ce que Guilan le Pensif leur eût dit lui-même comment il les avait trouvées.

La reine Brisène, apprenant le retour de Galaor et d'Agrayes, s'empressa de les voir, et vint suivie de quelques dames : l'heureuse Olinde était de ce nombre, elle allait revoir Agrayes; elle savait déja que ce prince avait passé sous l'arc des loyaux amants. Quelque éprise que l'on soit, ah! qu'il est doux d'être sûre qu'on l'est pour un amant fidèle! ce calme charmant de l'ame est le seul que l'amour permette, et c'est le comble des félicités qu'il répand.

Corisande ne s'informa point si Florestan avait franchi ce passage qu'elle eût peut-être redouté pour elle - même; contente de retrouver son amant, elle ne s'occupa que du bonheur de lire dans ses yeux tout le plaisir qu'il avait à la revoir.

Tous les deux étaient libres, personne n'avait
d'intérêt à les observer, et l'un et l'autre sem-
blaient se dire en se regardant, qu'ils attendaient
la nuit avec impatience.

Mabille, après avoir embrassé son frère Agrayes,
courut chez Oriane pour lui faire part de l'arrivée
des trois princes. Ah! dit-elle, en répandant de
nouvelles larmes, Amadis n'est pas avec eux. Mabille pendant long-temps la pressa vainement de
paraître. Eh! le puis-je, dit-elle, dans l'état où je
suis? En effet ses yeux étaient rouges et ternis par
les larmes, et son sein oppressé la laissait respirer
à peine. Consolez-vous, ma chère cousine, lui
disait Mabille, vous connaissez Amadis; peut-être
l'auront-ils trouvé sans pouvoir le connaître; et,
voulant leur cacher le sujet de sa douleur, il
n'aura pas voulu paraître à leurs yeux : mais soyez
sûre que la demoiselle de Danemarck sera plus
heureuse, et qu'Amadis, dès qu'il la verra, ne ba-
lancera pas à lui parler, et même à la suivre.

Oriane fit un effort sur elle-même; et ses yeux
s'étant remis à-peu-près dans leur état naturel,
elle passa chez le roi son père. Galaor courut au-
devant d'elle et lui baisa la main. Ne trouvez-
vous pas ma fille bien changée? lui dit Lisvard.
Sire, répondit-il, je la trouve un peu maigrie.
Ah! madame, lui dit-il en la regardant avec des
yeux bien expressifs, qu'il me serait doux de
pouvoir contribuer à vous rendre la santé! Oriane
ne put s'empêcher de sourire. Ma santé reviendra

facilement, dit-elle; plût au ciel que vous pussiez retrouver de même le frère que vous avez perdu, et qui, dans ce moment, serait si nécessaire au service du roi mon père! A ces mots, jetant les yeux sur Florestan qui s'avançait pour la saluer, la vive émotion que sa ressemblance avec Amadis fit naître dans le cœur d'Oriane pensa devenir funeste à cette princesse : à peine put-elle parler à Florestan; ses genoux tremblaient, et ce ne fut qu'avec le secours de Mabille qu'elle put se retirer dans son appartement. Ma chère cousine, lui dit-elle, vous voyez que chaque jour m'apporte ici de nouvelles peines, et tout ce qui m'en coûte pour les cacher : je n'ai point à prendre un meilleur parti que de chercher la retraite, et d'obtenir du roi mon père la permission d'aller habiter pendant quelque temps le château de Mirefleur, où j'espère que vous voudrez bien m'accompagner. Mabille aimait trop sa cousine pour le lui refuser; elle en prévint Agrayes : Oriane obtint de Lisvard la permission d'aller prendre l'air à Mirefleur, et les deux princesses résolurent de partir ensemble pour s'y rendre dès le lendemain matin.

Galaor et ses compagnons voulurent le même jour prendre congé de Lisvard pour retourner à la recherche d'Amadis; mais ce prince les retint, en leur disant : Ah! mes amis, m'abandonnerez-vous au moment où j'ai le plus de besoin de votre secours? Vous savez que l'Irlande est assujettie à

17.

payer un tribut à la Grande-Bretagne, depuis la
défaite d'Abyes. Cildadan, roi d'Irlande, refuse
de le payer, et m'a envoyé défier par un de ses
hérauts d'armes, en me proposant un combat à
la tête de cent chevaliers de chaque pays, sous
la condition d'être affranchi du tribut s'il est
vainqueur, ou de le payer double si je remporte
la victoire. J'ai cru qu'il était de mon honneur
de ne point refuser ces propositions, et je me fé-
licite de les avoir acceptées, si je peux être sûr
que vous serez tous les trois du nombre des combattants. Les trois princes ne balancèrent point
à donner leur parole à Lisvard; et Galaor avertit
Gandalin qui devait le suivre dans sa quête, qu'il
était obligé de la remettre après le combat entre
Lisvard et Cildadan. Ah! dit Gandalin à la princesse Mabille, qu'il est malheureux que mon
maître ne puisse pas offrir son bras au père d'O-
riane! Hélas! par quelle affreuse fatalité s'est-elle
privée de son secours et du chevalier le plus soumis à ses ordres! Mabille, qui se doutait bien que
Gandalin était mieux informé de la cause du désespoir de son maître, qu'il n'osait le faire paraître, ne balança point à lui raconter l'indiscré-
tion du nain, lorsqu'il revint chercher les pièces
de l'épée qu'Amadis avait reçue de Briolanie.
Oriane, ajouta-t-elle, ne douta point qu'elle ne
fût abandonnée; et, voyant que la demoiselle de
Danemarck et moi nous persistions toujours à
soutenir qu'il était impossible qu'Amadis fût in-

fidèle, elle se cacha de nous pour écrire la lettre fatale qui leur coûte tant de maux à tous les deux, et la fit porter secrètement par Durin.

Oriane écoutait cette conversation d'un cabinet où elle s'était retirée; elle accourut pâle et tremblante, en criant à Gandalin : Ah! mon ami, la plus grande marque d'attachement que tu puisses donner à ton maître, c'est de percer le cœur coupable de celle qui put le soupçonner et qui fait son malheur. Ah! madame, s'écria Gandalin, croyez que mon maître paierait de tout son sang les larmes que vous versez pour lui; espérez tout de la bonté du ciel qui ne voudra point rompre une union si belle, et peut-être Amadis sera-t-il bientôt dédommagé de tout ce qu'il a souffert, en se retrouvant à vos genoux. Mon cher Gandalin, reprit Oriane d'un ton plus modéré, je pars pour Mirefleur; c'est là que j'attendrai des nouvelles de la demoiselle de Danemarck : toute mon espérance est en elle; et si je perds Amadis pour toujours, mon unique ressource c'est de me donner la mort; prenez le prétexte de venir voir la princesse Mabille, et venez souvent à Mirefleur.

Oriane prit congé de Lisvard qui lui dit en partant, qu'une princesse de son âge, qui s'éloignait de la cour de la reine sa mère, ne pouvait avec décence recevoir personne dans sa retraite, et devait se renfermer dans l'enceinte de son château et du couvent de religieuses qui était

dans le parc. Oriane l'assura sans peine que son
dessein avait toujours été de se conformer à ses
ordres, et qu'elle espérait que l'air de la campagne
la remettrait bientôt en état de venir le féliciter
sur sa nouvelle victoire, pour laquelle elle allait
élever des vœux au ciel.

Corisande, alarmée du péril que son cher Florestan allait courir, et se trouvant déplacée dans
une cour où l'on ne s'occupait plus que des pré-
paratifs du combat sanglant qui devait avoir lieu
dans quinze jours, retourna dans son île favorite,
après avoir reçu la parole que Florestan lui donna
de l'aller rejoindre après la bataille.

Oriane se trouvant en liberté dans l'agréable
retraite de Mirefleur, et pouvant s'entretenir sans
cesse avec son aimable cousine, de celui qu'elle
aimait, ne fut pas long-temps sans éprouver le
bon effet de l'air pur qu'elle respirait. En par-
courant un jour le parc avec Mabille, elles aperçurent à l'une de ses extrémités une petite porte
qui donnait dans la campagne. Mabille, dont le
caractère était très gai, et qui cherchait à distraire
sa belle cousine des sombres rêveries où sa douleur la faisait retomber sans cesse, lui dit en riant :
Je voudrais bien savoir si les dévotes habitantes
de ce couvent n'ont jamais tiré parti de cette
petite porte, dont je desirerais que nous fussions
à même de nous servir. Eh ! quel usage en pourriez-vous donc faire ? lui dit Oriane. Ah ! répondit
Mabille, si mon pauvre cousin revenait bientôt,

je regretterais de n'avoir pas les clefs de cette
petite porte; car j'aurais bien du plaisir à m'en
servir pour le faire entrer et l'amener à vos genoux.
Oriane n'écouta d'abord le propos de Mabille,
que comme une plaisanterie; mais l'idée de cette
petite porte, et de la voir passer au conquérant
de la chambre défendue et de l'arc des loyaux
amants, fit bien du progrès dans son imagination,
et bientôt elle sentit palpiter son cœur, en pensant qu'en effet cette porte serait la seule par laquelle il fût possible de faire entrer Amadis dans
Mirefleur, sans qu'il fût découvert. Oriane cependant ne suivit pas cette conversation ce même
soir; mais Gandalin l'étant venu voir le lendemain, elle le mena promener dans le parc; et,
reprenant les routes qu'elle avait suivies la veille,
elle repassa devant cette même porte, et ne put
s'empêcher de soupirer en la regardant. Mabille
l'observait sans lui rien dire, et sourit malicieu-
sement en voyant qu'Oriane, après s'être éloignée
de cinquante pas, revint pour passer une seconde
fois vis-à-vis cette petite porte, en disant à Mabille: Vous dites donc, ma cousine, que vous
voudriez en avoir la clef? Eh! qu'en pourrais-je
faire? dit Mabille, faisant semblant d'avoir oublié,
comme un propos léger, ce qu'elle avait dit la
veille. La tendre Oriane baissa les yeux, et fit un
soupir, dont Mabille fut si touchée qu'elle l'embrassa tendrement, en lui disant: Ah! ma chère
cousine, nous nous entendons à présent toutes

deux, et mon cœur me dit que les soins que je
vais prendre pourront bien ne nous pas être inutiles. Elle n'en dit pas davantage, et, laissant
Oriane, elle alla sur-le-champ voir l'abbesse du
couvent. Mabille, pleine d'esprit et de graces,
avait déja gagné la confiance et l'amitié de cette
abbesse; il lui fut facile d'en obtenir la clef de
cette petite porte, sous le prétexte d'aller se promener dans les premières routes de la forêt, pour
y voir les biches et les daims dont elle était rem-
plie. Elle rapporta sur-le-champ cette clef à Gandalin, le mit dans sa confidence, et le chargea de
faire faire promptement deux clefs toutes pareilles
à Londres, et de les lui rapporter. Oriane n'eut
point l'air de s'apercevoir de tout ce que sa cousine venait de faire; mais Mabille ne douta plus
qu'elle ne l'eût deviné, à toutes les caresses que
le même soir elle en reçut.

Depuis le départ d'Oriane, la cour de Lisvard
avait pris le ton sérieux, et s'occupait des soins
multipliés qui précèdent toujours l'exécution de
grands projets. Lisvard rassemblait le nombre de
chevaliers à la tête desquels il devait combattre
contre Cildadan, et regrettait vivement qu'Amadis
ne fût pas de ce nombre. Un jour ce prince, en
sortant de table avec eux, vit entrer un chevalier
étranger, qui lui présenta d'un air respectueux
une lettre scellée de cinq sceaux différents, et lui
demanda permission de la lire. Lisvard, se doutant bien que le chevalier était porteur d'un nou-

veau cartel, lui dit qu'il pouvait faire sa charge.
Alors le chevalier, qui jusqu'alors s'était tenu le
genou droit à terre, se releva, ouvrit la lettre,
et lut d'un air fier et d'une voix forte : Roi Lisvard, je te défie et tous tes alliés, de la part des
puissants princes Famongomad, géant du lac Bou-
lant, Cartadaque, géant de la Montagne défendue,
Mandafabul, géant de la Toùr vermeille, Quedragant, géant, frère du feu roi Abyes, d'Irlande,
et de celle de l'enchanteur Arcalaüs. Ils te man-
dènt, par moi, qu'ils ont tous juré ta mort, et
qu'à cet effet ils seront tous les cinq compris dans
le nombre des cent chevaliers du roi Cildadan :
cependant le redoutable Famongomad t'offre de
te ménager la paix, si tu veux donner ton héritière Oriane pour servir de demoiselle à Madasime sa fille, qui la mariera dans la suite avec
Basigant qui mérite bien de devenir maître de
tes états.

Lisvard ne répondit d'abord à cet insolent cartel
que par un rire méprisant. Chevalier, lui dit-il
ensuite, ceux qui vous ont donné cette commission ont bien compté sur ma modération ; c'est
les armes à la main que je leur porterai ma dernière réponse ; mais puis-je compter de même sur
leur loyauté, lorsqu'un chevalier de ma cour leur
portera celle que je vais faire à ce défi? Sire, répondit le chevalier, je me charge de le conduire
moi-même à Montgase où ces princes sont tous
rassemblés chez Quedragant, et nulle injustice ne

peut être commise par-tout où commande un
aussi vertueux chevalier. Je suis Landin, neveu
de ce prince, et je brûle d'impatience comme lui
de venger la mort du roi Abyes. Puissé-je me
trouver à portée de punir celui qui la lui donna!
Mais on m'a dit qu'il était absent de votre cour,
et je doute qu'il choisisse, pour y revenir, le
temps où vous êtes prêt à combattre les ennemis
redoutables qui desirent aussi vivement que moi
sa mort.

Florestan ne put écouter un pareil propos sans
colère. Chevalier, lui dit-il, je ne suis ni de la
cour, ni vassal du roi Lisvard; mais s'il m'est
permis de parler en sa présence et devant tant
de braves chevaliers, apprenez que je suis Florestan, frère d'Amadis, que vous devriez craindre
et respecter, et qu'en son absence je vous défie
et saurai vous punir des propos que vous osez
tenir contre lui.

Chevalier, répondit Landin, les lois de la chevalerie vous devraient être mieux connues : vous
voyez que je ne peux plus disposer de moi qu'a-
près le combat général; nous nous y rencontre-
rons peut-être : en tout cas, si nous y survivons,
j'accepte votre défi. Landin, à ces mots, lui présenta son gage, et Florestan lui remit le sien.
Lisvard députa, pour le suivre et porter sa réponse, un chevalier de sa cour, également ferme
et prudent; et, pour dissiper les idées sombres
que ce nouveau défi semblait avoir portées dans

sa cour, il fit appeler la jeune petite princesse Léonor, sœur cadette d'Oriane, laquelle
arriva suivie d'une troupe charmante de petites
demoiselles de son âge. Elles étaient vêtues de
blanc, couronnées de fleurs et de guirlandes pas-
sées avec grace autour d'elles, formant une espèce de chaîne qui paraissait être le présage de
celles qu'elles étaient destinées à faire porter. Ces
aimables enfants arrivent en chantant en chœur
une chanson qu'Amadis avait faite six mois auparavant pour la jeune Léonor; et qui commençait ainsi :

> Léonor, douce rosette,
> Blanche parsus toute fleur,
> Rosette fraîche et doucette,
> Bientôt nous mettrez en douleur.

La chanson avait plusieurs couplets auxquels
celui-ci servait de refrain : Amadis l'avait faite un
jour que cette enfant, l'ayant surpris causant tout
bas avec Oriane, lui dit qu'elle voulait qu'il fût
aussi son chevalier, et que, pour s'en assurer,
elle lui faisait présent de son bouquet, et lui demandait de faire une chanson pour elle.

La jeune Léonor s'étant retirée, Lisvard tint
conseil avec les trois princes sur les dispositions
du combat; ils ne purent en parler sans regretter
Amadis, et la belle Oriane s'affligea presque autant pour son père que pour elle que ce héros ne
fût pas à portée de combattre pour lui, lorsque

Gandalin vint à Mirefleur lui porter la nouvelle de ce nouveau cartel.

Gandalin saisit cette occasion pour lui donner une espérance qu'il avait lui-même. Ah! madame, je crois plus que jamais jouir du bonheur de revoir mon maître. Depuis deux mois le célèbre et terrible combat entre le roi votre père et Cildadan est annoncé dans toute l'Europe; quelque part que puisse être Amadis, soyez sûre que, s'il jouit de sa liberté, rien ne l'empêchera d'employer son bras dans cette occasion d'acquérir de la gloire, et de servir le prince dont il s'est déclaré le chevalier. Oriane était prête à dire: Ah! Gandalin, croyez-vous donc que votre maître ne voudrait combattre que pour le service de Lisvard, lorsqu'une jeune fille de sa suite accourut pour lui dire: Ah! madame, que je suis aise! je viens au moment même de voir, de ma fenêtre, ma bonne amie la demoiselle de Danemarck qui descend de son palefroi.

La crainte et l'espérance saisirent si vivement le cœur de la sensible Oriane, qu'elle perdit la voix, et demeura presque sans connaissance sur son sopha. Gandalin, presque aussi saisi qu'elle, sentit trembler ses jambes en voulant courir au-devant de la demoiselle de Danemarck; mais celle-ci, montant légèrement l'escalier, passa près de lui sans s'arrêter; et, la joie peinte dans les yeux, elle courut embrasser les genoux d'Oriane. Ah! divine princesse, que je me trouve heureuse de

ramener Amadis, et de vous présenter cette lettre
de sa main! Oriane éperdue jette les yeux sur la
lettre; elle reconnaît l'écriture d'Amadis, penche
sa tête sur celle de la demoiselle, l'embrasse, et
s'écrie: Ah Dieu! le reverrai-je, et m'a-t-il par-
donné? Ah! madame, pouvez-vous être inquiète
des sentiments de l'amant le plus soumis et le
plus fidèle? A ces mots, elle aide Oriane, dont
les mains tremblantes avaient peine à rompre le
cachet de cette lettre: tout ce qu'Oriane lit lui
prouve qu'Amadis ne respire que pour elle. Mabille accourt, partage la joie de sa cousine; l'une
et l'autre apprennent de la demoiselle de Danemarck tous les évènements de son voyage, et
l'heureux hasard qui lui fit trouver Amadis dans
l'hermitage de la Roche-pauvre.

La prudence exigeant que la demoiselle de Danemarck parût en public, Oriane fit appeler les
personnes de sa suite, et leur ordonna de faire
monter Durin, et de lui dire d'apporter les présents dont la reine d'Écosse avait chargé sa sœur
pour la princesse Mabille sa fille et pour elle.
Durin connut, par l'ordre qu'on lui porta de la
part d'Oriane, ce qu'il avait à répondre; et, montant à l'instant, il se mit à genoux devant elle, et
lui demanda pardon de n'avoir pas encore apporté ces présents, que leur pesanteur l'avait forcé
de déposer dans une maison du port où le vaisseau qui portait sa sœur avait abordé. Oriane
parut fâchée de ce retard, et dit tout haut à la

demoiselle de Danemarck de prendre des mesures avec son frère pour qu'il repartît dès le lendemain matin, et allât chercher ces présents.

La demoiselle de Danemarck comprit aisément quelle était la volonté d'Oriane, et prit ses ordres dès que ses femmes furent retirées. Oriane commençait la lettre dont elle voulait charger Durin pour la remettre à son cher Amadis, lorsque Mabille entra dans sa chambre, en disant : Ma cousine, eh! que pourrons-nous faire de ces clefs de la petite porte du parc! Gandalin vient de me les remettre; ne pourriez-vous pas consulter Amadis dans votre lettre, sur l'usage qu'on en pourrait faire? Taisez-vous, méchante, lui dit Oriane en l'embrassant. Puisse l'amour vous punir bientôt en vous rendant sensible! mais puisse-t-il aussi vous épargner ses peines, et ne vous faire connaître que ses charmes et ses faveurs!

Le conseil de Mabille était si bon, Oriane avait tant de penchant à le suivre, que la fin de la lettre apprit à son amant les moyens d'arriver à Mirefleur, de rester dans la forêt près du parc jusqu'à la nuit, et d'entrer dans l'intérieur du château qu'elle habitait, par la petite porte dont elle renferma l'une des deux clefs dans la lettre que la demoiselle de Danemarck remit le soir même à son frère.

Pendant l'absence de la demoiselle de Danemarck, le beau Ténébreux, qui sentait renaître ses forces, dit un soir à l'écuyer Énil, qui com-

mençait à soupçonner que ce froc d'hermite cachait quelque grand personnage : Mon cher Énil,
ce harnois-ci commence à me peser ; j'ai grande
envie d'essayer si je pourrais encore porter des
armes, et vous me ferez grand plaisir de partir
demain pour Londres, et de me rapporter les
meilleures que vous pourrez trouver : quant à
l'écu, je desire qu'il soit vert, semé de lions d'or.
Énil, ayant ordre d'obéir au beau Ténébreux,
exécuta ses ordres en diligence, et rapporta les
armes telles qu'il les desirait, le même jour que
Durin revint de Mirefleur pour lui remettre la
lettre d'Oriane, et l'instruire de ce qu'il avait à
faire, ainsi que des précautions qu'il avait à
prendre.

Durin informa le beau Ténébreux qu'Agrayes,
Galaor et Florestan étaient à la cour de Lisvard
en attendant le combat contre Cildadan ; il ne lui
cacha point l'insolent cartel que Lisvard avait
reçu, ce que Famongomad avait osé proposer
contre la divine Oriane, et la colère avec laquelle
Florestan avait répondu, lorsque Landin avait eu
l'audace de parler de lui.

Le beau Ténébreux embrassa mille fois Durin,
lorsqu'il sut qu'il l'allait conduire à Mirefleur, et
qu'il le ferait entrer dans la retraite qu'habitait
Oriane. Animé par cette douce espérance, il s'é-
lança légèrement sur le vigoureux cheval que Durin avait su bien choisir ; et l'étonnement d'Énil
redoubla, lorsqu'il vit celui qui venait de quitter

l'habit d'hermite faire bondir et passager ce cheval avec une adresse et une vigueur peu communes.

Couvert de son casque pour n'être point reconnu, le beau Ténébreux marchait depuis deux jours avec les deux écuyers, lorsqu'il fût arrêté par un chevalier de la taille d'un géant, monté sur un puissant cheval, qui lui cria : Chevalier, je défends ce passage jusqu'à ce que je sois informé par vous de ce que je veux savoir. Le beau Ténébreux, ayant examiné le bouclier de ce chevalier, qui portait d'azur à trois fleurs d'or, le reconnut pour être le même que celui qu'il avait vu dans l'Ile ferme, au-delà de l'arc des loyaux amants, où les boucliers de ceux qui l'avaient passé étaient attachés en honneur de leur loyauté : il se souvint même que ce bouclier était surmonté du nom de dom Quedragant, ce qui le prévint d'estime pour celui qui s'opposait à son passage.

Il faut, lui dit Quedragant, que vous me disiez si vous êtes de la cour du roi Lisvard. Pourquoi? répondit le beau Ténébreux. Parceque je suis son ennemi mortel, dit Quedragant, et de tous ceux qui tiennent son parti. Ah! dit le beau Ténébreux, quoique votre haute naissance et votre renommée soient également illustres, je vous trouve bien imprudent de vous déclarer l'ennemi d'un si grand roi, et de tant de braves chevaliers qui lui sont attachés. Quoique je sois un des moindres d'entre eux, je suis prêt à soutenir cette

querelle ; il me serait cependant plus agréable
d'être votre ami que de combattre contre vous.
Eh ! comment vous nomme-t-on, vous qui mêlez
tant de politesse à trop d'audace ? Mon nom ne
vous est pas connu, lui répondit-il ; on m'appelle
le beau Ténébreux, et ce nom ne mérite encore
aucune renommée. Voyons, répliqua Quedragant,
s'il en acquerra dans cette occasion, qui peut-
être va le faire oublier pour toujours. A ces mots,
ils coururent l'un contre l'autre : le beau Ténébreux fut légèrement blessé ; et, voyant Quedragant renversé sur la poussière, il sauta promptement à terre pour suivre ce premier avantage.
Quedragant s'étant bientôt relevé, le combat à
coups d'épée fut long et terrible ; mais à la fin le
beau Ténébreux le saisissant d'un bras victorieux,
et le renversant sur la poussière : Vous êtes mort,
lui dit-il, si vous ne me jurez d'obéir aux deux
conditions que j'exige de vous. Qui que vous soyez,
dit-il, je ne cède du moins qu'au plus brave chevalier de l'univers, et je jure d'observer ce que
vous me prescrirez. Eh bien ! dit le beau Ténébreux, rendez-vous à la cour du roi Lisvard ; dites-lui que vous venez de ma part vous rendre à
lui, que vous abandonnez la querelle de Cildadan
pour devenir l'un de ses chevaliers, et jurez, en
présence de tous les chevaliers de sa cour, que
vous pardonnez la mort de votre frère Abyes à
celui qui combattit loyalement contre lui. Ces
conditions sont bien dures, répondit Quedragant ;

mais je vous jure de les remplir. A ces mots, le beau Ténébreux lui tendit la main pour le relever, et serrant la sienne avec amitié : J'espère vous retrouver, lui dit-il, et la haute estime que j'ai pour vous pourra dans la suite me mériter votre amitié. Ah! répondit Quedragant, quel que vous puissiez être, le beau Ténébreux peut s'assurer que je ne serai jamais son ennemi.

Le beau Ténébreux continua sa route, après l'avoir remis entre les mains de ses écuyers. Énil disait tout bas à Durin, en le suivant : Tu-dieu, mon cousin, quel hermite! son bras et son épée seraient encore plus utiles à notre roi que ses prières, pour le combat qu'il est près de livrer.

Le lendemain le beau Ténébreux partit dès l'aurore, dans l'espérance de pouvoir arriver vers le soir à portée de découvrir Londres et la retraite de Mirefleur, du haut d'une colline qui dominait sur la plaine. Durin avait préparé un asyle sûr et secret dans un hameau, pour le cacher jusqu'au moment de le conduire à la porte du parc. Près d'arriver à cette colline au pied de laquelle coulait une rivière qu'il fallait traverser, il fut surpris de voir, dans la belle prairie que cette rivière arrosait, plusieurs riches tentes, un grand nombre de jeunes personnes dont les unes dansaient en rond, tandis que les autres cueillaient des fleurs dans la prairie, pour en former de petits chapeaux et des guirlandes, et dix chevaliers à cheval et bien armés qui leur servaient de garde.

Le beau Ténébreux ne douta point que ces dames ne fussent de la cour de la reine Brisène; et, craignant d'être découvert ou retardé dans sa marche, il remontait le long de la rivière, pour la passer un peu plus haut : mais il avait été déja vu par les chevaliers. L'un d'eux se détacha sur-le-champ pour le suivre. Chevalier, cria-t-il au beau Ténébreux, ignorez-vous les usages de la Grande-Bretagne, et croyez-vous pouvoir passer cette rivière, et vous dispenser de rompre une lance en l'honneur des dames que vous voyez? Vraiment, répondit-il, je vois que vous aimez à prendre votre avantage; vous me voyez arrivant sur un cheval fatigué d'un long voyage; et vous, chevalier, que feriez-vous en ma place? Si j'avais autant de peur que vous de perdre mon cheval à la joute, peut-être en ferais-je de même, répondit le chevalier. Amadis, qui craignait d'être détourné du projet qui remplissait son cœur, lui repartit : Ne trouvez donc point étrange si je vous quitte. A ces mots, il s'éloigna; mais les dames, se plaisant à tourmenter celui qu'elles soupçonnaient de timidité, envoyèrent l'une d'entre elles qui l'arrêta. Sera-t-il possible, chevalier, lui dit-elle, que vous refusiez une joute en l'honneur de la princesse Léonor, fille du roi Lisvard, et que vous lui donniez mauvaise opinion de votre courage? Non, de par Saint Georges! dit le beau Ténébreux impatienté; qu'ils viennent deux à deux ou trois à trois, et, puisqu'ils m'y forcent, il ne sera pas

dit que je perde cette occasion de les corriger, e
d'amuser la jeune et charmante Léonor. Alors
courant contre le dernier qui l'avait provoqué,
l'enleva des arçons, comme un enfant, sans rom
pre sa lance ; les neuf autres se succédèrent pou
l'éprouver, et subirent tous le même sort. Les di
chevaux selon la loi de cette joute étaient à lui
mais il les envoya tous à la princesse Léonor, e
lui faisant dire qu'un chevalier, nommé le beau
Ténébreux, se mettait à ses pieds, et que, desi
rant plus vivement que personne de la servir, i
serait bien fâché de démonter les chevaliers de sa
garde ; qu'il la priait seulement de leur conseille
d'être plus polis pour les chevaliers étrangers, e
de se tenir mieux à cheval une autre fois.

Le beau Ténébreux, échauffé par ces joutes
et trouvant à un quart de lieue un hermitage
s'arrêta sur le bord d'une fontaine pour se rafraî
chir pendant quelque temps, après avoir débridé
son cheval : il comptait attendre la fin du jour
dans ce lieu solitaire, pour se rendre à l'entrée de
la nuit à la fontaine des trois canaux, où Durin
devait le venir joindre et lui donner des nouvelles
de ce qui se passait à Mirefleur ; mais tout-à-coup
il entendit des voix de femmes qui se plaignaient.
Il n'en fallut pas davantage à ce brave chevalier
pour remonter à cheval et voler à leur secours :
il fut bien surpris de voir un grand char, sur lequel étaient dix chevaliers enchaînés, sans casque
et sans bouclier, avec plusieurs jeunes personnes,

qui par leurs gémissements lui firent juger qu'elles étaient enlevées. Reconnaissant les boucliers
attachés aux côtés du char qu'un géant précédait
de quelques pas, il ne douta pas qu'il n'eût enlevé la princesse Léonor. Ah! s'écria-t-il, c'est
servir la divine Oriane, que de secourir sa sœur.
A ces mots, il s'avança vers le char, en criant
d'un ton impérieux à ceux qui le conduisaient,
de s'arrêter. Le géant s'avance avec un air furieux, en lui disant : Vil mortel, oses-tu bien
t'exposer à la mort la plus cruelle, en t'opposant
un moment à la volonté de Famongomad? Ce
nom excita la colère du beau Ténébreux qui se
souvenait de l'insolent message que ce géant avait
envoyé faire à Lisvard; et, pour toute réponse,
il courut contre lui la lance en arrêt avec une
telle violence que ni l'écu ni la cuirasse ne purent
résister ; et ce géant, percé d'outre en outre ,
tomba roulant sur la poussière. Le géant, ayant
porté son coup trop bas, avait frappé mortelle-
ment le cheval du beau Ténébreux, qui, le sentant chanceler sous lui, sauta légèrement à terre,
et courut sur Famongomad qui faisait des efforts
pour se relever, en criant : Mon fils Basigant, accourez à mon secours. A ce cri, le beau Ténébreux fut attaqué par un second géant qui paraissait encore plus grand et plus redoutable que le
premier : celui-ci voulut faire passer son cheval
sur le corps du beau Ténébreux, et le fendre en
deux d'un coup de hache; mais il esquiva l'une et

l'autre atteinte ; et, coupant les jarrets du cheval du géant, il obligea ce colosse à se jeter à terre. Le beau Ténébreux fut assez généreux pour ne pas profiter de cet avantage, et lui laisser le temps de se relever. Le géant, animé par les cris de son père expirant, vint la hache haute, dans l'espérance de l'anéantir d'un seul coup. Le beau Ténébreux le reçut sur son bouclier où la hache entra si profondément, que le géant eut peine à la retirer ; et le beau Ténébreux, profitant de ce moment, lui traversa la gorge d'un coup d'épée. Basigant tomba versant un torrent de sang, après avoir chancelé quelques pas qui le rapprochèrent de son père ; l'un et l'autre expirèrent dans l'instant, après avoir maudit leurs dieux qui ne les avaient pas protégés, et qui les avaient laissé vaincre par un seul chevalier.

Le beau Ténébreux, s'emparant du cheval de Famongomad, s'élança dessus, mit en fuite les conducteurs du char, et s'approchant de la jeune princesse Léonor : Madame, lui dit-il, retournez en triomphe à Londres ; j'espère que vos chevaliers perdront l'opinion que d'abord ils ont eue de moi, qu'ils se souviendront que dans le même jour je leur rends deux fois leurs chevaux, et qu'ils voudront bien présenter au roi les corps de ces deux géants, de la part du chevalier qui n'a d'autre nom que celui du beau Ténébreux. A votre égard, madame, croyez que je répandrais tout mon sang pour vous et pour tout ce qui

vous est cher. Le roi votre père aura ces deux
ennemis de moins dans son combat contre Cildadan; ils méritaient bien d'être punis de l'insolence
de leur message, et dites-lui que pour toute grace
je lui demande de me comprendre dans le nombre
des chevaliers qui doivent combattre sous ses
ordres, et que je me rendrai à temps auprès de
lui pour ce combat. A ces mots, il s'éloigna, laissant Léonor et ses chevaliers dans l'admiration
de son courage, et se disant l'un à l'autre que ce
chevalier égalait le redoutable Amadis. Parbleu!
dit Galaor, je suis bien ennuyé d'entendre comparer ce beau Ténébreux à mon frère Amadis,
et je me propose bien de m'éprouver avec lui,
et d'en faire connaître la différence.

La princesse Léonor, en arrivant à Londres à
cheval, était suivie du char qui portait les corps
des géants. Cette vue jeta Lisvard et toute sa cour
dans l'admiration et la surprise qu'un seul chevalier eût pu leur donner la mort : cette surprise
augmenta par l'arrivée de Quedragant qui vint se
rendre à la merci de Lisvard, et lui raconta la
victoire que le même chevalier avait remportée
sur lui. Chacun se demandait s'il avait entendu
parler du beau Ténébreux. Le seul Florestan dit
que Corisande avait trouvé sur la Roche-pauvre
un hermite qui jadis avait porté les armes, et
qu'elle avait entendu dire qu'il portait ce nom :
mais, dit Florestan, ce ne peut être le même;
car Corisande, en me parlant de cet hermite, me

dit qu'accablé par la douleur et par les austérités il touchait presque à sa dernière heure.

Il était bien juste qu'après tant de peines et de combats, la fortune traitât Amadis plus favorablement, et que l'Amour récompensât la constance du plus tendre et du plus loyal de tous les amants. Après que, sous le nom du beau Ténébreux, il eut pris congé de Léonor, il arriva près de la fontaine des trois canaux, où, prenant le prétexte de ses armes presque toutes brisées dans les combats qu'il avait livrés, il envoya l'écuyer Énil à Londres, en lui prescrivant de lui faire faire de nouvelles armes absolument semblables à celles qu'il avait, et de les lui apporter dans huit jours, sur le bord de cette même fontaine qu'il lui marqua pour rendez-vous, ayant compté que ce serait dans ce même temps qu'il devait se rendre près de Lisvard, afin de se trouver au combat contre le roi Cildadan.

Au moment qu'Énil était prêt à partir pour Londres, il arriva près de cette fontaine trois demoiselles, parentes de l'abbesse de Mirefleur. Énil leur raconta tout ce qu'il avait vu faire au beau Ténébreux, en les assurant que, depuis Pacome, nul hermite n'avait fait des œuvres plus miraculeuses et plus dignes de louanges. Ces trois demoiselles partagèrent son admiration et furent très empressées, en arrivant à Mirefleur, de répéter le récit d'Énil à toutes les habitantes de ce monastère. Oriane reconnut sans peine son cher

Amadis dans celui qui portait le nom du beau
Ténébreux ; elle frémit des nouveaux périls qu'il
venait d'essuyer : mais, sachant des demoiselles
qu'elles l'avaient laissé sur le bord de la fontaine
en bonne santé, son ame ne fut plus occupée
que de l'espérance de le revoir bientôt ; et la princesse Mabille présente à ce récit, mettant sa main
sur son cœur, sentit qu'il palpitait, mais qu'il
n'était pas oppressé. Que ne sommes-nous à portée de voir ce beau Ténébreux ! dit-elle à sa cousine en la regardant d'un air malin. Eh bien ! ma
chère Oriane, la clef de cette petite porte sera-t-
elle toujours inutile ? Je commence à me savoir
gré de ne l'avoir rendue à madame l'abbesse
qu'après en avoir fait faire deux autres. Oriane
ne lui répondit qu'en laissant tomber sa tête sur
son sein : quelque confiance qu'on ait pour sa
meilleure amie, on est toujours bien embarrassée
dans les moments où l'on a besoin qu'elle favorise
une passion qu'elle ne connaît pas encore.

L'une et l'autre cependant s'entendirent si bien,
qu'écartant les demoiselles de leur suite, elles se
perdirent dans le parc ; et bientôt elles se retrou-
vèrent près de la petite porte. Oriane ne put
s'empêcher d'essayer la clef et de fixer ses regards
sur la route de la forêt par laquelle le beau Ténébreux devait arriver ; mais le soleil était encore
élevé sur l'horizon. Oriane eut à souffrir cette
émotion mêlée de plaisir et de peine, que donne
l'impatience ; Mabille la partagea moins vivement,

quoique le plus grand plaisir dont jusqu'alors elle se fût formé l'idée était de revoir un cousin qu'elle aimait tendrement.

Le soleil enfin descendit sous l'horizon. Amadis, l'heureux Amadis, trouva Durin et son fidèle écuyer au rendez-vous qu'ils lui avaient donné : Durin prit son cheval et Gandalin le conduisit en silence vers la petite porte dont il avait reçu la clef. Qui pourrait exprimer ce que sentit Oriane en entendant cette clef tourner dans la serrure! et les cieux ouverts auraient-ils pu causer un ravissement pareil à celui d'Amadis, lorsqu'un reste de lumière lui fit entrevoir Oriane, dès que cette porte fut ouverte? Il se précipite à ses genoux; Oriane passe ses bras à son cou et baigne son front de larmes. Me pardonnez-vous? se disaient-ils tous les deux d'une voix entrecoupée... Chaque assurance de ce pardon mutuel était un baiser, et cette même question se répétait sans cesse. Eh! oui, oui, vous vous pardonnez, s'écria Mabille impatientée. Levez-vous donc, mon cher cousin, et que je puisse vous embrasser aussi. Ils s'aperçurent enfin que Mabille était avec eux, et l'un et l'autre la serrèrent tendrement dans leurs bras. Mabille, prenant leurs mains, les unit dans les siennes; et ces heureux amants, revenus de leur première émotion, commençaient à se raconter toutes les peines qu'ils avaient souffertes depuis leur séparation : mais bientôt Mabille, plus impatientée que jamais, mit la main sur leur bouche

pour les faire taire. Vous n'êtes pas raisonnable,
ma chère Oriane, de laisser Amadis se rappeler
des malheurs dont vous fûtes la cause; et vous,
mon cousin, vous l'êtes encore moins de laisser
si long-temps Oriane exposée au serein. Allons
promptement dans sa chambre où vous aurez le
temps tous les deux de parler de tout ce qui vous
touche. Ce conseil était si bon, qu'Amadis, leur
donnant le bras à toutes les deux, pria Mabille de
les guider; car cet amant respectueux n'osait pas
en presser Oriane, et portait ses soins timides et
charmants jusqu'à l'air de croire qu'il l'entraînait
à la suite de Mabille.

Mabille les conduisit d'abord dans sa chambre,
dont une porte communiquait dans celle d'Oriane;
et cette porte, au signal qu'elle fit, fut ouverte
par la demoiselle de Danemarck, dont les soins
avaient écarté tout ce qui pouvait troubler ces
heureux amants. Vous pouvez à présent causer
tout à votre aise, leur dit Mabille en riant; mais,
comme je me doute bien que vous allez vous répéter ce que j'ai cent fois entendu de votre bouche, je ne serai pas la dupe de passer ma nuit à
vous écouter. Ma foi, madame, vous avez bien
raison, dit la demoiselle de Danemarck, je pense
tout comme vous; et les plaintes de la princesse
Oriane m'ont trop souvent tenue sans dormir
pour que je ne profite pas de cette nuit; j'espère
que leurs plaintes mutuelles n'iront pas jusqu'à
se quereller. En disant ces mots, la demoiselle

donna le bras à Mabille, et toutes deux sortirent de l'appartement.

Amadis était alors assis dans un grand fauteuil placé dans un coin de la chambre ; Oriane était restée debout et le regardait tendrement. Amadis maître de ses belles mains les tenait toutes deux dans l'une des siennes, et les baisait avec ardeur... L'Amour et l'Hymen souriaient en les regardant : Amadis devenait plus tendre et plus pressant ; et la belle Oriane, baissant les yeux : O mon ami! lui dit-elle, sont-ce là les leçons que vous avez reçues de l'hermite de la Roche-pauvre? Amadis ne répondit rien, son trouble augmentait de moments en moments : il fallut bien enfin qu'Oriane le partageât ; car que pouvait-elle dire à l'heureux amant qui ne lui répondait plus ? Ce silence délicieux, cet abandon de toute idée, ce sentiment dans lequel tous les autres se réunissent et se confondent, cette espèce d'existence que tous les êtres sensibles ont reçue plus ou moins de la divinité, ces transports aussi doux à faire naître qu'à les éprouver soi-même, c'était tout ce que ces amants ressentaient en ce moment ; ils n'auraient pu se rendre compte de leur bonheur mutuel, et ce ne fut qu'en le faisant souvent renaître qu'ils purent s'assurer qu'ils jouissaient de la suprême félicité. C'est dans le comble de cette ivresse qu'Amadis passa huit jours sans s'éloigner un instant de sa chère Oriane, et le flambeau de l'amour fit briller sans cesse ses flammes les plus vives sur ces jours heureux.

Gandalin allait tous les matins à Londres, tant pour savoir les évènements qui s'y passaient, que pour presser les ouvriers qui forgeaient et polissaient les armes d'Amadis. Vers le quatrième jour qu'il passait à Mirefleur, Gandalin, à son retour de Londres, leur raconta la nouvelle aventure arrivée le même jour à la cour de Lisvard.

Le roi, leur dit-il, sortait de table, lorsqu'un gentilhomme dont la barbe et les cheveux blancs annonçaient l'expérience et la vieillesse se mit à ses genoux, et lui dit en langue grecque : Sire, après avoir parcouru vainement l'Europe et l'Asie, le fils du roi Ganor, qui était frère du célèbre Apollidon, vient à vos pieds pour vous prier de permettre qu'il éprouve si, dans cette cour célèbre par le nombre et la renommée des chevaliers qui la composent, il n'en pourra pas trouver un qui mette fin à sa peine. A ces mots, il ouvrit un riche coffre de jaspe, dans lequel on vit une épée de la plus grande beauté, dont un côté de la lame brillait du feu le plus vif au travers du fourreau transparent qui la renfermait. Cette épée, dit-il, ne peut être tirée et employée que par le plus loyal des amants ; et ce n'est que de sa main qu'il m'est permis de recevoir l'ordre de la chevalerie. Le vieux gentilhomme, continua Gandalin, tira du même coffre un chapeau formé de fleurs inconnues, dont la moitié brillait des plus vives couleurs, et dont l'autre moitié paraissait flétrie. Ces fleurs desséchées, dit-il, ne peuvent reprendre

leur premier éclat que lorsque la dame la pl
tendre, la plus fidèle et la mieux aimée, en co
vrira sa tête. Lisvard, poursuivit Gandalin, no
seulement accorda au vieux gentilhomme la p
mission de faire cette épreuve; mais voul
donner l'exemple à sa cour, il voulut que
reine Brisène et lui-même fussent les premier
la faire.

Lisvard prit l'épée et la tira plus qu'à moi
de son fourreau, mais les flammes qui s'élancèr
de la lame ne lui permirent pas de faire de pl
longs efforts : une partie des fleurs flétries rep
son premier éclat sur la tête de Brisène, mais
en resta quelques-unes de sèches, et le vie
gentilhomme dit en soupirant, que, quoiq
personne encore n'eût été plus près de finir
enchantement, l'épreuve était manquée, et qu
s'arrêterait quelques jours dans cette cour po
voir s'il ne s'y trouverait pas quelque chevalier
quelque dame qui pût mettre à fin cette aventu

Le récit de Gandalin fit tomber Amadis da
une profonde rêverie; quoiqu'il eût passé so
l'arc des loyaux amants et qu'il eût conquis
chambre défendue, il ne put s'empêcher de désir
de donner à la divine Oriane cette nouvelle preu
de son amour et de sa loyauté. Ne doutant nu
lement que les fleurs flétries du chapeau ne r
prissent toute leur fraîcheur en touchant les bea
cheveux d'Oriane, il lui proposa de venir sous
habits étrangers et le visage couvert d'un voil

à la cour de Lisvard, pour faire avec lui l'épreuve
du chapeau, comme il se proposait de faire celle
de l'épée. Quelque effroi que pût avoir la belle
Oriane d'oser paraître à la cour du roi son père,
et quelque fût le danger pour elle d'être recon-
nue, elle ne put refuser Amadis, qui, sur-le-champ,
envoya Gandalin demander sûreté pour le beau
Ténébreux et une demoiselle inconnue qui desiraient se présenter à l'épreuve ; mais sous la condition pour le chevalier, de n'être pas obligé de
lever la visière de son casque, et pour la demoiselle, de n'être pas forcée de baisser le voile dont
sa tête serait enveloppée.

Lisvard, pénétré déja de reconnaissance pour
le beau Ténébreux auquel il devait la défaite des
deux géants, et de n'avoir plus le brave Quedragant pour ennemi, accorda sans peine cette demande ; et Gandalin, en ayant reçu sa parole
royale, vint l'apporter aux deux amants, qui résolurent de partir dès le lendemain pour se rendre
à Londres.

Toutes leurs précautions étant prises à cet effet,
ils partirent le lendemain de Mirefleur et se rendirent à la cour de Lisvard au moment qu'il
sortait de table. Le beau Ténébreux fut annoncé
dans cette cour par l'acclamation du peuple qui
déja reconnaissait en lui le vainqueur de Famongomad, de Basigant et de Quedragant. Lisvard
ne permit point qu'Amadis embrassât ses genoux,
et il le reçut avec les plus grands honneurs. Bri-

sène, ne doutant point que la dame qu'il con
duisait ne fût du plus haut parage, voulut, à
l'exemple de Lisvard, rendre les mêmes honneur
à l'inconnue dont elle admirait l'air noble et l
taille svelte et élevée. Brisène fit frémir Orian
par ses empressements; mais bientôt celle-ci fu
rassurée par l'attention que chacun donnait au
épreuves que plusieurs chevaliers et dames de l
cour recommencèrent, et dont aucune ne réussit

Amadis étant invité par Lisvard même de s
présenter, ce prince serrant tendrement la mai
d'Oriane sans qu'on pût s'en apercevoir : Ah! lu
dit-il tout bas, si la loyauté la plus pure suffit
pour conquérir cette épée, j'ose être sûr de l'apporter à vos pieds comme un gage de mon amour.
A ces mots, saisissant l'épée par la poignée, il
la tira sans effort du fourreau; la lame en sortant
rendit une lumière brillante qui disparut à l'instant, et les deux côtés de cette lame devinrent
égaux. Ah! bon chevalier, s'écria le vieux gentilhomme, c'est à vous que je dois la fin de mes
peines. A ces mots, il se jeta à genoux, et lui
demanda l'accolée. Amadis la lui donna sur-le-
champ en l'embrassant. Oriane, enchantée et en-
couragée par le succès de son amant, s'avança
vers le chapeau de fleurs, le prit d'une main assurée et le posa sur sa tête. A peine le chapeau
l'eut-il touchée, que toutes les fleurs sèches parurent aussi brillantes que les autres, et toutes
exhalèrent le parfum le plus délicieux. Le vieux,

mais nouveau chevalier, courut à ses genoux, et lui présenta une autre épée qu'il la supplia de lui ceindre.

Cette double victoire, remportée par deux inconnus, excita vivement la curiosité de tout ce qui composait la cour de Lisvard. Galaor surtout mourait d'envie de trouver un moyen d'éprouver si le chevalier serait aussi brave en se servant de cette belle épée, qu'il s'était montré loyal amant en la tirant du fourreau; il n'eût peut-être pas été fâché de savoir aussi si la dame qui remportait le chapeau était assez jolie, pour avoir du mérite à la fidélité dont elle venait de donner des preuves. Amadis rit sous son casque, comme Oriane sous son voile, de toutes les espèces d'agaceries que leur fit Galaor qui ne reçut d'eux que des plaisanteries fines, mais assez polies pour qu'il ne pût saisir l'occasion d'en paraître offensé. Pour le roi Lisvard, fidèle à sa parole, il serra dans ses bras le beau Ténébreux, sans lui faire aucune instance pour se laisser connaître; et, présentant la main à la dame inconnue, il la conduisit à son palefroi dont il tint les rênes jusqu'au moment où les deux amants, se courbant sur les arçons de la selle, prirent congé de lui.

Amadis et sa chère Oriane s'éloignèrent et prirent un chemin détourné pour rejoindre celui de Mirefleur; tous les deux s'applaudissaient d'un triomphe dont ils s'attribuaient l'un à l'autre tout le succès et tout l'honneur. Si je n'adorais pas

Oriane, je n'aurais pas conquis cette belle épée, s'écriait Amadis d'une voix haute. Si j'eusse été plus sévère, disait d'un ton plus bas la tendre Oriane, je n'aurais pas ce beau chapeau de fleurs.

Amadis marchait à côté d'elle et pensait avec transport, en la regardant, à le lui faire encore plus mériter, lorsqu'ils furent interrompus par un écuyer qui, sans le saluer, lui dit d'un ton brusque : Arcalaüs vous ordonne de lui conduire sur-le-champ, et de lui céder cette demoiselle ; obéissez, et n'attendez pas qu'il vienne vous enlever la tête avec elle. Ah! dit Amadis, montrez-moi donc le seigneur Arcalaüs. L'écuyer le lui fit voir sous une touffe d'arbres, montant à cheval, ainsi qu'un chevalier d'une taille gigantesque qui l'accompagnait. Oriane fut si saisie d'un pareil message, qu'elle pensa se laisser tomber de cheval. Quoi! ma chère Oriane, lui dit Amadis, pouvez-vous craindre le lâche et perfide Arcalaüs, étant sous ma garde? Alors, se retournant vers l'écuyer : Va dire à ton maître que je le connais de réputation, et que je suis un chevalier étranger qui le méprise trop pour obéir à ses ordres.

Arcalaüs, quoique doué d'une force prodigieuse, évitait volontiers les occasions de se battre. Mon neveu, dit-il à Lindoraque, fils de Cartadaque, géant de l'île défendue, allez prendre ce beau chapeau que je destine à ma nièce Madasime ; et si son conducteur ose résister, tranchez-lui la tête, et pendez-la par les cheveux à cet arbre.

Lindoraque s'avançant pour exécuter cet ordre : Arrête, lui cria d'une voix menaçante le beau Ténébreux, ou prends garde à toi. L'un et l'autre à ces mots coururent ; leurs lances furent brisées : mais celle du beau Ténébreux traversant les armes et le corps de Lindoraque, celui-ci fut désarçonné de la force de cette atteinte ; il fit de vains efforts pour se relever ; et retombant sur le tronçon de sa lance, il le fit pénétrer plus avant, et perdit la vie en jetant un cri douloureux.

Arcalaüs, furieux de la mort de son neveu, et voyant que le beau Ténébreux n'avait plus de lance, fondit sur lui dans l'espérance de le renverser ; mais celui-ci sut éviter le fer d'Arcalaüs, et lui porta, en passant, un coup d'épée avec tant d'adresse, qu'il lui coupa dans la main la poignée de sa lance qui tomba sur le sable avec quatre doigts de cette main. Arcalaüs, se sentant sans défense et blessé, prit aussitôt la fuite ; le beau Ténébreux, qui desirait purger la terre de ce perfide enchanteur, le suivit quelque temps : mais la peur de s'éloigner trop de sa chère Oriane le fit revenir auprès d'elle.

Amadis, toujours inconnu par Énil qui continuait à s'émerveiller des hauts faits de son hermite, lui dit de prendre la tête de Lindoraque et les quatre doigts d'Arcalaüs, et de les porter au roi Lisvard de la part du beau Ténébreux. Énil, en arrivant à Londres, renouvela l'admiration qu'on avait déja des hauts faits de ce chevalier

19.

inconnu, qu'on comparait plus que jamais au redoutable Amadis; et Galaor et Florestan, plus
piqués que jamais de cette comparaison, seraient
partis sur-le-champ pour le chercher, s'ils n'a-
vaient été retenus par l'approche du combat contre Cildadan. Pendant ce temps, Amadis et sa
chère Oriane arrivaient et rentraient dans Mirefleur. Je dois cette épée à votre cousine, dit Amadis à Mabille, en l'embrassant; Oriane se contenta
de lui montrer le chapeau de fleurs en rougissant.
Eh! vraiment, dit Mabille, je crois sans peine
que vous les avez bien mérités l'un et l'autre;
mais croyez aussi, ma belle cousine, que vous
les devez un peu aux larmes que j'ai versées pour
vous depuis votre départ; et songez que, tandis
que vous acquérez de la gloire ou que vous vous
occupez si doucement à la mériter, cette pauvre
Mabille ne connaît que les inquiétudes que vous
lui donnez si souvent. Ah! ma chère cousine, lui
dirent-ils tous les deux en l'embrassant, n'est-ce
donc rien que d'être la meilleure et la plus aimable des amies? Que ne puis-je payer de mon sang,
disait Amadis, les larmes que vous avez versées
pour moi? Que ne puis-je, disait Oriane, amener
un second Amadis à vos genoux? Allons, allons,
leur dit en riant Mabille, je vous dispense de
vous attendrir sur mon état, et je n'imagine encore rien au-delà du bonheur de vous aimer:
mais ne causons pas plus long-temps; vous devez
mourir de faim l'un et l'autre, et déja la nuit

approche. A ces mots, elle les mena tous les deux
dans sa chambre où la demoiselle de Danemarck
avait eu soin de préparer un bon souper, et
même de disposer la table de façon que par la
porte entr'ouverte Amadis pouvait voir le lit de
la belle Oriane. L'amour de la gloire pouvait seul
séparer Amadis de sa chère princesse, et cet
amour était animé par le desir qu'il avait de servir le roi Lisvard, et de mériter qu'il lui donnât
la préférence sur ses rivaux. Lisvard avait à peu
près rassemblé le nombre des chevaliers qui devaient combattre avec lui, lorsqu'il fut troublé par
un message qu'il reçut d'Urgande : une demoiselle, envoyée de sa part, remit deux lettres à ce
prince, dont l'une était pour lui, l'autre pour
Galaor; et cette demoiselle disparut aussitôt sans
attendre de réponse.

Urgande, dans la lettre qu'elle écrivait à Lisvard, lui prédisait « que la bataille contre Cildadan
« serait sanglante, que le beau Ténébreux y per-
« drait son nom, que tous ses hauts faits seraient
« mis en oubli par un seul coup d'épée, et que, par
« deux autres coups, ceux de son parti seraient
« vainqueurs; mais qu'elle ne pouvait lui cacher
« qu'un de ces trois coups ferait couler son sang ».

Galaor, qui lut cette lettre avant celle qu'il
avait reçue, ne douta point que le beau Ténébreux
ne dût combattre pour Cildadan ; et, voyant que
Lisvard était menacé de répandre son sang par
les coups que le beau Ténébreux devait porter,

des routes détournées, alla se rendre dans le château d'Abradan ancien chevalier dont l'habitation
était près du champ de bataille que les deux rois
avaient choisi. Le vieux Abradan le reçut avec la
politesse dont il usait pour tous les chevaliers
étrangers ; mais lorsque celui-ci le pria d'envoyer
un de ses neveux assurer le roi Lisvard que le
beau Ténébreux se rendrait le lendemain sous
ses ordres, il rendit à ce héros tous les honneurs
qu'il devait à sa haute renommée.

Lisvard apprit avec la plus grande joie, par le
neveu d'Abradan, que le beau Ténébreux com-
battrait pour lui. Le vieux Grumedan, qui devait
porter sa bannière le jour du combat, lui dit :
Sire, il ne vous manque plus qu'un chevalier,
mais le beau Ténébreux en vaut lui seul plus de
dix. Plusieurs autres disaient : Quoique Amadis
soit absent, avec le beau Ténébreux, nous sommes assurés de la victoire. Agrayes, Galaor et
Florestan frémissaient de colère d'entendre tenir
ces propos, et se promettaient l'un à l'autre d'effacer les exploits de ce chevalier qu'on osait comparer au redoutable Amadis.

Le neveu d'Abradan, à son retour du camp de
Lisvard, rendit compte au beau Ténébreux de
tout ce qu'on avait dit lors de son message, et
sur-le-champ Énil, se jetant à ses pieds : Ah ! seigneur, dit-il, accordez un don à l'homme le plus
pénétré d'admiration pour vous. Le beau Ténébreux lui tendit la main en accordant ce don. Il

manque un chevalier dans le nombre des cent du parti du roi Lisvard, reprit Énil; donnez-moi l'ordre de chevalerie, et permettez-moi de combattre près de vous. Gandalin regretta bien de ne l'avoir pas précédé dans cette demande; mais son attachement à la personne d'Amadis, auquel il pouvait être nécessaire après le combat, lui fit différer de demander la même grace. Le beau Ténébreux ayant armé chevalier Énil qui reçut de fortes armes d'Abradan, l'un et l'autre partirent à la pointe du jour, et vinrent joindre le roi Lisvard qui faisait déja ses dispositions pour combattre.

Lisvard, embrassant tendrement le beau Ténébreux, lui fit part de son ordre de bataille, et le pria de choisir le poste qui lui conviendrait le mieux. Ce sera celui, répondit-il, d'où je pourrai sans cesse veiller sur votre tête sacrée.

Lisvard harangua ses chevaliers avec cette fierté noble et cette confiance qui sait également élever les cœurs et se les attacher. Cildadan en fit autant de son côté. Braves Irlandais, leur disait-il, serez-vous toujours tributaires de vos injustes voisins? S'ils sont plus riches et plus nombreux, songez que vous êtes aussi forts, aussi braves, et qu'aujourd'hui le nombre est égal entre vous. L'un et l'autre parti desirait trop vivement le signal du combat pour le différer. A peine le son aigu des trompettes eut frappé l'air, qu'il retentit aussi par la course impétueuse des chevaux, et

par le choc des armes et des lances brisées. Plusieurs braves chevaliers perdirent la vie dans cette
première atteinte; plusieurs autres furent désar-
çonnés et foulés par les chevaux avant de pouvoir remonter à cheval. Le beau Ténébreux fit
mordre la poussière à tous ceux qui se présentèrent à ses coups; et Galaor, jaloux de ses exploits
et desirant les surpasser, fondit comme un lion
sur l'escadron où plusieurs géants du parti de
Cildadan s'étaient rassemblés, s'étant promis l'un
à l'autre de tourner tous leurs efforts contre le
roi Lisvard, et de le prendre prisonnier ou de lui
arracher la vie.

Cartadaque, seigneur de l'île défendue, était le
plus redoutable de tous; et, quoique Florestan
l'eût blessé, il avait déja renversé six chevaliers
de Lisvard, lorsque Galaor, l'attaquant avec furie,
le frappa sur son casque avec tant de violence,
qu'il lui abattit l'oreille, et du même coup fit
sauter de sa main la pesante hache dont il était
armé. Ce géant, doué d'une force surnaturelle,
saisit Galaor entre ses bras, l'enleva des arçons,
et l'eût étouffé, si Galaor, à force de lui donner
des coups du pommeau de son épée, ne l'eût assez étourdi pour le faire tomber de son cheval.
Galaor, ayant alors dégagé son bras droit, enfonça
son épée dans la visière de son casque, et lui
donna la mort; mais épuisé par ce combat et par
le sang qu'il avait perdu, il resta sans connaissance sur le champ de bataille, sans avoir pu re-

tirer son épée enfoncée dans la tête de Cartadaque. Cildadan, étant accouru pour l'achever
ou pour le prendre, eût réussi dans son projet,
si le beau Ténébreux, qui s'en était aperçu,
n'eût renversé Cildadan à ses pieds d'un seul coup
d'épée. Pendant que Galaor était défendu par son
frère, le roi Lisvard n'avait plus autour de lui
que trois ou quatre chevaliers blessés ; et le vieux
Grumedan, qui défendait de son mieux la bannière royale à moitié coupée, fut attaqué par le
géant Mandafabul qui commandait le corps de
réserve. Ce géant, accourant sur un cheval frais
et vigoureux, renversa sans peine celui de Lisvard, saisit ce prince, l'enleva des arçons ; et,
sortant de la mêlée, il l'emportait vers les galères :
heureusement il fut aperçu par le beau Ténébreux qui venait de remonter sur un cheval frais
que Gandalin venait de lui donner. Effrayé du
péril que courait le père d'Oriane, il tombe
comme la foudre sur Mandafabul ; et, lui portant
un coup terrible, il le fend à moitié entre le cou
et l'épaule ; l'épée descend assez bas pour blesser
le bras du roi Lisvard, dont le sang aussitôt rougit la terre, quoique la blessure fût légère. Mandafabul tomba mort ; et sur-le-champ le beau Ténébreux couvrant Lisvard de son bouclier, tandis
que ce prince remontait sur un cheval que lui
donna Florestan, s'écria d'une voix terrible :
Gaule ! Gaule ! Victoire ! je suis Amadis ! fuyez, et
dérobez-vous à la mort. A ces mots, les Irlandais

effrayés commençaient à prendre la fuite ; mais
le brave géant Grandacuriel, les ralliant, les ramena pleins d'une nouvelle ardeur au combat.
Amadis, qui dans ce moment perdit le nom de
beau Ténébreux, selon la prédiction d'Urgande,
soutint presque seul l'effort de ce nouveau combat, les chevaliers de Lisvard s'occupant alors du
salut de ce prince qui remontait à cheval, et dont
on rattachait les armes. Florestan seul s'aperçut
du péril d'Amadis, vola pour le secourir ; et Grandacuriel, désespéré de voir tomber ses chevaliers
sous l'épée d'Amadis qui l'avait déjà blessé, tourna
bride sur Lisvard, et fondit sur ce prince, pour
venger la défaite de Cildadan qu'il voyait assurée ;
mais Amadis, ayant connu son dessein, le suivit
avec la même vîtesse, et lui porta sur son casque
un coup si furieux, que les attaches se rompirent,
le casque tomba, et Lisvard, qui l'épée haute
s'était mis en défense, lui fendit la tête et le fit
tomber mort à ses pieds. Grandacuriel fut le dernier du parti de Cildadan, qui périt en combattant. Le reste des Irlandais prit la fuite vers leurs
vaisseaux, en abandonnant le roi Cildadan étendu
parmi les morts, ainsi que Galaor.

Lisvard, pénétré de reconnaissance pour Amadis, s'avançait pour l'embrasser comme un héros
auquel il devait la vie, mais il le trouva dans un
désespoir affreux. Il n'avait point aperçu Galaor
depuis qu'il l'avait vu tomber, et le croyait mort,
puisqu'il avait cessé de combattre ; il pria Flores-

tan et son cousin Agrayes de l'aider à le chercher parmi les morts. Ce ne fut pas sans peine qu'ils le trouvèrent couvert de sang et de blessures, et sans donner aucun signe de vie ; ils reconnurent le roi Cildadan à quelques pas de lui dans le même état ; et tous les trois se préparaient à les faire emporter, lorsqu'ils virent arriver douze demoiselles suivies de quatre écuyers, dont la plus apparente leur dit : Ces deux princes en ce moment sont perdus pour vous, mais ils respirent encore ; donnez-nous-les, et laissez-nous les emporter. Quoi ! donnerais-je mon frère ? dit Amadis. Vous le devez sans hésiter, lui répondit-elle, si ses jours vous sont chers. Amadis, en ce moment, se souvint de la protection d'Urgande ; il couvrit de larmes les joues presques froides de son frère, et le laissa relever de terre, ainsi que Cildadan, par les douze demoiselles et les quatre écuyers qui les posèrent doucement sur deux lits couverts de pourpre, et les emportèrent dans un vaisseau richement orné qui les attendait sur le rivage.

Amadis et Florestan, après les avoir vus partir, allèrent relever le vieux géant Gandalac, qui, désespéré d'avoir vu tomber Galaor qu'il avait élevé comme son fils, s'en était pris à un autre géant du parti de Cildadan, dont Galaor avait reçu par derrière un coup de massue. Ces deux géants s'étaient si bien entre-assommés, que l'Irlandais avait perdu la vie, et que Gandalac allait la perdre s'il n'eût été promptement secouru.

Lisvard fit enlever les morts des deux partis; il fit prendre soin des blessés, et fit partir un de ses chevaliers, pour aller annoncer à Brisène l'heureux succès de ce combat terrible, le retour d'Amadis, et toute la part que ce héros avait à la victoire qu'il venait de remporter.

La reine de la Grande-Bretagne partit aussitôt pour aller au-devant du roi son époux, et regretta qu'Amadis ne fût pas venu lui-même lui porter ces heureuses nouvelles; mais Amadis savait qu'il n'eût point trouvé sa chère Oriane auprès d'elle, et son cœur était déchiré du funeste état où son frère Galaor était encore lorsqu'il avait été secouru par les douze demoiselles et leurs écuyers. La reine Briolanie prit l'occasion du départ de Brisène, pour lui demander la permission d'aller passer quelques jours à Mirefleur près de la princesse Oriane qu'elle ne connaissait point encore. Oriane, prévenue par sa mère de l'arrivée de Briolanie, fit tout préparer pour la bien recevoir, et ne put s'empêcher de desirer secrètement dans son cœur, de ne pas trouver à cette jeune reine des charmes aussi séducteurs que ceux que la renommée avait si souvent célébrés.

La première entrevue d'Oriane et de Briolanie fut affectueuse et polie, mais accompagnée de cet examen sévère et de cette curiosité qui caractérisent presque toujours celle de deux jeunes personnes qui se voient pour la première fois, et qui peuvent se disputer l'empire de la beauté. Brio-

lanie approchait si fort de la perfection qu'un sentiment jaloux se réveilla dans le cœur d'Oriane :
elle eut peine à croire qu'Amadis eût pu voir tant
de charmes sans devenir sensible... Il est donc
vrai que rien ne peut rassurer une amante, et
que l'amour porte toujours dans l'ame un trouble
secret que rien ne peut calmer, puisque l'arc des
loyaux amants et la conquête de l'épée ne suffisaient pas pour la rassurer !

Briolanie, moins agitée en ce premier moment,
rendit justice à la belle Oriane : elle la trouva si
charmante, si parfaite, qu'elle ne douta plus que
ce ne fût pour elle qu'Amadis eût si souvent
poussé des soupirs en sa présence, que ce ne
fût le desir de retourner aux genoux d'Oriane,
qui l'eût pressé de la quitter si promptement après
la défaite d'Abiseos, et qui l'eût rendu plus embarrassé que galant, lorsqu'elle avait été près de
lui laisser connaître l'impression qu'il commençait
à faire sur elle. Briolanie, en voyant Oriane, ban-
nit plus que jamais toute espérance d'enchaîner
Amadis, et la tranquillité de son ame lui permit
de faire mille caresses si vraies et si tendres à la
divine Oriane, que celle-ci ne put se refuser à les
lui rendre. Un jour, causant ensemble avec cette
douce confiance que de jeunes personnes ont toujours l'air d'avoir l'une pour l'autre quand elles
desirent de se plaire, Oriane se crut bien fine,
et imagina bien cacher ses secrets sentiments, en
disant à Briolanie : Mais, ma belle cousine, com-

ment, étant maîtresse d'un beau royaume et de
votre main, n'avez-vous jamais imaginé d'offrir
l'un et l'autre au fils aîné du roi de Gaule, pour
prix de sa victoire sur Abiseos? Il me semble que
vous n'auriez jamais pu faire un meilleur choix.
Ah! ma belle cousine, reprit Briolanie, sans pouvoir s'empêcher de faire un soupir, je ne vous
cacherai pas que d'abord j'en ai eu le dessein;
mais je me trouvai bien heureuse d'avoir renfermé
ces premiers sentiments, lorsque les soupirs, l'air
distrait, et quelques plaintes même, me firent
juger que le cœur d'Amadis était plein d'une grande
passion. Aurait-il mérité d'ailleurs, me dis-je en
moi-même, de passer sous l'arc des loyaux amants,
s'il n'eût été amoureux autant qu'il était fidèle? Vous
savez en effet de plus avec quelle facilité ce prince
a remporté l'épée, ce qui nous est une nouvelle
preuve qu'il aime et qu'il est aimé. J'ignore, ajouta-t-elle, en jetant les yeux sur ceux d'Oriane
qui les tenait alors baissés, j'ignore quelle est
l'heureuse princesse que ce héros adore; mais
qu'il est doux, qu'il est honorable pour elle d'être
aussi parfaitement aimée! Oriane, forcée de suivre
cette conversation embarrassante, lui dit enfin:
Mais, ma cousine, ne serait-ce pas cette demoiselle avec laquelle il vint sous le nom de beau
Ténébreux, lorsqu'il tira du fourreau cette épée
qui depuis soixante ans n'avait pu l'être par personne? car ce fut cette même demoiselle qui remporta le précieux couvre-chef... Je pense tout

comme vous, reprit assez vivement Briolanie, et si nous revoyons Amadis au retour de Lisvard, ah! ma cousine, il faudra que nous fassions si bien l'une et l'autre, qu'il soit forcé de nous découvrir quelle était celle qui remporta le chapeau de fleurs. J'espère en effet que nous le reverrons bientôt, reprit Oriane; cependant je crains bien que sa tendresse extrême pour son frère Galaor ne l'entraîne à le chercher; jamais deux frères n'ont été plus dignes l'un de l'autre, et ne se sont si tendrement aimés. Vous avez bien raison de louer Galaor, reprit Briolanie; j'avoue qu'il est bien aimable et bien brave : mais son cœur est si léger!..... Que ne sait-il aimer comme Amadis, puisqu'il a reçu les mêmes dons de plaire? Ah! ma charmante cousine, dit Oriane, il me semble qu'il serait bien flatteur et bien doux de faire assez complètement la conquête de l'aimable Galaor, pour attacher son cœur et triompher de sa légèreté.

Tandis que les deux belles princesses s'occupaient de Galaor, ce jeune prince éprouvait bien des évènements extraordinaires : il ne reprit point la connaissance tant qu'il fut sur la galère dans laquelle les douze demoiselles l'avaient enlevé du champ de bataille avec Cildadan; et, lorsqu'il commença d'ouvrir les yeux, il se trouva sur un lit dans un salon richement orné, élevé de trente pieds sur quatre gros piliers de marbre, et situé dans un grand jardin émaillé de fleurs. Cildadan

n'était pas dans une position si riante : en reprenant ses sens il se trouva dans un bon lit; mais
ce lit était enfermé sous une voûte, dans une tour
bâtie sur une roche isolée que la mer environnait
et battait de toutes parts.

Les secours que l'un et l'autre reçurent furent
cependant les mêmes : Cildadan vit bientôt arriver une demoiselle respectable par son âge et
par son maintien, suivie de deux vieux chevaliers;
elle versa sur ses blessures un baume assez salu-
taire pour lui procurer un doux sommeil. Galaor
fut traité de même par une demoiselle entre deux
âges, qui s'était fait suivre par deux charmants
enfants de quatorze à quinze ans, qui portaient
chacune de petites boîtes de jaspe fleuri, pleines
du baume le plus précieux. La demoiselle qui
les conduisait vit avec plaisir que Galaor leur
souriait en les regardant; elle espéra dès ce moment beaucoup de sa guérison, et dit aux jeunes
filles qu'elle laissa près de lui, d'être attentives à
lui rendre compte des progrès du retour de sa
santé. Galaor les laissa faire tout ce qu'elles voulurent, et sentit bientôt calmer la douleur que
lui causaient ses blessures; mais il ne s'endormit
point comme Cildadan, et il s'amusa beaucoup à
causer avec ces deux aimables enfants qui savaient
les plus jolis contes, et qui les tenaient de plusieurs fées douées d'autant d'imagination que de
pouvoir : malheureusement les manuscrits de ces
contes se perdirent alors, et furent bien des siè-

cles avant d'avoir été retrouvés par Hamilton,
le chevalier de Boufflers et M. de Marmontel.

Lorsque la demoiselle revint le lendemain, elle
fut rassurée sur l'état de Galaor, en levant le premier appareil; elle lui fit espérer qu'au bout de
huit jours il serait en état de se lever. Mais, lui
dit-il, ne mettrez-vous pas le comble à vos bienfaits, en me procurant la liberté? Si cette grace
n'est pas en votre puissance, je vous conjure de
faire avertir la célèbre Urgande de ma situation.
La demoiselle se prit à rire. Ah! ah! dit-elle,
vous avez donc bien de la confiance dans le pouvoir d'Urgande? Comment n'en aurais-je pas,
dit-il, dans ma première bienfaitrice, pour laquelle je voudrais exposer mille fois ma vie?
Puisque vous pensez ainsi, lui répondit-elle, je
suis assez de ses amies pour vous promettre de
sa part de vous guérir et de vous remettre en liberté, pourvu que vous m'accordiez un don pour
elle, dont elle vous fera souvenir quand elle aura
besoin de vous. Galaor n'hésita pas à le lui promettre; et la demoiselle, en sortant, le laissa
dans la même compagnie que la veille. Cildadan
ne jouissait pas d'une société si riante : il n'était
soigné que par la vieille demoiselle, accompagnée
des deux chevaliers armés dont les longues bar-
bes blanches tombaient sur leur ceinture; et,
quoiqu'il sentît que de jour en jour sa santé se
réparait, il avait la douleur de se voir dans une
prison inaccessible, sous la garde de la demoiselle

20.

et de ces deux chevaliers qui se retiraient toujours sans parler.

Le troisième jour, lorsque la demoiselle revint chez Galaor, l'une des deux jeunes filles accourut vers elle et lui dit : Mon Dieu! ma tante, je suis bien inquiète aujourd'hui du chevalier blessé : il a paru ce matin plus tourmenté qu'à l'ordinaire ; il me prenait la main, il semblait me demander du secours, et j'ai bien regretté de n'être pas aussi savante que vous ; j'aurais moi-même appliqué du baume nouveau sur ses blessures!... Eh bien! soyez attentive, lui dit-elle, à ce que vous me verrez faire ; et, s'il retombait dans le même état, vous pourrez me remplacer.

La demoiselle à ces mots s'approcha du chevalier blessé. Quoi! Galaor, lui dit-elle, est-il possible que vous puissiez méconnaître votre meilleure amie? et croyez-vous qu'une autre qu'Urgande eût pu vous sauver la vie? Galaor voulut faire un effort pour embrasser ses genoux; mais Urgande l'arrêta. Toute espèce d'agitation, lui dit-elle, pourrait vous être nuisible; lorsque les premiers huit jours seront passés, soyez sûr que je vous donnerai de nouvelles marques de mon amitié.

Urgande se mit aussitôt en devoir de découvrir ses blessures, et sa nièce Juliande s'appliqua soigneusement à voir comment elle s'y prenait pour les traiter. Galaor, plein de courage, n'avait reçu que des blessures honorables dans ce combat; presque toutes avaient porté sur son sein, et Ju-

liande fut bien attendrie en le voyant aussi maltraité. Jamais elle n'avait été plus attentive aux
leçons de sa tante qu'elle le fut dans ce moment;
ses mains blanches se promenaient de blessures
en blessures et levaient bien doucement les ap-
pareils. Elle cherchait avec inquiétude, s'il en
était échappé quelqu'une à sa tante qui souriait
de cet examen, et qui finit par l'interrompre.
Quoique le bon cœur de Galaor commençât à
lui donner l'air de la plus vive reconnaissance, la
prudente Urgande prit le parti de toucher légèrement le front de Galaor qui s'endormit aussitôt.
Elle fit retirer ses nièces, et occuper leurs places
par Gasuval son écuyer, et par Ardan, le nain
d'Amadis, qu'elle avait amené dans sa galère, pour
servir Galaor lorsqu'il serait guéri de ses blessures.

Son assoupissement ayant peu duré, ce prince
à son réveil fut très fâché de ne plus voir les deux
jolies nièces d'Urgande; et la présence de deux
hommes qu'il aimait ne put le dédommager de
celle de deux jeunes demoiselles qui lui plaisaient :
il fut forcé cependant, les quatre nuits suivantes,
de causer assez tristement avec eux, sans oser se
plaindre à la sage Urgande de l'avoir privé d'une
société beaucoup plus aimable.

Pendant ce même temps, Urgande continua
de laisser croire à Cildadan qu'il avait perdu pour
toujours la liberté; et lorsqu'elle lui donna quelque espérance de sortir de cette prison, ce ne fut
qu'après l'avoir amené par degrés à lui promettre

que désormais tout ressentiment serait éteint dans
son cœur contre le roi Lisvard et ses chevaliers,
et que non-seulement il se soumettrait à lui payer
le tribut accoutumé, mais même à devenir désormais son allié le plus fidèle.

Quelques jours après que Cildadan en eut prêté
le serment, Urgande fut forcée de sortir de son
île et de se rendre chez le sage Alquiffe pour
prendre avec lui des mesures sur les grands évènements qu'elle prévoyait être déja prochains.
Elle se plaignit en présence de ses nièces de l'embarras où elle était de n'être plus à portée de
pouvoir prendre soin des deux chevaliers blessés.
Ah! ma chère tante, lui dit Juliande avec empressement, ma sœur et moi nous avons été tellement attentives à vous voir soigner leurs blessures,
que vous pouvez avec confiance nous envoyer à
leur secours. Pour moi, continua-t-elle, je me
charge de Galaor, et vous verrez à votre retour
que vous serez bien contente de mes soins et de
mon adresse... Urgande fut un instant sans lui
répondre... On ne peut fuir sa destinée, dit-elle;
allez donc les trouver, mes chères enfants, et
rassurez-les sur mon absence qui sera le moins
longue qu'il me sera possible.

Elle partit, à ces mots, sur un char traîné par
deux dragons, et disparut bientôt dans les airs.
La sœur aînée de Juliande, qui se nommait Solise, courut au secours de Cildadan; et, voyant
les deux vieux chevaliers prêts à la suivre, son

bon petit cœur lui fit imaginer que leur présence
ne pouvait être que nuisible à la guérison de
Cildadan, en entretenant sans cesse dans son esprit l'idée de sa captivité. Les deux vieux chevaliers que l'air de la mer avait enrhumés furent fort
aises d'éviter cette corvée, et Solise, munie des
médicaments nécessaires, courut sur le rocher où
reposait Cildadan. Elle fut assez agréablement
surprise en entrant dans la chambre de ce prince,
pour s'arrêter quelques moments à le considérer.
Cildadan avait à peine un an de plus que Galaor;
il l'égalait presque pour les graces et pour la
beauté. Ah! s'écria-t-il, en voyant entrer Solise,
j'espère tout puisqu'une divinité bienfaisante daigne venir à mon secours!... Solise s'approcha
d'un air doux et compatissant. Je regrette bien,
lui dit-elle, de n'avoir pas suivi ma tante dans
les premières visites qu'elle vous a faites; je ne
connais point encore vos blessures : mais soyez
certain que je ferai de mon mieux pour que vous
ne vous aperceviez pas de son absence. Ah! lui
dit-il, je sens déja que votre présence me rappelle à la vie, et à l'espérance d'un sort plus
heureux.

Juliande n'avait perdu que le temps de voir
disparaître Urgande, pour voler au secours de
Galaor. Son petit amour-propre de quatorze ans
lui faisait croire qu'elle était assez habile pour
étonner sa tante, à son retour, par le succès des
soins qu'elle allait prendre; et ce pauvre Galaor,

d'ailleurs, lui paraissait si joli, si doux, si riant, qu'elle se sentait un secret plaisir à le guérir et à mériter sa reconnaissance. Quoi! c'est vous, belle Juliande, s'écria-t-il en la voyant entrer seule, et lui voyant fermer la porte avec soin pour n'être pas interrompue ni distraite dans un travail qu'elle sentait mériter toute son attention; quoi! c'est vous qui venez aujourd'hui pour me secourir! Juliande lui fit part des raisons qui venaient de forcer Urgande à partir; et ces raisons parurent si bonnes à Galaor, qu'il en trouva bientôt d'aussi fortes pour envoyer Ardan rassurer Amadis sur son état présent. Il ordonna à Gasuval de parcourir sur-le-champ l'île d'Urgande pour lui trouver un cheval propre à porter un chevalier, espérant être bientôt en état de s'en servir. L'un et l'autre obéirent à des ordres aussi pressants; et Galaor, en voyant Juliande s'approcher de son lit, sentit que chaque pas qu'elle faisait semblait hâter sa guérison.

Les blessures de Galaor étaient déja presque toutes refermées; il baisa les jolies mains qui s'occupaient à les découvrir; il avait un air si tendre, si reconnaissant, que Juliande en était attendrie. Vos blessures vont très bien, lui dit-elle; mais n'auriez-vous pas un peu de fièvre? je vois dans vos yeux un feu qui m'inquiète. Galaor la rassura; son sein était déja découvert, et le pauvre blessé prenant la main de Juliande la posa sur son cœur. Ah Dieu! s'écria-t-elle, comme il

palpite!... Son effroi fut extrême; elle ignorait les
moyens de calmer une agitation qui n'avait jamais paru devant sa tante dont elle oubliait les
leçons en ce moment. Mais, lui dit-elle d'une voix
tremblante, je crains que vous ne soyez bien plus
mal que ces derniers jours. Galaor ne répondit
rien, et Juliande fut encore bien plus effrayée
lorsqu'elle crut qu'un transport violent mettait
ses jours en danger. Elle en fit un cri de surprise
et de douleur; mais l'instant d'après elle fut rassurée en le trouvant un peu mieux.

La petite boîte de jaspe fut employée à son
tour, et les cicatrices tendres et vermeilles qui
tranchaient sur la blancheur du sein de Galaor
furent doucement étuvées avec le même baume
qui les avait fermées; elles parurent en si bon
état à Juliande, qu'il ne lui resta plus d'inquiétude
que pour le retour de ce transport qui l'avait
effrayée au point de la mettre hors d'elle-même;
mais le blessé la rassura. Plus tranquille alors, il
embrassa tendrement Juliande en la remerciant
de lui avoir sauvé la vie; il la conjura de ne le
pas laisser seul pendant l'absence de son écuyer!...
Ah! vraiment, dit-elle, je m'en garderai bien. Eh!
que sais-je?... Si ces mêmes accidents allaient vous
reprendre... Et que dirait ma tante si je négligeais
les moyens de vous en guérir avant son retour?...
Le bon Galaor l'assura bien qu'il courait les plus
grand risques sans sa présence et sans des soins
assidus. Alors Juliande, prenant un petit air grave

et bien capable, lui présenta de sa main ce
qu'Urgande lui faisait prendre tous les jours ;
elle l'arrangea bien dans son lit, et lui prescrivit
de se livrer au sommeil pendant quelques heures ;
cependant elle reprit un air plus tendre, en lui
promettant qu'elle se trouverait à son réveil.

Juliande de ce pas alla rejoindre sa sœur qui
revenait dans l'instant de chez Cildadan ; toutes
les deux rougirent en se regardant, et Solise fut
celle qui demanda la première à sa sœur, comment elle avait rempli les ordres de leur tante,
pour le traitement du chevalier qu'elle lui avait
confié. Et vous, ma sœur ? lui répondit Juliande
d'un air embarrassé... Pendant quelques moments,
les deux jeunes sœurs continuèrent à s'interroger,
aucune des deux n'osant hasarder de répondre la
première : à la fin, la confiance commençant à
se rétablir, elles se mirent à se raconter toutes
les deux à-la-fois tout ce qui s'était passé dans
l'action importante qu'elles venaient de faire ; des
ris immodérés interrompirent cent fois leur récit ;
une des deux sœurs mettait la main sur la bouche
de l'autre pour se faire écouter ; et ce ne fut qu'a-
près s'être presque battues, et s'être baisées à
tous moments, qu'elles s'apprirent mutuellement
que l'évènement de leur visite, à quelques petites circonstances près, avait absolument été le
même.

Les trois jours pendant lesquels Urgande fut
absente furent si bien employés, les deux sœurs

furent si doucement occupées à calmer les légers
accidents que leur tante n'avait pas connus, qu'à
son rétour ils ne reparurent point en sa présence.
Urgande eut l'air d'être très contente des soins
de Solise et de Juliande : elle eut bien celui de
croire tout ce que Cildadan et Galaor lui dirent
de la reconnaissance qu'ils leur devaient; mais,
comme aucune fée ne savait lire aussi bien qu'elle
dans l'avenir, dès ce moment elle eut soin de
s'assurer de deux excellentes nourrices, et même
elle sut prévoir que deux jolis enfants, dignes de
Galaor et de Cildadan, seraient un jour les compagnons de celui qui devait naître pour le bonheur d'Amadis et d'Oriane, et pour la gloire et la
réunion de la Gaule et de la Grande-Bretagne.

Le temps approchait où ces espèces d'orages si
fréquents dans les grandes cours allaient naître,
où les intérêts particuliers prévaudraient sur l'intérêt général, où de vils flatteurs se feraient
écouter et forceraient le caractère magnanime de
Lisvard à se livrer à la défiance, à l'injustice, et
même jusqu'à l'ingratitude. Ce prince, après la
guérison des blessures qu'il avait reçues, s'était
rendu dans la ville de Fernèse où sa famille et sa
cour s'étaient rassemblées. Oriane et Briolanie
sentirent une joie presque égale, en y voyant arriver Amadis; mais l'une ne donnait déja plus
qu'à la reconnaissance des sentiments que l'autre
donnait à l'amour.

Oriane cependant ne pouvait se défendre d'une

secrète inquiétude, toutes les fois que Briolanie
parlait à son défenseur. Cette belle reine faisant
un jour des questions sur l'Ile ferme et sur les
merveilles qu'elle renfermait, Amadis peignit celles
de la chambre défendue avec tant d'admiration,
que Briolanie ne put s'empêcher de lui demander
la permission d'en faire l'épreuve. On sait que le
chevalier qui prétendait à pénétrer jusque dans
cette chambre redoutable devait surpasser le célèbre Apollidon par ses exploits et par sa renommée ; et que la dame qui se sentait le courage de
se présenter à cette épreuve ne pouvait y réussir
qu'en surpassant la belle Grimanèse en charmes,
en amour, et en fidélité.

Amadis répondit à Briolanie avec politesse
qu'elle était trop en droit de tenter cette épreuve
avec confiance, pour la différer. Cette réponse
suffit pour ranimer les soupçons et le courroux
d'Oriane qui se leva sans regarder Amadis, et alla
de ce pas porter des plaintes amères à la princesse Mabille, en lui disant que son cousin était
si convaincu du pouvoir des charmes de Briolanie,
qu'il l'avait lui-même pressée de faire l'épreuve
de la chambre défendue. Mabille se douta bien
que la jalousie d'Oriane lui faisait changer le vrai
sens de la réponse d'Amadis ; et, s'étant fait rapporter tout ce qui pouvait avoir précédé cette
réponse, elle jugea que son cousin ne pouvait en
faire une autre en pareille occasion. Mabille était
vive, et son indifférence naturelle l'empêchait d'ex-

cuser les inquiétudes momentanées des amants;
elle se fâcha sérieusement contre Oriane; elle lui
reprocha d'avoir pensé déja coûter la vie à son
malheureux cousin, par son injustice. Vous savez,
lui dit-elle, que sa vie ou sa mort dépendent absolument de vous; et, puisque vous avez l'ingratitude de vous livrer encore à des soupçons que
tant de raisons doivent bannir à jamais de votre
ame, je ne veux plus en être le temoin, et je vais
prier le prince Galvanes, mon oncle, de me re-
mener en Écosse avec lui.

Oriane, fondant en larmes, se précipita dans
les bras de sa cousine; elle convint de tous ses
torts, et sut en obtenir le pardon. Le même jour
Briolanie et les dames de la cour pressèrent vainement Amadis de leur dire le nom de la dame
qui l'accompagnait lorsqu'il obtint l'épée, et lorsqu'elle remporta de même le beau chapeau de
fleurs. Amadis mit tant d'esprit et d'adresse dans
cette réponse, qu'il les contenta sans leur rien
apprendre. Oriane profita de cette occasion pour
lui prouver que la tranquillité de son ame lui permettait de lui faire des plaisanteries; et elle le
pressa si vivement de lui dire le nom de cette
dame, ou du moins de la lui peindre, qu'il ne put
se tirer d'embarras qu'en lui disant : Madame,
pendant tout le temps que je fus avec elle, je
n'ai pu voir que ses cheveux, et je fus surpris de
les trouver presque aussi beaux que les vôtres.

Les dames ne s'arrêtent pas facilement dans

leurs questions, et surtout les dames de la cour
qui sont souvent très exigeantes ; mais Amadis fut
heureusement appelé par le roi Lisvard, et se
rendit chez ce prince ; il trouva près de lui Quedragant qui sur-le-champ lui dit : Chevalier, sous
le nom du beau Ténébreux vous m'avez donné la
vie et fait promettre de me rendre à la cour du
roi de la Grande-Bretagne, vous m'avez fait jurer
de ne plus porter les armes contre lui, d'attendre
Amadis en sa cour, et de renoncer à tout ressentiment de la mort de mon frère Abyes : j'ai
rempli ma promesse, et je m'acquitte envers
vous ; mais que le beau Ténébreux me fasse donc
connaître Amadis, et soyez encore assez généreux
pour m'obtenir son amitié, et pour lui demander
de me recevoir au nombre de ses frères d'armes,
et de me permettre de lui demeurer attaché le
reste de ma vie. La réponse d'Amadis fut de courir
à Quedragant, de l'embrasser, et de lui jurer pour
toujours cette fraternité d'armes si sacrée pour
nos braves et loyaux ancêtres.

Landin, le neveu de Quedragant, témoin de
cette nouvelle alliance, s'avança vers Florestan
d'un air noble et riant. Brave chevalier, lui dit-il,
je venais pour remplir ma promesse et pour vous
combattre ; mais j'espère que vous serez aussi
généreux qu'Amadis, en recevant cette épée à la
place de mon gage que je vous avais remis. A ces
mots, il lui présenta par la poignée celle qu'il
portait à son côté ; Florestan se hâta de détacher

la sienne. Je ne l'accepte, brave Landin, lui dit-il, qu'à condition que vous recevrez la mienne, et le même serment que mon frère vient de faire à votre oncle. Cet heureux accord entre ces deux chevaliers, la noblesse et la vérité qu'ils y portèrent, attendrirent toute la cour de Lisvard ; Quedragant et Landin regrettèrent que Galaor n'en eût pas été le témoin, et promirent dès ce moment à ses frères de partager les soins qu'ils allaient prendre pour le trouver.

Lisvard eût desiré partir lui-même pour entreprendre la recherche de son chevalier ; mais il sentit qu'il devait tous ses soins à la délivrance d'Arban de Norgales et d'Angriote d'Estravaux qui languissaient dans l'île de Montgase, exposés aux mauvais traitements que la barbare veuve de Famongomad leur faisait essuyer dans la plus affreuse prison.

Amadis et Florestan étaient prêts à partir avec Agrayes pour chercher Galaor, lorsqu'un évènement, qui d'abord effraya toute la cour de Lisvard, les arrêta. Ce prince, se promenant vers la fin du jour sur le bord de la mer, vit approcher deux pyramides de feu, dont l'une s'élevait jusqu'aux nues, et paraissait sortir du sein des eaux. Lisvard, trop intrépide pour en être effrayé, s'avança suivi des deux frères et d'Agrayes ; ils distinguèrent bientôt au milieu des flammes, qui devinrent plus brillantes que jamais, une galère dorée qui portait des voiles de pourpre, et était construite sur le

modèle de celle que montait Cléopâtre sur le
Cydnus, quand elle parut la première fois aux
yeux de Marc-Antoine. Des sons harmonieux et
douze demoiselles vêtues de blanc, qui, parées de
guirlandes de fleurs, paraissaient sur les bords de
cette galère, annoncèrent à Lisvard l'arrivée de
la sage Urgande.

Cette puissante fée tenait dans ses mains un
petit coffre d'or; elle en tira sur-le-champ une
bougie allumée qu'elle jeta dans la mer, et dans
l'instant ces feux s'éteignirent. Lisvard s'avança
pour lui donner la main. Amadis voulut baiser le
bas de sa robe; mais Urgande, l'embrassant, lui
dit : Vous iriez vainement à la recherche de votre
frère Galaor; il est dans mon île, invisible pour
tous les mortels : mais soyez tranquille sur son
état, jamais il ne s'est mieux porté. Il est toujours
le même, ajouta-t-elle en riant, et bientôt vous
le reverrez plus beau, plus brave, mais moins
digne que jamais des prix qui sont dus à votre
fidélité.

Lisvard conduisit Urgande à son palais où Brisène, Oriane et Briolanie la reçurent avec le plus
tendre empressement, et la firent asseoir au milieu d'elles. L'arrivée d'Urgande, et les bonnes
nouvelles qu'elle avait données de Galaor, ayant
arrêté le grand nombre de chevaliers qui se dis-
posaient à partir pour sa recherche, les dames
furent très aises de n'être point abandonnées,
et la joie se rétablit dans cette cour. Jamais vous

ne l'avez vue si brillante, dit Urgande à Lisvard, et nul souverain ne peut rassembler un aussi grand nombre de chevaliers renommés. Qui pourrait résister à la force de vos armes, tant qu'ils vous demeureront attachés? Mais, hélas! dit-elle les larmes aux yeux, que je crains, ô roi Lisvard, que la fortune ne se lasse de vous favoriser, et qu'enorgueilli par votre puissance, et trompé par des traîtres et de lâches flatteurs, vous ne vous prépariez les plus mortels chagrins!

Madame, dit-elle à Brisène, si la plus haute valeur illustre les chevaliers du roi votre époux, la plus rare beauté pare votre cour; et les évènements qui viennent de se passer sous vos yeux vous prouvent que les vertus et la loyauté des dames, qui la composent, sont égales à leurs charmes : la conquête du chapeau de fleurs est la plus honorable et la plus brillante qu'aucune dame pût jamais faire.

Oriane rougit à ces mots; et, sachant que rien ne pouvait échapper à la savante Urgande, elle craignit qu'elle ne dît quelque chose qui pût la faire connaître; mais Amadis la rassura bientôt, en lui disant tout bas que la prudence d'Urgande égalait son savoir. Il en était si persuadé qu'il osa même presser Urgande de nommer celle dont on cherchait en vain à connaître le nom. Vraiment, lui répondit Urgande, c'est à vous que je m'adresserais pour le savoir, puisqu'après qu'elle eut couronné ses cheveux du chapeau de

fleurs, vous l'emmenâtes avec vous, et que vous
la délivrâtes des insultes de Lindoraque et du
danger de tomber dans les mains d'Arcalaüs :
mais je crois que nous n'en savons ni plus ni
moins l'un que l'autre ; et tout ce que je peux
dire de plus, c'est que vous vous trompez tous,
si vous imaginez que ce soit une demoiselle qui
tienne le chapeau de fleurs en sa puissance,
puisque j'ai quelques raisons pour croire que c'est
la plus belle et la plus parfaite de toutes les dames. Amadis rougit alors à son tour ; Urgande
sourit finement, et les questions cessèrent. Urgande fut très aimable pendant toute la soirée qui
suivit cette conversation. Sensible aux caresses de
la belle Oriane, elle demanda de passer la nuit
avec elle ; et, lorsque les dames se retirèrent, elle
fut conduite dans l'appartement de cette princesse, où Mabille et Briolanie occupaient un lit,
et cette aimable fée partagea celui d'Oriane.

Urgande, s'apercevant que Mabille et Briolanie
dormaient déja, prit les mains d'Oriane et lui
dit : Vous veillez, belle Oriane ; ne parlerons-nous
pas un peu de celui qui veille si souvent pour
vous ? Oriane n'osa répondre, craignant d'être entendue ; mais Urgande l'eut bientôt rassurée : elle
dit quelques mots, et sur-le-champ Mabille et
Briolanie se mirent à ronfler. Appelez la demoiselle de Danemarck, lui dit Urgande ; et celle-ci,
accourant à la voix d'Oriane, tomba dès qu'elle
eut passé le seuil de la porte, et se mit à ronfler

pareillement. Eh bien! charmante princesse, dit Urgande, vous voyez que nous sommes bien en sûreté. Ah! madame, dit Oriane en penchant sa tête sur son sein, je vois bien que rien ne peut vous être caché; mais puisque vous connaissez l'état de mon ame, l'union que j'ai contractée, et mes secrets les plus cachés, de grace, dites–moi ce que vous prévoyez de la suite des évènements de ma vie. Il ne m'est pas permis de vous le découvrir ouvertement, lui dit Urgande. A ces mots, elle prit le ton d'une Sibylle, et lui fit une longue prédiction, où tous les évènements futurs étaient présentés sous une forme métaphorique, et dont quelques-uns alarmèrent Oriane, au point de la faire repentir d'avoir fait des questions trop pressantes.

Le charme assoupissant qu'Urgande avait jeté sur la chambre d'Oriane cessa dès le lever du soleil. La demoiselle de Danemarck fut très surprise en se réveillant de se trouver à demi nue sur le parquet de cette chambre; elle aida la princesse Oriane à s'habiller. Urgande, la prenant sous les bras, passa chez Lisvard, où les deux frères s'étaient déjà rassemblés. Vous avez connu la vérité de mes prédictions, leur dit-elle, puisque trois grands coups d'épée ont décidé du sort du combat contre Cildadan, et que l'un de ceux qu'Amadis a portés, au moment de délivrer Lisvard, a fait couler le sang de ce roi jusqu'à terre. Je vais vous en faire de nouvelles; mais elles sont

21.

si compliquées, que vous vous tourmenteriez en vain pour les expliquer. « Bien des orages, bien « des combats, bien du sang répandu, vont trou-« bler la paix de cette heureuse cour; et vous, « Amadis, vous serez bientôt obligé de regretter « d'avoir fait la conquête de la riche épée, au « point de desirer qu'elle soit ensevelie sous les « ondes de la mer ».

Amadis était trop intrépide pour être troublé par l'annonce du plus grand péril. J'essaierai du moins, dit-il, de ne rien perdre de ce que j'ai eu le bonheur d'acquérir, et je ne crains rien pour ma vie. Ah! dit Urgande, un aussi grand cœur que le vôtre est propre à tout surmonter; mais votre magnanimité subira de cruelles épreuves. A ces mots, Urgande prit congé de Lisvard qui la reconduisit à son vaisseau. Dès que les ancres furent levées, les deux feux se rallumèrent; et les vaisseaux d'Urgande, voguant avec rapidité, disparurent bientôt à tous les yeux.

Une heure après son départ, une demoiselle assez belle & bien parée, mais d'une taille pres-que gigantesque, se fit annoncer à Lisvard, et lui demanda de l'écouter. Lisvard lui répondit de l'air le plus poli, qu'il était prêt à l'entendre. La demoiselle alors tira d'un riche porte-feuille une lettre scellée de deux sceaux. Avant de l'ouvrir, dit-elle d'un air fier, puis-je savoir si celui qui se faisait nommer le beau Ténébreux est dans cette cour? Amadis prit la parole, et lui dit qu'il

desirait, en se faisant connaître, qu'elle voulût
l'employer pour son service ; alors cette demoiselle que tous ses propos firent bientôt surnom-
mer l'injurieuse, en tint de très offensants pour
lui, dit qu'elle doutoit qu'il osât répondre à la
lettre qu'on allait lire. Amadis sourit, et pria le
roi de lui permettre d'en faire lui-même la lecture.
Cette lettre portait que Gradamase, la géante du
lac brûlant, et sa fille Madasime, desirant épargner le sang de leurs sujets, et même de Lisvard,
proposaient de remettre la possession de cette
souveraineté, et la délivrance d'Angriote et d'Arban de Norgales, au sort d'un combat que le
redoutable Ardan Canille livrerait seul à seul contre Amadis. Cet Ardan Canille était une espèce de
monstre, de la taille d'un géant, d'une figure
horrible, et d'une force si prodigieuse, que depuis cinq ans personne n'avait osé le combattre.
La demoiselle injurieuse, après la lecture de cette
lettre, finit par dire : Amadis, attends-toi, si tu
n'acceptes pas ce combat, à recevoir bientôt en
présent les têtes des deux chevaliers que tu re-
gardes comme tes compagnons. Amadis ne voulut
pas laisser le temps à Lisvard de répondre. Oui,
j'accepte ce combat, dit-il à la demoiselle ; mais
quelle sûreté Gradamase donnera-t-elle de l'accomplissement des propositions qu'elle fait dans
sa lettre ? Je crois, dit la demoiselle, qu'elle risque si peu dans l'évènement d'un combat contre
vous, que j'offre de sa part de remettre la belle

à fond de cale; et sur-le-champ elle revint d'un air libre dîner avec Amadis et Bruneau de Bonnemer qui ne purent, par toutes les politesses dont ils la comblèrent, l'engager à leur parler d'un ton plus honnête et plus doux.

La demoiselle injurieuse abrégea sans peine un dîner que rien ne rendait agréable par l'humeur qu'elle y portait sans cesse; et, se hâtant de retourner à son vaisseau, elle partit très contente de son message, et très aise d'avoir privé son ennemi de l'épée dont les géants ses oncles avaient éprouvé la bonté.

Dès qu'elle fut de retour au lac brûlant, non-seulement elle se fit honneur de la fierté qu'elle avait mise dans son message, de sa réussite à mettre Amadis à portée de tomber sous les coups d'Ardan, mais aussi d'avoir su lui dérober la bonne épée que ce dernier reçut de sa main avec bien de la reconnaissance, ne pouvant s'en procurer une meilleure pour le combat qu'il était prêt à livrer.

Ardan joignait à sa taille de géant une figure hideuse, une ame atroce, et n'était fait que pour inspirer l'horreur et le mépris de son amour. Ce monstre avait été adouci par les charmes de Madasime dont la main devait être le prix de son combat contre Amadis. Madasime n'avait point oublié l'aimable Galaor; non-seulement elle regrettait que son frère fût exposé dans un combat aussi terrible, mais elle avait une si grande hor-

reur pour Ardan, qu'elle avait résolu de se donner la mort s'il était vainqueur, plutôt que de
l'accepter pour époux. Je ne veux passer pour
être chevalier digne d'estime, ni recevoir votre
main, dit-il à Madasime, si dans moins d'un quart
d'heure je ne fais voler la tête d'Amadis, et si je
ne vous l'apporte pour présent de noces. En disant ces mots, il osa vouloir l'embrasser, mais
son haleine infecte fit reculer d'horreur la pauvre
Madasime. La demoiselle injurieuse ne perdit pas
cette occasion de la gronder, en lui disant qu'aux
termes où elle en était avec Ardan, elle avait tort
d'affecter une rigueur déplacée. Madasime, outrée
de douleur de sa position, se trouva du moins
heureuse de s'éloigner d'Ardan, lorsque sa mère,
pour remplir les conditions proposées, la fit partir sur-le-champ pour se rendre en otage à la
cour de Lisvard, sous la conduite d'un vieux géant
et de dix chevaliers; elle était accompagnée de
onze demoiselles qui devaient rester en otage avec
elle.

Lisvard avait fait préparer un château pour la
recevoir; elle y fut traitée avec magnificence; et,
quoique aussitôt on établît une garde autour de
ce château, elle ne s'aperçut en rien qu'on voulût
la traiter en prisonnière.

Ardan Canille n'arriva dans ce même château
que la veille du jour marqué pour le combat : il
avait fait conduire Arban de Norgales et Angriote
d'Estravaux : tous les deux étaient chargés de

chaînes ; et ils annonçaient, par leur air pâle et leur maigreur, le traitement indigne qu'ils avaient essuyé.

Dès le même jour Ardan, donnant la main à Madasime, la conduisit à la cour de Lisvard, pour reconnaître le camp, et régler les conditions du combat.

Amadis, apprenant que cette princesse approchait, alla à cheval au-devant d'elle, accompagné d'Agrayes, de Florestan et de plusieurs autres chevaliers. Il aborda Madasime d'un air respectueux et galant ; et, sans lui rien dire qui pût lui rappeler le temps qu'il avait passé près d'elle avec Galaor, il lui dit qu'il s'estimerait heureux s'il avait à combattre pour son service. Regardant alors l'horrible Canille, il ne fut ému d'aucune autre crainte que celle de voir tomber la belle Madasime en son pouvoir. Il lut sans peine dans ses yeux l'horreur que cette espèce de monstre lui donnait, et se sentit animé plus vivement que jamais à l'en délivrer.

Le brutal Ardan se trouva très offensé qu'un chevalier qu'il ne connaissait point encore, eût l'audace d'aborder celle qu'il se destinait pour épouse. Recule, qui que tu sois, dit-il en s'avançant avec fureur, et sache que c'est me manquer de respect que d'oser lui parler sans ma permission. Je ne t'en dois point, repartit vivement Amadis ; apprends que je suis celui qui te punira de tes forfaits, et qui délivrera la belle Madasime de l'horreur de te donner la main.

Quoi! dit **Ardan**, c'est toi, courtisan efféminé, que l'audace la plus folle ose porter à venir m'apporter ta tête? Non, je ne puis croire que les redoutables Famongomad et Barsinan soient tombés sous tes coups, et tu n'as pu leur donner la mort sans la plus lâche trahison. Amadis saisit avec fureur la garde de son épée. Insolent, s'écria-t-il, je te punirais sur-le-champ, sans la sauve-garde qui te garantit encore; mais bientôt j'espère délivrer Madasime et mes compagnons, et purger la terre d'un monstre qu'elle est lasse de porter. Ardan Canille, tout en colère qu'il était, n'osa se compromettre sans armes à combattre Amadis, quoique celui-ci n'eût alors que son épée : il éprouva trop la supériorité que la vraie valeur a toujours sur la férocité; mais poursuivant encore avec la même insolence : Rends grace, dit-il, à la trève qui me retient, et à l'arrivée de ton roi qui s'avance.

Lisvard en effet arrivait à cheval avec Oriane, Mabille et Briolanie, qui, sachant que Madasime n'avait rien de la férocité de sa race et qu'elle joignait des mœurs douces à la beauté, s'étaient déterminées à la recevoir dans leur société, pour adoucir l'effet des conventions qui la forçaient de demeurer en otage.

Oriane fut effrayée en voyant l'espèce de monstre que son cher Amadis avait à combattre; mais Mabille sut la rassurer, en lui disant: Pouvez-vous craindre qu'Amadis puisse cesser d'être invincible, et surtout étant animé par votre présence?

L'entrevue fut très courte. Ardan Canille remit les otages entre les mains de Lisvard, et, lorsque la belle Oriane s'avança pour recevoir elle-même la main de Madasime, Ardan dit à celle-ci : Madame, avant la fin de vingt-quatre heures, je reviendrai couvert du sang d'Amadis vous retirer des mains où je vous laisse, et que je destine même avant peu de temps à vous servir.

Oriane et Mabille regardèrent Ardan avec le mépris qu'il méritait; elles emmenèrent Madasime qu'elles voyaient confuse et baignée de larmes. Le combat fut décidé pour le lendemain matin; et le superbe Ardan Canille, étant le maître d'en choisir le lieu, voulut, pour le rendre plus éclatant, qu'il se passât sur la planimétrie d'une colline, sur laquelle s'élevait en pente douce un énorme rocher plat, dont le faîte pénétrait en saillie sur la mer.

Lisvard, de retour en son palais, envoya préparer la lice sur la colline, et fit élever des échafauds et des balcons pour sa famille et pour sa cour. Toutes les circonstances rendaient le combat du lendemain l'un des plus mémorables qui se fussent donnés dans la Grande-Bretagne; et quelque confiance qu'il eût dans la force, l'adresse et le courage indomptable d'Amadis, il ne pouvait sans une vive inquiétude le voir aux mains avec Ardan qui n'avait jamais trouvé d'adversaire qui pût lui

résister. Lisvard voulut lui-même visiter les armes
dont Amadis devait se couvrir, et dit à Gandalin
de les apporter; mais quel fut le désespoir de ce
fidèle écuyer, lorsqu'il ne retrouva que le fourreau de la bonne épée dont son maître avait fait
la conquête! Il se douta bien alors que la demoiselle injurieuse l'avait dérobée. Donnez-moi la
mort, s'écria Gandalin en retournant près de
Lisvard et d'Amadis. Celui-ci, très étonné du désespoir d'un homme qu'il aimait comme son frère,
ne s'occupa qu'à le calmer; et lorsque Gandalin
s'accusa d'une négligence impardonnable, en
n'ayant pas empêché le vol de cette excellente
épée, Amadis l'embrassa, et lui dit que toute
espèce d'épée serait suffisante dans sa main, pour
défendre une aussi bonne et si juste cause : cependant, voyant Lisvard plus inquiet que lui-même
de cette perte, il le fit souvenir qu'il avait encore
dans son cabinet celle que Guilan le Pensif avait
rapportée avec ses armes, après qu'il les eut je-
tées sur le bord d'une fontaine. Lisvard sur-le-
champ se faisant apporter cette épée, le hasard
fit que la lame se trouva juste pour le fourreau
de celle qu'il regrettait.

Les trompettes et les clairons annoncèrent dès
l'aurore le combat mémorable que le soleil allait
éclairer, et toutes les cloches de la ville appelèrent les fidèles à se joindre aux prières que
maints chapitres, moines et nonnains élevaient au
ciel pour Amadis. Florestan, Agrayes et Bruneau

de Bonnemer l'accompagnèrent lorsqu'il partit pour se rendre au lieu du combat; l'un portait son bouclier, l'autre son casque, et le dernier sa lance.

Lisvard, sans être armé, montait un cheval d'Espagne, et portait un bâton d'ivoire comme juge souverain du camp, ayant en seconds sous lui, dom Grumedan et Quedragant. Les princesses suivaient dans de riches litières. C'est en tournant sans cesse les yeux vers celle qui portait Oriane, qu'Amadis croyait sentir encore croître ses forces et son courage; et, quelle que fût la crainte intérieure de cette tendre amante, elle sut marquer à son amant de la confiance, et l'espérance de le voir couronné bientôt d'un nouveau laurier.

Lisvard et sa suite ne furent pas long-temps sans voir Ardan Canille couvert de fortes armes, et portant à son cou un bouclier d'acier poli, qui, malgré sa taille gigantesque, le couvrait presque entier; il ébranlait une lance du double de la force ordinaire, avec tant de vigueur, que, malgré la grosseur de son fût, l'œil trompé croyait en voir deux dans sa main. Mais ce qui fut bientôt remarqué par Oriane avec la plus vive douleur, c'est que le perfide Ardan avait osé céindre à son côté la redoutable épée que la demoiselle injurieuse avait dérobée; la trempe en était connue. Amadis même en la reconnaissant en fut ému, se ressouvenant de la prédiction d'Urgande; mais

il n'en fut que plus animé pour la conquérir une
seconde fois, et pour priver Ardan d'une épée
destinée à récompenser la vertu.

Aucun pourparler entre deux adversaires pleins
d'une égale animosité ne retarda le signal du
combat. Amadis tourna ses regards sur sa chère
Oriane, en élevant sa lance et la rabaissant avec
grace pour la mettre en arrêt. Tous les deux,
partant avec la même impétuosité, se rencontrèrent au milieu de la carrière, et leurs lances
brisées et volant en éclats, n'empêchèrent point
le choc terrible de leurs boucliers et de leurs
chevaux; celui d'Ardan roula mort sur son maître,
et celui d'Amadis ayant eu l'épaule cassée ne lui
laissa que le temps de sauter légèrement à terre.
Les deux chevaliers revinrent bientôt l'un sur
l'autre l'épée à la main; et c'est alors que l'on
connut toute l'importance du vol qu'avait fait la
demoiselle injurieuse. Quelque force qu'eussent
les coups qu'Amadis portait sur le bouclier et sur
le casque d'Ardan, à peine son épée pouvait-elle
les entamer; et celle d'Ardan, d'une trempe bien
supérieure, tranchait, déclouait les armes et le
haubert d'Amadis, dont le sang commençait à
couler, sans que la sienne se fût encore rougie de
celui de son ennemi; cependant il lui portait des
coups si redoublés et si terribles, que souvent il
le faisait reculer, chanceler, et le mettait dans un
si grand désordre qu'Ardan heureusement ne lui
portait presque jamais que des coups mal assurés;

mais aussi tous ceux qu'il réussissait à lui donner
tranchaient ses armes et faisaient couler son sang.
Oriane, ne pouvant supporter l'inégalité de ce
combat, ni voir le sang d'Amadis, voulut se retirer
du balcon où elle fut retenue heureusement par
Mabille. Ah! ma cousine, y pensez-vous? s'écria-t-
elle; voulez-vous faire périr Amadis? il perdra son
courage et ses forces s'il ne vous voit plus. Ne
savez-vous pas qu'elles semblent s'accroître de
plus en plus à mesure que le péril augmente, et
que son élément semble être d'aimer, de combattre
et de vaincre?

Lisvard, Grumedan et Quedragant tremblèrent
alors pour la première fois pour les jours d'Amadis; ils ne pouvaient espérer qu'il pût surmonter
un ennemi qui faisait si souvent couler son sang,
sans perdre le sien: Amadis lui-même, ainsi
qu'Urgande l'avait prédit, desira plus d'une fois
dans cette extrémité que la mer eût englouti la
fatale épée qu'il avait conquise, et dont Ardan
alors se trouvait armé.

Cependant, honteux de laisser si long-temps
indécis un combat qu'il livre sous les yeux d'O-
riane, il saisit son épée à deux mains, s'élance
sur Ardan, le frappe sur son casque d'un si terrible coup, qu'il le fait tomber sur ses genoux:
mais l'épée, trop faible pour en supporter la
force, se brise en trois pièces, sans avoir fait
d'autre effet que d'étourdir son ennemi. Ardan se
relève en chancelant: alors, voyant Amadis dés-

armé, bientôt il se rassure et s'écrie lâchement :
Regarde, Amadis, la bonne épée que tu ne mé-
ritais pas de conquérir et qui va te donner la mort;
et vous, demoiselles de cour, avancez sur vos balcons pour voir Madasime vengée, et me reconnaître digne de son amour.

Ce moment était en effet si terrible, la défaite
et la mort d'Amadis paraissaient si certaines,
qu'Oriane, Mabille même, toutes deux également
éperdues, s'arrachèrent du balcon et se jetèrent
la face la première sur un lit, où déja ce n'était
plus que le genre et le choix d'une mort prompte
dont Oriane était occupée. Madasime, d'une autre
part, alla se jeter aux pieds de Brisène. Ah! madame, s'écria-t-elle, le brave Amadis succombe;
mais ne permettez pas que ce monstre d'Ardan
profite de sa victoire en me forçant à l'épouser,
ou je vais répandre tout mon sang à vos yeux.
Rassurez-vous, ma fille, lui dit Brisène, je vous
protégerai; mais ne désespérez pas d'Amadis, jusqu'à ce que vous voyiez rouler sa tête sur la poussière. Mabille entendit ce peu de mots, et sentant
toute l'importance qu'Amadis pût voir son Oriane
en cette extrémité, elle eut la force et le courage
de l'enlever et de la rapporter sur le balcon, à
l'instant même où son tendre et loyal amant élevait les yeux, et semblait chercher à puiser de
nouvelles forces dans les regards de celle qu'il
adorait. Oriane leva ses beaux yeux au ciel, et les
laissa retomber sur ceux d'Amadis. Ce fut le trait

de flamme, ce fut le signal auquel Amadis s'é-
lança sur son ennemi, le frappa du pommeau qui
lui restait, l'étonna, le fit reculer, arracha son
écu, et, pensant encore moins à s'en couvrir qu'à
redoubler ses attaques, ramassa le fort tronçon
d'une lance qu'il porta dans la visière d'Ardan.
Celui-ci l'évite, lève l'épée redoutable, en frappe
un coup terrible qu'Amadis pare avec le bouclier
d'Ardan, dans lequel la lame pénètre trop avant
pour que celui-ci puisse aisément la retirer. Amadis saisit cet instant, le frappe du fer de sa lance
qu'il tenait au tronçon. La douleur que ressent
Ardan détend les muscles de son bras; il laisse
échapper l'épée, qu'Amadis saisit, qu'il arrache
du bouclier, et dont il cherche à frapper son ennemi : mais Ardan désarmé se trouve trop lâche
pour chercher les mêmes ressources qu'Amadis
avait su saisir; il se retire à reculons sur le rocher,
évitant les coups que son vainqueur se plaît en
ce moment à ne pas précipiter, pour que sa chère
Oriane puisse jouir plus long-temps du spectacle
de sa victoire. Ardan épouvanté parvient en recu-
lant toujours jusqu'à l'extrémité du rocher qui
s'avance en saillie sur la mer; c'est-là qu'Amadis
s'écrie : Va, malheureux, tu ne mérites pas de
périr par ma main; va ensevelir ta honte et ta
vie coupable dans les flots. A ces mots, le frappant dans la visière d'un coup du pommeau de
son épée, il le précipite dans la mer qui s'ouvre,
dont les eaux jaillissent, se referment, et le font
disparaître pour toujours.

Amadis à l'instant est entouré par Lisvard et
ses amis qui célèbrent sa victoire; mais ce héros
qui voit Arban de Norgales et Angriote près du
balcon d'Oriane, court aussitôt vers eux, brise
les liens qui les attachent encore, et passe avec
eux sous le balcon d'Oriane, comme pour lui
rendre un nouvel hommage de leur liberté. Oriane
ne laisse tomber sur Amadis qu'une seule fleur
qu'il cache aussitôt dans son sein, car il sent
qu'elle est baignée de ses pleurs; il la reconnaît
pour être une de celles du couvre-chef qu'elle a
su remporter, et cette fleur lui paraît plus fraîche
et plus brillante encore que lorsqu'elle en cou-
ronna ses beaux cheveux.

Cependant le sang d'Amadis coulait d'un grand
nombre de blessures, qui s'étaient rouvertes par
l'émotion délicieuse que le prix qu'Oriane venait
de donner à sa victoire excitait dans cette ame si
passionnée. Brisène s'en aperçut; elle appela du
secours, fit étancher son sang, et le prit avec elle
dans sa litière pour le conduire elle-même dans
le palais qu'il occupait; et, dès le premier appareil qu'on mit à ses blessures, on reconnut qu'aucune ne devait faire craindre pour sa vie.

Le jour suivant, tandis que toute la famille
royale et la cour ne s'occupaient que de la victoire d'Amadis, la demoiselle injurieuse, sans paraître abattue de la défaite d'Ardan, ni même
honteuse du larcin si lâche dont elle était con-
vaincue, s'avança fièrement devant Lisvard. Faites

donc appeler, lui dit-elle, ce téméraire ami d'A-
madis, dont je vous ai remis le gage contre mon
frère; qu'il se présente s'il ose. Quoiqu'il ne vale
pas Ardan Canille, ce sera toujours pour nous
une petite consolation que d'emporter sa tête.
Bruneau de Bonnemer se présenta sur-le-champ;
et la demoiselle ayant alors fait paraître son frère
Mandamain, qu'elle avait amené, les deux chevaliers renouvelèrent leur défi devant le roi Lisvard,
qui leur remit leurs gages, leur accorda le champ,
et leur dit de s'aller armer.

Le même terrain du combat d'Amadis contre
Ardan fut choisi par Mandamain. Bruneau de
Bonnemer, jaloux de donner une haute idée de
sa valeur au frère de la jeune et belle Mélicie,
après les preuves qu'il venait de lui donner de
son attachement, se comporta dans ce combat
avec tant d'adresse et de courage, qu'il sut conduire Mandamain, en le faisant toujours reculer,
vers une autre pointe de rocher qui s'avançait
en saillie sur la mer, comme celle d'où le féroce
Ardan avait été précipité. Mandamain éprouva le
même sort; et, la gorge percée d'un coup d'estoc,
il tomba du rocher à la renverse, et fut sur-le-
champ enseveli sous les ondes. La demoiselle injurieuse, conservant toujours son caractère, vit
tomber son frère sans verser une larme; alors,
courant vers le lieu où son épée était tombée,
elle s'en frappa le sein, avant que Bruneau pût
l'en empêcher. Puisque mon message a coûté la

vie à mon prince, s'écria-t-elle d'une voix encore
assez forte, et qu'il me fait perdre aussi mon
frère, je n'aurai pas la lâcheté de leur survivre.
A ces mots, elle s'élança dans la mer, et laissa
tous les spectateurs de sa mort étonnés de son
caractère altier et de son courage.

Bruneau, vainqueur de Mandamain, fut recon-
duit au milieu des acclamations au palais d'Amadis. Cher Bruneau, lui dit ce prince en le voyant
entrer couvert encore de son propre sang et de
celui de Mandamain, le frère le plus tendre ne
pouvait faire rien de plus pour moi; j'espère que
ma sœur Mélicie m'acquittera par sa main de la
reconnaissance qu'il m'est également cher et honorable de vous devoir.

La prodigieuse quantité de blessures qu'Amadis
avait reçues dans ce combat, et le sang qu'il
avait perdu, rendant sa guérison fort lente, Briolanie jugea bien qu'il serait encore plus d'un mois
sans être en état de porter les armes. Nul intérêt
de cœur ne la retenant à Londres, et les affaires
de son royaume la rappelant à Sobradise, elle
suivit le dessein qu'elle avait de visiter l'Ile ferme
en passant, et de voir les enchantements du palais d'Apollidon et de Grimanèse. Amadis lui donna
le nouveau chevalier Énil pour la conduire, et fit
dire à Ysanie de rendre à Briolanie plus d'obéissance et d'honneurs qu'il ne pourrait en rendre à
lui-même. Oriane lui fit promettre un compte
fidèle du succès des épreuves qu'elle tenterait. Je

ne prétends, dit la belle Briolanie, avec autant
de grace que de modestie, qu'aux honneurs de
l'arc des loyaux amants; celui de remporter la
chambre défendue, et la palme de la beauté sur
Grimanèse, ne peut être destiné qu'à la céleste
Oriane.

Pendant la convalescence d'Amadis, tout ce
que la jalousie et l'envie peuvent imaginer de plus
noir fut employé contre lui près du roi Lisvard,
par deux anciens chevaliers, nommés Brocadan
et Gandandel, lesquels avaient été élevés dans la
cour de Salangris, prédécesseur et frère aîné de
Lisvard.

Gandandel avait deux fils, et tous les deux
avaient joui de la réputation d'être les plus redoutables chevaliers de la Grande-Bretagne, avant
l'arrivée d'Amadis, de ses frères et d'Agrayes.
Le vieux père, fâché de la supériorité que ces
princes avaient prise sur ses enfants, fit le complot avec Brocadan d'employer toutes les ruses
possibles pour mettre mal dans l'esprit de Lisvard
Amadis et ses proches, et pour les éloigner de
son service.

Gandandel ayant demandé une audience secrète
à Lisvard : Sire, lui dit-il, l'attachement que la
reconnaissance m'inspire et la fidélité que je dois
à mon maître me forcent à vous parler avec sincérité; et quelque admiration, quelque amitié
même qu'Amadis m'inspire, j'avoue, sire, que ce
ne peut être sans inquiétude que je le vois de-

venir de jour en jour plus puissant dans vos états, où bientôt il le sera peut-être encore plus que vous-même. Rappelez-vous, sire, les longues guerres que la Gaule a soutenues contre la Grande-Bretagne, la rivalité que ces deux royaumes si voisins ont entre eux pour l'empire de la mer: craignez, sire, qu'Amadis, destiné par sa naissance à succéder à Périon, ne se serve des avantages que chaque jour vous lui laissez prendre, ainsi qu'à ses frères, pour se rendre maître de l'intérieur de vos états, ou du moins pour vous assujettir à n'oser plus rien entreprendre qui ne lui soit agréable. Quelles graces d'ailleurs peuvent espérer vos propres sujets, lorsque vous vous laissez entourer d'une multitude de princes étrangers, qui vous enlèveront toutes celles que vous pouviez répandre sur les chevaliers bretons? Je vous le répète, sire, c'est à regret que je soupçonne Amadis d'épier le moment de faire éclater son dessein funeste; et plus il est grand par ses vertus guerrières, plus sa victoire sur Ardan le rend recommandable aux yeux de vos sujets, plus vous devez le redouter. Vous connaissez assez les Bretons pour savoir à quel point ce peuple est enthousiaste, et toujours prêt à la rébellion; conquis plusieurs fois, ou forcé par les armes ou par le fanatisme d'obéir à de nouveaux maîtres, il semble qu'il en ait pris l'habitude, et son bras est toujours également prêt à soutenir le trône ou à le renverser. Il sait que chaque mutation des

dynasties de ses souverains lui procure de nouveaux privilèges, et ses rois ont à craindre de lui
jusqu'à l'attentat où de proche en proche l'esprit
d'indépendance peut le conduire, si le maître n'a
l'adresse de l'attacher et de le retenir par l'espérance des honneurs et des bienfaits. Lisvard,
malgré toute la reconnaissance qu'il devait au
prince de Gaule, n'écouta que trop facilement les
perfides conseils de Gandandel. Jamais prince
n'avait été plus jaloux de son autorité que Lisvard;
et quoique Amadis, Galaor et Florestan même
lui eussent tous les trois sauvé la vie dans des occasions différentes, la crainte qu'il eut que ses
sujets ne le soupçonnassent d'avoir laissé trop
d'empire sur son esprit aux trois princes gaulois,
lui fit prendre l'imprudente et fatale résolution
de leur refuser la première demande qu'ils pour-
raient lui faire, et d'avoir désormais en public avec
eux l'air plus froid et plus réservé. Lisvard, plein
des fausses instigations de Gandandel, cessa même
d'aller voir, à son ordinaire, Amadis que ses
blessures retenaient encore dans sa chambre; et
le vieux Brocadan, qui s'était chargé du soin
d'éloigner Amadis de son attachement pour Lisvard, fit remarquer ce changement au prince de
Gaule, et s'éleva contre l'ingratitude dont le roi
lui donnait des marques, dans le moment même
où les sources de sa vie étaient encore épuisées
par le sang qu'il venait de répandre pour son
service.

Florestan et le prince Agrayes, Bruneau, Quedragant, ayant éprouvé de leur côté quelques
froideurs de la part de Lisvard, se consultèrent
avec Galvanes, frère du roi d'Écosse, chevalier
d'une longue expérience, et qu'Agrayes et Mabille, ses neveux, aimaient et respectaient comme
leur propre père. Galvanes en ce moment avait
grand besoin que ce prince ne lui refusât pas la
demande qu'il était prêt à lui faire ; il entraîna
ses amis et son neveu chez Amadis, et leur ouvrit
son cœur en présence de ce dernier.

Quoique dix lustres commençassent à blanchir
la tête de Galvanes, cette tête long-temps si sage
n'avait pu braver les traits de l'amour ; il n'avait
pu voir la belle Madasime, sans desirer de la pos-
séder ; il en fit l'aveu, et ce fut un vrai bonheur
que Galaor alors se trouvât absent. Agrayes et
Florestan, qui n'étaient pas moins gais que lui, ne
purent s'empêcher de plaisanter un peu le bon
Galvanes sur son amour, et sur le projet d'épouser Madasime. Parbleu ! mon oncle, dit Agrayes,
je vous trouve bien courageux d'oser lui offrir
votre main, croyez-vous qu'une princesse de
vingt-deux ans, aussi bien élevée qu'elle paraît
être, ne connaisse pas assez bien tous les droits
du mariage, pour n'en vouloir pas laisser perdre
aucun? et vous proposez-vous de les remplir ?
Galvanes eut la bonne foi de ne dire ni oui ni
non, tant la candeur respectable de ce temps
était sévère ! Le prince écossais ne leur répondit

rien que de modeste et de vraisemblable, et leur
promit surtout de n'être pas jaloux. Mais, leur
dit-il, la dernière victoire d'Amadis assure à Lisvard la souveraineté de l'île de Montgase, dont
Madasime se trouve dépossédée : le moyen le plus
sûr pour l'y faire rentrer serait qu'elle me donnât
la main, ce dont elle n'est nullement éloignée,
et que Lisvard, en considération de ce mariage,
nous rendît, à la prière d'Amadis, l'île de Montgase, dont nous lui prêterions l'hommage comme
à notre seigneur suzerain. Amadis trouva ce projet si raisonnable, il avait si grand desir d'obliger
l'oncle d'Agrayes et de Mabille, qu'il ne balança
pas à se charger de demander cette grace au roi
Lisvard ; et, quoiqu'il fût encore d'une grande faiblesse, il se serait fait porter sur-le-champ chez
ce prince, si Galvanes lui-même ne l'eût retenu.
Pendant huit jours qu'on le força de donner encore à laisser consolider ses blessures, Gandandel
et Brocadan redoublèrent leurs menées secrètes
pour aliéner de part et d'autre les esprits ; ils ne
réussirent que trop auprès de Lisvard dont ils
avaient su blesser l'amour propre, et réveiller la
défiance. Mais le cœur d'Amadis était trop noble
et trop loyal pour soupçonner deux anciens chevaliers de perfidie, et pour imaginer que Lisvard
pût oublier l'attachement dont il lui avait donné
tant de preuves ; cependant il ne put s'empêcher
d'être étonné de ce que ce prince avait cessé
tout-à-coup de le venir voir. Brocadan fit de son

mieux pour aggraver cet oubli; et ce fut par lui qu'il apprit que Lisvard, en colère de ce que la mère de Madasime paraissait refuser de se soumettre aux conditions du combat contre Ardan, et de lui remettre l'île de Montgase, avait fait signifier à Madasime et à tous les otages qu'il avait reçus avec elle, que si, dans huit jours on ne lui faisait pas remettre cette île, il leur ferait couper le tête. Amadis crut qu'il n'avait pas un moment à perdre pour parler au roi Lisvard; il ne douta point de l'amener facilement à des sentiments plus généreux, comme à faire accorder au prince Galvanes la grace qu'il lui demanderait pour lui. Il avertit donc ses parents et ses amis de se trouver le lendemain matin chez lui; et le desir de servir Galvanes lui donnant des forces, il se rendit avec eux chez le roi, au moment où le prince revenait de sa chapelle.

Amadis plein de cette noble confiance, l'un des caractères du véritable héroïsme, aborda Lisvard d'un air respectueux, sans s'apercevoir même de l'accueil glacé qu'il en recevait. Sire, dit-il, je connais si bien la générosité de votre ame pour vos anciens serviteurs, que je viens faire mon compliment à Votre Majesté sur le bon usage qu'elle peut faire de sa nouvelle conquête, et sur le bonheur qu'elle aura d'acquérir un nouveau vassal également illustre et fidèle. Le frère du roi d'Écosse, le brave Galvanes, sire, vous demande la main de Madasime avec l'île de Montgase, et

vous offre de se ranger pour toujours au nombre
de vos sujets. Galvanes est mon parent et mon
ami, et je ne regretterai pas tout le sang que je
viens de répandre, si le bonheur de ce prince,
qui n'a point reçu d'états en partage, en est le
prix. Lisvard pâlit. Gandandel caché dans la foule
des parents d'Amadis lui fit un signe; et ce prince,
après un moment de silence, répondit : Vraiment,
seigneur Amadis, il me semble que vous disposez
assez librement des états qui sont en ma puissance;
mais Galvanes ne peut espérer celui de l'île de
Montgase, puisque j'en dispose en faveur de ma
seconde fille la princesse Léonor.

Amadis parut interdit d'une pareille réponse;
mais Agrayes, très vif de son naturel, en fut indigné. En vérité, sire, dit-il à Lisvard, vous nous
faites bien connaître que les services de vos plus
zélés serviteurs ne vous sont plus agréables, et
leur sont inutiles; c'est du moins les mettre à
portée de vous connaître, et les instruire du
parti qu'ils ont à prendre à l'avenir. Parbleu! mon
neveu, dit Galvanes, vous avez bien raison; et
l'homme sage et courageux ne doit employer son
bras que pour un prince dont le caractère reconnaissant en sente le prix. Eh! mes amis, interrompit Amadis, ne vous plaignez pas si le roi
vous refuse ce qu'il vient de donner à sa propre
fille. Qu'il permette seulement que le prince Galvanes épouse Madasime : je n'ai que l'Ile ferme,
je ne la tiens que de Dieu et de mon épée; et

je prie Galvanes de l'accepter, en attendant que
le roi puisse récompenser plus dignement ses
services.

Madasime est ma prisonnière, répondit brusquement Lisvard; et si Montgase ne m'est rendue
avant la fin du mois, la tête des otages et celle
de Madasime même m'en répondront. Sire, dit
Amadis, d'un ton plus ferme et plus haut, je crois
que nous étions en droit d'attendre une autre réponse de Votre Majesté, et qu'elle ne connaît pas
encore quels sont et doivent être les sentiments
des gens de notre sorte. Je les connais assez, dit
Lisvard avec un air de dédain, pour vous dire que,
si les miens ne vous conviennent pas, le monde
est assez grand pour que vous alliez chercher
des souverains qui se laissent maîtriser. Sire, dit
très vivement Amadis, je vous avais cru jusqu'ici
le prince le plus juste et le plus généreux : c'est
avec regret que je vois que je me suis trompé;
mais, puisque vous changez de façon d'être, le
parti que je prends n'est pas douteux. Faites ce
que vous voudrez, s'écria Lisvard en colère. A ces
mots, il tourne le dos, et court chez Brisène à
laquelle il rend compte de tout ce qui vient de se
passer.

Cette sage reine en fut très affligée. Avez-vous
réfléchi, dit-elle à Lisvard, à tout ce qu'Amadis a
fait pour vous, et au nouvel éclat que votre puissance et votre gloire ont sans cesse acquis depuis
que ce prince et les siens se sont attachés à votre

service? Qui pourra vous dédommager de ce que vous allez perdre par leur éloignement? Pourquoi vous privez-vous du plus ferme soutien de votre couronne? Ne m'en parlez plus, dit vivement Lisvard, le sort en est jeté.....

Amadis et ses amis, pleins d'un noble et juste ressentiment, s'étaient sur-le-champ retirés, avec promesse de se rassembler le lendemain matin chez Amadis, pour délibérer sur le parti qu'ils prendraient en sortant de la Grande-Bretagne, celui de quitter le service de Lisvard n'étant plus douteux. Amadis envoya sur-le-champ Durin à sa sœur la demoiselle de Danemarck, pour la prier d'obtenir d'Oriane qu'il pût lui parler pendant la nuit. Oriane, la demoiselle et Durin même ignoraient ce qui venait de se passer; et la tendre Oriane, loin d'être alarmée de ce message, ne sentit que la joie de savoir que la santé de celui qu'elle regardait comme son époux lui permettait enfin de venir passer quelques moments heureux auprès d'elle.

Durin, dès que la nuit et le silence régnèrent dans la cité, conduisit à l'appartement de sa sœur Amadis qui s'était enveloppé d'un long manteau gris. La chambre de la demoiselle de Danemarck communiquait à celle d'Oriane; il trouva cette princesse prête à se mettre dans son lit, sur le bord duquel elle était assise avec Mabille. Eh! mon cher cousin, dit en riant celle-ci, prenez vite ma place. Comment, en l'état où vous êtes encore, avez-vous osé vous exposer à l'air de la nuit? Amadis s'était déja précipité aux genoux d'Oriane qui l'embrassait tendrement; il vit dans ses yeux tant d'amour et de plaisir de le revoir, il en était si pénétré lui-même, qu'il ne put se résoudre d'abord à porter le poignard dans le cœur de celle qu'il adorait. Il obéit à Mabille en prenant la place qu'elle occupait, et laissa tomber son long manteau, que Mabille pensait en elle-même qu'elle allait bientôt garder : elle s'y détermina presque sur-le-champ, en voyant Oriane laisser tomber doucement sa tête sur son oreiller. Bon soir, mes chers amis, leur dit-elle; je ne veux point perdre la fin d'une histoire charmante que la demoiselle de Danemarck me racontait, et j'en sais assez de la vôtre pour me passer de ce que vous avez à vous dire. A ces mots, retirant d'une main le manteau, de l'autre enveloppant son cousin sous les rideaux du lit d'Oriane, elle ne laissa de lumière qu'une petite lampe de nuit, et elle alla manger avec la demoi-selle de Danemarck des cerises et des fraises qu'O-riane avait cueillies, et qu'elle oubliait dans ce moment.

Le cœur de Mabille était tranquille, mais son imagination était trop vive, pour qu'elle ne desi-rât pas d'écouter à la porte ce que disaient ces heureux amants; à peine avait-elle entendu quel-ques soupirs, lorsqu'un cri douloureux, mais étouffé, qui fut suivi par des sanglots, la fit

voler auprès d'Oriane. Hélas! cette malheureuse
princesse venait d'apprendre de la bouche d'A-
madis sa querelle avec Lisvard, le traitement et
l'offensant congé qu'il avait reçus de son père, et
la résolution qu'il avait prise de le quitter dès le
lendemain.

Le cœur d'Oriane était plein d'élévation et de
fierté; elle jugea par le sien de celui d'Amadis;
et, voyant que son honneur était offensé, quelque désespérée qu'elle fût en ce moment fatal,
elle n'exigea point de son amant qu'il lui sacrifiât
un sentiment aussi juste. Elle prit avec lui des
mesures, pour recevoir souvent de ses nouvelles
et lui donner des siennes; ils se répétèrent cent
fois le serment d'être à jamais unis, en présence
de Mabille, qui mêlait ses larmes avec celles qu'ils
versaient. Celle-ci, connaissant que le temps seul
pouvait remédier à leurs malheurs, voyant que
l'aube du jour approchait, et que tous les deux
abymés dans leur douleur étaient prêts à se trouver mal, les serra entre ses bras, et bientôt, arrachant Amadis de ceux d'Oriane, elle le remit
entre les mains du fidèle Durin pour le reconduire
à son palais.

Florestan, Agrayes, Angriote et Quedragant,
s'étant rassemblés avec Galvanes chez Amadis
peu de temps après le lever du soleil, envoyèrent
chercher ceux des chevaliers qu'ils savaient être
attachés à ce prince; le nombre en fut encore
plus grand qu'ils ne l'avaient prévu. Les propos

et l'ingratitude de Lisvard avaient volé de bouche
en bouche; et les plus braves chevaliers de sa
cour, pénétrés d'admiration et de respect pour
Amadis, étaient accourus pour offrir à ce prince
de suivre sa destinée, et d'embrasser ses intérêts
et sa querelle.

Amadis, qui ne pouvait prendre une résolution
forte contre le père d'Oriane, modéra leur ardeur,
et leur dit qu'il fallait voir encore comment Lisvard soutiendrait sa présence, et l'adieu qu'il était
près de lui faire. Angriote d'Estravaux, à peine
délivré de ses chaînes par le bras victorieux d'A-
madis, s'écria vivement : Ah! je ne vois que trop
que l'ingrat Lisvard s'est laissé séduire par les artifices de Gandandel et de Brocadan; c'est à moi
de punir ces traîtres; et s'ils se défendent sur
leurs vieux ans du défi que je vais leur porter,
ils ont des fils pour soutenir leur vieillesse, et je
vengerai du moins dans ce sang perfide l'injure
que vient d'essuyer mon bienfaiteur.

Amadis arrêta le zèle et la colère d'Angriote.
Vous serez toujours à temps, lui dit-il, cher et
généreux ami, de faire le défi que vous vous
proposez; mais il faut auparavant avoir des preuves
plus complètes pour justifier vos soupçons. Lisvard va sortir bientôt de sa chapelle; présentons-
nous encore à cette heure en sa présence, pour
voir de quelle manière nous en serons reçus. Au
reste, quel que soit le parti que je sois forcé de
prendre, songez, mes amis, que vous ne devez

pas quitter le service d'un grand roi, pour suivre
la fortune d'un simple chevalier qui ne peut encore vous offrir que l'Ile ferme pour asyle. Ah!
s'écria Quedragant, quand même vous ne seriez pas
possesseur de cette île agréable, fertile et pleine
de trésors inestimables, ne serait-ce donc pas le
moment de vous faire distinguer parmi nous
ceux qui vous sont véritablement attachés? Allons
trouver Lisvard, puisque vous paraissez le desirer
encore; mais je prévois d'avance que c'est pour
la dernière fois qu'il verra tant de vertueux chevaliers rassemblés dans sa cour.

Cette nombreuse assemblée, ayant les princes
de Gaule et d'Écosse à sa tête, se trouva peu de
moments après sur le passage de Lisvard, prêt à
partir pour la chasse. Ce prince parut d'abord
étonné du grand nombre de ceux qui suivaient
Amadis; mais bientôt, pour achever de le braver,
lui et ses amis, il passa fièrement devant eux,
sans avoir l'air d'en regarder aucun, et, prenant
un émerillon sur le poing, il monta sur son cheval, et s'éloigna d'eux, suivi seulement de ses
deux flatteurs et de ses fauconniers.

Amadis, ne voulant avoir rien à se reprocher
vis-à-vis le père d'Oriane, attendit son retour de
la chasse; et, l'abordant d'un air libre et respectueux, il lui dit : Sire, je ne suis né vassal ni de
vous, ni d'aucun autre prince; j'ai souvent répandu mon sang pour vous, je desirerais trouver
l'occasion de le répandre encore; mais vous m'a-

vez trop fait connaître le peu de prix que vous mettez à mon attachement, et je prends congé de vous. A ces mots il se retira. Florestan, Galvanes, Agrayes, Angriote, et tous les amis d'Amadis lui firent comme ce prince une profonde révérence, et prirent congé de lui. Quedragant s'avança l'un des derniers, et ne put s'empêcher de lui dire : Sachez, sire, que l'amitié que j'ai pour Amadis me retenait seule dans votre cour : c'est à celui qui vous sauva la vie en l'arrachant à Mandafabul, qui vous fit triompher de Cildadan, et qui délivra votre fille Oriane des mains du traître Arcalaüs, que je consacre et ma vie et mon épée. Le nombre de chevaliers d'un haut renom qui se retirèrent sur-le-champ avec Amadis fut si grand, que Lisvard se trouva presque seul ; et de dépit il ne voulut pas permettre que ce prince allât prendre congé de la reine Brisène. Amadis, rencontrant alors le vertueux vieillard Grumedan, chevalier d'honneur de la reine, l'embrassa les larmes aux yeux, et le pria de rendre compte de tout ce qui s'était passé en sa présence à la reine Brisène et aux deux princesses, et de les assurer de son respect et d'un dévouement éternel.

Tous les grands officiers de la couronne regrettèrent alors d'être attachés par leurs charges, et de ne pouvoir suivre Amadis ; ils montèrent tous à cheval pour le reconduire ; et Mabille, qui dans ce moment se trouvait à sa fenêtre, appelant

23.

Oriane, lui cria : Venez, ma cousine, venez voir quelle est la troupe invincible qui suit à présent celui qui, pour l'amour de vous, s'était réduit au simple état d'un chevalier errant; jouissez du moins du triomphe que vous partagez, et voyez quels sont les princes et les chevaliers qui se rangent sous la bannière de celui qui s'honore et qui fait son bonheur d'être votre esclave le plus soumis. Malgré la vive douleur d'Oriane, elle ne put s'empêcher d'être sensible à la nouvelle gloire de l'époux qu'elle s'était choisi. Ah! ma cousine, s'écria-t-elle, qui sait mieux que moi combien Amadis mérite d'être aimé? Mais, hélas! quand verrons-nous finir nos malheurs? Ah! cruelle Urgande, pourquoi les avez-vous laissés s'accumuler sur nos·têtes, puisque vous les aviez prévus?

De tous ceux qui ne suivirent point Amadis, Guilan le Pensif parut être le plus affligé; les deux années du deuil de la duchesse de Bristoie n'étaient pas encore accomplies; Amadis connaissait trop bien l'amour, pour ne pas excuser Guilan de rester près de celle dont il attendait la main. Adieu, cher Guilan, lui dit-il en l'embrassant; et, voyant couler ses larmes, sauf votre honneur, ajouta-t-il, je suis bien sûr de trouver en vous le compagnon et l'ami le plus tendre et le plus loyal.

Amadis et le grand nombre d'amis qui le suivaient ayant pris le chemin de l'Ile ferme, Lisvard se vit presque seul dans son palais, et se

repentit, mais trop tard, de ce qu'il avait fait.
Gandandel et Brocadan, étant avertis de ce qu'Angriote d'Estravaux avait dit à Lisvard, crurent
parer ce coup en flattant l'orgueil de ce prince.
Nous vous faisons notre compliment, osèrent-ils
lui dire, sur le parti que vous avez pris de vous
défaire d'un ennemi secret, qui tôt ou tard vous
eût trahi; ne soyez point en peine de la suite de
cette affaire, nous saurons remédier à tout, et
maintenir en vigueur et vos intérêts et votre autorité.

Lisvard avait un caractère trop altier pour revenir de ce qu'il avait fait contre Amadis; et les
rois, toujours gâtés par l'exercice du souverain
pouvoir, et par la servitude et la bassesse de la
plupart de ceux qui les entourent, peuvent souvent se repentir, mais ils ne savent presque jamais réparer. Trop haut pour avouer ses torts,
mais assez juste pour commencer à mépriser ceux
qui l'avaient séduit, il les regarda fièrement et
leur dit : Êtes-vous donc assez présomptueux pour
croire que vous puissiez m'être utiles? et croyez-
vous que les princes et les grands seigneurs qui
sont mes vassaux, s'abaissassent à obéir à des gens
d'une réputation aussi médiocre que la vôtre? Les
deux traîtres honteux, et commençant à craindre
la suite de leur trame criminelle, se retirèrent en
silence.

Lisvard étant parti pour la chasse, Oriane et
Mabille qui se promenaient tristement ensemble

virent arriver une demoiselle de la reine Briolanie,
qui venait de la part de cette princesse pour leur
rendre compte des aventures qu'elle avait éprou-
vées dans l'île. Ce ne put être sans une secrète
inquiétude qu'Oriane fit entrer cette demoiselle
dans son appartement, pour en écouter le récit.

Pendant les trois premiers jours, dit-elle, ma
maîtresse fut occupée à parcourir les merveilles
de ce séjour enchanté. Le quatrième, s'étant pré-
sentée à l'arc des loyaux amants, la statue la couvrit de fleurs, et rendit des sons mélodieux : elle
s'avança librement vers la statue d'Apollidon et
de Grimanèse; bientôt une main invisible qui
gravait des caractères brillants sur la table de
jaspe lui fit lire : Briolanie, reine de Sobradise, et
fille du roi Tragadan, est la troisième dame qui se
soit couverte de gloire en passant sous l'arc. Ma
maîtresse, continua-t-elle, contente de cette première épreuve, remit au jour suivant celle de la
chambre défendue. Le lendemain, s'étant parée
d'une riche robe ornée de diamants et de fleurs
entrelacées, laissant flotter ses beaux cheveux sur
ses épaules et sa gorge d'albâtre à demi nue, elle
nous parut si belle, que nous ne doutâmes plus
qu'elle ne réussît à cette seconde épreuve.... Eh
bien? dit vivement Oriane en rougissant et ne
pouvant cacher son inquiétude. Madame, reprit la
demoiselle, elle franchit sans peine le premier
perron, elle monta de même les trois premières
marches du perron de marbre, dont jusqu'alors

aucune dame n'avait pu approcher; mais à l'instant qu'elle espérait franchir les deux dernières, des mains invisibles la saisirent sans pitié par ses beaux cheveux, et l'entraînèrent sans connaissance jusqu'au parvis où nous l'attendions, et où nos soins la firent revenir. Ah! nous dit-elle en reprenant ses sens, je n'espère plus que dans la divine Oriane pour rompre ce fatal enchantement. Le lendemain elle repartit de l'Ile ferme sans desirer de voir le reste des autres merveilles; et, reprenant le chemin de Sobradise, elle me fit partir pour vous dire, madame, qu'elle compte uniquement sur vous pour la venger. Oriane, un peu honteuse de s'être laissée entraîner par son premier mouvement, conduisit la demoiselle chez la reine sa mère, et la combla de présents pour Briolanie et pour elle.

Dans ce même temps Amadis arrivait à l'île avec ses compagnons; ils admirèrent la richesse et la force de cette île qui était bordée de rochers inaccessibles; on ne pouvait y arriver que par le port très facile à défendre, et par une langue de terre que trois châteaux en demi-cercle l'un sur l'autre rendaient impossible à forcer. A peine avaient-ils eu le temps de s'assurer que l'armée la plus formidable les attaquerait vainement, que Balais de Carsantes, qu'Amadis avait délivré des chaînes d'Arcalaüs, accourut de Londres pour le rejoindre, après avoir été vainement à la cour de Lisvard pour l'y chercher : il leur rapporta que ce prince était toujours dans la résolution de faire trancher la tête à Madasime, si Gradamase ne lui remettait l'île de Montgase avant la fin du mois. Galvanes, désespéré d'une si funeste résolution, excita dans ses compagnons la même indignation dont il était agité. Les lois de la chevalerie les autorisaient à défendre les douze demoiselles en otage : Amadis leur conseilla de faire partir douze chevaliers, d'aller trouver Lisvard, de lui reprocher sa cruauté, et de lui dire qu'ils venaient soutenir l'innocence des douze demoiselles contre ceux de sa cour qui soutiendraient qu'elles étaient coupables. Agrayes, Florestan, Brian fils du roi d'Espagne et cousin germain d'Amadis, Ymosil frère du duc de Bourgogne, voulurent suivre Galvanes ; et ce fut avec plaisir qu'Amadis connut et les assura que Lisvard aurait peine à leur opposer douze autres chevaliers qui pussent les égaler par leur naissance, et par leur force et leur courage. Pendant le temps que ces douze chevaliers se préparaient à leur départ, Gandandel et Brocadan, inépuisables en ressources pour exécuter leurs lâches desseins, trouvèrent le moyen d'exciter encore la colère de Lisvard, et tinrent conseil ensemble sur ce qu'ils auraient à lui dire pour avancer la mort des otages et de Madasime. Se croyant tous les deux en sûreté, ces deux méchants vieillards parlaient librement d'un complot, qui, disaient-ils, rendrait Lisvard et Amadis irréconciliables. Heureusement ce qu'ils dirent fut entendu par Sarquille, neveu d'Angriote d'Estra-

vaux. Ce jeune chevalier, amoureux d'une nièce
de Brocadan, avait obtenu de venir la voir dans
l'absence de son oncle ; mais celui-ci l'ayant presque surpris, Sarquille n'avait eu que le temps de
se cacher sous une tapisserie, d'où bien facilement il avait entendu toute la teneur de ce noir
complot.

Dès que Sarquille put sortir sans être aperçu,
Lisvard fut informé par lui de tout ce qu'il venait
d'entendre ; et, quoique très nouveau chevalier,
il eut l'assurance de dire à Lisvard, que, n'étant
point né son sujet ni son vassal, il ne voulait plus
servir un prince qui venait de perdre Amadis et
la fleur des chevaliers de sa cour, par la confiance
qu'il avait eue pour deux traîtres : il ajouta
qu'il allait retrouver à l'Ile ferme son oncle Angriote, et que bientôt il en reviendrait avec lui
pour les défier. Lisvard laissa partir Sarquille sans
lui rien répondre ; mais ce prince ne put s'empêcher de reconnaître tout le tort qu'il s'était fait à
lui-même en offensant Amadis avec tant de précipitation, sur la foi de deux vieillards ambitieux.
Tous les services qu'il avait reçus de ce prince
lui revinrent en mémoire, il se repentit : mais,
nous l'avons déja dit, les souverains, trop accou-
tumés à l'empire absolu, n'ont presque jamais
que des retours inutiles sur eux-mêmes ; ils croi-
raient s'avilir en se laissant aller à ce sentiment
si naturel aux vrais sages, celui de réparer un
tort qu'ils reconnaissent et qu'ils ont eu. Le caractère altier de Lisvard ne lui permit de faire

aucune démarche pour rappeler Amadis auprès de lui ; cependant, le rapport de Sarquille fut utile aux otages, et lorsque les deux vieillards osèrent encore le presser de faire trancher la tête à Madasime, il ne les écouta qu'avec un mépris mêlé d'indignation, et leur dit de penser à se défendre eux-mêmes des accusations qu'on allait bientôt porter contre eux.

Sur ces entrefaites, ce prince fut averti que douze chevaliers de l'Ile ferme venaient d'arriver et de faire tendre leurs pavillons sur le bord de la Tamise, à demi-lieue de Londres ; et qu'Ymosil, frère du duc de Bourgogne, demandait à lui parler au nom de ses compagnons.

Lisvard le reçut avec politesse, et parut touché de ce qu'Ymosil lui dit en faveur des otages, le prince bourguignon lui représentant surtout que Madasime, forcée par sa mère de demeurer en otage, n'était point dans le cas d'être condamnée, les lois de la Grande-Bretagne ne punissant les femmes de mort que dans le cas d'adultère ou de haute trahison. Ymosil ajouta que si quelques chevaliers de sa cour osaient soutenir le contraire, ils étaient partis de l'Ile ferme au nombre de douze, pour délivrer chacun l'une des douze demoiselles parmi lesquelles Madasime était comprise.

Lisvard, qui sentait toute la justice de la demande d'Ymosil, voulut cependant avoir l'air de ne se rendre qu'à l'avis de son conseil qu'il fit assembler. Le jugement n'était pas douteux, il fut en faveur des otages; et Lisvard, le confirmant, l'annonça lui-même aux douze chevaliers de l'Ile ferme, qui vinrent lui rendre leurs respects. Ymosil, continuant de parler en leur nom, supplia Lisvard de ne point déshériter Madasime, qui, dans ce moment même, devenait souveraine de l'île de Montgase, par la mort de sa mère, qu'un chevalier de cette île vint annoncer; mais quelque juste que fût cette demande (Madasime ne devant pas souffrir des fautes de sa mère), Lisvard craignit de montrer trop de faiblesse, en accordant cette seconde demande que les douze chevaliers de l'Ile ferme avaient l'air de faire à main armée : il répondit avec hauteur qu'il ne révoquerait pas le don qu'il avait fait à sa fille Léonor, et que c'était beaucoup même qu'il accordât à Madasime et la vie et la liberté.

Galvanes ne put entendre cette réponse sans impatience. Par saint Georges! sire, dit-il brusquement, puisque nous ne pouvons recevoir aucune justice de vous, je saurai m'adresser à tel qui me la fera rendre. Lisvard comprit bien que Galvanes voulait alors parler d'Amadis; et, ne pouvant supporter l'ombre d'une menace, il lui répondit avec colère que les audacieux qui tenteraient d'attaquer l'île de Montgase pouvaient être sûrs d'y trouver la punition et la mort la plus ignominieuse.

Agrayes, vivement ému lorsqu'il entendit menacer Amadis et ses compagnons, dit à Lisvard avec aigreur : Songez que celui qui conquit pour vous l'île de Montgase la pourra reprendre encore plus facilement sur vous. Brian d'Espagne, voyant qu'Agrayes s'échauffait, l'interrompit, et prenant la parole : Sire, dit-il, avez-vous oublié tous les services que vous avez reçus d'Amadis et de ses proches, et ne réfléchissez-vous pas qu'ils ne vous devaient rien? Amadis est fils d'un grand roi qui vous égale par la naissance et par le pouvoir. Seigneur dom Brian, dit Lisvard, je vois que vous l'aimez mieux que moi; et lorsque vous vîntes dans ma cour, le roi d'Espagne, votre père, ne vous envoya pas pour m'y manquer de respect. Je n'en dois qu'à votre âge, répondit vivement dom Brian; et, lorsque je suis venu près de vous, c'était uniquement pour y chercher mon cousin germain Amadis, et recevoir l'exemple et les leçons de ce héros.

Pendant cette vive contestation, Angriote d'Estravaux et son neveu Sarquille, qui venaient d'arriver, parurent tout-à-coup sans se faire annoncer, et l'empêchèrent d'aller plus loin. Sire, dit Angriote, nous vous supplions de faire sur-le-champ paraître en votre présence les deux méchants vieillards, Gandandel et Brocadan, pour que je déclare à toute votre cour la noire trahison qu'ils vous ont faite, et sur laquelle Sarquille et moi nous les défions; s'ils s'excusent sur leur âge, c'est à leurs fils, qui se piquent d'être valeureux, à soutenir la cause de leurs indignes pères. Gandandel prit la parole et dit à Lisvard que, s'il laissait injurier ainsi ses gentilshommes, Amadis viendrait bientôt l'insulter lui-même au milieu de sa cour. Lisvard, fâché contre les deux traîtres qui lui suscitaient tant d'affaires très désagréables, leur imposa silence, et dit à Sarquille de déclarer ce qu'il avait entendu.

Toute la cour fut indignée par le rapport fidèle que fit Sarquille, qui finit par offrir de soutenir son accusation les armes à la main avec son oncle Angriote, contre les trois fils de ces traîtres. Ces trois fils, à ces mots, fendirent la presse, et se mettant à genoux devant Lisvard : Sire, dirent-ils, nous soutenons au nom de nos deux pères qu'Angriote et Sarquille en ont menti par la gorge, et que toutes fois qu'ils tiendront de pareils propos, ils mentiront lâchement; et voici nos gages.

Lisvard ne crut pas devoir leur refuser le combat, quoique celui de trois contre deux lui parût inégal; mais Angriote, avec un air de mépris, s'écria : Je desirerais que cette lâche et mauvaise race fût encore plus nombreuse pour la détruire tout à-la-fois, et purger la Grande-Bretagne des traîtres qui déshonorent l'ordre de chevalerie.

Le vertueux et ancien Grumedan fut chargé, par Lisvard de faire préparer les lices pour le combat qui fut décidé pour le lendemain; il eut des paroles fort vives avec les deux pères, et finit par les défier tous les deux. Nous sommes tous les trois de même âge, leur dit-il; acceptez le combat de moi seul contre vous, et procurez-moi le plaisir de vous faire pendre tous les deux au bout de la lice, après vous avoir forcés d'avouer

votre trahison. Les deux vieillards, aussi lâches
que méchants, refusèrent de combattre, et dirent
à Grumedan de faire sa charge, et qu'ils remet-
taient à leurs enfants le soin de défendre leur
honneur outragé.

Le combat s'exécuta le lendemain en présence
des douze chevaliers de l'Ile ferme, et du petit
nombre de ceux qui restaient à la cour de Lisvard. Ce combat ne fut pas long-temps douteux;
dès la première atteinte, Angriote perça d'outre
en outre l'un des deux qui coururent sur lui; les
deux autres tombèrent sous ses coups et ceux de
Sarquille; et traînant par les pieds les trois corps
hors de la lice, on les pendit aux fourches pré-
parées, tandis que les deux traîtres vieillards se
dérobèrent à la fureur du peuple pour s'enfuir
dans une île, où, le reste de leurs jours, ils cachèrent leur opprobre et leur douleur. Angriote,
Sarquille, et les douze chevaliers, qui se trouvaient très blessés de la réception et des propos
de Lisvard, partirent aussitôt sans prendre congé
de ce prince, qu'ils laissèrent presque seul avec
les grands officiers qui ne pouvaient le quitter.

Tous ces évènements et toutes ces nouvelles
querelles ne pouvaient qu'augmenter la douleur
d'Oriane, qui connaissait trop le caractère du roi
son père, pour conserver l'espoir qu'il se récon-
ciliàt avec Amadis; mais dans ce moment cette
malheureuse princesse était agitée par une inquiétude encore plus vive et plus cruelle. Hélas! l'a-
mour, et cet hymen tel que celui qui suffisait aux

mortels dans le premier âge du monde, avaient précédé les cérémonies devenues en usage parmi les nations policées. Oriane sentit qu'elle portait dans son sein le gage de l'amour d'Amadis. Forcée par son état de rompre le silence, elle s'enferma dans son cabinet, dont elle avait fermé les fenêtres, avec Mabille et la demoiselle de Danemarck; c'est-là que, baignée de larmes et dans une obscurité qui cachait sa rougeur, Oriane, la modeste Oriane, fut obligée de leur faire un aveu nécessaire autant qu'il était douloureux. Ah! qu'allez-vous penser ma chère cousine? dit-elle en cachant sa tête dans le sein de Mabille et frémissant de la réponse qu'elle en allait recevoir. Ma foi, ma belle et chère cousine, dit Mabille en riant et l'embrassant, je me doutais bien depuis quelque temps *qu'à tel saint viendrait telle offrande*(1); mais ne vous effrayez point, consolez-vous; Dieu, qui connaît la candeur de votre ame et vos engagements sacrés, saura pourvoir à votre destinée et à celle de l'enfant que vous portez. Oriane, un peu plus assurée par l'aveu qu'elle avait fait, et par tout ce que sa cousine venait de lui dire, la supplia de l'aider de ses soins et de ses conseils; elle fit la même prière à la demoiselle de Danemarck qui lui jura d'exposer mille fois sa vie, et même jusqu'à son honneur, pour la tirer d'embarras. Elles arrêtèrent entre elles qu'Oriane demanderait à retourner à Mire-

_____

(1) Expression du roman, que j'ai cru devoir conserver.

fleur, sous le prétexte de remettre sa santé : les
roses moins vives de son teint, le manque d'appétit, un peu de maigreur même, l'autorisaient
à former cette demande ; et la demoiselle de Danemarck, se disant en elle-même, après avoir été
la victime de l'atrocité de Galpan, il m'est bien
plus doux de l'être d'une princesse que j'adore :
Tranquillisez-vous, lui dit-elle, sur le sort de
votre enfant ; je suis amie intime de l'abbesse
de Mirefleur ; j'irai demain la voir ; et, lui faisant
une fausse confidence, je lui dirai que je me suis
mariée en secret avec Gandalin, que je suis grosse
et que nos intérêts communs m'obligeant à cacher
mon mariage, je la prie de me chercher une nourrice pour l'enfant dont je me délivrerai, et que,
faisant porter aussitôt cet enfant à la porte de
son église, elle en fera prendre soin. Ainsi, madame, vous pourrez sans crainte jouir du bonheur
de voir élever un enfant si cher sous vos yeux.
Oriane embrassa tendrement celle qui se sacrifiait
si généreusement pour son service, et lui jura de
reconnaître son attachement jusqu'au dernier soupir. Mabille embrassa la demoiselle à son tour.
Ah ! ma bonne demoiselle, que je t'aime ! lui dit-elle. Ah ! que ton projet est bien imaginé ! Allons,
allons, ma chère cousine, prenez courage ; tout
ira bien, et je me fais d'avance une vraie fête de
bercer le petit Amadis.

FIN DU SECOND LIVRE.

Imprimé en France
FROC031023140919
22143FR00015B/225/P

9 782329 310732